陆医生的甜智齿

景戈 著

·下册·

青岛出版集团 | 青岛出版社

第十章
烟　火

两个青瓷汤碗被放在茶几上，里面刚出锅的食物冒着白白的雾气。

眠眠滑下沙发，捧着她的小碗，极其夸张地捧场道："哇——"

"好漂亮的花花呀。"眠眠盯着碗里的东西，一脸新奇的表情。

这是她没有见过的吃食。

陆淮予找来两个坐垫，放在茶几边上，让她们垫着坐。

简卿慢吞吞地挪到垫子上，受伤的那条腿穿过茶几底下，伸得直直的，另一条腿屈起，抵着茶几的边沿。

坐着的姿势导致身上的羽织向上收，羽织就显得短了许多，边缘到了膝盖以上。

茶几是全透明玻璃的，于是纤细雪白的长腿令人一览无余。

陆淮予垂下眸子，仿佛不经意似的移开了视线。

简卿看向碗里，也愣了愣。

薄薄的白色面皮被模具压成了梅花的形状。

梅花形的面片漂在清澈的鸡汤里，上面点缀着翠绿色的葱花。

空气中飘着一股淡淡的梅花和檀木混合的香味，大概是因为陆淮予在和面时加入了梅花和檀木末。

简卿吸了吸鼻子，感觉熟悉的味道扑鼻而来，记忆也随之涌入脑海。

小时候她挑食，不爱吃米饭，陈嫒就总做这样的梅花汤饼哄她吃饭。

"梅花"清雅，面汤鲜美。

这梅花汤饼看着简单，实际上做起来很麻烦。

简卿还记得那时候陈嫒在菜谱里写了整整两页制作方法。

雾气萦绕，简卿眨了眨晶亮的眸子，抬起头问道："你怎么会做这个？"

陆淮予弯下腰，抽了两张纸巾，慢条斯理地擦着手，漫不经心地说道："跟着网上学的。你尝尝看好吃吗？"

一旁的眠眠早握着小勺子，高兴地吃了起来。

她一边吃，还一边抢先回答道："好吃！"

简卿端起汤碗，也吃了一口。

梅花面皮的口感刚刚好，不过于软烂也不过于筋道，她细细咀嚼之下尝到了面皮的香甜，其中夹杂着梅花的清香。檀木末加的量很少，味道淡淡的，不至于抢味。醇香的鸡汤上面漂着星星点点的油花。

随着味蕾被激活，简卿一瞬间有些恍惚。

陆淮予做的梅花汤饼和陈嫒做的味道很像。

这是简卿原本以为再也吃不到的东西，再也没人为她做的东西。

"很好吃。"简卿埋着头闷闷地说道，眸中悄无声息地成了一片海。

她努力睁大眼睛，不敢眨眼，生怕泪珠就这样落下来。

陆淮予得到了肯定的反馈，放下心来。

他由着两个小朋友吃着，自己却不声不响地出了门，去捡被他扔在院子里的烟花。

烟花七零八落地散了一地。

陆淮予半蹲在地上，不紧不慢地抖掉上面的雪，把它们捡回纸箱里。

他低垂着眼眸，目光聚焦，好像看着某一处，又好像什么也没有看。

最后，他仿佛忍不住了似的，自顾自地轻笑起来。

因为时间不早了，陆淮予做的梅花汤饼量并不多。

他怕两个小朋友晚上不消化。

等他回来，两个小朋友已经把汤饼吃得干干净净，连汤也没剩。

他一开门，两个人齐刷刷地朝他看来。

眠眠一眼就看见他的怀里抱着个五颜六色的大箱子，于是立马兴奋地跑过来，问道："我们要放烟花吗？"

陆淮予笑了笑，答道："是啊。"

简卿闻言，眼眸也跟着亮了起来，她的玩心被勾了出来。

陆淮予把装烟花的纸箱子搁在一张沙发椅上，然后连着椅子一起端出去，在温泉池旁边的梅花树下放好。

温泉边的温度很高。温泉像个天然暖炉一样，即使下着雪，池边也感受不到一丝寒意。

三人都来到了庭院里。简卿的腿受了伤，不过慢吞吞地走路倒也不太影响。她站不住了就在沙发椅上坐会儿。

简卿从纸箱里翻出一板摔炮递给陆淮予。

陆淮予皱着眉头，对着手心里小小的粉色盒子看了半天，然后手里攥着黄豆大小的摔炮，按下打火机，就要往"引线"上点。

要不是简卿制止得快，陆淮予这一双金贵的手怕不是要被炸毁。

简卿一把拦住他要点火的手，说道："不是这样玩的。摔炮你没玩过吗？"

陆淮予老老实实地说道："不会，我只看过烟花。"

眠眠年纪小，没怎么玩过烟花很正常，但简卿没想到陆淮予这么一大把年纪了，也不会玩烟花。

好吧。

他确实是娇生惯养的大少爷。

简卿攥着一把摔炮往地上用力丢去，摔炮立刻发出了"噼噼啪啪"的声音。

简卿莫名其妙地感觉畅快。

陆淮予挑了挑眉，盯着笑得一脸开怀的小姑娘，也被感染了似的轻轻勾起嘴角。

眠眠被吓了一跳，很快又"咯咯"笑着拍起手来："我也要玩，我也要玩。"

小家伙一开始只敢试探性地把摔炮一个一个往外丢，后来胆子渐渐变大了，于是学着简卿的样子，一把一把地到处丢摔炮。

陆淮予倒是站得笔直。

他用两根手指捏住圆鼓鼓的白色摔炮，来回摩挲着让它在指间滚了滚，然后才不紧不慢地往地上扔去。

他就连玩个摔炮，举手投足之间也尽显贵气和优雅，漫不经心得仿佛在为了玩而玩。

简卿坐在沙发椅上，抱着纸箱，一个一个地检查着烟花——大大小小，种类齐全。

不知不觉间，她成了这里唯一"指点江山"的人。

院子里黑黢黢的,为了让烟花放出来好看,连客厅的灯也关了。

只有周围灌木里藏着的小小路灯发出白色的光,提供了微弱的照明效果。

眠眠格外兴奋,用两只手拿着仙女棒,一蹦一跳地拉出弯曲的光,然后不停地催促道:"爸爸,快放放其他的。"

陆淮予吸取了摔炮的教训,拿出一个不认识的烟花,第一反应就是去问简卿怎么玩。

"这个放在地上,再点引线就好。点上火以后,你要跑快一点儿啊。"简卿不放心地叮嘱道。

她看着陆淮予不紧不慢的样子,觉得要不是她的腿脚不好,她就自己上了。

若非刚刚见过他失态的一面,简卿都要忍不住怀疑,就算天塌了,他也不会急着跑。

陆淮予笑了笑,应了声"好"。

烟花从烟花筒里冲出,越飞越高,直到比人还高,照亮周围黑暗的夜色。
漫天金雨纷飞,宛若火树银花。
简卿看着绚烂的烟花,清亮的眼眸里映着火光,耳畔是嘈杂的声音。
大雪扑簌簌地落下,夹杂着烟火的爆裂声与小朋友"咯咯"的笑声。
简卿将注意力全部投放在燃烧的烟花上。
陆淮予斜斜地靠在梅树上,没有看烟花,漆黑的眼眸直直地盯着身侧的小姑娘。

绽放的烟火宛如倾泻而下的银河,映在她瓷白的脸上,使她的两颊染上了一层浅浅的红晕。她的眼眸干净纯真,里面仿佛盛着宇宙里所有的星光。

她比人间的烟火更美。

陆淮予摸出裤兜里的手机,拍了一张照片。

一筒烟花很快燃尽,空气中弥漫着淡淡的硝烟味儿。

眠眠没看尽兴,立马开始催道:"还要!还要!这次能不能多点一些呀?"

陆淮予回过神儿来,垂下眸子在纸箱里挑了一个最大的烟花筒,把它放置在院子的中央。

简卿显然也被调动起了兴致,坐不住地站起来,想要凑近一些看。

随着引线被点燃，陆淮予手脚极快地跑回她的身边，伸出手臂让她扶着。

眠眠小朋友又害怕又想看，躲在大树后面，捂着耳朵探出头来。

"嗖"的一声，比刚才的声势更加浩大的烟花绽放开来。

鸣啸声有次序地一下一下点亮了漆黑的夜。

突然，烟花筒发出了一声不正常的巨响，那声音几乎要刺穿人的耳膜。

漫天的火花炸裂，朝他们飞溅而来。

简卿吓了一跳，本能地觉得危险，下意识地要往后撤，却忘了自己腿上的伤，于是着力不稳，直接往后倒去。

她还没来得及反应，陆淮予就扯着她的胳膊，一把将她拉回，直接揽进他的怀里，护得严实。

陆淮予用双手捂住她的耳朵，掌心温热而干燥。

像是一剂镇定剂一样，男人身形挺拔，胸膛宽厚，将她整个人罩住，挡住了背后溅射的火星。

简卿微微仰起头，看不清他的脸，却看见了越过他头顶的漫天烟花。

烟花筒发出巨大的声响。周围的空气仿佛也震颤起来。

简卿眨了眨明亮的眸子，安心地躲在他的怀里。

烟花爆烈地生，又无息地死，最终归于寂静。

陆淮予缓缓松开手，后撤了一步。

简卿悄悄地呼出一口气，将垂落至额前的一缕碎发别至耳后，好像在试图用小动作掩饰自己的羞涩。

她迈着步子想要转身往回走，离危险源远一些，却不想这时腰侧的系带钩住了一旁的灌木。

她稍一用力，系好的蝴蝶结松散开来，宽大的羽织倏地敞开。

原本裹在里面的浴巾因为行动，已经摇摇欲坠，眼下几乎只盖住了重要部位。

而且浴巾没了系带的束缚，此时更是直直地往下滑。

她一下子露出大片雪白的肌肤——骨肉匀称，炫目至极。

简卿的脑子"嗡"的一下，瞬间蒙了。她条件反射地去拉垂落的布料，将其交叠合在胸前，脸一下子就红了，整个人尴尬到想像烟花一样爆炸。

陆淮予的眼前是一晃而过的"满园春色"。

他轻咳一声，一脸淡定地解释道："我什么也没看见。"

他是真的没看见，还是在欲盖弥彰，那就只有他隐在阴影里微微泛红的耳根知道了。

281

简卿觉得,这一天兵荒马乱的,现在也不差这点儿事了。

她咬了咬牙,索性抬起头,故作淡定地"哦"了一声。

她将视线落在自己的腰侧,若无其事地示意道:"那你帮我系一下带子吧。"

她双臂环抱在胸前,压着浴巾和羽织,让它们不再往下落,实在腾不出手去系带子了。

陆淮予挑了挑眉,听话地伸手去帮她系带子,慢条斯理地将两指宽的系带沿着简卿的腰缠绕起来。

简卿吸气收腹,一动也不敢动地任由他动作。

他的手臂结实,肌肉线条紧致明晰,他拉着系带绕过她的背后,以一种环抱她的姿势不经意地碰上了她的腰侧,让她感觉痒痒麻麻的。

最后两根系带在她的腰部左侧收紧,勾勒出她纤细的腰肢。

陆淮予的指尖来回,颇为熟练地打出了一个漂亮的蝴蝶结。

这不是那种两条飘带一前一后会翘起来的绳结,而是非常标准的蝴蝶结,规整又完美。

简卿愣了愣,随即皱了皱眉。

"怎么了?"陆淮予理了理蝴蝶结上的褶皱,问道,余光看到了小姑娘脸上似乎有些不满的表情。

"我系得不好看?"他又问道。

简卿抿着唇,不情不愿地答道:"挺好看的。"

以陆淮予的性格,他不可能没事去学这种女孩子穿衣服才会用到的复杂的蝴蝶结系法。

简卿看他系得那么熟练,也不知道这是谁教他系的,他又是给谁系了许多次才练出来的。

想到这里,她的心里莫名其妙地泛起一股酸意,闷闷地道了谢,然后也不要他扶,自己慢吞吞地坐回了椅子上。

陆淮予盯着她的背影,不易察觉地蹙起了眉心。他去看树后的眠眠,发现小朋友竟然一直瞪着大眼睛看着他们。夜深了,他抱着眠眠回了卧室,看她洗漱完,哄她睡着了才出去。

大部分烟花已经放完,只剩下几盒仙女棒。

简卿用打火机点燃一根,仙女棒燃烧着发出"刺刺"的声响。

简卿的手里拿着仙女棒,她盯着那小小的一团光亮,有些无精打采。

她一方面觉得不舒服,另一方面觉得自己小心眼儿,连这么一点儿小小的事情都要计较。

陆淮予大概已经摸清楚了小姑娘的脾气。

虽然他不知道为什么，但这次也不至于像上次那样，连她在生气都感觉不出来。

他默默地走过去，蹲在她的脚边，让自己的视线比她的更低。

这样的陆淮予就像一只乖乖的大狗一样。

"借个火。"他也拿出一根没有点燃的仙女棒凑过去。

简卿睨着他，说道："不借。"

她冷着脸，态度很差，大概没几个人敢在陆淮予的面前这么横。

偏偏陆淮予好像一点儿也不计较似的，挑眉笑了笑，漫不经心地调侃道："这么小气。"

"我就是小气。"简卿小声嘟囔道。

她本来不是小气的人，也不会和人争抢什么，可是对上陆淮予，就好像变了个人似的。

想到他以前也给别人系过蝴蝶结，她的心眼儿就变得像针尖儿那么小。

可她又不能改变什么——他的过去她不曾参与。

这种莫名其妙的占有欲，连她自己都觉得讨厌。

陆淮予将手肘半撑在沙发椅的扶手上，倾身靠近，五指穿过她乌黑的发间，触上她雪白的后颈，在她的筋脉处揉捏。

他举止亲昵地像给猫儿顺毛似的安抚着生气的小姑娘，掌心温热，使简卿的身体先是条件反射地缩了缩，很快又放松了下来。

她觉得陆淮予按摩得很舒服。

陆淮予的力度由小到大，打着圈似的反复摩挲着。

简卿明明还在生闷气，却忍不住舒服地轻轻哼唧起来。

陆淮予发现了，小姑娘好像很喜欢被揉后颈，于是就总是这样招惹她。

他手上动作不停，同时慢慢地说道："如果你有不舒服的地方，你可以直接说出来。"

简卿沉默以对。

"好吗？"他不疾不徐地开口引导着，嗓音低沉而富有磁性，整个人的态度成熟又包容。

简卿低着头，后颈弯出一道好看的弧线，由着他的指腹在上面打转儿。

过了半晌，她才张了张嘴，闷闷地说道："我不喜欢蝴蝶结。"

"为什么？"陆淮予不解地问道。

283

明明小姑娘之前喝醉了还非闹着要他系蝴蝶结。

简卿皱着眉，愤愤地瞪了他一眼，索性把心里的想法吐了出来："你的蝴蝶结系得那么好，是不是给很多人系过？"

小姑娘的声音软软的，其中又含着愠怒之意。她连娇嗔起来，声音也是软软甜甜的。

原来这是个小醋精。

陆淮予直直地盯着她，仿佛忍不住了一般，勾起嘴角，轻笑出声。

"你笑什么？"简卿有些恼，不知不觉被陆淮予惯得胆子大了起来，赤着小脚踹了踹他。

她的膝盖受了伤，脚上也没什么力气，这一脚踢在他的腰侧，倒像在挑逗他。

陆淮予扣住她的脚踝，将它安放回椅子上，说道："腿别乱动，也不嫌疼。"

"你这是在冤枉我。"他回到之前的话题，继续说道，"我没有给其他人系过蝴蝶结。"

"没系过你怎么就会打这样的蝴蝶结了？"简卿明显不信，出言反问他。

陆淮予顿了顿，一时不知道该怎么解释。

这时他突然想起自己之前给行车记录仪换了一张存储卡，所以旧卡里记的数据应该正好包括从渝市回南临那一晚的场景。

"你等我一下。"他说完，转身扎进了雪幕里。

没过一会儿，陆淮予就从外面回来了，手里拿着一台银白色的笔记本电脑，递给她看。

简卿狐疑地接过电脑。

电脑里开着一段视频，画面上是一个黑漆漆的陌生停车场。

她按下播放键，视频开始播放。

行车记录仪录下的视频里传出熟悉的女声，软软甜甜又颐指气使地使唤着别人。

"哎呀，你笨不笨哪，蝴蝶结都不会绑。"

简卿愣了愣。

"领带给我，我先绑你的手一次，你好好看哪。"

一阵沉默过后，好听的男声低低地"嗯"了一声。

男人十分配合她的要求。

行车记录仪虽然拍不到车内的情景，但简卿脑子里已经想象出她绑陆淮予的手的画面了。

这个拿腔拿调的女人是谁？她不认识。

简卿觉得可耻，想要逃避现实，然而视频里的声音继续将她拽回了现实。

"像这样两边交叉，然后这样，再左边绕过右边，从下面穿出来，最后打个结就好啦！"

"是不是很好看？"她笑嘻嘻地说道，"你的手腕很白，搭配黑色的领带正好。"

视频里，男人缓缓地吐出两个字："好看。"

他好像在被迫营业。

"现在换你来绑我了，要绑紧一点儿，不然会散掉的。"

简卿实在是听不下去了，直接按了空格键让视频暂停，整个人仿佛受到了极大的冲击。

虽然她知道自己喝完酒会断片儿，但是没想到原来她喝醉了以后会这样没羞没臊。

算算时间，那时候她和陆淮予还不是很熟悉，她光是想想就觉得尴尬到要炸裂了。

简卿抽出垫在腰后的靠枕，将自己的脸严严实实地遮了起来。

她真的是没脸见人了。

陆淮予看着小姑娘自欺欺人地把自己缩成一团，忍不住轻笑着伸手把她的抱枕扯走，不许她逃避，还故意逗她似的说道："你还没听完呢。"

没了抱枕遮羞的简卿脸色绯红。

她赶紧捂上耳朵，生怕他放视频，哼哼唧唧地耍赖道："我不想听了。"

"哎呀，你把抱枕还我。"简卿蹬着腿吵闹。

她现在羞得简直想躲进壳子里，连纤细修长的双腿似乎也被染上了一层淡淡的红色。

陆淮予漆黑的眸子里噙着浓浓的笑意，最后他还是把抱枕丢回她的怀里，放过了她。

简卿把脑袋重新埋进抱枕里，懊恼地眨了眨眼睛。

"现在你承认冤枉我了吗？"

简卿的耳畔传来陆淮予低沉的声音，其中还含着一点点委屈。

简卿心虚得不行。

她恨不得再也不要提到这回事了，于是连忙隔着抱枕闷闷地说道："承认了。"

"哦——"男人拖着长长的低哑的尾音，"那你要怎么哄我？"

简卿不知什么时候，两个人的气势已经逆转，而她成了不占理的那个。

她把脸埋在抱枕里，自暴自弃地说道："那你想我怎么哄嘛？"

"你自己想，想不到可以先欠着。"

简卿一时确实也想不到要怎么哄他，于是说道："那先欠着吧。"

陆淮予看她暂时没打算从抱枕里出来，于是也决定暂时不管她。

他点燃了手里的仙女棒，看着明亮的烟火，自顾自地轻笑起来。

后来，烟花一直放到大半夜才算完。

简卿足足躲了半个小时，终于平复了心情，从抱枕里露出头来。

过了好久，她才敢去看陆淮予的眼睛。

两个人各自回了房间。在床上躺下的时候，她已经筋疲力尽，脑子里闪过一幅幅画面，最后咬了咬唇，嘴角仿佛还残留着温热而干燥的触感。

最后，她轻轻地长叹了一声——

这一天过得乱七八糟的。这都叫什么事啊？

简卿本来以为自己会因为这过于混乱的夜晚而睡不着，没想到这一觉却睡得格外香甜，一夜无梦。

第二天，她早早地就自然醒了。

简卿换好衣服，慢吞吞地到了客厅。

经过一晚上的自愈，她膝盖上的伤口已经没有昨晚那么严重了。

只要她不走快，就感觉不到不适。

客厅偌大的玻璃墙不知什么时候被拉上了帘子，使室内有些昏暗。

她下意识地去拉窗帘，想把光线放进来。

随着灰色暗纹的窗帘被拉开，一道刺眼的阳光照射了进来。

简卿不适应地眯了眯眼睛。

只见不远处的温泉池里，白气缭绕下，缓缓出现了一个人。

他的黑发湿漉漉地垂落至额前，挡住了他的眼睛。

干净修长的五指插进发间，撩起细碎的头发，露出那双漆黑湿润的眼眸。

陆淮予从水里走出来，搅动着池水发出细细的水流声，浑身不着寸缕。

暖黄色的阳光照在他的身上，他的肌肤白皙干净，身体的每一处肌肉与线条都透着力量与美感。

简卿一瞬间有些恍惚。

她心里痒痒的，右手虚抓了一把，只恨此刻手里没有笔，不能将眼前的这幕场景画下来。

男人敏锐地察觉到不远处的窗帘旁有人，目光斜斜地睨过去。

他表情淡淡的，一点儿也没有被人看光的慌乱，慢条斯理地扯过树枝上挂着的浴衣套上。

他的浴衣半敞着，松松垮垮的，露出的胸膛肌肉线条紧致。此时他的头上还沾着细细密密的水珠。那些水珠沿着他的后颈一路滑下，不留痕迹。

简卿眨了眨明亮迷茫的眸子，回过神儿来，飞快地重新拉上了窗帘。

她感觉自己的鼻子里涌出了一股热流，伸手摸了摸，摸到了两滴鼻血。简卿在心里骂了一句脏话，赶紧抽了两张纸巾来擦。

擦完以后，她又把用过的纸巾外面裹了几层干净的纸巾。

在确保别人看不出来血迹以后，她才把那一团纸巾丢进了垃圾桶。

没过一会儿，陆淮予从院子里回来了，站在玄关处换鞋，一副坦坦荡荡的样子。

他还没说话，简卿反倒心虚地先发制人："我什么也没看到。"

这话说得更显得她是此地无银三百两了。

而且简卿觉得这话听着有些耳熟。

她想了一会儿才反应过来，好像昨天晚上陆淮予也是这么说的。

陆淮予挑了挑眉，似笑非笑地盯着她。

他走近坐在沙发上的小姑娘，弯下腰，伸手蹭掉她没擦干净的血迹，轻飘飘地揶揄道："看到了也没关系。"

说完，他就转身去厨房准备早餐了，独留简卿一个人在原地心态爆炸。

简卿缩在沙发里，摸出手机，对着漆黑的屏幕反复确认自己的脸上再没有血迹。

正巧这时微信弹出一条消息。

她点进去一看，是周琳琳发来的。

周琳琳："你不坐公司的大巴车回去吧？"

简卿愣了愣，毫不遮掩地回了一句："嗯，不坐。"

周琳琳："那你的工卡能借我用一下吗？我想坐你们公司的大巴车回市区。"

搭公司大巴车的时候，行政人员会检查一下工卡，以免非公司员工混上车。

简卿皱了皱眉。她记得周琳琳是搭男朋友的车来的，按理两个人也该一道回去。

不过她也没多想，就回了一句："可以。"

周琳琳："你在哪儿？我去找你。"

简卿："十点我们在北区的动物园门口碰头儿吧。"

周琳琳："好。"

昨天下午没有带眠眠去动物园，他们说好了今天去。

等小家伙起床，一起吃过早饭，他们慢悠悠地晃荡到动物园时，距离和周琳琳约定的时间还差几分钟。

"你们先进去玩吧，我在这里等个朋友，她来找我拿东西。"简卿说道。

陆淮予点了点头，淡淡地说道："那你好了给我打电话。"

眠眠今天穿着樱桃图案的红色披风外套，戴着绣了小毛球的帽子，模样十分可爱。

她乖乖巧巧地朝简卿挥了挥手，说道："姐姐，那你快一点儿呀，拜拜。"

简卿蹲下身子，抱了抱软乎乎的小家伙。

周琳琳耷拉着脑袋，插着兜往动物园走来，结果一抬头就看见和小女孩亲昵互动的简卿。

她撇了撇嘴，故意放慢了脚步。

等到男人牵着小女孩进了动物园，她才走入简卿的视线。

简卿摸出口袋里的蓝色工卡递给她，随口问道："你怎么不搭男朋友的车回去了？"

简卿不提还好，一提周琳琳的火就上来了。周琳琳对着她大倒苦水："他就是个神经病。

"昨天晚上大家没事干，我想着干脆玩扑克。我让他去买，结果他回来说扑克太贵了，不肯买。"

"不就一副扑克牌吗？这点儿钱他都舍不得给我花。我真服了。"她气鼓鼓地继续说道，"然后我说了他几句，他还和我翻脸了！他说什么养不起我。我需要他养？"

简卿后悔多问了一句，现在没办法，只能接着话茬儿，安抚道："一副扑克牌能有多贵呀？"

"就是呀。"周琳琳越想越气愤，越想越委屈，"虽然度假酒店里的扑克牌卖得是贵了一点儿，但三十块钱一副扑克牌，不也就是一杯奶茶钱吗？"

平时外面的扑克牌一般也就四五块钱，简卿就事论事地说道："那确实

288

是有点儿贵。"

周琳琳一听这话，以为她在帮着赵泽辛说话，心里的火气更大了，甚至迁怒起简卿来。

"不是，你差不多得了。你装穷还装上瘾了，在这儿说风凉话？"

简卿皱起眉，不解地看向她，问道："你什么意思？"

虽然她知道周琳琳平时讲话就直来直去，不太给人留情面，但今天这话未免说得有些刺耳了。

周琳琳盯着她干净的眼眸，心想就是这么一张干净的脸，骗了她和林亿这么久。亏她俩还总在背后悄悄合计，怎么给简卿找挣钱的外包活儿。

她冷笑一声，说道："还装呢？你不是早就傍上大款了吗？"

话都说到这个份儿上了，周琳琳血气上涌，索性挑明了直接说道："刚才进去的男人，你和他三年前不就在酒吧里勾搭上了吗？"

昨晚的大雪过后，目之所及皆是白茫茫的景致。

简卿的脑子里也是一片白。

光周琳琳提到的几个词就足以让她像过敏反应一样，感觉浑身紧绷且不适。

她睁着清亮的眸子，语带颤抖地问道："你在说什么？"

周琳琳觉得反正事情已经这样了，于是也不藏着掖着，把自己知道的事一股脑儿地倒了出来。

"三年前，我亲眼看见你扯着那个男人的胳膊，一起离开的消失酒吧。"

周琳琳的爸爸就是商圈的，她向来最讨厌的就是这种插足别人家庭的女人。

她越想越觉得恶心，嘴里的话也是不依不饶："你现在又成了别人家的家教，是真的在做家教，还是想近水楼台做女主人，你自己心里清楚。"

简卿不知道为什么感觉脚下有些软得站不住，动作迟缓地慢慢蹲了下来。

她用双臂环抱住膝盖，把脸埋进里面，眨了眨眼，眼里空荡荡的，没有聚焦，整个人仿佛失去了感知的能力。

她只能弯曲膝盖，通过伤口撕裂的疼痛获得短暂的知觉。

周琳琳说，三年前在消失酒吧和她在一起的人，是陆淮予？

简卿抬起头，伸手扯了扯周琳琳的大衣衣摆，声音喑哑又难以置信地问道："你认错人了吧？"

周琳琳不屑地轻嗤一声，觉得都这会儿了，简卿还想狡辩，于是掏出大衣口袋里的手机，打开相册，翻了许久，终于找到了自己想找的东西。

她掉转手机屏幕，将手机推到简卿的面前："你自己看。"

屏幕的微光映在简卿的脸上。

她盯着手机屏幕上的照片，脸色"唰"的一下变得惨白。

酒吧昏暗的环境里，男人的身形挺拔修长，他一手揽着她的腰往酒吧外走去。

而她几乎挂在男人的身上。

他们正巧站在一道光柱下，白色的光打在男人的脸上，让人能清晰地看到他的长相。

那是一张极为好看的侧脸——五官立体，眉骨精致，黑色的碎发垂至额前，衬得一双眼眸漆黑如墨。

他轻抿着嘴角，眼神凌厉，周身透着冷漠和疏离的气息，一副生人勿近的模样。

这是简卿从来没有见过的样子，比她印象中的陆淮予更加阴沉。

难以逃避的证据就摆在她的面前。

周围的空气仿佛凝滞了一般，伴随而来的是烦人的耳鸣。

她好像什么也听不见了，耳朵里只有"嗡嗡"的噪声。

简卿不知道她应该是什么心情。

此刻，她的心中只剩下深深的无力感，浑身止不住地颤抖着。

周琳琳看着简卿惨白的脸色，感觉简卿好像受到了极大的打击，心里有些后悔。

她捏着手里那张薄薄的工卡，心想，借了人家的东西，还把人家骂了一顿，不知道该怎么收场，干脆硬撑着，板着一张脸，冷哼一声，迈着大步，头也不回地离开了。

简卿怔怔地蹲在原地。

面前洁白的积雪被踩过以后，露出底下脏污的地面，仿佛虚假的美好景象之下，残酷而冰冷的现实。

她颤抖着手拿出手机，打开南临银行的App，一条一条地往上翻，一遍一遍地接受鞭笞。

其中一条转账附言中，她问："你还记得我吗？"

他回："记得。"

简卿盯着那两个字，嘲讽地扯了扯嘴角。

所以从头至尾，陆淮予都知道她是谁，却只字不提。

真是太可笑了，陆淮予把她当什么了？

冰冷的空气灌进五脏六腑，简卿感觉冷到了骨子里。

突然，一道低沉的声音打破了寂静——

"简卿？"

夏诀刚从动物园里出来，一眼就看到了蹲在门口的小姑娘。

她把一张脸埋在臂弯里，身体缩成了小小的一团。

简卿听见声音，肩膀猛地一抖，抹了一把脸，吸着鼻子站了起来。

夏诀收起手里的单反相机，盯着她微红的眼睛，皱了皱眉，故作不经意地说道："这么巧，你也来逛动物园？"

简卿沉默了半晌，然后摇了摇头，说道："没有，我就是路过。"

"一会儿你怎么回去，是坐大巴吗？"

经他这么一提醒，简卿才意识到这是个问题。

让她再搭陆淮予的车回去，不如要了她的命，但是她的工卡又借给了周琳琳。

刚才两个人闹得那么僵，她也不想再去找人要卡。

她看向夏诀，问道："你怎么回去啊？"

"我开车。"

简卿想了想，怯怯地问道："那你方便带我一个吗？"

夏诀挑了挑眉，答道："可以。"

停车场里停满了车。

简卿跟在夏诀的后面，低着头不知在想什么。

前面的人停了她也没注意，于是直直地撞上了人家的后背。

简卿揉了揉被撞得生疼的鼻子，连忙道歉："不好意思。"

夏诀倒没在意，随口说了句"没事"。

他摸出裤兜里的车钥匙，问道："你会开车吗？"

简卿愣了愣，答道："会。"

"那你开吧。"他一副理所当然的样子，"既然要搭车，你总得付一些报酬吧。"

虽然简卿没想到夏诀会让她开车，但夏诀说得确实有点儿道理。

于是她乖乖地接过了车钥匙，权当用自己的劳动力付车费了。

熟悉的车标让她心里一瞬间有些硌硬。

夏诀的车是一辆银色的保时捷911。

比起卡宴车型的沉稳，911的车型更显得张扬和放肆，倒很符合夏诀的性子。
　　当司机有一点好处就是，开车的时候，好像脑子就不会胡思乱想了。
　　简卿慢吞吞地倒车出库。
　　她反反复复地折腾了好几遍，手里虚比着方向盘，在思考是往左打方向，还是往右打方向。
　　坐在副驾驶座上的夏诀像大爷似的翘着脚，舒舒服服地靠在椅背上，低头看着手机，飞快地打字。
　　他用余光扫了一眼简卿认真的模样，斜斜地勾起嘴角，提示道："往右打。"
　　简卿想也不想，按照他的指挥向右打了方向盘，果然很快就把车倒了出去。
　　从停车场出去的路上没什么车，于是她踩了一脚油门，没想到"轰"的一声，跑车的速度就提了上去。
　　车子突然加速，像要把人硬生生拽出去似的。
　　发动机的声音震耳欲聋。这辆车开到哪里，就是哪里的焦点。
　　这就是那种她以前走在路上会骂的跑车。
　　即使她开得很慢，发动机的轰鸣声依然非常惹人注意。
　　简卿有些后悔了。
　　她没想到有一天，自己开车也有被别人骂的时候。
　　夏诀发完消息，锁上手机的屏幕，抬起头看了一眼窗外。
　　度假酒店的游览车正和他们并驾齐驱。开游览车的小哥时不时地看他们一眼，忍不住脸上的嘲笑之色，表情好像在说：保时捷911的发动机都吵成这样了，怎么就这速度？
　　夏诀沉默着收回目光，转头看向正襟危坐、战战兢兢地开着车的小姑娘。
　　不知道为什么，他觉得有点儿好笑，也没催促，就这么任由她慢吞吞地开着车。
　　车子开出了温泉酒店以后，就像进入了一片荒芜的原野。
　　因为下过雪，原野被厚厚的白雪覆盖。
　　笔直而没有尽头的路上没有其他车辆，好像整条道路都被他们独占了，时不时有压在树上的积雪落下。
　　雪原上没有人踏足的痕迹，干净纯洁的白色景致仿佛望不到边，可也净化不了她内心的想法，一不留神，五味杂陈的感觉就蹿了出来，憋也憋不回去。

这时，简卿放在置物架上的手机振动起来。

简卿开着车，腾不出手，跟夏诀说道："能帮我看一下是谁吗？"

夏诀伸手拿过她的手机，看了一眼屏幕——是一通微信通话。

"你叔叔给你打的，要帮你接吗？"

简卿皱了皱眉，下意识地说道："我没有叔叔啊。"

"没有吗？我看你备注的是陆叔叔。"

简卿这才反应过来，这是陆淮予打来的电话。

之前她通过周老师的介绍，加了家教小朋友家长的微信，只知道对方姓陆，以为是年纪比较大的长辈，于是顺手把备注改成了"陆叔叔"。

后来她一直也懒得改回陆淮予的名字。

虽然她现在对陆淮予很抗拒，抗拒到不想再见到他，也不想听到他的声音，但是她做不到对眠眠不辞而别。于是她抿了抿嘴角，减缓了车速，最后在路边将车停了下来。

夏诀把手机递过去，悄悄观察了一下她的脸色。

简卿有些低落，干净的眸子里满是迷茫。

"我去后备厢拿水。"夏诀主动下车，给她留出接电话的私人空间。

简卿将电话接起，耳畔便传来熟悉而低沉的男声："还没好吗？"

陆淮予的声音一如既往地好听，慵懒随意地带着勾人的磁性。

车内的空气有些闷闷的。简卿深吸了一口气，尽量让自己的情绪保持平稳，对陆淮予说道："我有些事情要回南临，就先走了。"

闻言，对面的人顿了顿，好像觉得有些突然，但又很快接受，转而关心地问道："这样啊！事情要紧吗？"

温柔关切的话语明明十分真诚，却让她没来由地觉得虚假，好像一切都是一场精心策划的骗局。

简卿垂下眸子，一句话也不想多说，只轻轻地"嗯"了一声。

车里车外是两个温度，冰冷的空气灌进人的五脏六腑，夏诀若有所思地靠在车尾，低头看着手机，修长干净的指尖在屏幕上来回滑动。

肖易用微信给他发了一张照片。

夏诀皱了皱眉，点进去看。

照片里，简卿跟在一个抱着小女孩的男人后面，照片里的第四个人夏诀认识，是大老板的助理。

助理正半弓着背，双手递上一张房卡。简卿正伸手去接房卡。

一通电话适时打进来。

肖易火急火燎地说道:"老大,你看照片了没有?"

过了半晌,夏诀才淡淡地应声,声音里听不出任何情绪。

肖易挠了挠头,说道:"这里面是不是有什么误会啊?"

夏诀眯了眯狭长的眸子,又盯着照片看了许久,最后根据体形断定,抱孩子的男人不是沈镌白,只是其中包含的信息和深意,不得不让人吃惊。

他声音冰冷又低沉地问道:"照片从哪里来的?"

肖易解释道:"我有一个朋友是《风华录》美术组的。照片好像是有人在他们微信群里发的,项目部私底下都传开了。"

他顿了顿,有些犹豫又小心翼翼地问道:"老大,妹妹不会真是和老板有什么吧?"

就连平时和简卿朝夕相处、对她还算了解的同事也都想歪了。

旁人的恶意揣测让夏诀想起了往事。

他没来由地觉得一阵烦躁:"没事别瞎猜,挂了。"

动物园里的喧闹声纷乱嘈杂。

眠眠正骑在小马上,马由工作人员牵着,绕着木质栅栏围成的场地走。她几乎贴在马背上,肉乎乎的双手紧紧地抱着马脖子。

小家伙的表情僵硬,一动也不敢动,又害怕又想要表现得勇敢。

陆淮予站在等候区,目光跟着她走。

只是他有些出神,好像什么也没看,五感也被耳边的电话里传来的声音占据了。

那端的小姑娘声音软弱微哑,不知道发生了什么事,像是刚刚哭过。

他问一句,对面的小姑娘就回一个字。

当医生的人,有时治疗中也常常需要帮助或者安慰患者,因此陆淮予对旁人的情绪的感知也比普通人敏感许多。

单从只言片语里,他就能感受到小姑娘突然的抗拒态度,她似乎连话也不想和自己说了。

电话两端的人都陷入了沉默之中。

过了许久,他听见电话那端传来了开关车门的响动。

一道低沉的男声问道:"喝水吗?我看你的嘴唇有些干。"

"喝。"简卿乖巧地向给她递水的人道谢,然后直接挂断了电话。

忙音"嘟嘟嘟"地吵个不停,陆淮予缓缓垂下眼皮,浓密的睫毛掩住了漆黑的眼眸,骨节分明的食指在手机屏幕上轻敲着。

只有杂乱无章的敲击节奏透露出他烦躁不安的情绪。

小山温泉两天一夜的旅行结束了。
周琳琳是本地人,所以旅行结束后直接回了家,压根儿没回寝室。
她和简卿撕破脸以后,互不见面,也省得尴尬。
只有林亿丈二和尚摸不着头脑。
往常几乎天天聊天儿的寝室群里现在只有她在说话,连一个应声的人也没有。
寝室里就剩下她和简卿了。
从温泉酒店回到学校以后,简卿倒头就睡,睡得没日没夜、浑浑噩噩的。
要不是林亿把她拽起来吃饭,她可能就这么睡死过去了也没人知道。
林亿还从来没见过她这副模样——也不讲话,好像整个人都处于一种迟缓的状态,哪里空了一块似的。
好在到了周一,简卿就恢复如常、神态自若地去上班了。
周末的沉睡仿佛将她空了的地方填补上了,让她完成了自我疗愈。
林亿虽然心存疑惑,却总归放下心来。
简卿到公司以后,不知道是不是自己的错觉,总觉得在等电梯的时候,还有走到工位的路上,都有人在偷偷地打量她。
她摇了摇头,轻轻地扯了扯嘴角,觉得自己可能真是睡傻了吧。
她把包放在座位上,去了一趟洗手间。
洗手间里是红棕色的一个个隔间,宽敞明亮,亮着暖黄色的灯光。
她用完洗手间正要出去洗手的时候,突然从洗手台处传来了议论的声音。
她开门的手瞬间顿住了。
"你看微博热搜了吗?"一个女人小声地问道。
她是用那种聊八卦的语气,特意压低嗓音问的。
"看了。真没想到啊,美术支持部的那个妹子原来和大老板还有一腿呢。"
"难怪之前我们部门好几个男生轮着去请人吃饭,全都被拒了,原来人家是有更好的选择。"
简卿抿了抿唇。
美术支持部就她一个女生。显然在她不知道的时候,自己成了闲言碎语的主角。
"看她年纪那么小,大学还没毕业吧?手段真厉害。"
"之前咱们项目的原画设计大赛,你还记得不?我听说她就画了几笔,夏诀就把人要走了。"

"啧，夏诀不是大老板的亲信吗？这不摆明了是走后门吗？"

简卿虽然听得云里雾里，但听到她们还扯上了夏诀，觉得实在是忍不了了，直接开门走了出来。

倚靠在洗手台边的两个女生顿时被吓了一跳。

她们显然认出了简卿，脸上的表情也有些尴尬。

倒是简卿坦坦荡荡地直视她们，清亮干净的眼眸里仿佛带着逼人的威压。

嘴碎的两个女生互相推搡着，匆匆离开了洗手间。

简卿蹙起眉心，摸出口袋里的手机，打开微博。

她不用怎么翻，就看到微博热搜第一的话题是"沈镌白生子"。

看到沈镌白这个熟悉的名字时，简卿下意识地点了进去，排在第一位的微博是某个娱乐大V（粉丝众多、获得个人认证的微博用户）发的。

@咸柠娱乐："#沈镌白生子#怀宇游戏、沈氏集团掌权人沈镌白，于前日被人拍到抱着孩子出入温泉酒店，身后还跟随着一个神秘女子。两个人举止亲密。"

看到这里，简卿有些吃惊。

她没想到，天天赖在陆淮予家不肯走的沈镌白原来这么有来头，甚至她脚下这一整栋巍峨的大厦都是沈镌白的。

简卿的目光下移，落在微博的配图上，照片里的场景是小山温泉的酒店大堂。

虽然孩子的脸被打上了马赛克，抱孩子的男人背对着镜头，但认识的人依然能够从清晰的正脸辨认出另外两个人分别是简卿和沈镌白的助理。

微博底下跟着许多评论。

@白茶："沈大佬这是隐婚了？"

@柳笔："不可能吧？以沈家的财力，他结婚了还不得大张旗鼓地办一场？"

@怀宇游戏毁我青春："这估计是什么私生女之类的，上不得台面吧？有钱人家不都是要生儿子才给转正吗？"

简卿的脑子里转了几个弯儿，她才总算是明白了整件事的来龙去脉。

但她不知道为什么，对这件事反而没什么感觉，好像在看与自己无关的事情一样。

比起那天从周琳琳口中知道的真相给她带来的冲击，这些事就显得微不足道了。

她的痛觉神经在持续的冲击里仿佛已经麻木，失去了感知的能力。

协和医院的口腔科门诊，一切都井然有序。

陆淮予结束了一天的门诊，觉得有些胸闷，于是径直去了天台。

现在正是饭点儿，所以天台上空无一人。

一月的天气正冷，尤其前几天刚下过雪，化雪的时候，天气格外冷，又湿又寒。

他只穿了一件薄薄的衬衫，外面套着干净整洁的白大褂。冰冷的空气毫无遮挡地把他冻透了。

陆淮予低垂着眼皮，表情淡淡的，双手插在白大褂两边的口袋里，最后摸出一包烟来。

干净修长又骨节分明的手指慵懒随意地夹着烟，使他看起来周身都透着三分沉郁的气息。

他刚想点烟，似乎又想起了什么，最终皱了皱眉，慢慢走到远处的垃圾桶边，将烟和打火机一起丢了进去。

即使在空旷的天台上，他胸口发闷的感觉依旧没有减轻。

他略显烦躁地伸手扯松了领带。

一片寂静之中，手机振动的声音突然响起——是沈镌白打来的电话。

"你在哪儿？我到你们医院了。"男人声音低沉、呼吸急促地说道。

陆淮予皱了皱眉，不知道他突然找来医院干什么，但还是答道："口腔楼天台。"

他的话音刚落，沈镌白就挂了电话。

没过两分钟，天台厚重的防火门被人推开。沈镌白身着一袭黑色的风衣，衣摆被风吹起，周身透着一股冷肃的气息。

他的臂弯里死死护着一个女人，女人的脸被沈镌白用大衣遮住了。

女人身形高挑，栗色的长发宛如瀑布，她身着一袭高定裙装，脚踩细跟缎面高跟鞋，曲线玲珑窈窕。

她在沈镌白挺拔高大的体形衬托下，显得身形格外娇小。

岑虞来医院时没戴口罩和帽子，怕被拍到，于是只能以这样的方式进来。

天台上没人了，沈镌白才把藏在他风衣里的岑虞放了出来。

他从大衣口袋里摸出手机，解锁以后递给了陆淮予。

陆淮予接过手机，发现手机屏幕停留在微博的界面上。

他一目十行地看完微博，皱紧了眉头。

虽然这会儿热搜已经被沈镌白第一时间找人撤了，但关于"沈镌白生子"的爆料微博已经被转发了近万条。

沈镌白这几年风头正盛，一是因为他刚刚坐稳沈氏集团一把手的位置，二是因为怀宇游戏推出的一款款脍炙人口的游戏，让国产游戏一次次破圈，所以他几乎被捧上了神坛，成了新晋的"国民老公"。

这下他被爆出生子的消息，着实让人震惊。

所有人都在等着看戏。

微博底下的评论一条条全都透着恶意。

@南圈圈："沈大佬生没生孩子我不知道，但这个妹妹长得够显小的。就这还带什么孩子来扫兴哪？沈总也太不上道儿了。"

@蹲个瓜吃："这妹子我认识，是怀宇游戏的实习生。她还在读大学。孩子怕不是她的吧？所以孩子的妈妈另有其人？那他们三个人是去干什么？偷情？"

@哦豁："偷情还带个小朋友，沈大佬口味够重的啊。"

陆淮予的脸色逐渐阴沉下来，他很快意识到了问题的严重性。

"照片是谁发到网上的？"他的声音冰冷，浑身透着一股寒意。

"我公司的一个员工。我已经把人开了。"

沈镌白抱歉地说道："对不起啊。这次连累你家'小孩'了。"

陆淮予深吸了一口气，抬手将两指按在太阳穴处，皱了皱眉，说道："是我没有注意。"

他的内心感到深深的懊恼。

不知道小姑娘看到网络上这些舆论会有多么委屈和伤心。

所以那天她是因为这件事情在哭吗？

陆淮予感觉心脏仿佛被人攥住一样难受，窒息一般的感觉压得他喘不过气来。

这时，岑虞的经纪人也终于赶了过来。

本来她们正在前往某个通告的路上，沈镌白不由分说，几乎像绑架似的把人从保姆车里拽出来，然后直接一路带到了医院。

经纪人唐婉一路追过来，早已气喘吁吁。

她着急忙慌地问道："医院里这么多人，你挡没挡脸哪？别被人拍了。"

岑虞全神贯注地看着手机，直接屏蔽了经纪人的声音。

沈镱白慢悠悠地说道:"放心,我给她挡了。"

岑虞盯着放大的照片反复地看。

微博曝光的时候,她早就看出里面的人不是沈镱白了。

倒是沈镱白如临大敌,吓得赶紧把她拉过来要找陆淮予解释。

只是岑虞着实没想到,陆淮予也有千年铁树开花的一天。

她打量着照片上的女人,虽然拍摄距离比较远,但仔细看还是能辨认出长相的。

她皱了皱眉,总觉得这女人有些眼熟。

这时,她脑子里突然闪过一道灵光,问道:"这不是你给眠眠请的家教吗?"

得了。

岑虞朝陆淮予竖起了大拇指,不像鼓励,倒像埋汰。

没想到她哥有一天也成了那种开着车到学校门口等小姑娘的人。

唐婉在一边催促道:"好了,我们赶紧走吧!这件事现在还没有扯上你,但要是在医院里被人拍到你跟沈镱白在一起,这不是引火烧身吗?"

"怎么和我没关系?他们扯上了眠眠就和我有关系了。"岑虞冷静下来以后,开始正视这件事情,打开评论正看舆论的走向。

就连她这种习惯了被恶意中伤的人也觉得那些评论刺眼,更何况是涉世未深的小姑娘。

事情闹到这么大,要想收场就只能说出事实。

岑虞转过头看向经纪人,说道:"我要公开。"

沈镱白看向她,瞳孔微微放大,露出讶异的神情。

"不行。"唐婉关键时刻可不是软弱的性子,不然也治不住岑虞,"你忘了上次微博上是什么反应了吗?那些网友骂你骂得微博都瘫痪了。"

唐婉口中的上次指的是岑虞之前被人拍到带眠眠去游乐场玩的那次。

"而且当时我们都说了眠眠是你亲戚的孩子,现在你又出来承认,这对你的个人形象影响太大了。"

岑虞有些不耐烦地说道:"上次我就已经想公开了,要不是公司瞒着我发了公告,现在也不会连累其他人。"

"我可以理解你的心情,但是如果你现在公开有孩子这件事,不光会负违约责任,"唐婉顿了顿,继续说道,"而且你的戏路会变窄。你再也演不了年轻的女孩子了。你是知道的吧?因为观众会跳戏。你的演艺事业会受到很大冲击的。"

岑虞抿了抿唇,问道:"那难道我以后每一次被拍到,都要用亲戚来当说辞吗？"

唐婉盯着她，岑虞盈盈的桃花眼里透着坚定的神色。她知道岑虞很清楚，这件事公开了以后意味着什么。这样的事实爆出来，轻易就能毁掉岑虞的事业。

唐婉张了张嘴，还想再劝些什么。

"那就公开。"沈镌白出声道。

有他在前面挡着，谁也伤害不了他的女孩。

斜靠在栏杆上、一直没有吭声的陆淮予突然开了腔："岑虞，跟我来。"

他的声音清洌，语气淡淡的，仿佛让气氛一下子冷却了。

岑虞看了一眼他的脸色，跟着他走远了。

天台角落里的风"呼呼"地吹着，岑虞被头发糊了一脸。

陆淮予看着她，沉默了半晌，说道："这件事情不是需要扯上你才能解决的。我不希望你因为迫不得已而勉强自己。"

大不了他们让沈镌白自己单方面承认眠眠，然后再解释一下他以朋友的身份帮忙带孩子的事情。

陆淮予的言下之意很明白，她可以继续做那个干干净净、没有污点的岑虞。

一旦公开真相，她就会像被撕掉一层皮一般，被扒得血肉模糊。

岑虞低着头，用拇指抠着一个个指甲，说道："但我不想这样。"

她不想每次和眠眠在一起的时候，都得躲在人后。

她也不想当一个懦弱的人，连自己的孩子都不敢承认。

过了半晌，她抬起头，像玩笑似的说道："更何况，我也不能耽误你了不是？"

她似乎想要化解沉重的气氛，才这样故作轻松。

陆淮予轻扯了一下嘴角，视线越过她向下看去。

目光所之处是医院的外墙，上面画着漂亮的墙绘。

长长的外墙尽头是一只毛皮鲜红的小狐狸，它孤独地站在地球上。

小王子背对着狐狸，看不见狐狸眼底的伤心。

男人的神色渐沉，其中现出了少见的低落与恐慌的情绪。

陆淮予反复翻着微博里的一条条评论，闲言碎语，字字戳心。

就连简卿之前参加《风华录》原画设计大赛的成绩也被人翻出来质疑。

即使简卿干干净净，像一张白纸一样，但一张毫无分量的照片就可以把白纸弄脏。

网络上的每一句话都像蘸了墨的笔，在纸上密密麻麻地甩满了污点。

而一旦被这些污点沾上，这些污点就会跟着她一辈子，让她再也擦不干净。

陆淮予好像从来没有这么愤怒过，愤怒到甚至冲动地想挨个儿回复每一条中伤她的评论。

但最可笑的是，他自己恰恰是造成这一局面的罪魁祸首。他更没有立场去替她辩驳什么。

陆淮予不是一个会在意别人的看法的人。

他和所有人一直保持着相对冷淡的关系。名誉对他来说不过是他人对他的存在价值的评价①，他没什么可在乎的。

只要他自己问心无愧就好了。

所以除非别人问起，否则他很少会主动解释什么。

陆淮予的人生一直算是顺遂的，他先是在象牙塔里钻研学术，然后进入医院，每天除了查房、门诊就是手术。

虽然他接触的病人形形色色，但是他们大多疲于治病活命，没什么其他的心思。

这样的生活简单至极，以至于让他忽视了人性里的恶。

原来这世界上还有那么多人不惮以最恶意的揣测来中伤他人，以达到取悦自己的目的。

他人的看法就其本身而言并非至关重要，他的内心足够强大，他对此可以不在乎甚至忽视。

可是换作被议论的人是简卿，他突然在乎起来。

他的小姑娘干干净净，本来不该受到这些伤害。

男人低着头，黑色的碎发垂落至额前，挡住了他猩红的眼眸，手机被他死死地攥在手里，几乎要捏碎一般，他的指尖因为用力而泛白。

"嗯好，那就这样处理。"沈镌白和公关团队打完了电话，"一会儿我和岑虞都会发微博宣布消息，应该就能把简卿的照片的事压下去了。"

---

① 此处参考：叔本华.人生的智慧.韦启昌，译.上海：上海人民出版社，2018.原文为："名誉在客观上是他人对我们的价值的看法，在主观上则是我们对于他人看法的顾忌。"

陆淮予皱了皱眉，"不行，还差一件事。"

"现在简卿在你们公司实习的事情已经被人曝到了网上，就算照片的事情解释清楚了，她也还是会被质疑是通过我们之间的关系进去实习的。"

沈镌白"啧"了一声："她在我的公司上班这事我压根儿不知道。我真服了网上这群人，真是闲的，逮谁喷谁。"

"那你说怎么处理？"沈镌白问。

陆淮予努力让自己冷静下来，慌乱解决不了问题。他的食指在漆黑的手机屏幕上快速地敲击着。

半晌，他似是想到了什么，解锁手机，给裴浩打了个电话。

《风华录》项目的事情，沈镌白作为高层，估计知道得还不如裴浩这个直接管理人清楚。

裴浩今天也是焦头烂额。

《风华录》的微博也被人攻击，被带了节奏，说他们原画比赛的名次作假。

这会儿他正和市场运营的人开紧急应对会议，半天没想着辙，会议室里陷入了长久的沉默。他急得满嘴水泡。

电话响起，以为又是什么坏消息，他看也没看，接了起来："什么事？"

陆淮予也是直截了当："之前你们的原画设计比赛，所有参赛者的作品还保留着吗？"

裴浩愣了愣，听着声音熟悉，看了一眼来电显示，确认是陆淮予，不明白他问这个干什么，下意识地回答："都在。"

"能全部公开吗？"

"你的意思是——？"裴浩像是被点通了一般，明白他想要做什么了。

既然有人质疑比赛的名次，那他们不如把所有的参赛作品公开，再进行投票，让结果说话。

只是裴浩有些犹豫，顿了顿，把心里担忧的事说了出来："这样风险太大了，万一投出来的第一名不是原本的第一名，那岂不是自己打自己的脸，反而坐实了我们在作假？"

陆淮予站在天台边，望向楼底下长长的墙绘，半晌，深信不疑地说："不会，我相信她。"

他相信她足够优秀，优秀到能把所有人甩在身后，并且甩得足够远。

事到如今，也没有其他更好的办法，裴浩烦躁地抓了把头发，明白这件事牵扯上了简卿，陆淮予着急的心情应该比他更甚："行吧，那我试试。你放心，我一定会尽全力帮她正名的。"

陆淮予眼皮低垂，艰难地扯了扯嘴角，但愿如此吧。

这边裴浩挂了电话，敲了敲桌子。

"我提个办法，公开作品，然后网络投票，大家判断一下有没有什么其他的风险？"

市场部负责人想了想说："也不是不可以，然后我们再找水军去投票，把第一名的作品投上去。"

裴浩翻了个白眼："我们能买水军，别人不会买啊？到时候互相比谁买的多？假不假？"

"有没有办法能做实名投票？比如说接入公司的游戏平台账号，这些都是实名认证的。"程序部的主程序师提议。

运营部的负责人说："我觉得可以，而且现在来闹的，主要都是《风华录》的用户，那我们干脆就不走微博投票，直接在官网做个投票界面，然后全平台推送。"

"做这样的投票网页最快要多久？"裴浩问。

"我来写，半个小时。"主程序师答，"但我需要UI（用户界面）美术师给出排版方案。"

主美立刻响应："没问题，我让美术组三个UI美术师现在就设计。"

说完他掏出手机就开始打电话叫人。

"那就按这个方案推进。我去和法务部的人确认一下参赛作品的版权问题。"裴浩合起桌上的笔记本电脑，"OK，辛苦各位，散会。"

怀宇游戏公司表面上风平浪静，好像什么事也没有发生。

简卿从白天起就坐在工位上，戴着耳机，只专心画画，其余的什么事也不想，顺带把微博也卸载了。

这一天，时不时地有其他部门的人来看热闹，夏诀阴沉着脸，把人都给吓了回去。

简卿有些庆幸，美术支持部的同事们一个字都没提，全然当作不知道，看她的眼神依旧和往常一样。

到了晚饭的时间，一旁的肖易动了动酸胀的脖子，搁下触控笔，移动鼠标，习惯性地打开微博网页，权当是休息放松。

不知道为什么，微博首页已经瘫痪，他刷了半天才慢吞吞地刷出界面来。

微博热搜排名第一的话题已经标上了红红的"爆"字。

肖易忍不住爆了一句粗口，满脸的难以置信，惹得好几个同事注目。

"小姨，喝水呢，被你吓得老子洒了一桌子水。"

"啥事啊，反应这么大？"

肖易盯着话题的"岑虞生子"那行字读了几遍，才肯相信："岑虞生孩子了？！"

"谁？岑虞？"洒水的同事立刻不淡定了，桌子也不擦就跑了过来，"哪个男人让我的女神生孩子了？"

简卿闻言皱了皱眉，作为唯一的知情人，也放下了手里的笔，凑到肖易的电脑前。

"这一天天的，怎么大老板生完，岑虞生？"有人冷不丁地冒出一句，"不会是老板为了压自己的话题，拖岑虞下水，转移舆论视线吧？"

"……"

说这话的人也是情商低，忘记了老板的事情里还有个当事人就坐在旁边。

气氛一瞬间僵住，没人敢吱声。

夏诀皱了皱眉，从工位上站起来，走到那人的后面，直接拍了那人的后脑勺儿一下。

那人这才反应过来，尴尬地摸了摸鼻子，立马道歉："不好意思啊简卿，我说错话了。"

简卿笑了笑："没事。"

她脸上的表情淡淡的，好像确实不在意。

大伙儿这才松了一口气，把这一茬给揭了过去。

由于在场不少岑虞的男粉丝，几个美术师也坐不住了，纷纷跑来集体"吃瓜"（看热闹）。

微博的网页加载速度出奇地慢，肖易刷新了半天才刷出页面。

话题排第一的微博，是一段视频采访。

记者不知道问了一个什么问题，岑虞拿着话筒说："大概因为我自己也是个妈妈吧。"

此话一出，顿时激起千层浪。

谁也没有想到，她会这么突然和坦率。

与此同时，岑虞的工作室也发微博承认此事，并且为之前的否认声明道歉。

某个是岑虞的粉丝的美术师忍不住低声叫道："快刷新一下，看看有没有人爆出来，这个男人是谁，让我知道我搞死他！"

他撸起袖子，好像要和那个男人干一架。

肖易重新刷新页面，没过一会儿，热搜已经重排，一条新的话题顶到了热搜第二的位置——"岑虞沈镌白生子"。

众人皆是一片沉默。

肖易抬起眼，乐了："你去搞死他啊。"

"爱情诚可贵，金钱价更高，我选择放手。"美术小哥非常爽地退出战场，祈祷他刚才大逆不道的言语，不要被传到老板的耳朵里。

热搜的第一条微博来自沈镌白，简简单单一句话。

"我是爸爸。"

这直接呼应了岑虞之前的采访。

紧接着怀宇公司官方微博对之前温泉酒店的照片也做出了回应。

大致内容是照片里的男人是孩子的舅舅，那天沈总临时有事，就拜托舅舅带孩子去玩。

不一会儿就有人挖出之前岑虞带着孩子去游乐场被拍的照片。根据小朋友的身形，网友推测出和温泉酒店里男人抱着的是同一个。

这似乎更加证实了这件事的真实性。

沈镌白的微博底下还好，岑虞的微博底下各种谩骂评论不断。

"哎，这帮人骂得也太难听了。"肖易扫了几眼，轻飘飘地说。

而后他抓住了另一个重点："原来照片里的男人根本不是老板啊？"

"那是不是就没有我们妹妹什么事了？"他像是松了一口气似的，"我就说嘛，这里面肯定有误会。"

"简卿你也真能憋，这一天都闷不作声，也不知道解释。"肖易嘟囔道，害他差点儿以为她是心虚所以才不敢讲话呢。

"你也没问哪。"简卿说，语气轻描淡写。

"我问了你就会解释吗？"

"也不一定。"如果解释起来很麻烦的话，如果她解释了大家也不一定相信的话。

简卿一直是这样认为的。

名誉不过是主观上她对他人的看法的顾忌，可她又不在乎他人的看法。

而良心才是她内在的名誉，倘若问心无愧，她有什么好在意的？

肖易顿时哑口无言，忍不住佩服妹妹的内心可真强大。

他有些好奇地问："所以那天和你去小山温泉的男人，是你之前说喜欢的人吗？"

"真是，你还和我说不带他去，这不还是带去了？"肖易拿腔拿调地揶揄道。

肖易说这话的时候，坐在位子上默不作声地画画的夏诀，手里的笔顿了顿。

简卿抿了抿唇，没有讲话，这时候否认，反而要解释更多。

岑虞的粉丝小哥伤心欲绝，不想再看下去，目光扫到热搜话题排行。

"这个'舅舅和舅妈的神仙爱情'是什么鬼？凭什么可以排到第三位？"

肖易也觉得这个话题有点儿像是在搞笑，好奇地顺手点了进去。

界面卡顿片刻后加载了出来。

简卿看到刷新出来的几张图片，愣了愣。

第一张是传遍网络的温泉酒店大堂里的照片，第二张却是她没见过、但无比熟悉的情景，是那天在温泉酒店，他们从餐厅出来，走在路上的照片。

天下着雪，他们穿着日式浴衣，眠眠一手牵着一个大人，好像是纽带一般。

男人五官立体，眉骨精致，正侧过脸，好像在和女人说着什么，他的嘴角轻轻勾起，一双漆黑的眼眸看向她时，仿佛盛着星光。

女人的长相干净漂亮，皮肤白到几乎透明，乌黑的短发，侧边分出一缕编成麻花的辫子，更显得俏皮可爱。

蓝色百合花纹的浴衣穿在她身上，又压掉了几分活泼，给人清清爽爽、很舒服的感觉。

和男人对视的时候，她好像有些害羞，正抬手将垂落下来的一缕碎发别去耳后。

发照片的微博账号是一个小透明。也不知道怎么回事，这条微博被网友给顶上了热搜。

@喵喵喵呜："救命！本来在翻沈大佬和岑虞的话题，结果不小心嗑到了孩子的舅舅和舅妈的组合。那天我也在温泉酒店度假，看到特别漂亮的一家三口，就悄悄拍了张照片，虽然孩子不是真的，但我相信舅舅和舅妈

· 306 ·

是真的！"

底下的评论已经上千条。

@吃瓜一线群众："之前没看到正脸，只觉得舅舅的背影很好看，没想到正脸这么帅啊！这身浴衣太爱了！"

@网游毁我一生："妹妹怎么能这么甜啊。"

@再嗑一颗糖："请送我上去，我有舅舅和舅妈在蹦床公园公主抱的视频！"

这条评论底下又是许多评论。

@依依："我感觉我在'吃瓜'的路上，走偏了道儿。"

@嘻嘻哈哈："舅舅的臂力和腰力惊人哪。呜——小舅妈那么甜，舅舅要轻一点儿啊。"

简卿真是没眼看这些评论，出声道："能不能别看了？"

"为什么，这多有意思呀？"

肖易已经顾不得当事人在不在场，全神贯注地刷着微博，甚至觉得这比生孩子的事有意思多了。

当然在一片讨论声里，也还是存在不和谐的声音。

@唐明皇："所以这就能洗掉舅妈在《风华录》原画比赛里走后门的事情了？"

@haru春："楼上麻烦去《风华录》官网看一下投票，舅妈的作品现在遥遥领先其他参赛者的作品好吗？没有审美就别叨叨。"

@又嗑到一颗糖："我怎么觉得舅妈画的原画角色，长得特别像舅舅呢？"

@写文不如去睡觉："附议！我觉得就是！虽然画的医生被口罩挡住了半边脸。"

@呼噜噜噜："舅舅好像就是很牛的医生吧。猝不及防的一口糖。"

肖易看着看着，自己都不自觉地露出"姨母笑"，看向简卿："你和舅舅好甜哪。"

简卿沉默半晌，嘲讽地扯了扯嘴角："都是假的，别信。"

晚上八点，她下班回家。

公司里虽然还是有人会侧目打量她，但眼神明显变得柔和了。

甚至有人友善地朝她打招呼，调侃她今天达成了成名十五分钟的成就。

根据波普艺术倡导者安迪·沃霍尔的理论，每个人的一生都会有十五

307

分钟的成名时间。

简卿被这样带有调侃意味的说法逗乐,和调侃她的陌生同事相视一笑。

等电梯的时候,她遇见了早上在洗手间里撞见的两个女生,两个人手挽着手,犹犹豫豫地靠近。

"那个——"

"对不起啊,早上在背后那么说你。原来都是误会,你别介意啊。"

"啊——还有你男朋友挺帅的。"说完,两个女生涨红着脸,一溜烟儿跑远了。

"……"

简卿的心情有些复杂。

虽然一件事情被解释清楚了,但是好像另一件事解释不清了。

出了公司的大门,不知道为什么,视线莫名其妙地向左移,她一眼看见了停在那里的黑色保时捷 SUV。

男人斜斜地靠在车门旁,双手抱臂,眼皮低垂,嘴角紧抿,背部不像平时那样挺得笔直,好像有一点点沮丧。

他抬起头,正对上了简卿的目光。

她的眼睛一如既往地干净澄澈,只是看向他时,眼神冰冷疏离。

简卿不再多看他一眼,扭头就走,片刻后,感觉身后有脚步声跟着。

她快,对方的脚步也快,她慢,对方的脚步也慢。

陆淮予就这么安安静静地跟着她,好像不想碍她的眼,在等她什么时候想理他了再出现在她的面前。

天气预报说今天晚上有雨。果然雨滴开始滴在简卿的脸上。

陈年旧事卡在她的心里,让她如鲠在喉。

再这么走下去,也许陆淮予还会跟着她一路搭地铁回学校。

简卿顿住了脚步,回过头去:"你可不可以不要跟着我?"

陆淮予在离她一米之外的地方站定,漆黑的眸子凝视着她。

半响,他开了腔:"简卿。"

他的嗓音有些低哑,含着沙砾似的,喊着她的名字。

"微博上的那些事情,我很抱歉。"他的声音低低缓缓的,"我一个人习惯了,很少去在乎别人的看法,对很多事情也懒得解释,但我没有想到会影响到你。"

"这件事你没有影响到我。"她一字一顿地说,"你不用和我道歉,本来这就不是你的错。"

错的明明是拍了照片、上传到网络上引导舆论的人。

他在这里道什么歉？

简卿很不喜欢看到他这样小心翼翼的模样。

他的骨子里应该是骄傲的，冷冷淡淡，对谁也不会多看一眼。

这么些年，从陈妍那里，简卿听够了类似网络上那些冷嘲热讽的言语，要是在意，早就承受不住了。

至亲的人恶意的揣测和中伤的言语她都不在意，更何况是网络上那些只言片语。

她真正在意的，是他对过去的事的隐瞒。

陆淮予眉心微蹙："你不是因为这件事生气，那是什么原因呢？"

简卿抿着唇，不肯回答。

两个人沉默地对视着。

在他们僵持的时候，远处一辆银色的保时捷911缓缓靠近。

夏诀从公司开车出来，看见路边站着熟悉的身影。

他落下车窗，目光落在陆淮予的身上，停了一瞬，又很快移开："简卿，上车。"

晚高峰的道路上挤满了密密麻麻的车辆，时不时有鸣笛声响起。

夏诀将车停在拐弯道上，堵着后面的车，后面的人不停地鸣笛催促。

"要下雨了。"他说，"我送你回学校。"

简卿垂下眼眸，转身要走，手腕却倏地被人攥住，男人的掌心温热，力道强劲。

陆淮予的目光深沉，他紧抿嘴唇，直直地盯着她。

"简卿。"

他声音很轻，唤着她的名字，好像在进行最后的挽留。

"别走。"他低喃着，语气透着深深的无力感，仿佛马上就要被她抛弃了。

心脏条件反射地漏跳了一拍，简卿很烦自己对他的声音有着本能的反应和悸动。

她沉默着，一点点从他的手里挣脱出自己的手，然后大步迈向夏诀的车，没有再看他一眼。

人行道上是步履匆匆、来来往往的行人。

随着她挣脱手并离开，他的手臂像是被抽走了力气似的垂落下来，陆淮予站在川流不息的人潮里，仿佛周围只剩下他一个人，眼神迷茫而无助。

突然间，大雨倾盆而下，像是为了刻意衬托他此时的心情。

陆淮予死死地盯着前方，看着她坐上别人的车，然后在雨幕里离开。他的眼底猩红一片。

车里的暖气开得很足，驱走了外面的寒意。

银色的保时捷缓缓驶入车道。前面出了一场小型车祸，导致原本就拥堵的道路更加雪上加霜。

豆大的雨滴打在车窗上，沿着玻璃滑下，划出一道道水痕。

夏诀握着方向盘，漫不经心地开口："这雨真是说下就下啊。"

简卿靠在柔软的椅背上，低着头，有些没精打采，淡淡地应了一声。

她扭头看向窗外，透过布满水渍的玻璃，看着流光溢彩的城市夜景，随后目光不由自主地看向后视镜。

后视镜里的人们要么奔跑避雨，要么慌忙地从包里拿出伞撑起，唯独远远一个身影，一动不动地站在原处。

车祸现场终于被清理干净，堵塞的车流开始缓慢移动。

简卿盯着后视镜里的身影变成小小一个黑点，直到消失不见。

第十一章
回 忆

南大美术学院寝室楼。

"赵泽辛,我说了分手就是分手,没和你开玩笑。"

周琳琳拿着手机在打电话,语速极快,像是在吵架,连珠炮似的往外骂。

"公司把你开了,那是你活该!"

"你自己干了什么事你自己清楚,微博上传出来的照片是不是你发的?"

"你是不是有毛病?你知道这种照片流传出去对一个女孩子影响有多大吗?"

也不知道对面的人说了什么,周琳琳翻了个白眼,更气了:"什么叫澄清就没事了?你捅了人一刀,伤口愈合了是不是也能说没事?"

说完,周琳琳直接挂了电话,爆了句粗话。

林亿从浴室里出来,踩着拖鞋,将毛巾按在头上擦水,漫不经心地打招呼:"哟,回来了。你刚才在和谁打电话呢?语气这么冲,我在里面都能听着声儿。"

周琳琳看着她,顿时垮了脸,撇着嘴,一副要哭的模样:"林亿,我完了。"

林亿斜斜地靠在床沿伸出来的扶梯上,听周琳琳交代完前因后果,叹了一口气,烦躁地挠了挠头,颇为无奈地说:"姐姐,你这臭脾气能不能改改?什么事就只顾着自己张口说得舒坦。难怪我觉得这两天你们之间气氛怪怪的。"

周琳琳老老实实地盘腿坐在椅子上，哼哼唧唧地道："我已经知道错了。那你说现在怎么办嘛。那天我话说得那么难听，好像还把简卿说哭了。"

"能怎么办？该道歉道歉。"

林亿边说边打开微博。她在工作室画了一天人体，下周就要交作品了，特意没带手机去工作室，就怕自己分心，所以压根儿不知道今天微博上发生的事情。

她手里不停地翻着照片和小视频："别说，简卿和陆医生真的还挺配——"话音刚落，恰巧此时，简卿推门进来。

气氛一瞬间有些尴尬。

周琳琳的位置离门边很近，她最先看见了简卿，眼里透着十足的怯意。她轻咳了一声："回来了啊。"

简卿脸上的表情淡淡的，她没什么特别的反应，礼貌性地应了一声，然后就自顾自地做自己的事情，周琳琳看不明她是什么态度和情绪。

林亿皱了皱眉，朝周琳琳使了个眼色，催促她赶紧的。

周琳琳不安地揉着手里一团面巾纸，纸都要被揉烂了，她才鼓起勇气，小心翼翼地说："简卿，对不起啊。"

简卿脱外套的动作顿了顿。

"是我太冲动了，什么也没搞清楚，就那么说你，我真的知道错了。"

周琳琳越说声音越小，越说越没底。

刚才她骂赵泽辛的话，其实也在骂她自己。

她捅的那一刀，不比赵泽辛好到哪里去。

寝室里的气氛异常安静，仿佛落针可闻。

半晌，简卿拢了拢被雨水打湿的头发，似不经意地问："你有头绳吗？"

"啊？"周琳琳愣了愣。

"借我一根。"

周琳琳抬起头，对上她干净澄澈的眼眸，半晌才回过神儿，手忙脚乱地翻着桌上的小抽屉，找出一根缀着樱桃坠子的深红色头绳递给她。

简卿道了一声"谢谢"，好像和以前一样稀松平常。

周琳琳递给她头绳时，两个人的手指相触。

周琳琳指尖微颤，有些发麻，感受到了她的指腹微凉柔软的触感："不……不客气。"

简卿走到穿衣镜前面，开始慢慢地拢起头发。

她的头发已经变得有些长,到了可以扎起来的长度,虽然只是短短一小撮。

寝室里的气氛好像因为简卿打岔,变得缓和许多。

周琳琳和林亿对视一眼,松了一口气。

三个人默契地不再提及这件事。

林亿坐到自己的位置上,翻着今天画的人体,怎么看都不满意。

她痛苦地"啊"了一声:"你们人体课的作品画好了吗?"

"加油,我不用上人体课。"周琳琳耸了耸肩,她的专业是首饰设计,人体课不是首饰设计专业的必修课。

简卿拍了拍脑袋:"我给忘了。"

这段时间她忙着实习工作,把学校里的事给落下不少。

"下周二就要交了,你再不画,工作室就没有模特给你画了。"林亿愁眉苦脸地说,"周老师抠门儿,这周请的人体模特都是些大爷大妈,我画得好没感觉啊。"

"不过你现在天天实习,好像也没有时间,要不要干脆请个假啊?"

简卿在脑子里算了一笔账,请假一天的工资损失是1000元,请一个人体模特的价钱是四五百元。

一般请模特是由学校里的老师出钱,然后供所有的学生去画。

简卿想了想,不如周末自己请个模特,这样摆什么姿势、用什么角度也好调整,不必去在意其他人。

于是她翻出手机,联系上周老师,请他帮忙约一个模特。

周瑞家和陆淮予家离得很近,就在隔壁栋。

"我也真服了,下这么大的雨,你一个人傻站着做什么?"

周瑞端着一碗感冒汤药,搁在茶几上。

晚上他开车送媳妇儿去医院值班,回来的路上就看见陆淮予站在大雨里,低着头,一副失魂落魄的样子。

要不是被他撞见了,把人带回来,他也不知道这人还要站到什么时候。

陆淮予已经换上一身家居服,无精打采地陷在沙发里,怀里抱着个靠枕,黑发湿漉漉地垂落至额前,眼皮低垂,睫似鸦羽,敛住了漆黑的眼,让人看不明里面的情绪。

见他不讲话,周瑞索性在他旁边坐下,双脚架上茶几,一副懒懒散散的模样。

周瑞双手捧着手机刷起微博来，手指在屏幕上来回滑动，絮絮叨叨地吐槽："之前我就觉得你和简卿有些什么，亏秦蕴还给你们解释。让你别搞我的学生，你倒是直接把她带去温泉酒店了。陆淮予，你可真不是人。"

他啧啧道："像我们这些当老师的，最讨厌你这样的人。"

周瑞瞥一眼始终默不作声的男人，阴阳怪气地道："没想到你活成了我最讨厌的那种人。讲实话，我现在挺后悔把简卿介绍给你做家教的，显得像是我促成的一样。"

周瑞越想越觉得不满："连我都觉得心虚，你难道不心虚吗？"

听到这儿，陆淮予像是终于有了些反应，轻轻扯了扯嘴角，像是自嘲："怎么可能不心虚啊？"

他淋了雨以后，嗓音低低沉沉的，有些嘶哑，仿佛含着细小的沙砾。

他和简卿，处在错位的人生阶段。

陆淮予有忙不完的工作、数不清的应酬，这几年虽然家里不提，但迟早会催他成家。

可简卿不一样。

她还很年轻，有大把的时间去感受人生，然后再去选择自己想要的东西。

周瑞轻嗤了一声："所以你们现在怎么样了？"

"人家因为微博上的事把你甩了？"他猜测道。

和陆淮予做了这么些年的朋友，周瑞还是第一次见他失态，虽然不认同，却也知道他是动了真感情。

"我不知道。"陆淮予低着头，眼眶有些红。

他忍不住去想，可能他也只是简卿感受人生，并被抛弃的一部分。

周瑞看他这副模样，一瞬间有一种错觉，倒不是他玩了人家小姑娘，而是人家小姑娘玩了他似的。

"不知道就去问啊。"周瑞撇了撇嘴，没有施予过多的同情之心，反而打开微信准备和媳妇儿分享此事，正巧看见微信里有一条简卿发来的信息。

简卿："周老师，我想周六请一个人体模特，价格在500元以内，能麻烦您帮我联系一下吗？"

周瑞转了转眼珠子，像是做贼心虚，悄悄把屏幕离远了旁边的人，打字道："我这儿有个免费的，你要吗？"

到了周六，简卿早早地去了工作室。

工作室里空无一人，安安静静的。

平时大家默认周六休息，通常不会有人来。

简卿面向窗户，窗外的景色正好，工作室外面是空旷的平地，被冬日的暖阳笼罩着。

离和周老师约的人体模特上班的时间还早，她索性找了个角度，把工作室的窗帘全部拉开，对着窗外写生。

草图打到一半，背后传来轻微的开门声，应该是人体模特到了。

简卿正画到关键的时候，视线在窗外和画纸上来回移动，腾不出空回头，直接随意地开口招呼："来了，脱衣服吧。"

刚进门的男人似乎愣了一瞬，没明白意思："现在？"

他的声音低沉沙哑，透着三分疑惑不解之意。

"不然呢？我马上就好。"简卿淡淡地说着，手上勾线的动作不停，全神贯注于眼前的画。

短暂沉默后，她听见身后传来衣物摩擦的声音，不疾不徐的。

简卿不好让人多等，快速地将画收了尾。

等她回过头时，却被眼前的男人吓了一跳，她条件反射地倒退一步，差点儿没把画架撞倒。

她瞪大了眼睛，直直地盯着他。

只见陆淮予衣服脱到一半，眼眸低垂，正慢条斯理地解开白色衬衫下面的最后一颗扣子。

衬衫松散开来，露出里面白皙的肌肤，她看得出他时常运动，腹部肌肉紧致，没有一丝赘肉，线条完美。

简卿不由得呼吸一窒，压了压心里的燥意，板起了一张脸："你怎么在这里？"

陆淮予抬起手，取下袖扣和腕上的手表："周瑞告诉我，说你今天在画室里，我就来了。"

当然，周瑞肯定没有告诉他让他来是做什么的。

简卿一阵沉默。

所以这就是周老师给她找的免费人体模特？

她忍不住暗骂，真不该贪便宜。

也不知道为什么，他的声音比往常更低哑，简卿刚才背对他时竟然没有听出来。

在她恍神的工夫，陆淮予已经脱掉了衬衫。

"还要脱吗？"他问，脸上的表情淡淡的，神态自若，没有一点儿不自在的样子。

简卿盯着他，他漆黑的眼眸好像黑洞一样能把人吸进去。

"脱。"她面无表情地说。

反正他都已经脱了一半儿了。

陆淮予的身体，比她见过的所有模特的都要匀称，她不画白不画，以后可没这么好的机会。

因为所有窗帘都被拉开了，工作室里光线亮堂，敛去了暧昧旖旎的气氛。

周围很安静，屋里的人甚至能听到窗外的虫鸣鸟叫声。

明明知道是误会，简卿还是让他继续脱衣服了，心里存着恶意，想要折辱他。

艺术生对人体模特可以抱着很专业的态度去看待，眼里更多的是人体结构和光影。

可对不在这个圈子里混的人来说，并不一定能接受这种事。

更何况他还是给她当人体模特。

简卿原本以为陆淮予会直接拒绝，但在她冷漠地说完后，他反应平淡，敛下眼眸，干净修长的手骨节分明，搭在黑色的皮带上，开始解扣，出乎意料地配合。

当然，简卿还没有那么过分，递给他一条米白色的绸缎，用来遮挡重点部位。

陆淮予从容不迫，还很有教养地向她道谢。

他即使在这样的处境下，举手投足也显得矜贵和优雅。

除了藏在耳根处的浅浅红晕泄露了他的一点点情绪。

简卿沉默地别过头，故作淡定地转身不去看他。

她重新捡起画架上的笔，继续刚才没画完的画，却怎么也画不进去。

工作室在顶楼，周围是空旷的大平地，没有其他建筑。

简卿却还是忍不住担心，会不会被别人看到他。

明明以前上人体课的时候，她从来不会在意这个问题。

注意力不知不觉移走，感观不受控制地聚焦在背后，她听见了衣服布料摩擦的声音，右手悄悄握了握拳，指甲印在掌心里，刻出一道月牙儿痕迹。

陆淮予慢条斯理地脱掉西裤，将其整整齐齐地搭在一旁的椅背上，不至于被弄皱，目光移至背对他的简卿。

原本的短发被束起，被深红色的发圈扎住，发圈缀着一颗樱桃，露出白净如瓷的耳背和雪白的后颈。

窗外阳光明媚，仿佛一层薄纱轻轻笼罩在她身上。

她的背部紧绷，挺得很直，从认出他开始，她就进入了戒备的状态，像一只竖起刺防御的小刺猬。

陆淮予垂下眼眸，隐去了眼里的失落情绪。

"我好了。"他说。

声音冷冷淡淡，还是有些哑，含着细小沙砾似的。

简卿勾线的笔顿了顿，她用力过度，笔尖折了一小段黑色的铅。

肩膀有些僵硬，她深深呼了一口气，转过身来，努力让自己的眼神平静，保持专业的态度，不带一丝异样色彩。

陆淮予只是站在那里，就已经足够成为焦点。

他身形挺拔修长，皮肤白到发光，锁骨立体，腰腹紧致。

柔软的绸缎布料遮在腰间，垂坠下来，衬得他的一双腿更加修长，腿部肌肉匀称结实。

近距离地观察，简卿才发现他不仅皮相生得好，骨相也是匀称刚好，就连趾骨的长度也是完美的比例。

从头到脚，他没有一处是她不满意的。

简卿慌忙移开视线，搬走置物台上的石膏像以及杂七杂八的水果酒瓶。

"坐上去。"她说道，语调依旧是冷漠淡然，沉默许久后突然发声，嗓子好像不习惯似的，有些哑。

陆淮予抿了抿嘴角，敛下眼眸，赤着脚走到置物台边，依照她的指示坐下。

简卿双手抱臂，干净的眼眸里没有任何情绪。

她动了动嘴皮子。

"左脚抬起来，膝盖弯曲，踩在上面。"

"右腿伸直。"

"脚背绷紧一点儿。"

陆淮予跟着她的指示，不带任何反抗地摆出姿势，仿佛任她摆布的人偶。

简卿心里生出一股烦躁情绪。

好像他越是这样配合，她就越是讨厌，越想欺负他。

窗户有些没关好，开着条缝隙，携着寒意的微风在空荡荡的工作室里乱窜。

简卿穿着毛衣不觉得冷，陆淮予身上却没有避寒的衣服。

她明明知道，也不去关窗，故意让他冻着，就连摆的姿势也是挑难受的。

"左脚再往里一点儿。"

"手肘搭在膝盖上，背部弓下去。"

"太低了，背直回来一些。"

"太直了，再下去一点点。"

她光这么说，陆淮予把握不了程度，只能反反复复地调整。

最后他受不了，终于开腔："我不知道你要什么程度。"

声音低哑，带着淡淡的鼻音，好像有一点点委屈。

"……"简卿抿了抿唇，走近他，柔软的掌心按在他宽阔的背上，触感冰凉，甚至能摸到他的脊骨。

她也不再动嘴，直接上手，触上他的后颈，向下压，显出整条漂亮的背部曲线。

陆淮予一直看着她，明明处在劣势，骨子里却依然透着不卑不亢的气势，姿态优雅而从容。

简卿感受到来自他的视线和压迫感，当作不存在似的，眼神不肯分他丝毫，自顾自地摆弄着他的身体，动作不带任何感情。

"不要动，保持这个姿势。"她命令道。

陆淮予眼眸低垂，淡淡地应了一声"好"。

简卿转身走回画架边。

她离远了看，陆淮予摆好的姿势下，身体比例和曲线更加迷人。

他微微颔首，黑发垂落至额前，挡住了光线，露出近乎完美的侧脸，鼻梁挺窄，下颌线条紧致明晰，眼睫又密又长，洒下一片阴影，藏住了瞳孔里的情绪。

他脸上的表情淡淡的，让人看不出喜怒，但总归是不太高兴的，唇抿成了一条线。

简卿刻意给他摆了一个露侧脸的姿势，这样只能她看着他。

而从陆淮予的角度，他只能看见满是颜料的地板。

她深深吸气，而后清空大脑纷杂的思绪，强迫自己集中精力，把对眼前男人的情绪全部抛到脑后，将他看作完美无缺的石膏像。

工作室朝南，从窗外射进室内的阳光渐渐西斜，没了阳光照耀，温度开始降低。

陆淮予摆着姿势，一动不动，直到后面浑身僵硬，像是麻木了一般。

简卿站着画画，站累了还能坐下，反反复复。

她画了整整四个小时，按理人体模特每摆三十分钟，就要休息一下，之后再换一个姿势，因为同样的动作摆久了，身体会酸痛。

偏偏简卿一声不吭，像是故意的，想看看他能坚持到什么时候。

结果直到她画完，陆淮予也没有动一下。

她没开口说能动，他就真的不动，即使到后面浑身的肌肉在不受控制地微微颤抖。

好像从头到尾，她都占据着绝对主导的地位。

但简卿知道，那是因为他让着她。

一直以来都是如此。

他永远是沉稳而包容的，不计较她的小脾气。

就连她这样过分地对待他，他也全部接受。

简卿手里拿着铅笔，指甲反反复复抠着笔头，几乎要把外面包裹的一层墨绿色漆皮抠下来。

最后她在心里凉凉地轻"呵"一声，那又怎么样呢？

他就是大骗子。

"我好了，穿衣服吧。"

简卿放下铅笔，将画好的素描纸夹进画板里，似乎并不打算被他看见。

闻言，陆淮予才动了动腿，动作迟缓而艰难，皱了皱眉心，整条腿都已经麻木，过了许久才缓和过来。

他的步子有些虚浮，他以极为缓慢的速度在走，却丝毫不显狼狈，依旧有条不紊、慢条斯理地一颗一颗系上衬衫扣子，而后将手表和袖扣戴回。

简卿默不作声，盯着他的动作，心里闪过一丝愧疚感，然而这情绪转瞬即逝。

她从钱包里翻出500块钱，搁在他面前的桌子上。

"你的报酬。"她说。

陆淮予系表带的动作顿了顿。

盯着面前的500块钱，再好的脾气，也没办法再忍，他深吸一口气，像是在控制自己。

"简卿。"他说,"别闹了,好不好?你不用这样故意惹我生气。有什么问题,我们好好说。"

他的声音低缓沙哑,就这样了他还想着和她讲道理:"如果我做了什么让你生气的事情,你说出来我才能知道。"

简卿扯了扯嘴角。他知道了又能怎么样?他要把她的伤口再血淋淋地撕开一次吗?

明明她都要往前走了。

那个人是谁都可以,但是为什么会是陆淮予?

"我没什么想说的。"简卿面无表情,声音冰冷,一字一顿地说,"你可不可以不要再出现在我面前?"

随着她的话出口,周围的空气仿佛凝滞。

简卿知道自己今天很过分。

任何人被她这样几乎践踏自尊地对待,都会受不了,更何况是陆淮予。

他是那么骄傲,却在她面前一次次降低自己的底线。

也不知道是良好的教养约束还是什么,他依旧很好地控制着自己的情绪,除了漆黑的眼眸沉了又沉。

陆淮予沉默了许久,直直地盯着她,似乎想要将她脸上的表情看穿。

简卿没有逃避,亦回视他,干净澄澈的眼眸里透着浓浓的抗拒和抵触之色。

她没留一丝余地。

陆淮予垂下眼,自顾自地抚平衬衫袖子上的褶皱,穿戴整齐,重新恢复疏离冷淡的模样。

他没有再说话,最后看了简卿一眼,漆黑如墨的眼眸里情绪复杂。

而后他拿起桌上的500块钱,转身离开,背部挺得笔直,步伐不疾不徐,始终透着刻在骨子里的矜贵与优雅气质。

工作室的门被打开,而后又轻轻合上。

简卿像是瞬间被人抽走了力气,鼻子涌起一股酸涩感,胸口上下起伏,心里空空荡荡的。

她并没有因为报复回去了而感到一丝快意,反而变得更加难受。

简卿垂头丧气地回到宿舍里。

林亿正抱着吉他练琴,知道她今天约了一个人体模特画画:"怎么样,人体画完了？"

简卿淡淡地回道："画完了。"

林亿放下吉他："借我看看呗，我学习一下你咋画的。"

简卿抿了抿嘴角，不知道为什么，不想把陆淮予的画给林亿看。

从来不扯谎的她，破天荒扯了一个谎："我这次画得不好，废稿了。"

林亿闻言，没察觉出什么不对，反倒松了一口气："连你都没画好，那我平衡了。"

后来，简卿也没有把那张画交出去，而是周一请了一天假，在工作室里对着正儿八经的人体模特重新画了一幅，当作作业交上去。

周瑞批作业的时候倒不意外。他也就是开了个小玩笑，想陆淮予那样高冷的性子，那人怎么可能真给小姑娘当人体模特？

一直到临近过年，学校放寒假，陆淮予果然再也没有出现。

简卿不想回渝市，于是申请了住校。反正她已经习惯一个人了，春节在哪里过都一样。

日子依旧平平淡淡，该实习实习，她尽力让自己忙碌起来，这样就不会有空去想别的事。

她唯一值得高兴的事可能就是年末公司发了一笔年终奖。

按理说她刚入职不久，年终是没什么奖金的，但是她之前参加《风华录》原画比赛的作品，因为之前微博上的事情出了圈，甚至被卖给了一家私人医院做虚拟医生形象推广，公司还挣了一笔版权费，于是简卿手里一下多出了二十万块钱。

她不得不感慨，游戏公司真是富得流油，让她瞬间就没有了经济上的后顾之忧。

她重新联系上了房产中介周承，希望能够把老房子买回来。

之前周承去房管局查到了老房子如今的产权人是李永建，渝市卫校的校长。

周承几次联系，都没有谈拢，甚至连价格都没来得及报，就被李校长直接拒绝了，对方说什么也不卖。

简卿没办法，找周承要了李校长的电话，亲自打电话过去商量。

她没想到对方出乎意料地很好讲话，很快答应了卖房，甚至报价只有他买房时的一半。

所以赶在年关之前，简卿特意回了渝市一趟，希望能尽快让心里这块大石头落地。

渝市远郊的墓园里，人造的土坡上是一排一排的墓碑，密密麻麻的。

生前形形色色的人长眠于此，冰冷的墓碑上镌刻着名字，贴着黑白照片。

简卿回渝市以后，没有直接去卫校找李校长买房，而是来了墓园。

她和李校长约的这一天，正好是陈嫒的忌日。

简卿在墓园门口的小店里买了蜡烛和黄纸，还有几摞纸钱。

虽然她从不信这些，却也习惯性地照做，烧很多很多的纸钱，生怕如果没这样做，陈嫒和阿阡在下面会没有钱花。

昨天睡觉的时候，简卿梦见了她们。

梦里的陈嫒在厨房里忙碌，说要给她做顿好吃的饭菜，梦里的阿阡健康又活泼。

简卿醒来的时候，眼角湿湿的。

人们都说时间会抹平一切创伤，明明距她们离开很久了，可简卿依然感觉很难受。

想念好像并没有因为时间的流逝而变淡，她却一个可以诉说的人也没有。

墓园里除了一个打扫的阿姨，没有其他人，冷冷清清的。

天气有些阴沉，让人提不起劲儿。

简卿一步步走上台阶，目光落在一座座墓碑上，脑子里忍不住去算他们死亡的时间，有的早有的晚，有的子孙后代刻满了墓碑，有的只有寥寥一个名字。

陈嫒和阿阡的墓是并排的。

并排的两座墓碑前，各好好地摆着一束包装精致的花，白色的大朵菊花缀着星星点点的黄色小雏菊，寄托着哀思和追忆。

这两束花应该是放了很久，已经干枯。

简卿愣了一瞬，想了许久也想不到会是谁来看过她们。

陈妍不喜欢简宏哲来看她们，觉得晦气，简宏哲也没这个脸。

陈家人都住在乡下，老的腿脚不方便，小的又忙，也没那么深的感情。

所以除了简卿，没有人会记得来看她们。

打扫的阿姨正好扫到这一排。

"阿姨，您知道这是谁送的花吗？"简卿没抱什么希望地问。

按理每天有那么多人来祭拜，打扫阿姨是记不住脸的，偏偏那次来的男人生得极为好看。

　　加上陈嫒和阿阡的墓光看拓上去的寥寥几个字，就知道生前是没过好的，所以她打扫的时候会特别照顾这娘儿俩。

　　"是个高高帅帅、穿西装的男人。"打扫阿姨比画了两下。

　　简卿听她这么描述，也想不出是谁，索性也就不想，只默默在心里感谢送花的人。

　　起码不是除了她，就没有人记得她们了。

　　"这个花放在这里好久了，我之前看花开得好就没清，现在花已经枯掉了，要帮你清走吗？"打扫阿姨问。

　　简卿摇摇头，道了声谢："不用，我一会儿自己带走。"

　　等打扫的阿姨走后，简卿安静地站在了陈嫒的墓前。

　　压下心中泛起的酸涩情绪，简卿抬起手去擦陈嫒的照片，拂去上面的灰尘。

　　黑白照片里，陈嫒笑容温暖，眉眼弯弯，给人沉静的感觉。

　　阿阡还是小时候的模样，笑起来有两个小小的梨涡，仿佛天使一般。

　　即使后来病得很重，阿阡也总是笑着拉起简卿的手，安慰简卿不要难过，要替她开心，因为她很快要去陪妈妈了。

　　可能生活就是很不公平的吧，即使简卿筹到了钱，依然没能救回阿阡。

　　但她一点儿也不觉得后悔，尽了全力地挽留，才算不留遗憾。

　　"……"简卿凝视着照片里的两个人，眼中湿湿的。

　　"我来看你们了。"她说，声音很轻，像是怕吵醒长眠此地的灵魂。

　　祭拜完陈嫒和阿阡以后，简卿抱着那两束枯萎的花，一路回了市区。

　　她和周承约在卫校门口见，然后一起去了校长室。

　　两个人敲门进去的时候，李校长中气十足地喊了一声："进。"

　　他似乎正在和谁打电话，声音客气，还带着几分讨好之意："这周的课往后推就是，您注意身体，好好养病。"

　　"嗯，嗯，放心，没问题。"李校长目光落向门口，见进来的人是他们，很快挂断了电话。

　　他笑眯眯地和两个人打招呼，和简卿点头微笑，再和周承握手，礼数做得很好，传统的官场上游刃有余的派头。

　　"简卿是吧，"他一边给两个人泡茶，一边说，"我以前常常去你妈妈的店里吃饭，不知道你还记不记得？"

他用手比了比腰，上下打量着简卿，感慨道："那时候你还这么小，没想到现在这么大了，我都认不出来了。"

简卿笑了笑："记得，卫校的老师们常常照顾妈妈的生意。"

有一搭没一搭地闲聊着，三个人在会客桌边的沙发上坐了下来。

买房子的事情她不懂，全权交给周承来处理，只是在价格上又确认了一次。

"李叔叔，您确定十万卖吗？"简卿皱了皱眉，"之前您可是二十万买下的，这前前后后也没过多久。"

李校长是精明人，怎么可能会做这么赔本的买卖？

简卿心里始终有些疑虑，占人便宜这种事她做得心虚。

李校长叹了一口气："没办法，家里出了点儿事情，着急用钱。

"当初我也是因为信了渝县要拆迁的消息，所以才买了这套房子。结果后来市里澄清了那是假消息，这房子再不卖就要砸手里了，到时候更亏。"

"所以说啊，啥事都不能投机。"他无奈地苦笑，摇了摇头，"我还得谢谢你要买呢，帮我挽回了一部分损失。"

周承校对着购房合同的签字页，附和道："确实，那个地方的房子不好卖。"

听李校长这么说，简卿才放下心来，打消了疑虑。

手续办到尾声，校长室门外传来敲门声，是来找校长说事的白老师。

李校长低着头在合同上签字，抽空看了她一眼："等我一下，马上好。"

白老师抱着一摞考试卷点了点头，自顾自地在旁边的桌案上改起了作业。

手续证件齐全之后，因为看李校长还有事，简卿和周承也不好多留，很快就告辞离开。

简卿心里的那一块大石头总算是落地，出了校长室，她第一次露出了轻松的笑容。

周承似乎也被她感染，跟着笑了起来："恭喜你啊，买到了想要的房子，比上次还便宜了那么多。"

可能幸运之神是会眷顾努力生活的人吧，他想。

"谢谢你这段时间帮我啊。"她特别真诚地道谢，眼眸明亮。

周承看着她愣了一瞬，连忙摆了摆手："没事，没事，客气什么。"

简卿手里握着李校长给她的钥匙，锁好像是换了，比原来家里的钥匙更复杂和精巧。

她迫不及待地想要回去看看。

走出行政楼，简卿突然顿住脚步，想起她从墓园带回来的两束枯花落在了校长室门口的置物架上。

"不好意思,我落了东西要回去取一下,你先走吧,不用等我了。"她着急忙慌地和周承告别,生怕一会儿保洁员会将枯花当垃圾丢掉。

简卿跑得急,又爬了几层楼,呼吸有些喘。

远远地看见走廊尽头校长室门口那两束白色的花还在,她放下了心,放慢了步子。

校长室的门没关严实,露了条窄窄的缝隙,声音从里面传了出来。

白老师一边改作业一边和李校长聊天儿:"怎么刚才你要卖房?没听刘晴说起你们家买过渝县的房子啊。"

刘晴是李校长的老婆,白老师和她是闺密。

她的眼神警惕起来:"你这妻管严难道还藏了私房钱?"

李校长面色一僵,讨好地笑了笑:"我的钱不都给刘晴管着了吗?哪里有钱买房啊?"

白老师嗤笑了一声:"谁知道呢?而且你不会是真信了渝县拆迁,去搞什么投机主义吧?回头让刘晴知道,你不得回去跪搓衣板?"

"我有那么傻吗?早几个月前我就知道消息是假的。"

简卿抱起花束的动作顿了顿,她眨了眨明亮懵懂的眼眸,愣在那里。

校长室里的两个人没察觉外面有人,自顾自地继续说着。

"我只是受人之托,当个中间人,把房子买了,再卖给刚才的小姑娘。"

白老师一脸狐疑的表情:"你这谎扯得也太离谱儿了吧,我怎么那么不信呢?"

为了家庭和谐,李校长犹豫片刻,张了张嘴:"这事我也就和你说啊,其实是陆教授拜托我这么做的,买房的钱也是他出的。我帮陆教授这个忙,换他替口腔护士科上一学期的课。"

他翻着白老师批改过的卷子:"你看看,这学期要不是陆教授来上课,学生们的学习热情和成绩哪里会提高得那么快?"

白老师颇为惊讶:"我说人家协和的教授怎么愿意每周开那么久的车从南临来给我们上课。"

"陆教授和那小姑娘什么关系啊,费这么大劲儿,拐着弯地买人房子?"她忍不住好奇起来。

李校长撇了撇嘴:"这你就别管了。白老师,这事你千万别告诉我媳妇儿啊,给我省省事吧。我可都是为了咱们学校啊。"

校长室外,简卿怀里抱着两束干枯的花,目光怔怔地聚焦在其中一朵小雏菊上面,又好像什么也没看,眼睫微颤。

脑子里一片空白，将两个人的对话全然接收后，许久她才理清思绪，只剩下迷茫和不解的情绪。

她死死地攥紧拳头，掌心里小小的一把钥匙突然变得锋利起来，嵌进肉里，拉得她生疼。

绕过蜿蜒曲折的青石板路，两边都是低矮的水泥建筑和木质的门，室内普遍阴暗潮湿，屋顶的瓦片上满是青苔。

前两天下过雨，时不时有水滴落下，到处也是湿漉漉的。

渝县这一片老区，很多地方已经因为没有人住而荒芜了，有一个老人孤零零地坐在错落的台阶上，看见简卿，露出没有牙齿的笑容，讲话漏风，用方言说："阿卿，放学回来啦，妈妈没去接你呀？"

简卿一路都在出神，直到老人出声将她的思绪拉回，才发现不知不觉已经走到了家门口。

陈阿婆干瘪的脸皱成一团，笑呵呵的。

以前陈媛工作忙，偶尔也会把简卿寄放到邻居陈阿婆家。

只是现在陈阿婆年纪大了，脑袋不灵光，清醒的时候少，也早就不记得陈媛已经去世。

简卿朝老人笑了笑，也没解释，乖巧地应声，也用方言回道："是啊，陈阿婆，我回来了。"

渝市的方言偏向于吴侬软语的感觉，她说起来又软又糯，腔调很好听。

老房子原本"咯吱咯吱"响，不太结实的木质门已经被换成了安全的防盗门。

简卿盯着陌生的房门，脸上的笑意敛去，深吸一口气，将钥匙插进锁眼，轻轻一转，门"吧嗒"一声就开了。

关上门的时候，她注意到虽然门被换掉了，但原来粘在门背面的贴纸都被小心翼翼地从旧门上揭下，又完好无损地重新贴在了新门上。

贴的人似乎不想破坏这栋房子里过去一丝一毫的痕迹。

明明房子已经空置了许久，她却闻不到一点儿霉味，纤尘不染的样子，不知道的人还以为是有人在住。

简卿在房子里四处漫无目的地走着，客厅电视柜的墙上贴着她绘画比赛的奖状，红红黄黄的，几乎贴满整面墙。

小学时候的几张奖状时间太久，很早就脱了胶，又因为挂得太高，一直没人去管，这会儿却好好地被贴在墙面上，四个角都伏伏贴贴的。

白色的老式冰箱已经有些泛黄，冰箱顶上盖着蕾丝花纹的白布，还有陈媛厚厚的笔记本，是陈媛专门用来记菜谱的，本子中间夹着一支黑色水笔。

简卿踮起脚，把笔记本拿下来，翻开用笔夹着的那一页，第一行用娟秀的字迹写着"梅花汤面"四个字。

心里闪过一丝异样情绪，她抿了抿唇，像是刻意逃避一般合上了笔记本不去看。

简卿打开手机，一边搜索附近的搬家公司，一边往客房的方向走去。

当打开客卧门的瞬间，她睁大了眼，直直地愣在原地。

家里其他的地方一如从前，唯有客房里，早就已经空空荡荡，没有任何家具，就连墙面，也重新粉刷了，看不到一点儿昔日的痕迹。

客房是以前陈妍住的房间。

陈媛好心把她从乡下带出来打工，却没想到自己是引狼入室。

陈妍在这个房间里和简宏哲干了多少龌龊事，简卿想起来就觉得恶心。

很早以前，简卿就想这么做了，把陈妍和简宏哲在这个家里留下的，令人恶心的痕迹抹去。

在不知不觉中，有人已经提前帮她做了所有事。

好像一切有迹可循，明明真相就摆在眼前，她却突然畏惧，缓缓地蹲在地上，浑身止不住地微微颤抖。

简卿把脸埋进膝盖，眼前一片黑暗，眼睛又酸又涩。

她本来不想哭的，可就是忍不住了似的，眼里氤氲出了水汽。

为什么会这样啊？

房间里空空荡荡的，仍旧装不下她纷杂的思绪和迷茫情绪。

也不知道究竟蹲了多久，久到她终于把大脑里的情绪整理清楚后，简卿深吸一口气，抬手抹了一把脸，然后做了一个决定。

既然问题出在了开始，那她就去问题开始的地方解决问题。

她摸出手机，点开了南临银行的 App。

她虽然把和那个人的所有转账记录都已经删掉，但早能够背出账号，好像刻在潜意识的记忆里。

简卿抿着唇，沉默地输入了转账金额，然后在转账附言里打下一段话，几乎没有犹豫地按下了发送键。

协和住院部，走廊里灯火通明，亲属探视的时间还没有结束。

单人病房里，周瑞坐在椅子上漫不经心地削着苹果。

"你这不就淋了一场雨，怎么直接转肺炎了？身体也太差了吧。"周瑞撇了撇嘴，"亏我还特意给你泡了感冒药，你是不是没喝啊？"

病床上的男人抿了抿嘴角，没有讲话。

周瑞盯着手里的苹果："陆医生你这不会是为情所困，故意糟践自己呢吧？"

他越想越觉得有可能，赶紧安慰："哎，真没必要，你说你条件这么好，这个不行就下一个嘛。"

讲实话，他心里就没看好陆淮予和简卿，所以倾向劝分不劝合。

额上青筋跳了两下，右手输着液动不了，陆淮予抬起左手，两指按在太阳穴上，好看的眉心微微蹙起，被周瑞絮叨得有些头疼。

"你怎么还不走？"陆淮予没什么耐心地说，声音比往常更为嘶哑，听起来有些无力。

"这不是等我媳妇儿呢。"周瑞愤愤道，"要不是因为你病了，秦蕴哪里用得着天天不着家地做手术？明明住在一个房子里，我已经好几天没见到她了。"

每天他上班的时候，秦蕴刚回来；他下班的时候，秦蕴又被叫回医院出急诊了。

周瑞削着苹果皮，将皮拉得又卷又长，在最后关头断掉了。

"啧。"他把削好的苹果递过去，"喏，吃苹果。"

陆淮予扫了他一眼，很冷漠地拒绝："不吃。"

"不吃我吃。"周瑞想起他确实是不吃苹果的，于是自己"咔嚓咔嚓"地啃起苹果来。

"你能不能出去吃？"陆淮予皱了皱眉，"我不喜欢吃苹果的声音。"

他倒不是找碴儿，而是真的对吃苹果的声音生理性不适，像有的人听到指甲摩擦黑板的声音一样，浑身难受。

周瑞看他是个病人，没计较，拿着苹果往外走去，嘟嘟囔囔道："什么臭毛病。"

随着病房门被打开又关上，房间里瞬间恢复了寂静。

陆淮予深吸一口气，低垂眼皮，漆黑的眼眸有些许黯淡，侧脸隐在阴影里，嘴角紧抿，唇色苍白，没什么精神的样子。

这时，床头柜上的手机振动起来。

他不太顺手地伸出左手去右边够手机，屏幕被半立起来，锁屏界面上显示着一条短信。

待看清上面的字时,陆淮予皱起眉,眸色倏地沉了下来。

短信是南临银行的转账通知提醒。

　　南临银行
　　到账通知:他人转入您尾号 1456 的账户人民币 1.00 元。

好像是溺水的人突然看到了伸来的树枝,鸦羽似的眼睫掀起,陆淮予下意识地滑动屏幕,查看短信的详细内容,指尖微不可见地在颤抖。

转账附言里,是简简单单的几个字,只有时间和地点。

酒吧街灯红酒绿,形形色色的男女在其间游荡欢笑。

高低错落的酒吧牌面中,夹着好几家酒店。

离消失酒吧最近的酒店不算太正规,客房不大,设施老旧,感觉更多的是为了快速解决酒吧客人的需要而开的。

某一间客房的灯暗着,隔音的双层玻璃窗被关起,厚重的窗帘被拉上,隔绝了窗外流光溢彩的城市夜景。

周围的环境一片死寂,安静得仿佛落下一根针都能听见。

简卿坐在铺着白色床单的大床上,睁着明亮的眼眸,凝视着黑暗的屋子,白皙纤细的食指不停地敲着木质床沿,透露着她不安的情绪。

她不确定他会不会来,尤其是在上一次不欢而散之后。

简卿咬着唇,走廊里来来回回有人走过,她的心来来回回提起又落下。

也不知道是疯了还是怎么了,她就那么一拍脑门儿,做了个决定,回到了她本以为再也不会踏足的地方。

也不知道等了多久,简卿不愿意开手机看时间,像是厌光生物一样,不愿意见一丁点儿的光,仿佛无垠的黑暗能给她安全感,让她可以逃避事实。

倏地,不疾不徐的脚步声响起,越来越近。

没理由地,简卿一听这脚步声就知道是他。

她眼睫微颤,双手攥紧了床单。

果然,在短暂停顿过后,男人拿着她留在前台的房卡刷开了门。

室内一片黑暗的情形似乎让他愣了一瞬。

随着外来者进入,周围的空气仿佛突然凝滞。

走廊里黄色的暖光泄漏进来,简卿眨了眨明亮的眼眸,尽量让自己的声音保持平静。

"关门。"她说,"不要开灯。"

男人站在玄关处,视线被一道白墙挡着,看不清房间里的情形。

他沉默片刻,依照她的指示轻轻关上门。

厚重的电子门被关上以后,室内重新归于黑暗,幽闭而安静,两个人几乎能听见彼此浅浅的呼吸声,此起彼伏。

狭小密闭的空间里,沉沉的黑暗仿佛一块幕布,裹着房间里的男女。

中央空调的暖气给得很足,"呼呼"地往里送气。

暧昧的气氛在其间流淌。

谁也没有讲话,两个人好像两只捕猎的狮子,耐心地等待彼此的猎物先行动。

温度升高,屋子里又闷又热。

明明只穿了一件单薄的针织衫,简卿还是由下至上生出燥热感。

要比耐心,她好像从来没有赢过陆淮予。

到最后简卿咬了咬牙,努力让自己忘掉他是谁的事实。

她站起身,摸黑走到男人身边,感受到一股热源。

然后她伸出手,揽上了他的腰,隔着薄薄的衬衫布料触上他紧致结实的腰腹。

男人的身体明显地僵了僵,他下意识地后撤,却好像没什么力气似的,就这么被她直接压在了门上。

走廊里过道很窄,他背后抵着墙,两个人靠得很近。

简卿本来只是想问他隐瞒的理由。

明明她不是狭隘的人,也常常包容和原谅别人,心里却好像住着一个小恶魔,在压住他的瞬间,她突然改变了初衷。

也可能是因为知道自己被偏爱,所以她有恃无恐,肆无忌惮地想要报复他,让他也难受。

简卿感受到他的身体滚烫得仿佛火炉一般炙热。

不等男人反应,她仰起头,伸手就去勾他的脖子,将他往下拽。

黑暗之中什么也看不见,她胡乱地去和他产生肢体接触,踮着脚就那么往上贴,嘴角也不知道贴到了什么,温热的凸起,好像是他的喉结。

男人的喉结上下滚动,像受了刺激一般,他慌忙伸手扣住她四处乱摸的手腕。

"你知道自己在做什么吗?"他的声音低沉沙哑,呼吸被她弄得有些急促，胸口上下起伏，语调里携着明显的愠怒之意。

黑暗之中，陆淮予眼眸猩红，内里的情绪远比他表现出来的更为震怒。

她不肯见他，不许他出现在她面前，却愿意对一个陌生甚至是欺负过她的男人投怀送抱。

即使看不见男人脸上的表情，光从声音辨认，她也知道他是生气了。

手腕被他禁锢得生疼，简卿轻扯了一下嘴角，挺好。

他终于不是那副冷冷淡淡，发生什么事都面不改色的模样。

"知道啊。"像是故意激怒他，她轻飘飘地说。

左腿膝盖微屈，西服裤的布料冰凉顺滑，她不太费力地就挤进了他的腿间。

身体猛地一颤，男人好像被她的举动彻底激怒，也不知道哪里来的力气，突破阻挡，一把攥住她的手腕，往房间里面走去。

他好像对这个房间里的布局很熟悉，简卿被他带着，直接被按在了床上。

她陷进了柔软的被子里，乌黑的发散落开来，手腕被他箍住压至头顶。

他的力道很重，身形高大，宛若一头蓄势待发的巨兽，将她整个人罩住。

男人温热急促的呼吸喷洒在她的脸上。

简卿眼睫微颤，眼前一片黑暗，感觉他近在咫尺。

她以为事情会朝难以预料的方向发展。

陆淮予觉得他要疯了，只能拼命地靠深呼吸压抑自己的怒火，还有被她勾起的燥意。

见他迟迟没有别的动作，简卿不安分地动手动脚又去惹他，缓缓吐出一句话："你不想要吗？"

女人的声音很轻，含在嗓子眼儿里似的，明明是生涩刻意地挑拨人，却掺杂着撩人的欲望。

陆淮予膝盖压住她乱动的腿，血气向上涌，难得地没了好教养。

"闭嘴。"他说，声音低沉沙哑得不像话。

好像赌气似的，他的语调很冲："我不想要。"

他不想以这样的身份要她——被当作一个陌生人，陪她心血来潮。

也不知道是被他凶着了，还是因为被他拒绝感到下不来台，简卿下意识地怼了回去："那你为什么之前要我？"

听到她的话，陆淮予沉默许久，半天才从牙缝里挤出一句话："我觉得之前的应该不算。"

简卿愣了一瞬，没听明白："什么叫不算？"

"你还记得之前发生了什么事吗？"陆淮予问。

简卿抿了抿唇，心里有些没底："不记得。"

虽然她不记得过程，但事实摆在那里，又有什么差别？

果然，陆淮予轻叹一声，无奈地扯了扯嘴角。

"你老实听我说，不准乱动。"他态度不算太好地命令着她。

三年前的消失酒吧，招牌还是纯黑色的底，招牌名也是黑色的，好像对其他酒吧花枝招展、招揽顾客的牌面很不屑。

简卿第一次进去的时候，甚至不知道这是一家酒吧。

她推开红色做旧门，走过水泥楼梯和黑暗逼仄的狭长甬道。

两边挂着许多摄影艺术家的黑白照片和摄影作品，她却一眼没看，怔怔地低着头，就那么走着。

她去的时间还早，酒吧里没什么客人，晚上十点以后，才是营业的点儿。

服务生很快就招呼她在吧台边坐下，简卿没想到这是一家酒吧，本来想走，但调酒师已经很热情地上来问她喝什么。

她的酒量不算太差。

上大学以前，跟着画室的朋友偶尔喝一点儿啤酒解压，以至于她错估了自己的酒量。

她喝着没什么酒精味儿的特调，一杯接一杯地上了头。

她只有模糊不清的印象，喝到一半儿的时候，服务生带着一个男人坐到了她的座位旁边。

陆淮予很少来酒吧，只有偶尔朋友约着才会来，今天是第一次单独出现。

酒吧里形形色色的人，来来往往穿梭于吧台、沙发区的服务生，低吟浅唱的驻唱歌手，好像是一道防护线，让他不必去面对现实里的其他人，那些愤怒的情绪，绝望的哭泣声，以及同情和安慰的话语。

他自顾自地喝着酒。

本来他不该喝酒的，今晚他还要值班，但出了下午的事情以后，院长特意给他放了个假。

旁边的年轻女人也是一声不吭。

酒吧里光线昏暗，他看不清她的脸，只注意一头漂亮的红发十分惹眼，喝水似的喝着度数不算低的酒吧特调。

陆淮予漠然地收回视线,没有去管。

好像事与愿违,在某些人特别想一个人待着的时候,偏偏会有事情找上门。

服务生拿着一沓白色硬卡纸裁成的卡片,脸上是公式化的笑容:"今天我们老板搞了个活动,叫'醉情三十六问',我看两位都是一个人,不如参加一下,就当交个朋友?"

他将卡片递至他们中间:"这里有三十六个问题,你们只要抽取三个,互相回答卡片上的问题就好。"

服务生见喝酒的男女都没有反应,有些尴尬,准备再接再厉:"每完成一个问题,就在上面盖一个章,盖满三个章可以免费获赠两杯鸡尾酒。"

陆淮予觉得耳边喋喋不休的声音很吵,只想快点儿将人打发走,于是扭过头,看也不看地抽了三张卡片,随意地搁在桌子上。

服务生见他配合,松了一口气,从制服口袋里摸出一枚小小的印章,挨着桌上的卡片放好,然后转身去找其他的单身客人,发剩下的三十三张卡片。

他忍不住在心里嘀咕,也不知道他家老板是不是脑抽,非要搞这种配对活动。

服务生走后,吧台处重新恢复安静。

陆淮予盯着手里的玻璃杯,有一下没一下地轻晃着,冰块碰撞间发出清脆的声音。

他也不知道是喝到第几杯的时候,桌上的卡片被人拿起。

简卿眯着眼睛,看清了卡片上龙飞凤舞的字。

"你最糟糕的一天是哪一天?"

她念出声,然后迷茫地蹙了蹙眉。

"可是我有好几个最糟糕的一天,怎么办呢?"

吧台周围没有其他人,女人的声音软软糯糯的,听起来很年轻。

陆淮予沉默地没有搭理她,权当她是自言自语。

谁知道女人推了推他的手肘:"问你话呢,你为什么不理我?"

"选最近的那天。"他蹙了蹙眉,移动手肘的位置和她拉远距离,言简意赅道。

时间会把更久远的糟糕情绪冲淡。

简卿撑着脑袋,眼睛有些蒙眬,抿了抿唇上沾着的酒渍:"那好吧。"

像完成任务似的,她对着白色的卡片说:"今天是我最糟糕的一天。"

她的声音很轻,含着隐忍不发的委屈与难过的情绪。

陆淮予愣了一瞬，又很快敛下眼眸，没什么心情去关心她，只盯着自己的右手。

年轻的小姑娘能有什么糟糕的事呢？

简卿把卡片递给旁边的男人："到你了。"

"我不想答。"他拒绝得干脆。

"可是我没钱喝酒了。"

好像为了证明似的，简卿把大衣口袋翻了出来，口袋空空荡荡的。

"所以呢？"

"做这个任务可以给酒喝。你帮帮我吧。"

她的语调里含着奶奶的软音，像是在撒娇。

陆淮予终于侧过头，看向说话的女人。

以前他不是没遇到过找各种理由来和他搭讪的人。

这一次的女人，长相很干净，五官精致，好像是喝醉了，白净如瓷的脸颊染着浅浅的红晕，一双眼眸干净澄澈，纯粹得仿佛什么也不懂。

柔软的唇瓣还沾着润泽的酒渍，她抿了抿嘴唇，眯起漂亮的眼睛，朝他笑得妩媚。

"好不好啊？"她又问。

陆淮予对上她的眼眸，也不知道是怎么了，明明很烦躁，却还是耐心地接过她手里的卡片。

"你最糟糕的一天是哪一天？"她问。

"今天。"他答。

"这么巧，你也是今天？"女人继续问，"为什么呢？"

薄薄的一张卡片被他捏在手里，分量很轻，问题却很沉重。

为什么呢？

因为他从来顺遂的人生里出现了一次失败的事情。

有的人失败，可能是事业受挫，可能是赔了所有的金钱，也可能是经历一段不如意的感情，而他做了一场失败的手术。

手术的问题出在哪里，陆淮予很清楚。

这是他的职业生涯里，第一个他没有从死神那里拉回来的人。

那个病人也就和眼前的小姑娘差不多岁数，面对癌症，乐观开朗，笑着被推进手术室，期待着新生，最后却永远地合上了眼睛。

所有人都在安慰他，说手术的风险是必然的，他不可能救下每一个病人。

就连小姑娘的家属在面对他时，也没有一句责备。他们压抑自己的悲伤，反而对他说谢谢。

在成为一名医生时，他就知道，生死不过是医院里每天发生的，很平常的一件事。[①]

死神最终会带走所有人。

他想和死神抢人，最后却失败了。

陆淮予没有回答她问的为什么，只是沉默地拿起桌上的圆形印章，给卡片盖了一个章。

"下一个问题吧。"他说。

"你还没说为什么呢。"简卿从床上坐起来，手里抱着软枕，靠在床头，很安静地听他讲述那天发生的事情。

陆淮予的声音缓慢低哑，他很有耐心地叙述，好像在说很久远的故事。

他讲到一半儿时，她忍不住插话打断他。

她很想知道，为什么那天是他最糟糕的一天？

陆淮予顿了顿，陷入沉默之中，过了许久才缓缓开腔："因为那天我做了一场手术，然后病人在手术过程中大出血没有被抢救回来。"他用很平静的语气说道。

这是他第一次提及这件事。

三年来，陆淮予始终对这一次手术意外避而不谈。

即使没有人责怪他，即使没有人在当时能做得比他更好，可他始终不能释怀，术后不断地问自己：如果他做得更好，如果他能够更慎重一点儿，更努力一点儿，是不是结果就会不一样？

简卿怔怔地盯着黑暗里的某一处地方，知道陆淮予就坐在那里。

虽然他的声音平铺直叙，足够冷静，冷静到听不出其中的任何情绪，可她清晰地感觉到了他的难过和沮丧心情，即使事情已经过去那么多年。

简卿想起之前在无名烧烤店的时候，大家提及陆淮予现在有多小心谨慎的情形，几乎每一场手术他都要跟，不敢再冒任何风险，不能再忍受任

[①] 医疗事故对医生的心理影响参考：亚当·凯.绝对笑喷之弃业医生日志.胡道扬，译.北京：北京时代华文书局，2019.

何差错。

颌面外科的医生和护士对此缄口不言,想来是知道他的转变是因为什么。

鼻子有些酸酸的,她突然很想抱一抱他。

简卿也这么做了,虽然还在生他的气。

陆淮予坐在双人床旁边的靠椅上,简卿赤着脚,站在他面前。

两个人的高度差让她拥抱他的姿势有些暧昧儿,柔软的腹部碰触上了他的发顶。

闭塞的酒店房间里,空气很闷,几乎令人透不过气来。

陆淮予低着头,凝视着黑暗的深渊。

突然之间,深渊里伸出了一双手,柔软温热的手抱住了他。

空气中散发着一股淡淡的甜橘子味,很好闻,像是夏天清爽的橘子汽水。

简卿像安慰孩子一样,轻轻拍着他的背。

陆淮予怔怔地盯着地面,在沉沉的黑夜里,藏住了他眼里的红。

"第二个问题是什么?"她问。

酒吧里的客人逐渐多了起来,顶灯束光逆时针旋转,灯光五光十色,旋转的速度不快,仿佛是岁月的走马灯,悠长而缓慢。

简卿伸手翻起桌上的第二张卡片。

好像看不清上面的字,她眯着眼睛,几乎把脸贴在卡片上,然后一字一顿地念出问题——

"你现在最强烈的愿望是什么?"

"我想变有钱。"她不带犹豫地自问自答。

陆淮予扫了她一眼,这真是朴素而庸俗的愿望。

简卿支手撑在脸上,眨了眨干净明亮的眼眸:"那你的愿望是什么呢?"

男人轻抿薄唇,像没听到似的,一声没吭。

简卿喝醉以后,变得话很多,嘴里不得闲。

见他不说话,她就自己歪着脑袋,胡乱地猜。

"身体健康?

"万事如意?

"财运亨通?"

陆淮予轻扯了一下嘴角:"你这是和我拜年呢?"

"是呀。"简卿被他拆穿，"咯咯"地笑了起来，摊出一只手，"那你有红包吗？四十万就够了。"

陆淮予挑了挑眉，当她是在开玩笑，没什么太大的反应。

他低下头，目光落在腕处的手表上，时间已经不早了。

酒吧里的灵魂在夜晚的遮蔽下开始躁动。

陆淮予抬起手，将玻璃杯里的酒一饮而尽。

喉结上下滚了滚，冰凉辛辣的液体顺着喉咙一直烧到胃里，他拿起印章，慢条斯理地在第二张卡片上按下印章，声音低哑地说着不切实际的愿望："我想要那个小姑娘活下来。"那个在手术台上，被死神带走的姑娘。

然而死神没有怜悯之心，也不会将带走的人再送回来。

简卿醉得迷糊，只接收了一半儿信息，听成他说"我想要一个小姑娘"。

她皱了皱眉，盯着眼前的男人。

男人五官立体，眉骨精致，生得极为好看，半张侧脸隐在阴影里，眼眸低垂，让人看不清里面的情绪。

黑色碎发随意地落至额前，更衬得他鼻梁挺窄，下颌线条明晰而深刻。

好像是酒吧空气有些闷，他深吸一口气，扯松了脖子上的领带，然后解开衬衫最上面的扣子，露出里面白皙的肌肤，隐约可见锁骨精致立体。

男人举手投足间处处透着矜贵优雅之气，不经意间散发着撩拨人的欲气。

"你想要小姑娘？"她不经大脑地脱口而出，"那你要我吗？"

陆淮予愣了一瞬，视线移到她的脸上。

两个人双目相对，周围的气氛凝滞。

"你喝醉了。"他说。

"我没有。"她不肯承认，"是你喝醉了。"

陆淮予盯着女人那一双干净莹润的眼睛，那是他见过的最好看的眼睛。

"可能是吧。"他低低地呢喃，眼眸漆黑深沉。

从来恪己守礼的陆淮予好像着了魔似的，不知道为什么，受了一个小姑娘的招惹，仿佛内里有一个不属于他的声音在说："我想要她。"

二十多年的教养和理智，似乎在酒精的浸染下瞬间土崩瓦解。

"那走吧。"他说。

言简意赅，意味明了。

简卿正要去翻第三张卡片："可是还没答完问题呢。"

陆淮予按住女人的手，将最后一张白色卡片放进衣服口袋："一会儿再看。"

最后的问题是什么并不重要，它已经完成了自己的使命。

简卿摇摇晃晃地站起来，有些站不稳，直接攀住他的胳膊："你扶着我点儿。"

陆淮予拽着她，一路离开酒吧，没什么耐心地直接找了最近的一家酒店。

"这真的是我吗？"简卿再一次打断他的话，难以置信地瞪大了眼睛。

他们还保持着拥抱的姿势。

陆淮予将脸埋在她的小腹上，蹭了蹭，柔软而温暖。

他轻笑出声，淡淡地揶揄："你自己喝醉了是什么样，你不是不知道。"

简卿沉默不语。她喝醉以后，用领带绑过陆淮予，还让他反过来绑她。

自此她觉得她喝断片儿的时候，会做什么出格的事情都不奇怪。

但她怎么也没想到，主动挑起这事的会是她自己。

故事发展到这里，简卿突然觉得他们现在这个拥抱有些滚烫和尴尬。

男人的手臂不知什么时候也搭在了她的腰间，她的腰很细，他一只手就能环上。

陆淮予反客为主，倒像是她被禁锢住了。

本来酒店房间的暖气就够足的，现在她觉得更热了。

简卿故作淡定地轻咳了一声，然后松了松胳膊，挣脱他的束缚。

好像知道她在害羞，陆淮予笑了笑，没再箍着她，很自然地放开了她。

简卿重新坐回床上，抱着枕头，把脸埋进冰凉的布料里给自己降温。

她有些庆幸此时没有开灯，可以轻易藏住满脸的红晕。

"然后呢？"她轻轻地问。

故事的开头没有她想的那么糟糕，她有了继续听下去的勇气。

陆淮予搀扶着走不利索的简卿，刷开了电子门。

房间里没开窗，暖气很足。

简卿一进到房间就热得受不住了，开始脱衣服，从大衣到毛衣，最后身上剩下一件淡蓝色的打底针织背心，整个肩膀露出大片雪白的肌肤，赤着的两条腿也是又长又白。

陆淮予盯着她，漆黑的眼眸沉得比窗外夜色还深，冷冷淡淡的眼神里添上了一丝侵略性。

他也开始慢条斯理地解衬衫的扣子，摘下腕处的手表和袖扣。

酒店地板没有铺地毯，是凉凉的瓷砖。

简卿脱了衣服以后，打着赤脚，才觉得有丝丝凉意浸透上来。

好像是反应慢了半拍，她现在才知道害怕。

她盯着男人不疾不徐的动作，咬了咬唇，犹豫了许久，终于开了腔。

"那个……你的愿望不是想要小姑娘吗？"她说，"如果我满足了你的愿望，你能不能也满足我的愿望？"

陆淮予解领带的动作顿了顿，他觉得有些好笑。

他还以为这是简简单单你情我愿的事，没想到是要钱的。

"要多少？"他问。

"四十万。"

阿阡的手术费就要这么多，她一分也没多要。

陆淮予讥讽地扯了扯嘴角，还挺贵。

按理话说到这里，他应该直接开门离开。

在他的人生里，他还从没有干过这样荒唐的事情。

可不知道怎么，许是酒意上头，他挪不动脚，尤其是对上女人那一双漂亮的眼睛后。

陆淮予继续解着衬衫扣子，一颗一颗，极有耐心。

"干净吗？"他又问，声音低沉，携着些许冷意。

简卿皱了皱眉，觉得有些不舒服，但还是忍住了，幅度很小地点了点头。

"过来帮我。"陆淮予漫不经心地开口。

既然他花了钱，总归是要享受服务才是。

简卿乖乖地走到他的面前。

男人身形挺拔修长，她的视线只能到他的胸口。

她慢吞吞地帮他解着扣子。

白色衬衫的扣子被系得很紧，不太好解，简卿低着头弄了很久也没解开一个。

陆淮予盯着女人的发顶，感受到纤细柔软的指尖在他的腹部处磨蹭，痒痒麻麻的感觉一直往下蔓延。

忍了许久，他终于再也忍不住一般，径直扣住她的手腕，把人按上了床。

简卿被拽着倒在柔软的床上，长发散落开来，有一缕垂落至雪白圆润的肩头，滑进了美人骨下的起伏里。

她感受到男人压在她身上的重量极具压迫感。

空气中散发出一股淡淡的薄荷香。

她眨了眨明亮懵懂的眼眸，耳根子泛起浅浅的红晕，盯着床头延伸出来的那一盏灯，伸出手想要将灯关掉。

男人看出她的意图，一把攥住她的手拉回，压在头顶，不准她去关灯。

酒店的房间隔音不好，他们这边还没有开始，隔壁就已经传来非常激烈的声音。

简卿的脸色一下变得苍白，她好像是想起了什么很痛苦的回忆，眉心紧皱成一团。

陆淮予将她的表情看在眼里，以为她在抵触自己。

明明她不愿意，为了钱竟也可以忍受。

他的脸上挂起讥讽的笑容，大脑渐渐变得清明。

小姑娘不懂事，他也跟着不懂事吗？

半响，他轻"呵"一声，放开了她，从床上坐起。

简卿感觉到压在身上的重量撤离，愣了愣，仰着头问："你不要了吗？"

男人伸手扯过一边纯白色的被子，盖在她没什么遮挡的身体上。

"不要了。"他说。

"为什么呢？"简卿皱起眉，"因为我不像小姑娘？"

陆淮予的脸黑了一瞬，这女人脑子里是把他想成什么样了？

"你很缺钱吗？"他问。

简卿点了点头："很缺的，所以你帮帮我好不好？"

陆淮予皱了皱眉，盯着她的眼睛，是还没有被污染的干净澄澈的样子。

很多年轻的小姑娘就是这样，在不懂事的时候，以为钱是最重要的。

很多人也是利用这一点，驱使奴役她们，将她们往深渊里拽。

而一旦她们跌了进去，就像被打断了脊梁，再也爬不出来。

"我帮不了你。"他的声音透着不容商量的坚决之意，而后他不再看床上的女人，径直进了浴室冲凉。

房间里旖旎的气氛逐渐散去。

简卿裹着被子，迷茫地坐起身，不知所措地四处张望。

酒店的床头柜上摆着收费的计生用品以及包装花哨的来自印度的产品，其中有一小瓶红色透明玻璃装的酒。

她咽了咽口水，觉得有些口干，大脑在酒精的作用下已经不再运转，她也不看上面写着什么，抓起来就喝。

酒的味道甜甜的，比酒吧的特调难喝一些，但也凑合。

陆淮予在卫生间里穿戴整齐后，对着镜子里的自己看了许久。

他转动腕处的手表，看了一眼手表上的时间，已经是深夜，而后无奈地扯了扯嘴角，两指按在太阳穴上，忍不住轻叹，这一晚上真是够荒唐的。

然而陆淮予没有想到，更荒唐的事还在后面。

他拉开浴室的门出去，正准备直接离开，还没将门完全拉开，原本待在床上的女人跌跌撞撞地冲了进来，直直撞进他的怀里，没骨头似的依附上来，两条纤细的手臂死死环住了他的腰。

酒店浴室的空间狭窄而逼仄，携着氤氲的水汽。

简卿头昏脑涨，只觉得浑身热，想要进到浴室里冲凉。

浴室的地上湿漉漉的，她打着赤脚，不留神间脚下一滑，瞬间没了力气，直直地往前摔去。

陆淮予被她撞得闷哼一声，倒退两步才把惯性作用下冲来的她稳住，情急之下揽住了她的腰。

简卿的身体温度烫得惊人，好像火炉一样灼烧着他的掌心，是那种炙热到异常的温度。

当医生的人对人体的温度十分敏感，陆淮予皱了皱眉，还没来得及思考，女人的手已经攀上他的肩膀。

胳膊勾上他的脖子，她把小脸埋进他的颈窝，奶猫儿似的用鼻尖蹭着，偶尔唇瓣拂过，带着湿润而柔软的触感。

好不容易刚压下去的火又被她轻易地撩起，陆淮予脸色阴沉，由下至上生出一股燥意。

"你身上好凉啊。"简卿忍不住想要更多的凉意，伸手去胡乱扯他的衣服，刚刚系好的领带和衬衫又被她扯松扯乱。

陆淮予下意识地往后撤，但没有用，浴室空间过于狭小，他没走两步就被她压到了墙上。

陆淮予皱起眉盯着她，她的脸涨得通红，眼神失去了聚焦。

空气中散发着一股药草和酒精混合的味道。

他漆黑的眼眸渐沉，似乎意识到了问题所在，他松开禁锢着她的手，大步往浴室外走去。

目光落在床头柜上被拆开的包装盒还有一瓶喝空了的药酒上，他忍不住在心里骂了一句脏话。

等他重新回到浴室时，他就看见简卿已经站不住，滑倒在地上，嘴里不知道哼唧着什么，一副神志不清的样子。

简卿又急又难受，眼泪冒了出来："我好难受啊。"

她的声音软软糯糯的。

"谁让你乱喝东西的?"陆淮予蹲下来,压住她乱动的手,把她身上本来就少的衣服布料往下扯了扯,额上青筋直跳,不知道拿眼前的女人怎么办才好。

他晚上喝的酒不比她少。

脑子里绷着的那一根弦,在女人处处招惹的一举一动下,随时都有绷断的可能。

浴缸里已经蓄起浅浅一层冷水,他拽着简卿的胳膊将她往里带,不敢和她有太多肢体接触。

"躺进去。"他说。

简卿喝的药酒,他看过包装上的成分,不至于到洗胃的程度,但是药效会持续两个小时。

陆淮予站在浴缸外,弯腰一边托住她的下巴,防止她滑进水里,一边侧过脸盯着浴缸的出水口,尽量不去看她。

浴室里水汽氤氲,好像罩上了一层薄纱,模糊一片,他什么也看不清。

明明不断有冷水从花洒里喷出以降温,浴室里的温度依然很高,跟蒸桑拿似的让人觉得憋闷。

简卿躺在冷水里,身体的燥热感没有一丝缓解。

男人宽厚的掌心抵着她的下巴,肌肤相触的地方冰凉一片,比浸在冷水里更舒服。

浴缸里的水已经装满,陆淮予松开了对她的束缚,倾身去关水龙头。

也不知道哪里来的一股蛮力,简卿乘机一把将他扯进了浴缸里。

只见水"哗哗"往外涌,陆淮予狼狈地摔进浴缸,好不容易平静下来的脸色顿时变得震惊,没等他反应过来,简卿顺势贴了上来。

陆淮予呼吸一滞,心脏跳得极快,好像要跳出来一样。

耳畔传来软绵的呢喃声:"求你了,帮帮我。"

一字一顿,声音轻飘飘的宛若羽毛扫进他的心里,脑子里紧绷的弦"啪"一下断了。

他轻扯一下嘴角,嗓音低哑地问:"想我怎么帮你?"

简卿含着哭腔说:"我也不知道。"

陆淮予盯着她,半晌,轻轻地开口:"手给我。我教你。"

第十二章
诺亚方舟

"你别说了！"

黑暗的房间里，大床上鼓起了一个小小的包。

简卿把自己埋进被子里，脸颊一路红到了脖子，身体因为极度羞耻而微微颤抖着。

太荒唐了，事实真是太荒唐了。

她设想过很多种可能，却怎么也没想到事情会是这样的。

酒店的房间本来就够闷的，她又把自己闷在被子里，脑子又涨又昏，几乎处于缺氧的状态。

简卿憋得难受，却死活也不肯出来。外面的那一层黑暗好像已经不够遮蔽她，她情愿在被子里闷到昏过去，也不愿意探出脑袋。

陆淮予听话地闭了嘴，没再往下说，也没有再讲下去的必要了。

他摸黑踱到床头，将房间里的灯打开。

光明刺破黑暗，一瞬间有些晃眼，陆淮予不适应地眯了眯眼。

简卿蒙在被子里也感受到光线变得亮了一些，心里越发不安。

到了这份儿上，她裹着的这一床被子就像是一张薄薄的窗户纸，被揭开了，什么事就都要被捅破。

简卿咬了咬牙，做起了缩头乌龟，蜷缩成一团，两只手攥紧了被子，决定死不出去。

陆淮予盯着床上小小的一团山包，知道小姑娘又开始逃避了。

他抿了抿嘴角，在床边坐下。

隔着羽绒被，男人低哑的声音缓缓地传了进来。

"简卿。"他站在"窗户纸"边缘喊她的名字。

简卿身体一僵，怔怔地盯着眼前的被子。

"逃避是没有用的。"他说，"看看我是谁。"

半晌，简卿闷闷的声音从被子里传了出来。

"我知道你是谁。"

陆淮予漆黑如墨的眼眸沉了沉，他不是很意外。

在刚才他讲述过去的时候，他就隐约感觉到了。

"所以这段时间你生气是为了这件事吗？怪我明明认出你却瞒着不说？"

简卿沉默不语，算是默认。

良久，她感觉有一只大手，隔着被子轻轻地来回摩挲她的背，好像在安抚受惊的小猫，动作温柔。

"我以为你很想摆脱过去，所以就没有提及。"他的声音低缓，语气诚恳而认真，"如果你因为这件事生气，我很抱歉，但请你相信我并没有恶意。"

如果是简卿以为的那种过去记忆，她的确想摆脱掉。

可现在这个样子，她也不知道该以什么样的态度去看待这件事。

"既然是这样，你为什么还要给我留钱呢？"她忍不住开口问。

"这件事怎么着也是你吃了亏，而且我看你连药都敢喝，也是够敬业的，就留了。"陆淮予轻描淡写地说，声音没什么情绪和起伏，听不出来是开玩笑还是认真的。

简卿神色一僵，好不容易压下去的羞耻感重新冒了出来，她将裹住自己的被子又紧了紧。

陆淮予凝视着床上的一小团球，漆黑的眼眸沉沉的，其实没说出真正的理由。

那时简卿在药效结束以后，直接累得睡了过去。

他盯着小姑娘睡觉的姿势，她也是像现在这样，缩成一团，眼睫还沾着湿漉漉的泪，鼻尖红红的，一副可怜兮兮的模样。

他忍不住动了恻隐之心。

他害怕简卿不懂事，为了钱又会去找其他人，又怕下次她遇到的人不会像他一样，而是无情地将她拖进深渊。

后来过了大概一年,有一个账户每个月都会往他的卡里打钱,有时候多有时候少,转账附言里说是还款。

不知道为什么,他自然而然就想到了那天的小姑娘。

每次收到还款的时候,他总是有一种别样的欣慰感,像是看到一个不太懂事的小姑娘长成了有责任、有担当的大人。

再到后来,陆淮予才发现,打从一开始他就低估了她的懂事和勇敢程度。

躲在被子里的人迟迟没有说话,好像又陷入了逃避状态,等着别人来推她。

"关于这件事情我们算说清楚了吗?你还在生我的气吗?"他问。

简卿哑着嗓子说:"说清楚了。"

她弓着背,盯着白色的床面,眼泪"吧嗒吧嗒"地无声滑落,突然如释重负。

曾经她以为内心深处的那一道沉疴永远都不会好了,现在好像是在慢慢愈合。

她不知道有多么庆幸,庆幸她那天遇见的人是陆淮予,他替她保留住了原本早就丢失的脊梁与傲骨。

简卿想起之前对陆淮予做过的事情,愧疚的情绪从四面八方涌来。

她拼命压抑住情绪和眼泪,觉得自己不配哭,哭也并不能减轻她心里的负罪感。

"对不起。"她闷闷地说,隔着被子,声音很轻,蚊子"嗡嗡"似的。

虽然声音很小,陆淮予还是听见了,微微勾起嘴角,一下一下隔着被子轻拍她的背部。

"我是有点儿生气的。"

陆淮予没有像哄小孩似的说"没关系",然后不和她计较,而是非常坦率地表达自己的感受,语调平缓,不带负面情绪。

"我生气的是你每次遇到事情,都一个人憋在心里,不肯说出来。

"而且我想问你的时候,你还上了别人的车,那天我真的很难过。明明下着雨,你也不回头看看我。"

"后来你还让我以后不要出现在你面前。"他顿了顿,问道,"你真的是这样想的吗?"

陆淮予一向不是话多的人，现在倒是一件事一件事地和她摆到明面上说，委委屈屈地示弱，好像是在言传身教，告诉她怎样去正确表达和沟通。

简卿反省着这段时间的自己，真的很过分，不断对他使用冷暴力和言语暴力，以此来发泄她的情绪。

"不是这样想的。"她小声说，那只是她生气时言不由衷。

陆淮予听见她的回话，拖着懒懒的尾音"哦"了一声："如果不是这样想的，那你为什么还蒙着被子不肯见我？"

简卿虽然不想出去，但也知道不该再这么别扭。

她慢吞吞地掀开被子，新鲜空气灌入，让她呼吸顺畅。

简卿从蜷缩状改成跪坐的姿势，乖乖巧巧，像是做了错事的孩子，犹犹豫豫地抬起了脑袋，正对上男人宛如古井平静无澜般漆黑的眼眸，男人的眼神沉稳而包容。

简卿也不知道为什么，刚刚压下去的情绪又一股脑儿地涌了出来，眼泪像断了线的珍珠一样往下落。

陆淮予显然也吓了一跳，赶紧从床头柜上抽了两张纸巾揉成一团帮她擦眼泪。

"我还没哭，你怎么就哭了呢？"

简卿直直地盯着他，视线偶尔被纸巾挡住。

男人的指腹温热，有一层薄薄的茧，隔着柔软的纸巾在她的眼角轻轻按压。

"我知道错了。"她哭得厉害，讲话都有些不顺，抽抽噎噎地说，"我不该什么事都憋在心里，也不该乱发脾气。"

她像是被家长训斥以后，一边哭一边做着检讨的小朋友。

虽然情景不合适，但陆淮予觉得实在有些好笑，又碍于她哭得伤心，只能忍着将不自觉勾起的嘴角压下去。

简卿眨了眨湿漉漉的眼睛，扯着他的衣服一角，哽咽地问："你可不可以不要生气？"

陆淮予的目光落在她的脸上，看见她的脸还沾着泪痕，他又哪里有什么气呢？

他光是看到她，所有的气就已经没有了。

"那你想好要怎么哄我了吗？"

虽然他不生气，但补偿还是要拿的。

简卿怔怔地望着他，脸颊有些红，怯怯地问："亲……亲你一下可以吗？"

陆淮予挑了挑眉，漫不经心地回道："可以。"

他一动不动，懒懒散散地靠在床头上，像是一头慵懒的狮子，等待着猎物主动送上门来。

简卿面色羞赧，最后咬了咬牙，鼓起勇气慢慢地倾身向前。

两个人的距离越拉越近，空气中散发着一股淡淡的薄荷香。

陆淮予目光灼灼，将她的一举一动全部看在眼里，然后她的脸越凑越近，他只能看见女孩乌黑的发顶。

他感受到侧脸被什么东西碰了一下，触感柔软而干燥。

她的碎发宛若羽毛似的掠过他的鼻尖，痒痒麻麻的，一直痒到了心里。

时间仿佛在这一瞬戛然停住——

陆淮予嘴角不受控制地轻轻上扬。

"你哄好我了。"他说。

简卿对上他含着深深笑意的眼眸，不好意思起来，低着头嘟囔道："那这件事算不算翻篇儿了？"

她巴不得以后他再也不提。

"还不行。"

简卿愣了愣，疑惑地看向他："为什么不行？"

他不是已经不生气了吗？

陆淮予手里不知什么时候多出了一张白色卡片，好像时间很久远，卡片边缘已经有些泛黄，但被保存得很好，没有什么褶皱的痕迹。

"第三个问题还没有答。"

简卿怔怔地盯着那张卡片，没想到这么多年过去了，他还保留着。

她接过卡片，很好奇第三个问题是什么。

这次白色卡片上写的不算是问题，而是摘抄自五月天的一首歌的歌词。

  如果要告别。
  如果今夜就要和一切告别。
  如果你只能打一通电话。
  你会拨给谁。

         ——《诺亚方舟》

酒店隔音效果一般，窗外的酒吧街喧喧嚷嚷，各家酒吧驻唱的歌曲融合到了一起，旋律悠扬而缓慢，好像是给歌词伴奏，简卿不知不觉间脑子里跟着哼起了旋律。

恰逢此时，身后手机振动的声音响起。

简卿下意识地扭头去摸手机，待看清来电显示的名字时，愣住了。

她缓缓地转过身，看见陆淮予拿着手机放在耳边，凝视着她时，漆黑的眼眸里仿佛缀着宇宙星光。

"这是我的答案——"他低低缓缓、一字一顿地说着，声音落在她的心上。

"如果明日世界终结，我想和你在一起。"

酒吧街外面的声音很吵闹，房间里却出奇地安静，只有手机振动的声音，不疾不徐，很有节奏地响起。

昏黄的床头灯灯光打下来，将两个人的影子拉得很长，重叠到了一起。

简卿静静地回望着他，攥紧了手里的手机。

陆淮予漆黑的瞳孔映出了她的内心，干净透明，没什么可隐瞒的。

她缓缓地按下接听键，将手机贴至耳边，坦率而直接地说："我也是。"

这也是她的答案。

如果明天世界终结，好像她也想不到其他人。

简卿的声音软软糯糯的，因为刚刚哭过而有些低哑，隔着电话听筒传来，又和面对面沿着空气传播至耳畔的声音重叠，宛若羽毛似的，一片片轻飘飘地落在他的心上。

像是忍不住一般，陆淮予的嘴角轻轻上扬，眉眼间的笑意仿佛要溢出来了。

简卿不自觉地跟着笑起来，眼眸湿湿的，闪烁着晶莹的光，仿佛微青的天空里，嵌着的疏朗星辰。

什么话都不用再说，小王子和狐狸都明白。

她已经驯服了她的狐狸。

窗外嘈杂的环境音宛若金黄麦田里的风吹麦浪声。

良久，陆淮予捡起落在床上的那张白色卡片，从口袋里摸出印章，盖上最后一个章——有始有终。

好像所有的相遇，都是为了久别重逢。

简卿盯着他盖章的动作，这才注意到他白净的手背上有几个细细密密的针眼，青色的血管处泛着紫色的痕迹。

她的眉心不自觉地皱了皱："你生病了吗？"

陆淮予收起卡片和印章，似不经意地将手背反转，挡住了针眼："有一点儿小感冒。"

他的语气轻描淡写，好像就是普普通通的小感冒。

听他这么说，简卿稍稍放下心来，观察到他的脸色确实不太好："那我们回去吧。"

时间已经不早了，他们总不可能真在酒店里过夜。

而且这会儿是酒吧街的后半场，隔壁房间里已经传来暧昧不明的声音。

简卿低着头，听得有些面红耳赤，扯着陆淮予匆匆离开。

酒店里的暖气太足，走到室外，简卿才意识到今天有多冷，尤其是深夜，北风呼啸，寒意挡不住似的往她的衣服里面灌。

她缩着脖子，将大衣外套紧了紧。

陆淮予正拿着手机打电话，告知对面的人地址："嗯，你开我的车来就行，车钥匙在我的办公桌右边的第一个抽屉里。"

酒吧街不好停车，加上他的身体状况其实并不太好，晚上来的时候他就没开车。

陆淮予挂了电话，看向瑟瑟发抖的小姑娘："可能还要一会儿，你冷吗？要不你先回酒店大堂等，车来了我叫你？"

酒店位置在比较隐蔽的角落，周瑞来了不一定能找到，所以陆淮予和他约在了最近的十字路口。

简卿冷得牙关发颤，却还是摇了摇头，不肯回去。

她注意到男人身上的衣物单薄，陆淮予出来得急，外套里面只穿了一件薄薄的衬衫。

"你都感冒了，怎么还穿这么少？"

简卿皱着眉，软软糯糯地说，好像有一点点训斥的意味。

她自己裹得严严实实，里三层外三层的，尚且觉得冷。

陆淮予笑了笑，非常迅速地低头认错："嗯，我错了，下次多穿一些。"

简卿仰着头看着他。

男人身形挺拔修长，站在逆风口里，默不作声地用身体帮她挡掉了凛冽的寒风，黑色碎发拂过额前，被风吹得有些许凌乱。

昏黄的路灯灯光勾勒出他好看的侧脸，五官立体，眉眼柔和。

他的声音缓慢低沉，哄小孩子似的哄着她。

不知道为什么，简卿愣了一瞬，动作像是不受控制一般，上前一步，就这么抱住了他。

然后她把脸埋进他的胸口，明明很害羞，还要故作淡定地说："抱着就不冷了。"

小姑娘猝不及防地主动靠近他，让陆淮予有些吃惊，瞳孔微微放大，怔怔地盯着她乌黑的发顶。

半晌，他回过神儿来，不自觉地勾起嘴角，伸手把人往怀里带得更深。

她小小的一团，温温软软的，确实不冷了。

简卿靠在他宽厚结实的胸膛上，扑面而来一股淡淡的薄荷香，很好闻。

她满心欢喜，感觉温暖而踏实。

就这样不知过了多久，身后有汽车鸣笛的声音响起。

周瑞看着抱在一起的两个人，摇下车窗，气不打一处来："陆淮予，你可真行。"

当着简卿的面，他不好多说什么，只说了这么一句话就闭了嘴。

周瑞不过吃个苹果的工夫，再回病房人就没了，吊瓶也就打了一半儿。

他还以为是什么着急事呢。

他都病成那样了，周瑞也不知道陆淮予哪里来的力气。

更气人的是陆淮予从酒店里开完房出来，还要让他来接人。

周瑞在心里骂了一句脏话。

简卿没想到来接他们的人会是周老师，脸色顿时僵了僵，尴尬地喊了一声："周老师。"

周瑞脸色这才缓和一些，点了点头，一副作为师长的那种亲切友善态度："快上车，冻坏了吧？"

陆淮予倒是没什么反应，脸上的表情淡淡的，一点儿没被撞破的尴尬样子，自然地开了后车门，让简卿先上，然后自己跟着她坐在后面。

车里的气氛有些微妙。

简卿在学校老师面前，有一种天然的拘谨感，坐得板板正正，两只手来回揪着大衣外套的下摆。

"回医院？"周瑞问。

简卿愣了愣，不明白为什么要去医院，然后反应过来，可能是陆淮予晚上要加班。

"先送她回学校吧。"陆淮予说。

周瑞"啧"了一声："学校宿舍这会儿早关门了。你下次能不能注意点儿，不要带她玩到这么晚？"

明明是简卿把人约出来的，陆淮予被周瑞这么说着实冤枉，但她还是选择默默地装死，不敢解释。

毕竟周瑞在学院里给学生树立的一直是很有距离感的严师形象。

简卿对他还是有些敬畏的。

"没关系，我回公司凑合一晚上也行，之前加班晚了就经常睡在公司。"

虽然今天是周六，但游戏公司里加班的人多如牛毛，肯定灯火通明。

公司给每一层楼都配备了睡眠舱，床铺只有行军床大小，但也能勉勉强强地睡，就是睡的人多，味道着实不太好闻。

陆淮予抿了抿嘴角，摸出口袋里的钥匙递给简卿："你去我家睡吧。今天晚上我不回去，眠眠被她妈妈接走了也不在，家里没人。"

简卿也没和他客气，大大方方地拿了钥匙，没有刻意地避嫌矫情，好像一切顺理成章，自然而然地发展。

周瑞开着车，把人送到了楼下。

下车前简卿乖乖巧巧，很有礼貌地道别："谢谢周老师，周老师再见。"

"那我呢？"陆淮予懒懒散散地靠在座椅里，手撑着额头，抬起眼皮问。

简卿当着周瑞的面，仿佛被上了封印，什么事也干不出来。

她瞪了陆淮予一眼，知道他是故意的，索性也故意气他似的吐出一句："陆叔叔再见。"然后不等他反应，她直接关上车门，小跑着进了大楼。

周瑞乐了，嘲讽了一声："叫得没毛病。"

陆淮予没搭理周瑞，目光盯着小姑娘的背影渐渐消失，自顾自地轻笑，直到家里的灯亮起，他才淡淡地开口："走吧。"

周瑞撇了撇嘴，嘟囔道："真把老子当司机了。"

许久没有回到过陆淮予这里，简卿一进门，就发现家里有些许变化。

原本堆满客厅角落的玩具已经消失得无影无踪，小朋友乱七八糟的奶粉、纸尿裤也都不见了。

她打开冰箱，发现里面也是空荡荡的。

之前她看秦阿姨的微信动态，好像秦阿姨换了一户人家去做工，应该是眠眠被接走以后，也没有她照顾的必要了。

整间房子比原本更加冷清和干净，一点儿生活气息也没有，也不知道陆淮予每次下班回家会是什么样的心情，毕竟他带了眠眠那么久，肯定也很舍不得的吧。

简卿轻叹一声，不再多想这些有的没的，洗漱完毕就去了客房。

客房里倒还是很整洁，铺着她以前用过的床单，她躺上去的时候，被子蓬松而柔软，还能闻到太阳晒过的暖洋洋的味道。

第二天是周日。

简卿不知道陆淮予什么时候下班，又怕打扰他，所以决定去医院给他送一趟钥匙。

她刚走进协和的门诊楼，正东张西望地找指示牌，想看看颌面外科往哪里走，突然听见身后有人叫住了她。

"简卿——"周瑞手里拿着交费单，急匆匆地朝她跑来。

"你来了真是太好了，我临时有事要回学校一趟，陆淮予的出院手续你帮他办一下吧？"

简卿愣了愣，接住周瑞塞来的几张单子和身份证："他住院了？"

"是啊，住了都快一个星期了。"周瑞说话是没把门儿的，也不知道什么该说什么不该说，一股脑儿地全抖搂了出来，"也不知道他怎么搞的，淋了场雨就得了肺炎。这不颌面外科实在顶不住了，让他赶紧回去。"

周瑞看了一眼手机时间："行了，我先走了。"他拍了拍简卿的肩膀，"麻烦你了啊。"

简卿攥着手里的几张薄薄的纸，心不在焉地应了一声。

所以昨天陆淮予是住着院跑出来找她的吗？明明他病得很严重，还骗她说是小感冒。

周瑞送他回去的时候也不吭声，让她以为他只是值夜班。

之前陆淮予来画室找她，说话声音哑哑的，应该就已经感冒了，她还故意开着窗户往里吹冷风。想到这里，简卿心里难受极了，甚至有些讨厌自己。

出院手续办起来并不复杂，尤其是协和医院每一步流程都有详细的说明，工作人员也很有耐心，很快她就把陆淮予的出院手续办好了。

简卿问了前台护士陆淮予的病房号，便沿着走廊过去。

病房的门半掩着，从她的角度可以看见房间里的人。

陆淮予坐在病床上，立起的小桌板上放着银色的笔记本电脑。

应该是马上就要出院，所以他已经换上了平时穿的西装衬衫，除了唇色还有些苍白，看不出异样。

他眼眸低垂，目不转睛地对着屏幕，高挺的鼻梁上架着银色细边眼镜，神态认真而专注，干净修长的手指在键盘上快速地敲打着，只是左手手背上扎着的输液针和白色贴布十分刺眼。

听见有脚步声走进来，陆淮予头也没抬，以为是周瑞，淡淡地说："回来了，秦蕴下午的手术我帮她做，你记得来接她下班。"

简卿抿了抿唇，也不讲话，站在他面前。

陆淮予半天没等到回话，疑惑地抬起头，就看见小姑娘静静地看着他，脸上的表情淡淡的，好像是有一点儿不高兴，但又隐忍着没有表现出来。

简卿把身份证和出院证明放到桌子上："我帮你把出院手续办好了。"她从衣服口袋里摸出钥匙，"还有钥匙。"

"钥匙你留着吧，我这里还有一把。"陆淮予合上笔记本，不再工作，专注地和她说话，"家里离你的公司很近，以后你要是加班太晚，也别住公司了，不太安全。"

简卿听他这么说，松开掏钥匙掏到一半儿的手，钥匙重新落回口袋里。

床头柜上摆着之前同事探望送的苹果。

简卿拿起一个，坐在床边的椅子上，用小刀慢慢地削着苹果。

陆淮予皱了皱眉，怕她削到手，看了一会儿，见她手法熟练，也就没说什么。

病房里很安静。

一个人安静地削苹果，一个人安静地看她削苹果。

两个人默契地对昨天的事避而不谈。

既然说翻篇儿了，那么他们就没有再掰扯的必要了。

简卿虽然心里难受，但更多的是气自己，也不想再像个不懂事的小孩子一样，把自己的情绪表现出来，惹得陆淮予到时候反过来安慰她。

她削下来的苹果皮又细又长，卷了好几圈，到最后也没有断。

简卿把削好的苹果递给他："吃吗？"

看小姑娘脸上的情绪好像已经好了很多，陆淮予轻笑道："吃。"

简卿靠在椅子上，手撑在脸颊上，默默地盯着他吃苹果。

不知道为什么，他咀嚼的速度特别特别慢，好像是为了不发出声音，半天他也没咽下去一口苹果。

"不好吃吗？"她问。

"挺好吃的。"他答。

然后他继续慢吞吞地磨蹭着吃苹果，像是不想吃饭，又不敢和大人直说的小朋友。

简卿看了半天算是明白了，估计他是不爱吃苹果，没想到从不挑食的陆淮予也有不吃的东西。

但她又觉得他别别扭扭地吃讨厌的食物的样子很有意思，干脆故意假装不知道，随他磨磨叽叽地吃。

等陆淮予打吊瓶的工夫，简卿百无聊赖地拿起了床头柜上的一本书看，书名叫《骨骼肌肉功能解剖学》。

本来这些医学书她是看不进去的，但是里面关于肌肉的分解说明，无意之间给她画人体结构提供了很多启发，她不知不觉间就看得格外认真。

遇到看不懂的地方，或者专有名词，她还时不时凑到陆淮予面前去问。

吊瓶快打完的时候，护士进来帮陆淮予拔针，一眼就看见乖乖地坐在椅子里抱着书看的简卿。

她愣了一瞬，又很快回过神儿来，以为简卿是颌面外科新招来的医学生，玩笑道："陆教授，住着院还教学生呢？"

简卿盯着书里的配图，微微走神，不知道他会怎么回答。

陆淮予刚好吃完最后一口苹果，慢条斯理地抽出两张纸巾擦了手，然后认认真真地解释："不是学生，是女朋友。"

闻言，简卿讶然地抬起头看向他。

"我说得不对吗？"他挑了挑眉。

简卿不自觉地勾起嘴角，笑了笑："很对。"

护士拔针的手很稳，但实际上她是表面上云淡风轻，内心里风起云涌。

向来以高冷闻名的协和男神竟然谈恋爱了？

她收走针管和吊瓶，目光在他们两个人身上扫过，客气地说："那我不打扰你们了。"

随后她脚步匆匆忙忙，赶着去和其他姐妹分享这个惊天大"瓜"。

"你今天准备去做什么？"陆淮予看了一眼手表，最后一瓶吊瓶打完，一会儿他就要去颌面外科上班了。

工作这么久，他还是头一次动了偷懒的念头，想就这么和她待在这里。

简卿抿了抿唇，还在翻着书，似不经意地说："我和朋友约了出去玩。"

"女孩。"她想了想，补充道。

陆淮予盯着她一脸认真的模样，轻笑出声，伸手揉了揉她乌黑的发顶。

意识很到位，她值得表扬。

简卿离开医院以后，和周琳琳约了回学校的时间。

其实刚刚她撒了一个小谎，今天没打算出去玩。

她给陆淮予办出院手续的时候，看见他的身份证上的出生日期，才发现原来明天就是他的生日。

简卿想要给他准备一个生日礼物，在心里琢磨了许久要送什么。

后来记起很久之前她陪林亿在医院里种牙的时候，陆淮予穿着白大褂，低头看病历，时不时找人借笔写字的样子，最后决定送他一支钢笔，但是直接买显得很没诚意。

他们这些美术生，最不缺的就是动手能力。

正好周琳琳是首饰设计专业的，加上设计系有一门课是专门请日本大师来教的钢笔制作课，所以手工钢笔怎么做她也是知道的。

按理说寒假期间，首饰设计专业的工作室是不开放的，但因为周琳琳是本地人，专业老师怕有什么紧急情况学生要用工作室，就把钥匙放在她那里保管。

等简卿到工作室的时候，周琳琳已经在里面敲敲打打，做起金属饰品打发时间了。

首饰专业的工作室和油画系工作室差别很大。

工作室里面没有铺满地的颜料和石膏静物，取而代之的是各种各样的设备，车床、车刀和砂轮机。

"你好慢哪。"周琳琳听见声响，停下手里的活儿，摘掉护目镜。

"抱歉，路上有点儿堵车。"简卿拿出包里的一张照片递给她，"喏，江昼的签名照。"

江昼是近几年大火的演员，去年的双料最佳男主角，最近正好接了公司的游戏代言，公司搞他的签名照抽奖。

简卿凑了个热闹，一不小心就中了，还有同事出很高的价钱找她买签名照，她记得周琳琳似乎很喜欢江昼就留着没卖。

周琳琳看见照片眼睛一亮："可以，我被收买了。说吧，你想做什么？"

"钢笔好做吗？"简卿不太确定地问。

周琳琳敏锐的神经立刻被激活，她挑了挑眉："送男人的？"

简卿有些不好意思，没说话当作默认。

自从说清楚之前的误会以后，周琳琳倒不觉得稀奇，没再消遣她，很快把话题扯了回来。

"看你要怎么做了,如果是用已有的钢笔修改一下笔尖和笔杆,会比较简单一点儿,主要设计好就行。如果你要从头到尾自己做,那就比较麻烦了。"

"哎,非要送钢笔吗?你随便换个戒指、吊坠,又简单又好设计。"

简卿摇了摇头:"我感觉首饰这些东西,他都不会戴的,钢笔至少还有些用处。"

周琳琳听她这么说,撇了撇嘴:"那好吧,我先教你怎么用车床。"

两个小姑娘就这么在工作室里折腾,不知不觉就到了晚上。

简卿用车床的时候不小心,食指侧直接被掀掉了一块肉,血不停地往外流。

周琳琳倒是见怪不怪,这是工作室里常常发生的事情。

她从操作台底下翻出医药箱,熟练地帮简卿包扎着。

"小心一点儿啊,别到时候礼物没送出去,手先断了。"

碘伏直接被抹在破了皮的肉上,简卿龇牙咧嘴地忍着痛。

这时桌上的手机亮起,是一条微信消息。

简卿反手不好操作,半天才解锁屏幕。

那是陆淮予发来的消息。

"刚下手术台。"

"晚安。"

内容简洁明了,一本正经,他像是在报备他的行程让她知晓。

他应该是以为这个点儿她该早早睡了,没指望她会回消息,自顾自地道了一句"晚安"。

简卿莫名其妙地觉得他这样很可爱,忍不住轻笑,手指受伤的地方也感觉不到痛了似的。

她慢吞吞地单手打字也回了一句:"晚安。"

周琳琳低着头帮简卿贴好创可贴,扫了一眼她盯着手机屏幕傻笑的模样,轻嗤了一声。

"说什么呢,笑这么开心?"

简卿这才注意要管理表情,收敛了笑意:"没什么,就是和我说他做完手术了。"

"啧,你和我待一天了,这都大半夜了他才记得联系你,你也够容易满足的。"

简卿倒不觉得有什么,陆淮予工作忙她是知道的,再说她也不是喜欢腻在一起,时刻都要和对方联系的人,保持彼此舒适的距离就好。

"还好吧。"简卿笑了笑,没有就这件事多说,拿起做到一半儿的笔,"接下来要怎么做?"

周琳琳无奈地叹气:"还做啊姐姐?这都几点了,再说你手都伤了,也不嫌疼。"

"我怕做不完嘛,万一后面几步做坏了,还要留时间重做呢。"

简卿翘着受伤的食指,低着头在桌案上磨着笔杆,一缕碎发轻飘飘地垂落至侧脸上,她抿着唇,神情认真而专注。

周琳琳沉默地盯着她,以前总觉得她的这个室友骨子里是很冷漠的人。

虽然林亿总说她脾气好,对什么事都不计较,但实际上,这种不计较的背后,更多的是不在意,对谁都是冷冷淡淡的,没什么让她特别上心的事情。

周琳琳倒是难得见她这么专注,好像整个人从一张白纸变得鲜活起来。周琳琳耸了耸肩,搬了张凳子坐到旁边,耐心地指导她。

协和医院颌面外科的主任办公室内,还亮着一盏灯。

陆淮予伏案写着手术报告,偶尔轻咳一声,好像是感冒没好彻底,还是有些不太舒服。

即使到了晚上,他也还是有条不紊地工作,没有一点儿烦躁和不耐的样子。

待终于做完积压的全部工作,男人长出一口气,靠在椅背上,仿佛累极了,随意扯松了领带,抬手揉了揉眉心,拿起桌案上的手机给裴浩拨了个电话。

"喂?什么事啊?"已经晚上了,裴浩的声音依然中气十足,陆淮予估摸他没睡。

"出来喝酒吗?请你。"陆淮予漫不经心地问,单手慢条斯理地解着身上的白大褂的扣子。

裴浩"哟"了一声,调侃道:"稀奇啊,陆医生有主动请我喝酒的一天?"

"你不会像上次那样又放我鸽子吧?"他翻起了旧账。

陆淮予淡淡地说道:"哪儿那么多废话,喝还是不喝?"

"喝,喝,喝,怎么不喝?"有便宜不占白不占。

裴浩还在公司加班,迅速关了电脑:"一会儿见。"

消失酒吧卡座区。

裴浩是酒吧的常客,所以就算来得晚依然有好位置给他留着。

两杯酒上桌,裴浩跷着二郎腿,端起玻璃杯晃了晃:"怎么着,什么事?"

以他对陆淮予的了解,平时陆淮予除了工作就是工作,要不是有事,哪里会闲得找他喝酒?

陆淮予慵懒随意地靠在沙发上,把玩着手里的玻璃杯,眼皮微抬。

"你知道怎么谈恋爱吗?"

他冷不丁地问了这个问题,但语气格外认真,半点儿不像是玩笑话,反倒一副虚心求教的模样。

"……"

裴浩被含在嘴里还没咽下去的酒呛了一下:"搞什么。"

他有一瞬间怀疑自己脑子出问题了,怎么会从陆淮予嘴里听到这样的问题?

好不容易他才顺过气:"就那么谈啊,该吃吃,该喝喝,该玩玩,该上床上床。"裴浩皱了皱眉,"这你不会?"

陆淮予抿了抿唇,沉默半晌,非常坦然地说:"不太会。"

他过去的三十年里,从来没有把精力放在这方面的事情上。

好像总有更重要的事情被排在前面,学业、工作、医学研究等,或者说任何事情都在这件事的前面。

只是现在不一样了,这件事好像变得格外重要。

他想要给简卿特别好的体验。

向来对什么事情都很有把握与自信的他,生怕在这件事上做得不够好。

"也是。"裴浩撇了撇嘴,"就你这工作强度,我怀疑你连上床的时间都挤不出来。不过我们公司美术支持部也是够忙的,等简卿毕业以后转正了,你们俩干脆网恋得了。"

裴浩想了想,不无恶意地说:"可能妹妹毕业以后,就会嫌弃你年纪大,还没时间陪她,然后把你甩了。"

这听起来形势很严峻。

陆淮予扫了他一眼:"你能不能提一些有用的建议?"

裴浩转了转眼珠子,有了主意:"这样吧,我给你打个样。"

说完他掏出手机,清了清嗓子,拨通电话。

"宝贝儿，还没睡呢？"裴浩拿腔拿调，用一种腻人的语气问。

"嗯，没干吗，就是想你了。你想我吗？"

陆淮予听不清对面的女声说了些什么。

裴浩轻笑，故意压低嗓音，暧昧呢喃道："行，一会儿去你那儿。"

裴浩放下手机，声音立马恢复正常："学会没？就这么谈。"

"你也打一个。"他说，"我怎么说的，你照着来一遍。"

陆淮予抿了一口酒，故作淡定地说："这么晚了她该睡觉了。"

裴浩显然不吃这一套，翻出手机，在美术资源群里@简卿，找她要之前的朱寿原画参考图。

没一会儿简卿就把图片发到了群里。

"没睡。"他说，"打吧。"

"……"

周琳琳撑着脑袋，瞧一眼墙上的挂钟，已经晚上十一点了。

她们俩从早上就一直泡在工作室里，连两顿饭都是叫外卖在工作室里解决的。

这会儿她的精力已经被消耗殆尽，脑子完全不再转。

周琳琳不得不佩服简卿的专注力，到现在简卿还在一遍一遍地打磨笔尖，不停地去试写字的手感。

在周琳琳打了一个又一个哈欠以后，简卿总算注意到周琳琳，抬起头："你困了要不要先回去？我感觉差不多学会怎么做了，剩下一些就收尾了。"

周琳琳眨了眨困倦的眼睛，也不和她客气："行，我就不奉陪了，你加油。钥匙我给你留着，走之前你帮我锁个门就行。"

"嗯，好，今天真是麻烦你了。"简卿特别真诚地道谢。

周琳琳笑了笑："没事。"

周琳琳在的时候不觉得，待她一走，工作室立马冷清下来，到处都是金属的车床器械，显得整个空间格外寂静阴沉。

简卿缩了缩脖子，不知道为什么有些瘆得慌。

她的脑子里不受控制地想起以前看过的一本推理悬疑小说，里面写的杀人场景就是在这样类似的机械车间里。

不想倒没什么，一想就越想越可怕，简卿感觉后面有双眼睛看着她似的。

她一动不敢动，头也不回，强迫自己专注于手里的钢笔。

周围环境仿佛安静得连一根针掉落都能听见。

突然，手机振动的声音响起。

她的一颗心顿时提到嗓子眼儿，吓了一跳。

目光落向手机屏幕，待看清来电显示上的名字，她才平静下来，呼出一口气。

"没睡呢？"陆淮予淡淡地问。

简卿眼睫微颤，轻轻地"嗯"了一声："怎么了？"

对面的人顿了顿，隔了半天才开口："没什么，就是有点儿想你了。"

男人的声音低哑缓慢，携着三分撩拨人的意味，不管她听几遍都觉得好听，隔着听筒传入耳畔，一字一顿地敲在她的心里。

简卿不由自主地红了脸。

明明早上他们刚见过面，明明刚才她还觉得自己不是喜欢黏糊的人，却意外地喜欢他这样的情话。

左手一下一下摩挲着镌刻上他的名字缩写的笔杆，纹路触感明晰，良久，她说："我也有点儿想你。"

声音很轻，软糯而羞怯。

酒吧里嘈杂喧嚷，乐队唱着摇滚乐，喧闹不已，说话靠喊才能听见。

陆淮予的视线聚焦在远处某一点，他又好像什么也没有看，五感只留听觉。

他拿着手机，放在耳旁，将那微不可闻的回话拆成一个字一个字，一个音符一个音符，反反复复回想。

本来他打算说到这里就停住，要真的像裴浩那样大半夜去找她，未免也太过荒唐。

可不知道为什么，他听到她的声音，所有预设好的理性克制情绪都烟消云散了。

"你在哪儿？我去找你。"他说。

末了，也不知道是欲盖弥彰还是怎么，他补了一句："兜风。"

"……"

裴浩翻了个白眼，恨铁不成钢。

大冬天的，两个人应该在房间里抱抱，兜什么风？

酒吧里氛围正浓。

360

陆淮予慢条斯理地将挽起的衬衫袖口放下："我先走了。"

"您这坐下有五分钟吗？酒还一口没喝呢，晚一点儿去又不会怎么样。"裴浩皱了皱眉。

"你喝吧，账算我的。"说话间，陆淮予已经穿上大衣，一副要走的样子。

他缺的是酒吗？

他缺的是陪伴！

裴浩望着男人头也不回的身影，在心里骂了一句脏话。

下次陆淮予叫他，他再出来就是小狗狗！

简卿挂了电话以后，发了一小会儿呆，良久才回过神儿来。

她摸着手里的钢笔，看了一眼墙上的挂钟，离十二点还差一段时间。

本来她就是临时知道陆淮予的生日的，什么也没有好好准备，更没想着要追求零点庆生的仪式感，但是这么看好像可以赶上。

简卿加快了手里的速度，也顾不上避开受伤的食指，忍着痛该用就用。

等她终于把钢笔做完，陆淮予的电话正好打来："我到学校了，你在哪儿？"

"我大概还要一会儿。"简卿看着车床周围到处是制作钢笔落下的边角料和渣滓，走之前得打扫干净。

她想了想，说："你知道美院的教学楼在哪儿吗？不知道的话就在校门口等我吧。"

陆淮予闻言，回道："知道，我去接你。"

他本科就是南大医学院毕业的，又是南大的特聘教授，常常在医学院里授课，要说对南大的熟悉程度，可能比简卿更甚。

南大占地面积很广，美院的教学楼又是在最偏僻的西面角落。

平时还好，时不时有人经过，这会儿放寒假，学校里面没几个老师和学生。

也不知道简卿在教学楼里做什么，一个人弄到这么晚，陆淮予光想想就觉得不安全。

他越往学校西面走，越是荒凉，小路也是窄窄的，路灯昏黄，只能照亮有限的范围，剩下大片黑漆漆的树林草丛。

陆淮予皱了皱眉，加快了脚步，得亏是来找她了，这个小姑娘真是缺少一些防备意识。

简卿收拾完工作室，最后打量了一圈，确认没什么问题以后才关灯锁门。

工作室里到处是车床和视觉盲区，阴森森的，本来简卿还挺害怕的，不知道为什么，和陆淮予通过电话以后，想着他要来，好像就没那么害怕了。

她小心翼翼地把钢笔放进大衣的口袋里，怕陆淮予等久了，几乎是小跑着两步并作一步地下的楼梯。

走廊里没有开灯，到处黑黢黢的，简卿借着从窗户倾泻进来的月光勉强看清楚了台阶。

突然，楼梯拐角出现一道挺拔修长的黑影。

简卿吓了一跳，向下的惯性力让她来不及反应，直接朝那人身上撞去。

陆淮予到了美院，看见其中只有一盏灯亮着，猜是简卿在里面，索性上去接她。

他刚走到二楼，迎面就蹿出个小冒失鬼，不用想也知道是谁。

他条件反射地揽住简卿的腰，将她的身形稳住，但还是被撞得连连倒退，后背撞在了墙上。

简卿被他护在怀里，倒是啥事没有，耳畔却传来难忍而溢出的闷哼声。

空气里散发出一股熟悉的薄荷香。

简卿眨了眨明亮懵懂的眼眸，男人将她箍得很紧，腰上传来温热的触感。

她一阵窘迫："陆淮予？"

"你有没有被撞到啊？"她听刚才的声音，好像他是被撞得挺狠的。

陆淮予忍着后背的钝痛，把她扶好站直："下楼梯跑这么快干什么呢？也不怕摔着。"

简卿有些愧疚，闷闷地说："我怕你等久了嘛。"

陆淮予迎着月色，看不太清她的脸，沉沉的夜色里，只有那一双眼眸干净而澄澈。

他轻轻勾起嘴角，将她额前垂落的碎发别至耳后，然后自然而然地牵过她的手，淡淡地说："走吧。"

男人掌心温热，将她的小手整个包裹住。

简卿不由得愣了一瞬，又很快适应，悄悄地回握住他的手，由他带着一步步稳稳地走楼梯。

"这么晚还画画吗？手这么凉。"陆淮予问，拇指指腹在她的手背虎口处打着转儿似的轻轻摩挲。

这会儿时间还没到凌晨，简卿想保留住惊喜感，只含含糊糊地敷衍。

"以后记得不要在工作室里待到这么晚了，以前这附近发生过抢劫案。"

"是吗？我怎么没有听说过？"

"很早了，我在南大念书的时候。"

简卿默默地在心里算了一下时间，没经大脑地说："那我确实不知道，那会儿我还在读小学呢。"

手心被人捏了一下。

陆淮予低着头，似笑非笑地看着她："你想说什么，嫌我老了吗？"

他们俩年纪差九岁，时间节点放在现在不觉得，但是往前推，陆淮予念大学的时候已经是少年长成，而她还是个背着小书包、字都认不全的三年级小学生，可能个子也还没他的腰高。

简卿有些难以直视这样的画面，赶紧找补回来："你长得一点儿也不显老。"

陆淮予没什么情绪地说："不显老，就是年纪大而已。"

简卿没想到他对年龄还挺敏感，怎么话里话外透着淡淡的酸意？揣在大衣口袋里的右手攥着沉沉的钢笔。

那他的生日还过不过呢？

她这礼物送出去，岂不是提醒他他又老一岁？简卿一时不知道该怎么安慰他。

两个人肩并肩地走着，正巧经过美院旁边的钟楼，老钟楼高高矗立，饱经风雨，钟摆摇摇晃晃，发出厚重绵长的声音。

简卿咬了咬牙，轻扯他的手。

陆淮予顿住脚步："怎么了？"

简卿摸出口袋里的钢笔，小心翼翼地摊到他的面前。

"送你的。"她说。

陆淮予的目光移至摊在面前的小手上，手心里稳稳地横着一支精致的银色钢笔。

他皱了皱眉，注意力倒不在钢笔上，而是看见了她食指上缠着的创可贴，缠了好几圈，还是有血透过胶布渗透出来。

"手怎么伤了？"

他接过钢笔，拿在手里，然后反握住她的右手，指尖缠绕着，避开了伤口。

简卿有些不满他的反应,他看也没看钢笔一眼。

"做笔的时候弄的。"她委委屈屈地说,"你倒是看看,喜不喜欢啊?这支笔我做了很久。"

陆淮予这才低头看手里的钢笔,沉沉的很有质感,携带着她的体温。

银色的金属笔杆闪着光泽,纹路精致大方,在笔夹处用英文花体字镌刻着他的名字的缩写。

简卿听见,钟楼上的钟悠扬扬地撞了十二下。

"生日快乐。"她说,"凑个整,现在你比我大十岁了。"

耳畔有夜风拂过,就连星星仿佛也静默了。

陆淮予怔怔地盯着她,漆黑的瞳孔微微放大。

小姑娘仰着头,昏黄的路灯灯光映在她的脸上,她眉眼含笑地望着他,眼眸盈亮,仿佛嵌着璀璨的星子,小巧的鼻尖上不知道什么时候沾着一团黑色的墨渍,像是一只娇俏可爱的小花猫。

突然,他的心像是被击中了一般。

嘴角不自觉地轻轻扬起,陆淮予弓下背,伏低身子,像是亲吻高贵的公主一样,温柔地亲吻她的右手食指。

"谢谢。"他说,"我很喜欢。"

我喜欢笔,更喜欢你。

明明他还什么都没有做,他的小姑娘在这件事上就已经遥遥领先,给了他很好的体验。

简卿眨了眨眼睛,眼前只能看见男人的发顶,指腹传来温热而干燥的触感,很轻柔。

藏在头发里的耳根悄悄变得又红又烫。

陆淮予好像真的很高兴,拉着她的手放进他的大衣口袋里。

两个人因此挨得很近,已经是深夜,却不觉得冷,就这么慢慢地走,散步似的,当作是兜风,走过了南大西面的日落湖和小游园。

可能每一所大学都有那么一个名字很好听的人工湖。

日落湖旁边就是南大图书馆,号称全国最大的一所图书馆。

图书馆和日落湖夹出来的隐蔽角落,湖畔树影,双人长椅,成了谈恋爱的好去处。

学生们一般代指这里叫小游园。

游园惊梦,做的事尺度可以很大。

"你上大学的时候来过小游园吗？"简卿试探地问。

陆淮予想了想，回答："来过。"

简卿有些不高兴，捏了他的手一下。

陆淮予丝毫没有察觉自己的危机："怎么了？"

"你来干什么了？"简卿抿着唇问。

"早上六点的时候这里很清静，很适合背单词。"陆淮予一本正经地说，"背到八点，正好图书馆开门。"

那可是清静，没有人会在早上六点来小游园谈恋爱，除非是奔着分手去的。

简卿抬起头，直直地盯着陆淮予，觉得有些好笑。以前她怎么没有发现，他还有点儿愣呢？

明明这个字眼用在他身上，和他的气质一点儿也不相配。

南大面积实在太大，两个人光是这么走，也花了快半个小时。

陆淮予看了一眼腕处的手表："宿舍是不是回不去了？"

简卿"嗯"了一声："去你家睡好不好？"也不知道是不是之前做家教在陆淮予家睡习惯了，她一点儿没什么不好意思的，非常自然地就问出口了。

陆淮予本来也是这么想的："那你去学校门口等我，我把车开出来。"

他的车停的位置比较靠里，他要走好一段路。

"站保安室那里，让我看见。"他叮嘱道。

简卿乖乖点头，站在保安室外面的灯下。

等他的工夫，简卿发现学校旁边的蛋糕店还开着，抿了抿唇，目光移向停车场，已经看不见陆淮予的身影。

她想了想，小跑着去了蛋糕店。

店里的蛋糕卖得差不多了，整个的蛋糕已经没有，简卿只买到一块被切成三角形的巧克力慕斯和蜡烛。

结账的时候，简卿余光瞥见陆淮予的车已经开了出来，怕他见不到人着急，匆匆忙忙地结了账跑出来，拎着小小的蛋糕盒子上了副驾驶座。

还没等陆淮予发问，她就把蛋糕捧到他面前，献宝似的笑眯眯地说："我给你买了蛋糕。不过那种大的蛋糕已经没有了，只有这种小块的。"

陆淮予有些讶异地挑了挑眉。

其实他从记事起，就不怎么爱过生日了，蛋糕这种甜甜腻腻的东西，更是很久没有吃过了。

内里好像被什么东西填满了,他嘴角的笑意止不住似的溢了出来。

"这样就够了。"他说。

简卿插好蜡烛,才想起来:"哎呀,我忘记买打火机了。"

"你帮我端一下。"她把蛋糕递给陆淮予,"我去小卖部买个打火机。"

陆淮予双手接过蛋糕:"不用,你翻一下副驾驶座前面的抽屉,里面有。"

闻言,简卿按下开关,副驾驶座的抽屉弹了出来,里面亮起昏黄的灯光。

抽屉比较深,虽然有光线,但她还是看不太清楚里面的东西。

简卿伸手进去摸,摸到一个棱角分明的小盒子,下意识地拿出来看。她虽然没用过,但蓝色盒子上面的商标,是耳熟能详的某大牌计生用品的。

"……"

简卿顿时觉得手里的盒子烫手至极,扭过头去看陆淮予。

陆淮予面色一僵,把这茬儿给忘了。

"你想听我解释吗?"

"……"

简卿敛下眼眸,淡淡地说:"嗯,不用解释。"说完她像丢烫手山芋似的,把盒子丢回了抽屉。

小盒子被压在很多东西下面,应该是放了很久,不知道是他准备和谁用的。

明明她应该能接受的,接受他比她多了十年的阅历,在她不在的十年里,会是别人在陪他,可心里就是硌硬和难受。

简卿沉默地翻出打火机,沉默地点燃蜡烛,轻轻地说:"许愿吧。"

她低着头,目光跟着蜡烛明灭的灯火晃动,又好像什么也没看,眼神刻意回避着他。

陆淮予盯着她脸上的表情,虽然她表现得并不在意,无动于衷的样子,但她的情绪明显比刚才要低落。

他知道是让她误会了。

车里关了顶灯,有些昏暗。

良久,陆淮予开了腔:"简卿。"

他喊她的名字时,像是含在唇齿里仔细摩挲,声音很好听,而后徐徐地解释:"这是之前我在超市买东西送的,不是刻意去买的。"

简卿慢吞吞地抬起头,隔着中间的蛋糕和烛火,对上他漆黑的眼眸,宛若沉沉无垠的黑夜。

"别多想。你男朋友很干净。"他说。

她没想到他会这么坦然自若,这倒是换简卿有些窘迫了,她伸手将侧脸垂落的碎发别到耳后,用小动作来缓解自己的尴尬感,然后故作淡定地看向他。

"那我很高兴。"她说,笨拙地学习怎么表达感受,而不是闷在心里。

周围很安静。

陆淮予凝视着她的眼睛,明亮而干净,仿佛盛着世界上最小的海。

他低低地轻笑出声,而后吹灭了蜡烛。

没什么愿望需要许的,他已经拥有了所有想要的东西。

这个蛋糕说是给陆淮予的,但实际上他只吃了一口,剩下的全被简卿吃了。

他将手搭在方向盘上,干净修长的食指骨节分明,有一下没一下地轻点着,也不催促,就那么看着她小口小口地吃蛋糕,像一只鼓着腮帮子的小仓鼠。

置物架上陆淮予的手机响起。

他扫了一眼来电显示,眉心微不可见地蹙起,也没避着简卿,直接接起电话。

"陆淮予!你还敢接电话?"

电话那端的人似乎处于暴怒状态,电话一接通,一个女声就传了出来,很好听,但听得出不是那种年轻的音色,而是经过时间沉淀的声音。

女人的声音很大,就连旁边的简卿也听见了,吃蛋糕的动作顿了顿,她倒是还从没见过有人敢这么吼他。

陆淮予把手机拿远了,淡定地说:"那我挂了?"

"你敢!看我回去不让你爸揍你。"岑舒青怒道,连珠炮似的往外输出,"真当我们在国外消息闭塞,不知道你们在折腾什么呢?"

陆淮予沉默了。他还真这么以为的。

这两年他爸带着岑女士满世界地到处旅行,压根儿没想着管家里两个小的。

岑舒青絮絮叨叨说个没完,一肚子的气:"你是不是没对象闲得慌,还有空去帮岑虞带孩子,一起瞒着我和你爸这么久?"

陆淮予看了一眼慢吞吞地吃蛋糕的小姑娘,她的嘴角不知道什么时候沾上了白色的奶油。

他抽出一张纸巾,顺手帮她擦干净奶油,然后才漫不经心地回话:"谁跟你说我没对象?"

简卿眨了眨眼睛。

这回换岑舒青愣住了,她转念一想,觉得不对:"你带了个孩子还有姑娘愿意跟你?谁信你的话!"

她一字一顿地说:"我现在正式通知你啊,我已经收拾完岑虞了,你也躲不掉。"

"我和你爸已经在机场了,明天就到南临。你自己识相点儿,有本事你就把对象带回来,没有就等着给我相亲去。"

说完,岑舒青直接挂了电话。

巧克力慕斯的口感绵密细滑,很甜,但又带一点点苦。

简卿吃下最后一口蛋糕,慢吞吞地咽了下去。

车里的空间狭小而安静,岑舒青的声音透过手机听筒清晰可闻地传了出来。

简卿听了个全,低着头,眨了眨眼睛,有些不知道该如何反应。

"吃完了?"陆淮予挂了电话,"垃圾给我。"

简卿乖乖地把吃剩的蛋糕盒子还有蜡烛往袋子里装好,递给他。

陆淮予下车走到不远处的垃圾桶边,丢了垃圾,又很快回来。

车门被打开又关上,带进来些许寒意,空气里还残留着巧克力的香甜味道。

陆淮予没有急着开车,侧过身看着她。

"简卿。"他问,"你愿不愿意见一下我的父母?"

语气认真而慎重。

"我没什么经验,不知道相处到什么时候见父母合适,这样的节奏可能有些快。"

而且理论上,应该他先去拜访简卿的父母才对。

陆淮予有些不确定:"如果你不愿意可以说,我不想给你压力。"

见家长应该是一件很慎重的事情,是两个人决定未来彼此携手同行,才会把爱人领到父母面前,希望得到他们的祝福。

不能因为岑舒青给了他压力,他就把压力转移给她,虽然他的内心明确而肯定,但是对简卿,她是怎么想的,陆淮予并没有那么确定。

就像她说的那样，现在他比她大了十岁。

周围的人虽然没有明说，但若有若无地都在传达着一种态度——不相信他们能走到最后。

她甚至还没有毕业，懵懂而天真，也许根本不知道自己想要的是什么。

简卿垂下眼睫，说不害怕是假的，没有想到感情进展会那么快。

她的家庭早就已经支离破碎，面目全非，而她尚且没有勇气再去涉足另一个陌生家庭的环境。

好像是一朝被蛇咬，十年怕井绳，她渴望温暖，又惧怕被其灼伤。

"我能考虑一下吗？"她小声地问。

陆淮予盯着她，拖着淡淡的尾音"嗯"了一声，没再多说什么，让她自己决定。

回去的路上，他专注地开车，倒没什么情绪。

简卿反倒如坐针毡，陷入了纠结的状态里，反反复复。

一直到家，她也没从这样的状态里解脱出来，无精打采的。

陆淮予一路上虽然开着车，但也默不作声地把她脸上的表情看在眼里。

车在小区楼下的停车场上停稳。

陆淮予见她抿着唇，眉心紧皱，还是一副纠结的模样，伸手揉了揉她的发顶："别多想了。"

"这件事是我唐突了，"他笑了笑，"不想去就不去，没事的。"他不想让她感觉到有负担，嗓音尽量和缓平淡，表现出并不在意的样子。

简卿被他按着头，男人的掌心温热而宽大，给予她一如既往的包容。

他安慰完她以后，简卿却觉得更有负担了，以至于明明已经是深夜了，她躺在床上，却翻来覆去地睡不着觉。

简卿抱着手机，盯着屏幕，点开一个又一个界面，又很快关掉，怎么也集中不了注意力。

这时微信弹出一条语音通话，是周琳琳打来的。

简卿索性打开床头灯，坐起来接电话。

周琳琳漫不经心地问："怎么样啊，做完了没？我才想起这会儿宿舍都关门了，你住哪儿，要不要来我家？"

简卿抿了抿唇，老老实实地说："我已经送出去了，现在在他家睡……"

周琳琳沉默片刻，说道："可以。进度挺快的。"

"还有更快的。"

周琳琳惊了，思考着她是不是该挂电话了，免得听到什么不该听的内容。

简卿讷讷地说道："他问我愿不愿意去见家长。"

周琳琳面无表情地"哦"了一声，好像挺失望。

"你想去见吗？"

"我还在犹豫。"简卿揪着盖在身上的被子。

"这有啥好犹豫的？去见一见呗。"

简卿皱了皱眉："可是我感觉太快了，我还没准备好。"

"你要准备什么？"周琳琳义正词严地道，"恋爱里说没准备好的人，就是在耍流氓，都是对感情没信心的推辞！"

"有……有这么严重吗？"简卿被她说得不由得有些心虚。

"你要就是想玩玩的话，不去就不去吧。"周琳琳撇了撇嘴，"不过老男人年纪那么大了，可能是玩不起。"

不知道为什么，简卿心里很不喜欢周琳琳这么说。

不管是说她玩玩也好，还是说陆淮予年纪大，她都不喜欢。但周琳琳的确说到了一点，是她以前从来没有考虑过的。

她还很年轻，玩得起，可陆淮予不一样，他玩不起。

他会怎么想她这样犹豫不决的态度，会觉得她是在玩玩吗？他会感到失望吗？

想到这里，不知道为什么，简卿有些难过，后面周琳琳说了什么话，她没有认真听，敷衍地挂了电话。

简卿盯着自己缠上创可贴的食指，被亲吻而留下的触感仿佛依旧清晰。

半晌，她掀开被子，打着赤脚下了床，摸黑走过走廊，走到主卧的门口。

主卧的门半合着，没有关严，里面有微弱的灯光倾泻出来。

她轻轻敲门。

"门没关，进来吧。"陆淮予的声音从里面传了出来。

简卿悄悄地深吸一口气，把手搭在扶手上，推门进入。

这还是她第一次进到陆淮予的卧室里，以前虽然在他家里住过一段时间，但是这一片区域像禁区一样。

因为陆淮予不喜欢别人进他的卧室，就连秦阿姨打扫也不让，像是雄狮对自己领地的绝对捍卫，现在却让她轻易地踏足。

主卧的面积比客房明显要大至少一倍以上，黑、白、灰的主色调，没什么装饰物，给人干干净净、有条不紊的感觉，一整面的玻璃墙映出了窗外流光溢彩的城市夜景。

陆淮予刚刚洗过澡，黑发湿漉漉的，随意垂落至额前，换上了一身休闲家居服，敛去了平日里疏离的样子。

他懒懒地靠在床头，高挺的鼻梁上架着银丝细边眼镜，好像是在工作，腿上放着银色笔记本电脑。

一般来说，很多人戴眼镜不好看，但偏偏他戴眼镜的时候，总给人很斯文优雅的感觉，衬得那一双眼眸格外漆黑深沉，简卿不由得愣了一瞬。

陆淮予抬起头看向她："怎么了？"

他合上电脑，慢条斯理地摘了眼镜，将眼镜放在床头柜上。

简卿一时不知道怎么开口，愣愣地站在门框边。

陆淮予挑了挑眉："坐上来。"他拍了拍床边的位置示意。

简卿磨磨蹭蹭地坐到他身边。

陆淮予扯过床上的灰色羊毛毯，顺手将她露出来的小脚盖住："又不记得穿拖鞋，也不嫌冷。"

简卿勾起脚趾，蹭了蹭柔软的毯子，毯子携带着男人的体温，温暖而舒适。

她轻咳一声，然后慢腾腾地开口："那个……我想好了，我愿意和你去见叔叔阿姨。"

闻言，陆淮予颇为讶异地看向她。

"想好了吗？"他确认道，"你不用勉强自己做自己不想做的事情。"

简卿伸出手，攥着他的衣服下摆，低声说："我想是想好了，但是还有点儿害怕，你鼓励鼓励我吧。"她的声音软软糯糯的，带着甜甜的奶音，像是在撒娇，想讨他哄她。

陆淮予直直地盯着她，小姑娘低着头，手指不安地乱动着，极小幅度地掀着他的衣角，好像是有些害羞，耳根微微泛红。

他见状眸色渐深，自顾自地轻笑出声："想我怎么鼓励你？嗯？"

陆淮予说着，轻轻捏住她的下巴，将她的脸抬起。

简卿的目光对上他的，她一时反应不过来，眼睫微颤，眨了眨明亮懵懂的眼眸。

下一瞬，像是忍不住一般，陆淮予倾身压下，将她的唇瓣含住。

扑鼻而来的薄荷香将她笼罩。

简卿怔怔地盯着眼前的人，只能看见男人鸦羽似的眼睫低垂，投下一

371

片阴影。

周遭的空气仿佛凝滞。

他的吻轻柔而缓慢，一点点招惹她，然后他撬开她的唇舌。

简卿下意识地闪躲，而他越来越具有侵略性，一下一下地攫取，按着她的后脑勺儿，不许她后退。

不知道过了多久，久到呼吸变得困难，他才放开了她。

简卿的脸颊一路红到了脖子，又热又烫，唇上残留的触感清晰，嘴唇被亲得肿胀红润，还沾有润泽的水渍。

男人的声音低沉，他轻笑道："这样鼓励够吗？"

简卿羞恼地捏了一下他的胳膊："不是这样鼓励。"

明明言语上鼓励就够了！

陆淮予却像是故意不明白似的，语气无辜地问："为什么？你不喜欢吗？"

简卿被他问得噎住，偷偷舔了舔唇。

这样鼓励好像也不错。

第二天，陆淮予和简卿白天都要上班，于是就约了晚上回去吃饭。

简卿计划着下午请半天假，去买拜访时用的伴手礼。既然决定了要去见陆淮予的父母，她自然要认真准备一下，给长辈留一个好印象。

坐在工位上的时候，简卿有些心不在焉，难得画不进去，修修改改，半天没出成果，到了午休时间，饭吃到一半儿，桌上的手机振动起来。

余光瞥见来电显示，简卿下意识地皱了皱眉。陈梅平时很少和她联系，上一次还是为了提醒她简宏哲欠了高利贷的事。

简卿接通电话，陈梅的声音立刻传了过来，带着三分焦急与慌乱之意："阿卿吗？你能不能回渝市一趟？"她急促地说。

简卿心里"咯噔"一下："出什么事了吗？"

电话那端的声音嘈杂纷乱，简卿只能勉强听见她说的话。

"你爸出了车祸，挺严重的。"

简卿瞬间呆滞，一时不知道该如何反应。

"阿卿，你在听吗？"陈梅见电话另一端半天没有声音，疑惑地问道。

"……"简卿回过神儿来，"我马上回去。"

裴浩一手捧着刚买的咖啡，一手拿着手机和人打电话，慢悠悠地从电梯里出来，迎面撞上了闷头冲进来的简卿。她匆匆隔着电梯门道歉，好像很着急似的，连续按着关门键。

裴浩愣愣地盯着电梯门关上，目光微动，觉得有些奇怪。

他张了张嘴，和正在通话中的人说话："哎，淮予——我刚刚看到简卿特别着急地搭电梯走了，脸色还有些白。"

陆淮予往手术室方向走的步子顿了顿，他不自觉地拧了拧眉，漆黑的眼眸渐沉。

裴浩凉凉地消遣道："不会是因为要见家长，太紧张，她情绪崩溃了吧？我刚才怎么说来着？人家年纪还小，都还没毕业呢，哪儿有这么快就带着去见家长的？"

"……"陆淮予没再理裴浩，径直挂断电话，直接打电话给简卿。

简卿坐在出租车上，要说有什么难过的心情，好像也没有，只是觉得很突然，迷茫得不知所措。

攥在手里的手机振动，简卿看着来电显示，简简单单的三个字，却好像是镇静剂似的，让她慌张的情绪渐渐缓和下来。她深吸一口气，尽量把自己的情绪隐藏起来。

"在干吗呢？"

男人低哑的声音传入耳畔，宛若清冽醴泉。

简卿抿了抿唇："上班呢。"

"那个……我今天突然有其他的工作要忙，可能不能去吃饭了。"她低着头，声音越说越小。

因为想起陆淮予下午有一个很重要的手术要做，她不想她的事情影响到他。

她盯着窗外变换的景色，吸了吸鼻子，抱歉地说："对不起啊。"

电话那端的人顿了顿，半晌，才淡淡地开口："没关系的，以后还有机会。"

远处的护士在催促，他该进手术室了。

陆淮予站在原地，隔着手机，虽然她在尽力隐藏，还是从她低哑的声音里听出了不对劲儿。

"简卿，"他低声唤她，"有事记得和我说。"

简卿愣了一瞬，压抑的情绪差点儿就要绷不住，一股脑儿地倾泻出来。

她不敢眨眼，也不敢呼吸，然后轻轻地说："那我挂了。"

渝市市立医院,简卿赶到时已经是下午。

陈梅在医院门口焦急地等着她,一眼看见了人群里的外甥女,漂亮干净,和她妈妈年轻的时候一样。

"阿卿!"陈梅赶紧招手,"这里——"

简卿抬起头,望向站在医院台阶上的陈梅,小跑过去。

电话里来不及问,也说不清楚,见了面以后,简卿直接地问:"简宏哲出什么事了?"

陈梅领着她往住院部走去,叹了一口气,无可奈何地说:"酒驾,然后赶上讨债的人开车追他,他着急闯了红灯,被拐弯的货车撞了。也是够倒霉的,自己违章,都不能找人赔。"

陈梅安慰道:"你也别难过,手术已经做完了,命是捡回来了。"

简卿闻言,抿了抿唇,没再说什么,默默跟着陈梅走。

小城市的医院设施简陋,病房不够用,住院部的走廊上也摆满了床铺,到处是陪床的病人家属,多是面黄肌瘦、衣着褴褛的,总归精气神都不太好,三三两两地坐在一起闲聊,凌乱而无序。

其中一间病房里,争吵的声音响彻走廊,隔得老远简卿都能听见。

陈梅带着简卿进了这一间病房。

病房里摆着三张床,最里面的床上,简宏哲躺在上面,浑身上下没几处完好的地方,绷带上还渗着血,身上插着呼吸机的各种管子。

一名医生和两名护士站在病床边。

血氧机不停地发出警报声。

陈妍几乎站不稳似的,半趴在简宏哲的病床上,哭得撕心裂肺:"你们到底有没有在努力救人?怎么一个个都站着不动?"

简宏哲的主治医师双手插在白大褂的兜里,额角突突地跳,有些无奈地和旁边的护士对视一眼,没说话,该说的他之前就已经说过了。

见没人理她,陈妍站起来,要伸手去推搡医生。

陈梅看不下去,赶紧上前拉她,小声地劝说:"别闹了啊,这是在医院呢。"

"是啊,我是在医院,不是什么宰人的地方。"陈妍用力甩开她的手,"花了那么多手术费,怎么一点儿用都没有?他们还好意思让我做好准备?做什么准备?"

抱着病历板的年轻护士没忍住,怼回去道:"患者家属,我们已经提供了治疗意见,也告知过手术后不进ICU(重症监护室)可能发生的各种情况，是你自己选择放弃治疗的。"

陈妍面色一滞："ICU一天几万块钱，还不知道要住多久，我哪里出得起？"

她嚷嚷道："都是住院，普通病房和ICU有什么区别？我看就是你们医院在抢钱。"

主治医师实在没辙，讲了半天道理也没讲通，什么话也不想再说，扯着护士："算了，走吧，还有别的病人要看。"

陈妍一听这话急了，抓着他的衣服，不肯让人走。

年轻护士皱起眉，火也起来了："你怎么还动起手来了？再闹我们叫保安了。"

几个人拉拉扯扯，场面一片混乱。

简卿站在门口，轻扯了扯嘴角，跟看闹剧似的。

她算是听明白了，还是钱的事。

她将目光移至简宏哲脸上，绷带缠住了他的半张脸，露出来的部分没有血色，眉头紧紧地皱着，也不知道是痛的还是被陈妍吵的。

陈梅好不容易把陈妍拉开，低头向医生、护士道歉："不好意思，不好意思，我妹妹不懂事。"

陈妍是陈家那一辈里最小的孩子，从小被哥哥姐姐宠着、惯着，到现在也改不了脾气，就连陈梅也还是护着她，即使心知肚明是她抢了自己的亲姐姐的老公。

大概因为会哭闹的孩子有糖吃，而死人说不了话，连委屈也没人知道。

衣服被扯乱的主治医师再也不敢沾这家人，带着护士仓皇地离开了病房。

一行人和简卿擦肩而过的时候，她听见护士轻声嘟囔："四十几岁的人了还不懂事。"

陈妍怒视着医生和护士出去，看见了站在病房门口冷眼旁观的简卿。

和一双沉静的眼睛对上，陈妍不知是心虚还是怎么，读到了里面不带掩饰的嘲讽之色。

简卿像是高高在上的神明，冷漠地看着脚下苟延残喘的蝼蚁，透过简卿漆黑的眼睛，映照出她内心的卑劣与不堪。

陈妍无端地被激怒，不知为什么，迈起步子往门口走去，伸手就是一巴掌，声音清脆响亮。

简卿以为她是要去拦医生，没想到是冲自己来的，来不及躲，就被她

375

突如其来的巴掌甩蒙了。

脸上火辣辣地疼，耳鸣声"嗡嗡"地响。

病房里都是人，患者和患者家属的视线瞬间聚焦到了病房门口。

陈梅也吓了一跳，赶紧扯着陈妍的肩膀把她拉回来，骂道："你干什么？打阿卿干什么？！"

陈妍把火气全撒在了简卿身上，破口大骂："白眼儿狼。要不是你死活不肯替你爸还钱，他至于被人追着躲债吗？"

"现在他被车撞了，要死了，你满意了？"陈妍怒骂道。

病房里的其他人交头接耳，对着简卿悄悄打量，就连门口也站满了看热闹的人，朝里面指指点点。

耳鸣声渐渐消失，简卿这才回过神儿来，压着心里的火，一字一顿道："他自己欠的钱凭什么要我还？自己开车出的事和我有什么关系？现在他要死了，难道不是因为你舍不得花钱给他治？"

简卿讥讽地扯了扯嘴角，也不知道是不是报应，当初简宏哲舍不得花钱给阿阡治病，现在陈妍宁愿看着他死，也舍不得多掏出一分钱救他。

陈妍似被她说到了痛处，脸上挂不住，直接撒起泼来，一屁股坐在地上哭天抢地，指着简卿的鼻子骂，来来回回也就那几句话。

李校长来市立医院和院长谈毕业生实习的问题，路过住院部，看见乌泱泱一群人围着一间病房，里面传来女人吵吵嚷嚷的声音。

他也凑热闹地挤进去："啥事啊？"

中年男人抱臂，耸了耸肩，小声地议论："不知道啊，好像是女儿不肯帮她爸妈还债，害得她爸躲债的时候被撞了。"

他也是刚来，就听了一星半点儿，倒也没什么太大的反应，纯当打发时间，末了，事不关己地"啧啧"了两声："这女儿也是够狠心的，亲爹都不管。"

李校长皱了皱眉，越过人群朝里面看去，一眼认出了视线焦点里的简卿。

小姑娘背挺得笔直，面对女人声嘶力竭的哭喊声，冷静而沉默。

李校长直觉不妙，摸出手机赶紧打了个电话。

血氧机的报警声不断。

简卿看着陈妍吵闹，只觉得厌烦，像是看腐烂的臭虫。

她什么也不想再说，转身去了护士站，和主治医师了解完情况以后，下楼交费。

　　没几分钟，简宏哲就被送进了ICU，从普通病房转移的时候，陈妍倒是一声不吭了。

　　因为手术以后简宏哲进ICU进得晚了，一番折腾，医院下了几张病危通知书。

　　ICU家属进不去，简卿也没地方去，就这么坐在外面的椅子上。

　　陈妍刚才骂了半天，见她没什么反应，也闹累了，悻悻地坐在远处。

　　陈梅店里还有事情，看她们两个人相安无事，也就走了。

　　五点一过，医院里的人陆陆续续地少了下来，消毒水的味道浓烈而刺鼻。

　　时不时有护士过来说要给简宏哲加药，将交费单递来的时候，陈妍就低头玩手机，装作没看见。

　　简卿一次次跑到楼下去交费，简宏哲没有医保，自费的费用高得惊人，她卡里剩下的十万块钱很快被花掉了一半儿，本来这些钱她是打算找个机会还给陆淮予的。

　　简卿也想过不管简宏哲，可是心里的良知过不去，让她没办法像简宏哲那样冷血、见死不救，更不想像简宏哲对阿阡那样，让自己的手上间接沾血。

　　到了晚上的时候，简宏哲的状态才算稳定下来。

　　夜幕沉沉，走廊里阴森森的。

　　陈妍坐不住，悄悄地自己走了。

　　简卿低着头，昏暗的灯光罩在她的身上，又添了几分凉意。

　　她算着时间，陆淮予的手术应该早已经结束了，简卿犹犹豫豫，不知道该不该给他打电话。

　　白天她慌慌张张的，随口敷衍了他，现在看来理由一点儿也站不住脚。

　　她不知道他会怎么想，会不会以为她是懦弱地临阵脱逃。

　　简卿盯着手机屏幕，通讯录上显示着他的名字。

　　她好像失去了坦白的勇气。

　　之前她在陆淮予的车里，听见他和岑舒青聊天儿的时候，轻松而随意，字里行间透露出的，是很和谐、很幸福的家庭气氛。

　　他的父母以爱去教养、约束和保护他，和她的家庭氛围截然不同。

　　简卿不想让他沾上她家里的一地鸡毛，不想让他看见陈妍歇斯底里谩骂的样子，和无处不在的算计与心机。就连医院里的医生和护士，也都是一副战战兢兢，不敢挨着陈妍的模样。

陆淮予该是养尊处优，干干净净的。

她避之不及的东西，没必要再把他也扯进来。

想到这里，简卿正要锁上手机屏幕的时候，手机却振动了起来，声音在安静空旷的走廊里格外清晰。

她愣了一瞬，指尖微颤，缓缓地按下了通话键。

耳畔传来陆淮予低沉的声音。

"还在加班吗？"他问。

简卿低着头，盯着医院地板白色瓷砖上的污渍，含含糊糊地应了一声。

"大概什么时候结束？我去接你。"

"不……不用了，"简卿慌了神，"我已经快好了。"

"是吗？"陆淮予语气淡淡的，不太听得出情绪。

简卿抿了抿唇，不知道该说些什么，两个人陷入了良久的沉默之中。

走廊不远处有不疾不徐的脚步声响起，越来越近，直到在她面前停住。

简卿的视线里多出了一双黑色皮鞋，视线向上，是裁剪得体的西装裤，高定布料熨得平整，衬得两条腿笔直修长，仅仅是一处，便能感受到男人散发出来的矜贵与优雅气质。

简卿怔怔地盯着他的鞋，眼睫微颤，好像意识到了什么似的，不敢抬头。

空气中散发着一股淡淡的薄荷香，盖住了医院消毒水的味道。

"简卿——"

头顶传来的声音，和手机里的重叠。

陆淮予放下手机，看着缩在角落里的小姑娘，无奈地轻叹："你知不知道你很不会说谎？"

简卿浑身一僵，缓缓地仰起头。

陆淮予逆光站着，半张脸隐在阴影里，半明半昧，漆黑的眼眸沉沉的，让人看不清瞳孔里的情绪，他好像是有一点点不高兴。

目光落在她的脸上，陆淮予皱眉，看见了她侧脸上的红印，其实已经淡得看不太清，却依然扎了他的眼。

他弓下背，倾身靠近她，伸手轻轻捧上她的脸，指腹轻柔地摩挲着。

"谁打的？"

他的语气冰冷，好像只要她嘴里说出那个人的名字，他就要找上门去似的。

简卿怔怔地盯着他，抚在她脸颊上的掌心温热而干燥。

良久，她才回过神儿来，也不知道突然哪里来的委屈情绪，一下爆发了。

简卿一把抱住站着的男人，双臂环住他的腰，就这么抵着他的腹部低声地啜泣起来。

一开始她只是小声地啜泣，越到后面，委屈情绪好像止不住似的，在五脏六腑里翻涌，情绪崩溃，眼泪"吧嗒吧嗒"地掉个不停。

明明她不是爱哭的人，明明一个人的时候什么都是能忍的，也不知道为什么，遇到陆淮予以后，她动不动就哭。

陆淮予站在原地，低头只能看见她乌黑的发顶。她像一只受伤的小兽，蜷缩成一团，抽抽噎噎的，可怜而无助。

每一声压抑的呜咽声，都像是针扎似的，一下一下扎着他的心脏。

他的手在半空中顿了顿，生怕惊扰了她，然后他才触碰上她的后背，轻柔地安抚她。

陆淮予正对着的是医院的一扇窗户，透明的玻璃映出了他的脸，比夜色还沉。

简卿哭了很久很久，久到把他的衬衫打湿了一大片。

她这才上气不接下气地把头抬起来。本来为了见家长，简卿白天化了淡妆，这会儿全给哭花了，满脸泪痕。

陆淮予在挨着她的椅子上坐下，怕自己手脏，扯松了领带当纸巾似的帮她擦脸。

"哭够了？"他问。

简卿不敢看他的眼睛，扭过头讷讷地应声。

陆淮予看她不哭了，耐心告罄，捏着她的下巴扳正，让她对上他的眼睛。

"我之前怎么跟你说的，"他淡淡地问，"白教这么久了？"

"……"

"以前憋在心里就算了，这次出息了，你还知道骗我。"他的声音低低的、凉凉的，他确实是不高兴了。

简卿被他捏着下巴，仰着脸，望进他漆黑的眼里。

"我错了。"她闷闷地说。

陆淮予轻"呵"了一声："每次认错认得挺快，也没见你改。教眠眠都没教你累,眠眠还知道在外面被欺负了回来找我,你呢?"

"……"

简卿这是头一次听他训斥自己,之前陆淮予都是好声好气地和她说话,轻声细语的。

她怔怔地盯着他,唇瓣嗫嚅了两下:"我只是不想让你担心。"

"你这样我更担心。"陆淮予对上她湿漉漉的眼眸,有气都不知道怎么冲她撒,伸手把人按进怀里,"看你就来气。"

猝不及防地,简卿撞进男人宽厚而温暖的怀里,视线只能看见他的衬衫扣子。

怀里的小姑娘小小一团,好像是被他说蒙了,愣愣的,一声不敢吭,只知道小心翼翼地抱住他的腰,小手来回揪着他的衣服,无声地讨好似的。

"再给你一次机会,想想你要怎么和我说。"陆淮予的声音认真而严肃,"从白天的电话开始。"

简卿缓缓抬起头,重新对上他的眼睛。

白天在出租车上的时候,他问——"在干吗呢?"

简卿重新组织语言,一字一顿,慢吞吞地开口,像是牙牙学语的孩子。

——"我在出租车上,简宏哲出了车祸,我要赶回渝市见他一面。"

"当时为什么不说?"他继续问。

简卿张了张嘴,小声地说:"我怕影响你做手术。"

陆淮予沉默不语。

良久。

"简卿,我的手术成功率是百分之九十九。"

简卿愣了愣,不知道他为什么突然说这个。

"我做手术很厉害,所以你不用觉得会影响到我。"

"就算真的影响到了,会做手术的医生不是只有我一个。"但他的小姑娘只有一个。

陆淮予低着头看着她,沉声问:"知道了吗?"

"知道了。"简卿揪着手里被揉成一团的领带。

"好。那继续。"他将手肘撑在椅背上,好像一点儿不着急似的。

"晚上我给你打电话的时候,为什么还不说?"

简卿沉默许久,才慢吞吞地开口:"我不想让你看到我家里的样子。"

她已经很努力地挺直腰板生活,可是陈妍和简宏哲是她摆脱不掉的人。

就连法律层面上,她都没有权利去断绝和简宏哲的父女关系。没有任何条款表明，子女可以和有血缘关系的父母断绝亲子关系。

就像今天这样，即使简宏哲做得很过分，她依然会拿出钱救他的命，因为她很害怕自己会活得像简宏哲一样，变得没有人性。

但是这些东西，是她不愿意暴露出来的，尽管她很努力地在隐藏，隐藏内心深处的自卑情绪。

"我觉得我的家庭太糟糕了。"简卿一字一顿地低声说着，声音落进了凉凉的月色里。

陆淮予凝视着她，简卿眼睛红红的，小幅度地抽噎着。

一个人很难摆脱原生家庭带来的影响，这是社会性动物的必然结果，受童年经历束缚，糟糕的抚养者，让简卿成长为很典型的疏离型依恋类型的人。

她习惯性地回避问题，隐藏自己的情绪，难以信任他人，漠然。

正是因为很清楚她的这些问题，他才格外心疼。

陆淮予无奈地扯了扯嘴角，轻叹一声。

算了，他和小姑娘计较什么？大不了以后他慢慢教就是了。

他还能怎么办？谁让他就这么一个学生。

一天教不会他就教一个月，一个月教不会就教一年，一年教不会就教一辈子。

陆淮予的神色柔和下来，他不再板着脸和她讲道理，冰凉的手背触碰她脸颊上淡淡的印子："痛不痛？"

简卿下意识地摇了摇头。

陆淮予皱了皱眉，抬起眼皮看她一眼，好像是在警告她。

"挺痛的。"简卿改了口，老老实实地说。

"那你打回去没有？"他问。

简卿闷闷地说："没有。"

"为什么？"陆淮予的声音沉了两度。

"打她，她就闹得更厉害了。"简卿低着头，"而且我也打不过她。"

小姑娘的战斗力确实不如四十几岁没皮没脸的女人，到时候抓起衣服、头发来，简卿更吃亏。

陆淮予也不知道是该气还是该笑："就这么点儿出息，你还有理了？"

第十三章
失去了天使他就丧生

两个人说话的时候，ICU病房的门开了，护士推出来一张病床，上面盖着白布，躺着的人一动不动，已经死了。

简卿看了一眼，很快收回目光，没什么太大的反应。她光坐在这里一天，就看见三个治疗无效的病人被推出来，活着出来的人倒是一个没有。

深夜的医院温度很低，更显得凄凉，患者家属簇拥到病床前号啕大哭。

简卿设想了一下，如果简宏哲死了，她会有什么反应？

可能她一滴眼泪也掉不出来。

陆淮予脱掉外套盖在她的身上："我去找一下值班医生。"

晚上的值班医生正巧是简宏哲的主治医师。

陆淮予简明扼要地问了具体的情况，看了CT（计算机层析成像）和各项指标的化验单，确认简宏哲没有生命危险，顺便提了一些用药的建议。

主治医师愣了愣，又立刻懂陆淮予的意思，知道他是对的，很快让护士去照办。他忍不住偷偷打量起眼前斯文有礼的男人，举手投足间处处透着矜贵与优雅气质，看起来和那家人一点儿沾不上边。

晚上值班没什么事，主治医师闲着无聊，问："你和患者是什么关系啊？"

陆淮予盯着墙上的颌面CT图，不带遮掩地说："他女儿的男朋友。"

主治医师脑子里出现那个很漂亮的小姑娘的脸，他拍了拍陆淮予的肩膀，颇为同情地说："摊上这么个丈母娘，够你受的。

"你下午没来是不知道，那闹得真是凶。

"明明是她老公自己违章被撞了，还怪起女儿来了，骂骂咧咧的真是难听。"

"我看这女儿挺孝顺的啊，跑上跑下地交费，哪儿像她似的，嫌ICU贵不肯将病人送进去，人差点儿被她折腾没。"

陆淮予就这么默默地听着，没太大的反应，末了礼貌客气地道谢，走出了医生办公室。只是没走几步，他就顿在原地，凝望着尽头孤零零地坐着的简卿。

昏黄的灯光映得他的侧脸阴沉如水，他紧抿着唇，周身散发着一股寒意。

简卿低着头，看了一眼手机，已经晚上十一点了，陆淮予去医生办公室好像去了很久。

"走吧。"头顶传来男人的声音，"我问过医生情况，没什么大碍，很晚了，我带你找个酒店休息。"

简卿确实很累了，也不想在医院里待着，想了想，说："要不别去酒店了，直接去我家吧。"

小城市的好处之一，大概是去哪儿都不算远，从市立医院去渝县也只要半个小时的车程。

陆淮予挑了挑眉，也没推辞："可以。"

青石板的小路上，黑黢黢的没有灯，晚上刚刚下过一场小雨，空气中夹杂着湿漉漉的水汽。

简卿用手机手电筒照明，熟门熟路地找到了家门，摸出钥匙，转动锁眼打开门。

"你以前来过这里吗？"她似不经意地随口问道。

"这里"可以是渝县，也可以是她家。

"没有。"陆淮予漫不经心地说，黑暗里她看不太清他的脸。

简卿抿了抿唇，心里悄悄默念了一声：骗子。

她摸黑伸手开了灯，室内顿时明亮起来，家里不大，但很温馨。

陆淮予环顾四周，仔细地打量，真像是第一次来似的。

简卿沉默地看他表演，实在不好意思这么快戳穿他。

"晚上我睡哪里？"陆淮予问。

"要不你睡我的房间？"

家里总共只有三间房，一间主卧是陈媛的，不可能住人，一间她和阿邘的，一间客房已经空了。

陆淮予注视着她，轻轻勾起嘴角："可以啊。"

简卿点了点头:"那你睡我的房间,我睡客厅沙发。"既然到她家了,陆淮予就算是客人,不管怎么样她也要好好招待他。

陆淮予勾到一半儿的嘴角僵住:"那还是我睡沙发吧。"

"不行,我家沙发太小了,睡不下你。"简卿一边说,一边在家里来回地跑,翻出新的牙刷和毛巾,还有一套新的男式睡衣,是很久以前陈媛买的,简宏哲不喜欢,一次也没穿过。

简卿抱着这些东西递给陆淮予:"喏,你先洗澡吧。衣服是新的,但可能有点儿小,你凑合着穿,总比你穿衬衫舒服。"

陆淮予自然地接过东西,还不忘问:"浴室在哪儿?"

这人挺能演的。

简卿给他指了指方向:"那里。"

很快浴室里传来哗啦啦的水声。

简卿陷在沙发里,房间很安静,浴室里传来的声音很清晰。

她一不留神,想到了些乱七八糟的事,还有她画板里夹着的那张人体画,耳根子有些热。

陆淮予洗澡的速度很快,没一会儿就出来了,黑发湿漉漉的,眼睛也是湿红的,套着明显小一号的藏蓝色睡衣,露出了一截脚脖子和手腕。

他像天生的衣架子,即使是最普通的衣服,被他穿在身上也变得很好看,而且比起平时多了几分人情味。

简卿忍不住多看了两眼,然后才抱着衣服也去洗澡。虽然浴室已经被用过一次,但除了一些水渍,还是干干净净的,应该是陆淮予洗完澡收拾过。

之前在他家的时候,他们一直是在不同的浴室洗澡的。

陆淮予用主卧的卫生间,她一般用的是客厅走廊边的卫生间,所以一直不觉得别扭。这会儿他们共用一个浴室,想到他之前赤裸地站在这里,简卿忍不住有些羞赧。

等她慢吞吞地洗完澡出来,就看见陆淮予懒懒地靠在沙发上,怀里抱着靠枕,低垂着眼,好像是累极了,神态恹恹的。

简卿踱着步子走近,小声地说:"去睡觉吧?"

陆淮予抬起头看她,没有动弹,不打算挪窝的样子。

简卿踢了踢他伸出老远的长腿。

"不要。"陆淮予说着直接在沙发上躺下,沙发狭小,他手长脚长只能弓着背。

"我不能让女朋友睡沙发,那样太不像话了。"脱去一身西装的他,好像连架子和矜持也没有了,反而像个较真儿的少年。

简卿看他已经自顾自地闭上了眼睛，哭笑不得，嘴角不自觉地上扬，没再说什么，转身回了自己的房间。

这一天发生的事情有些荒谬，简卿睡得不太好，过了很久意识才渐渐模糊，在半睡半醒之间，"砰——"的一声巨响突然从客厅传来，直接把她震清醒了。

简卿以为是出什么事了，赶紧爬起来跑出去看。

客厅里光线昏暗，她摸黑开了灯。

只见客厅里一片狼藉，木质沙发从扶手处断开，整个长长的坐板砸到了地上。

陆淮予顺着木板，半个身子坐在地上。

他睁着睡眼惺忪的眼眸，一脸迷茫和呆滞的样子，还在接受眼前的混乱场景，嗓音低哑地说："我好像把沙发睡塌了。"

简卿目瞪口呆地看着眼前的景象，怎么沙发还能被睡塌了？

"你没伤着吧？"她担忧地问。

陆淮予皱了皱眉，终于慢慢清醒过来，脸上的表情好像也有些不自在。他摇了摇头，然后从沙发上站了起来。

周围陷入了一片令人尴尬的沉默之中。

简卿轻轻咳嗽，很努力地想要压住上翘的嘴角，最后还是失败了。

她"扑哧"一下笑出了声。

陆淮予黑着一张脸，目光凉凉地看向她。

简卿对上他的眼眸，赶紧识相地收敛，替他找补："一定是沙发太旧了，不是你的问题。"

陆淮予看她脸上还是一副要笑不敢笑的样子，有些无奈地勾了勾唇。

他蹲到地上，拿起沙发断掉的横木查看断口："应该是里面的卯榫断掉了，明天我修一下。"他放下横木，扫她一眼，挑了挑眉问，"现在我睡哪儿？"

简卿愣了愣，现在这个家里能睡人的只有她的房间。

她面色一滞，犹豫了许久，吞吞吐吐道："不然你和我一起睡房间……"声音很轻，她有些不好意思，但并未抗拒。

陆淮予拖着懒懒的尾音"嗯"了一声，打了个恹恹的哈欠："那打扰你了。"嘴上说得客气，语调里一点儿客气的意思也没有，他反而非常自然地捡起掉到地上的枕头进了卧室。

简卿耳根子泛起淡淡的红晕，很快她关上了客厅的灯，跟着他前后脚进了卧室。

卧室进门的位置摆着两张课桌，其中一张的课桌书架上全是五颜六色的颜料盒还有成桶的画笔，另一张书架上则是正经的小学课本，还有一些可爱的小玩具，课桌的正中央摆着一束已经枯掉的干花。

陆淮予迈进卧室的时候，目光落在那束花上愣了一瞬，又很快敛下眼眸，自顾自地躺在了床铺的左边。

他趴在床上，把脸埋进枕头，好像真的困极了，嘟囔道："关灯吧。"

简卿乖乖应声，卧室的顶灯熄了，房间里顿时陷入一片黑暗之中，只有从窗户洒进来的月光，让人勉强可视一些轮廓。

一张一米二的床，原本是两个小朋友睡的，后来也是简卿一个人睡得多。

之前她还从来不觉得小，但陆淮予躺下以后，就显得格外拥挤，两个人肩膀要挨着肩膀似的，感觉翻个身就要掉下去或者打扰到旁边的人。

简卿老老实实地仰卧在床上，睁着圆溜溜的大眼睛凝视着昏暗的天花板，刚刚起来的困意经过这么一打岔，一下子睡意全无。

身侧像是躺了一个大火炉，热得厉害，陆淮予好像一沾枕头就能睡着，很快就传来起伏的呼吸声。

他睡觉的时候很安静，一动不动，连呼吸也很轻很轻，好像真的就是单纯睡觉，一点儿不打扰她，也没有来闹她。

即使是如此，简卿依然睡不着，难以忽视旁边的人。

她慢腾腾地转了个身背对他，想要拉远两个人之前的距离，翻身的动作很慢，生怕惊扰到他。

她这一动不要紧，旁边的男人像是感觉到了，跟着翻了个身，睡梦里伸手把人搂进了怀里。

简卿浑身一僵。

她的背部在转身时弓起，正好整个贴上他的胸膛，腰间搭着一条紧致结实的手臂，手掌自然垂落，覆在她的小腹上，掌心的温度隔着薄薄一层棉质睡衣的布料一点点地渗透进来，滚烫而炙热。

她感觉到男人把脸埋进她的后颈间，温热的呼吸喷洒在她裸露的肌肤上。

好像是她颈间的碎发掠过他的脸，有些痒，陆淮予低低地哼唧了两声，在她的颈窝里来回小幅度地蹭了蹭，然后找到一个舒服的姿势，继续沉沉地睡了过去。

简卿怔怔地瞪大了眼睛，呼吸仿佛停滞，一动不敢动。

过了许久，确认陆淮予没有别的反应后，她试探性地动了动。

陆淮予箍在她腰上的手臂同时立刻收束，他抱得更紧了。

黑暗之中她什么也看不见，感官变得格外敏感，他的每一个举动她都异常明晰。

男人的身形挺拔高大，他将她禁锢在怀里。

简卿再也不敢乱动，连呼吸也是又轻又慢，只能盯着窗外的沉沉夜色，皎洁的月光仿佛在悄悄窥视着他们相拥而眠。

最后她认命地闭上了眼睛睡觉。

空气中散发着一股淡淡的薄荷香，十几分钟后，她的脸皱成一团，她根本没有办法忽视身后抱住她的男人。

这哪里睡得着啊？

后来她也不知道是熬到了几点才迷迷瞪瞪地睡过去的，到了早上，半梦半醒之间，感觉有人在低低地唤她。

陆淮予附在她的耳边，轻声细语地说："简卿，起床了。"

简卿晚上没有睡好，白天格外缺觉，扯过被子盖住耳朵，不自觉地皱了皱眉，嘟嘟囔囔道："别吵我。"语气里有些火气。

陆淮予倒是睡了个特别香甜的觉，神清气爽，一扫昨日的疲惫样子。

他盯着小姑娘一副怎么也睡不够的模样，无奈地勾唇轻笑。

简卿上下眼皮粘得牢实，她根本睁不开眼，意识又沉又重，只感觉到有什么东西在她额头上轻轻碰了一下，触感柔软温热而干燥。

等简卿终于睡饱，一睁眼，已经是快接近中午了，另一半床上已经没有人了。

她睡得头有些痛，胡乱地抓了抓睡乱的头发，揉着眼睛走出房间，一眼看见坐在客厅里的陆淮予。

坏掉的木质沙发旁边摆着一个蓝色工具箱，散架的木板被放置在地上，四处散乱着零部件。

陆淮予好像不急着去弄似的，懒懒地靠在另一张单人沙发椅里，漫不经心地看着手机，好像在查什么东西。

听见脚步声，他抬起眼，目光对上她，扫了一眼手机上的时间："醒了？你这睡得够久的。"

简卿看着他忍不住想，这能怪谁？

陆淮予放下手机，踱到了厨房，锅里小火温着买回来的包子和豆浆，他端出来放到餐桌上："我买了早餐，你直接当午饭吃吧。"

简卿坐在餐厅的椅子上，陆淮予在她对面坐下，漫不经心地支着下巴，就那么看着她吃，也不催促。

"你今天去医院吗?"他淡淡地问。

简卿垂下眼眸,慢吞吞地咬着包子:"不想去。"

她已经做到了仁至义尽,自己良心上过得去就好,至于简宏哲之后是好是坏,对她来说,不关心也不在意。

闻言陆淮予没说什么,低垂着眼,玩着手机:"那快点儿吃,吃完我带你去一个地方。"

简卿愣了愣,他在这里人生地不熟的,还能带她去什么地方?

吃过早午饭,简卿跟着陆淮予开车去了渝市市区比较繁华的商区,进了一家商场以后,七拐八拐,走到一处僻静的角落,在一家拳击馆前停下。

简卿下意识地以为是走错了地方,没想到陆淮予看了一眼招牌,拉着她直接进去了。

她扯了扯他的手:"来这里干什么?"

陆淮予轻扫简卿一眼,漫不经心地说:"你不是说自己打不过她吗?我带你练练。"

他握住简卿的手腕,不堪一握,又瘦又细:"小胳膊小腿的,没点儿力气,在外面我都不放心。"

简卿以为陆淮予带她来是闹着玩的,但是等进到拳击馆,陆淮予在前台说了几句话后,前台工作人员递给他一个纸袋子,好像是之前就准备好的。

他走回来将袋子递给简卿:"换运动服去。"

简卿拉开纸袋,看见里面准备齐全的衣服和鞋,沉默了。

看起来他不像是闹着玩的。

昨天被陆淮予训斥的经历记忆犹新,加上确实是她没理,简卿虽然不想运动,但还是老老实实地去了更衣室。

等她换好衣服出去,陆淮予已经靠在墙上等着了。

简卿盯着他,微微愣神。

陆淮予换上了一身休闲服,黑色的T恤和宽松的短裤,长度在及膝的位置,两条腿白皙修长,肌肉线条流畅紧致。

她还是头一次见他穿得这么随意,黑发垂落至额前,懒懒地低垂着眼,盖住了漆黑的瞳孔,比平时少了几分一丝不苟和严谨的样子。

陆淮予看见她出来,站直了身子:"走吧。"

简卿不情不愿地跟了上去。她对体育运动一向很排斥,小时候最讨厌的就是体育课跑跑跳跳,一点儿比不上坐着画画舒服。

"我不会打拳,我看这里也没有教练,要不走吧。"她试图在言语上进行最后挣扎。

拳击馆里不知道为什么空空荡荡的,除了前台坐着穿紧身运动衣和瑜伽裤的接待小姐姐,就没有其他人了。

"不用教练,我教你。"陆淮予漫不经心地活动着筋骨,一脸的闲适表情。

"你很会打拳吗?以前我怎么没见过?"简卿语气里满是不相信的意思。

陆淮予挑了挑眉:"你没见过的事多了去了。"

他找了块空旷的场地,然后从裤子口袋里摸出一卷绷带,拉着简卿的手帮她一圈一圈地缠上。

简卿盯着他的动作,绷带掠过她的手臂,冰冰凉凉、痒痒麻麻的。

她不懂拳击,不知道为什么要缠这个,开口问道:"这是什么?"

"缠手带,起到保护手腕、拳峰的作用,而且能更好地传导力量。"陆淮予很专业地解释道。

到目前为止还算和缓,等一切准备就绪以后,简卿才意识到拳击训练是远比看着还要费体力的事情。

偏偏陆教练一改往日什么事都由着她的作风,板着脸非常严格。

十五个仰卧起坐后,简卿躺在垫子上喘着气,脸涨得通红,腹部没有一点儿力气,哼哼唧唧道:"我做不动了。"

陆淮予压着她的腿,算是摸清了她的体能有多差,没什么商量余地,淡淡地说:"还差五个。"

"……"

简卿被逼着做各种体能训练,感觉自己像是一头驴拉磨,后面不停地有人在敲打着她往前。

陆淮予认真起来,就是一步也不让,她怎么讨饶耍赖都没用。

等到完成基础训练,做对练的时候,简卿看到他那一张油盐不进的脸就莫名其妙地来气,王八拳似的朝他挥舞。

陆淮予脚下步子转换,后撤闪身。

简卿愣是一拳也没打到他身上,更气了。

她累得半死,浑身被汗浸透,陆淮予还是一副云淡风轻的模样,气都不带喘,明明她该做的训练,他也没少做。

"加速。

"加点儿力量。

"你这出拳怎么软绵绵的?"

陆淮予的声音轻飘飘的，他还不忘吐槽她。

"……"

简卿累得话都说不利索，彻底放下了拘束，就只想揍他，好像身上暴力的因子被激活，终于外露出来。

终于等拳击训练结束，简卿直接倒在训练台上，消耗掉全部的体力以后，感觉大脑被清空，一片空白。

陆淮予双手抱臂站着，勾着唇，悠闲地俯视着她："有这么累吗？"

简卿一点儿力气都分不出来，只抬了抬眼皮，瞪了他一眼。

陆淮予笑了笑，慢条斯理地解开缠手带，口袋里的手机振动，他看了一眼来电显示，抿了抿唇："我出去接个电话。"

他走出拳击馆，斜靠在商场的栏杆边，有一搭没一搭地和对面的人说着话，目光随意地在商场附近扫视，无意间瞥到一处地方，停住了。

拳击馆旁边是一家儿童淘气堡，他看见陈妍亲密地挽着一个男人的手，男人怀里抱着孩子，三个人有说有笑地离开。

陆淮予望着他们的背影，不自觉地皱了皱眉。

回去的路上，简卿坐在副驾驶座上，依然没缓过劲儿来，没想到打拳击能这么累，但又感觉无比轻松，好像浑身绷着的劲儿被卸掉了。

陆淮予开着车，一如既往地淡定从容，和她的狼狈样子形成了鲜明对比。

到家以后，简卿重新洗了个澡，然后也不管还是大白天，倒头就躺回床上继续睡。

陆淮予由着她睡，自己在客厅里捣鼓了一会儿散架的沙发，看了一眼墙上挂钟的时间，然后轻轻放下木板，去到房间里，看她睡得沉，转身拿上玄关的车钥匙，出了一趟门。

到了渝市市立医院，陆淮予径直去了医生办公室，找简宏哲的主治医师。

昨天晚上他给医生留了个电话，如果简宏哲出了问题，医生会联系到他。刚才在拳击馆的时候，就是主治医师打来的电话。

主治医师皱着眉，翻着手里的几张化验单："患者今天意识清醒了，但是从指标上看发生了术后感染，造成全身炎症反应，情况不大好。"

"脓毒败血症？"陆淮予简单直接地问。

主治医师也不兜圈子，表情严肃地"嗯"了一声，叹了一口气："我猜测可能和他术后在普通病房里待了一段时间有关系。"

细菌这玩意儿，看不见摸不着，感染了都不知道问题出在哪里，ICU的消杀肯定是比普通病房严格的，但是简宏哲术后来回折腾，加大了被感染的风险。

败血症的发展非常快速，死亡率极高，全世界几乎五分之一的人是由败血症导致的死亡。

"早上他老婆来了，本来想让她换防护服进 ICU 看一眼，结果她一听说是细菌感染，愣是觉得会传染给她，死活不肯进。"主治医师想起来就头疼，"然后她又是闹又是骂的，把路过的医生和护士骂了个遍，到中午才走，我们再联系就怎么也联系不上了。"

他正色道："脓毒败血症发展起来非常快，我们只能尽力救治。趁着人还清醒的时候，你们把该准备的事准备了，以防万一。"

陆淮予本身就是医生，对主治医师话里没有明说的意思再清楚不过。

主治医师的意思是，死前遗嘱、丧葬事宜，该准备这些事了。

简卿醒来的时候，天气有些阴沉，灰蒙蒙的。

她白天就吃了几个包子，打拳又特别消耗体力，这会儿已经饥肠辘辘，被饿醒了。

简卿动了动四肢，浑身酸痛无力，艰难地从床上爬起来走了出去。

客厅里没有开灯，有些昏暗，家里没有人，陆淮予不知道去了哪里。

客厅茶几上有一张字条，字条上写着漂亮的钢笔字。

"我出去一趟，晚饭前回来。"

简卿看了一眼墙上的时钟，已经将近五点。她抿了抿唇，慢腾腾地走到冰箱前，试图找一些吃的东西。

虽然知道家里已经很久没住人，根本不可能会有食物储备，打开冰箱门以后，简卿却愣住了，里面已经装满了新鲜的蔬菜和肉类，应该是陆淮予早上出门买早餐的时候顺便买的。她站在冰箱前扫视了一圈，挑了几样食材出来做饭。

陆淮予卡着晚饭点儿赶回来的时候，远远就闻见是哪一户飘出来的饭香。

简卿端着一盘炒菜出来，正巧看见他："回来了？那吃饭吧。"

陆淮予目光直直地盯着她，简卿穿着简单宽松的睡衣，身上套着白色碎花围裙，乌发披散开来，黄色的暖光洒在她的脸上，衬得她皮肤白净如瓷。

陆淮予神色柔和，整个人仿佛瞬间放松下来，被温馨和舒适感包裹着。

好像生活就该是这样，简单而平淡。

什么糟糕的事情，他们当不存在就好。

吃过晚饭以后，陆淮予主动洗碗。

简卿蹲在塌掉的木质沙发面前看了半天，才发现是沙发扶手处的圆棒榫从中间断开了。

木头渣子陷在里面，简卿扒拉了半天也没弄出来，横着的坐板中间也有了一条明显的断裂痕迹，看损坏程度，就算是修好装回去，也不敢再坐人了。

陆淮予收拾干净厨房出来，看了她一眼："下午我去家居店订了一套一样的沙发，但是没有现货了，过两天会送来。"

简卿愣了愣，没想到他的动作这么快，张了张嘴，想说推辞的话。

"别客气，本来就是我睡坏的，之后几天只能打扰你了。"陆淮予漫不经心地说。

什么叫之后几天都打扰她了？简卿疑惑地问道："你不回南临吗？"

年关在即，简卿因为在实习期间，没那么多限制，放假比过年正常法定节假日早，这会儿已经不用上班，所以打算在渝市的家里多待几天再回去。但陆淮予工作本来就忙，她已经耽误他很久了。

陆淮予挑了挑眉："不回。我休假了。"

行吧。

因为客厅沙发坏了，没地方可以坐，晚上他们就在房间里待着。

简卿在自己的课桌上涂涂画画打发时间。

陆淮予坐在阿玕的课桌上，拿出笔记本电脑。他有一篇医学研究报告要写。

阿玕的课桌还是小时候用的，有些低，空间狭小，陆淮予双腿伸展不开，只能规规矩矩地并拢坐着，腰背挺得笔直，从侧面看上去，有些拘束和好笑。

两个人并排各干各的，简卿偷偷瞄着旁边的男人，五官立体，眉眼精致，神态认真而专注，好看极了。

简卿忍不住盯着他画了一幅速写，然后小心翼翼地合上速写本，因为下午打拳，胳膊没力气，画完一幅以后就画不动了。

课桌上闹钟的指针"嘀嗒嘀嗒"地走，催得人没耐心，像是回到了以前上学的时候，没事干就坐不住。

简卿手肘时不时地越过自己的课桌，有意无意地碰到他的，小学生似的举动和心思。

几次以后，陆淮予停下敲键盘的动作，扭过头似笑非笑地望着她："做什么呢？"

"没做什么啊。"简卿故作不知地低头用小刀削着素描铅笔。

"没做什么故意打扰我。"陆淮予目光瞥见她合上的速写本,"不画画了?"

简卿用奶奶的鼻音哼了一声:"胳膊酸,都怪你。"

陆淮予漆黑的眼眸盯着她,他笑了笑,声音低沉:"那我们做些别的?嗯?"

简卿对上他的眼睛,不自觉地移开视线,脸颊微微泛红:"做什么?"

陆淮予合上电脑,推开椅子,拉她起来,淡淡地说道:"躺床上去。"

"……"简卿愣了一瞬,半推半就地顺着他的力道,感受到男人的手按在她的后背上,将她往床上压去。

她趴在床上,脸埋进柔软的被子里,呼吸不由得一窒,心脏"扑通扑通"地跳,顿时紧张慌乱,语无伦次起来:"我……我还没准备好。"

陆淮予慢条斯理地挽起衣服袖口,挑了挑眉,轻轻笑道:"想什么呢?我帮你按摩。"

简卿想的确实是少儿不宜的东西,一阵窘迫,把脸埋进被子里装死。

"那你按吧。"被子里传出闷闷的声音。

简卿趴在床上,听见一声轻笑,过了一会儿,感觉到男人的手捏上她的后颈,掌心温热而干燥。

不知道按了多久,按摩终于结束,陆淮予帮她理了理有些乱的衣服:"这位客人,请问您还满意吗?"他玩笑道。

简卿手肘撑着床坐起来,伸手将额前散乱的头发拨回耳后,以小动作来掩饰自己的羞赧心情,然后才仰起脸看向他。

她动了动脖子和后背,感觉肌肉的酸痛确实得到了缓解,舒服了许多。

"很满意。"简卿一时嘴快,多说了一句,"下次还点你。"

陆淮予挑了挑眉,懒懒地问:"那我是不是该拿我的报酬了?"

简卿愣了愣:"你要什么报酬?"

陆淮予的目光直直盯着她,漆黑的眼眸里映出她的脸,仿佛缀着银河星光。

简卿半天没等到答案,抬起头,正对上他的眼眸。

下一秒钟,陆淮予倾身靠近,她来不及眨眼睛,只觉得眼前一片漆黑,感觉到柔软的唇瓣覆上了她的。

铺天盖地的薄荷香占据了她的鼻腔。

耳畔传来陆淮予低沉的轻笑:"报酬我收到了。"

六点的天空泛起鱼肚白。

这一晚,简卿不知道为什么,睡得不是很安稳,突然感觉到有人在推她。

"简卿，醒醒。"

她皱了皱眉，迷迷瞪瞪地问："怎么了？"

"我们去一趟医院。"陆淮予的表情严肃而凝重。

简卿顿时清醒了，一言不发地翻身起床，不用问也知道是为什么要去医院。

市立医院被笼罩在一片晨雾里，苍凉而寂静。

简宏哲的主治医师已经在ICU门口等着，表情亦是沉重的。他什么也没有说，连病危通知书都没有下的必要了，只是对着简卿摇了摇头，脸上是惋惜和遗憾的表情。

全身穿着防护服的护士从ICU里出来："谁是简宏哲的女儿？"

"我是。"简卿看向她说。

"他想见你。"护士的声音也柔和了下来，"好好和你爸爸说说话吧。"

简卿站在原地有些迈不动脚步，事到如今，她和简宏哲还能有什么可说的？

陆淮予知道她在想什么，走上前轻拍她的背，低声说："不想去可以不去。"

简卿抬起头，对上他漆黑的眼睛，心也安定下来。

她跟着护士换上了防护服，完成了消毒工作，通过层层玻璃阻隔进了ICU。

病床边是密密麻麻的设备，吊塔、呼吸机、监护仪，每一台设备都在运转。

简卿一瞬间有些恍惚，好像认不出躺在病床上的人。

简宏哲面色惨白得可怕，半睁着眼睛，瞳孔已经有些涣散，呆滞地盯着一个点。

他的身上插满了各种管子，光看着就觉得痛苦，直到简卿走到他的视线范围里，简宏哲才像是有反应似的睁开了眼睛，直直地盯着她。

简卿沉默地和他对望。

简宏哲放在床边的手动了动，食指上检测血氧仪的夹子掉落，血氧仪发出警报声。

他好像用尽了所有力气，才艰难缓慢地伸出手，好像是想去拉简卿的手。

简卿一动不动，不曾上前一步，冷漠地看着他。

简宏哲满是褶皱的眼睛里渗出点点水渍，他此刻像是一头垂垂老矣的老黄牛。

他隔着氧气面罩，哑着嗓子，说一个字歇一下："阿卿……是爸……爸做错了。"

好像是人死之前，回顾自己这一生之后，都会忏悔。

也许是因为他躺在病床上，听见陈妍哀号却不作为而感到心寒，也许是因为他马上要去地下见陈嫒和阿阡，觉得愧疚和不安，期望从简卿身上获得一丝慰藉，简宏哲只觉得死前无比孤寂："你能……原谅爸爸吗？"

简卿扯了扯嘴角，对他的死前忏悔没什么反应，只觉得很可笑。

现在他知道错了，想要得到原谅，不觉得太晚了吗？

简卿一言不发，就只是冷冷地看着他。

陈嫒和阿阡的两座墓碑像山一样压在她心里，她怎么可能原谅他？

简宏哲混浊的眼睛里闪着绝望和不甘之色，他浑身动弹不得，只剩下一只手，挣扎着想要去拉住简卿。

简卿后退一步，始终无动于衷。

心电图成了一条直线。

ICU 里进来许多医生和护士，开始拆去插在简宏哲身上的管子，把他死死睁着的眼睛往下合，合了许久，他才闭上眼，最后护士拉上白布，遮住了他的脸。

简宏哲的葬礼办得很潦草，他当天去世以后，什么打点的行装也没有，直接就被送去了殡仪馆。

第二天就举行了葬礼，来祭拜的人不多，简宏哲这几年欠高利贷，把周围的亲戚都借了一遍，信誉和名声被糟蹋光了。

陈妍带着孩子趴在棺椁前哭得撕心裂肺，来来去去无外乎几句话，翻来覆去好像是为了哭丧而哭丧，哭成那个样子，手里收慰问金和白包的动作也是一刻不停。

简卿本来连葬礼也不想参加，她是被陈梅劝来的。

陈家人里，简卿唯一还有些感情的，只剩下她这个小姨了，不想闹得太僵。

陆淮予不方便进去，就站在外面等她。

简卿进到灵堂，盯着上面挂着的男人的黑白照片，沉默地上香。

细细的一根红色的香燃烧着，升起一缕蜿蜒的青烟。

陈妍跪坐在地上，戴着白色头带，看见简卿，哭得更大声了。

"你走了丢下我们娘儿俩可怎么办啊？你养的女儿是个白眼儿狼，可不会管我和她弟弟啊。"

闻言简卿皱了皱眉,盯着跪着的女人和小孩。

小男孩眼泪鼻涕流了一脸,黑瘦黑瘦的,眼睛很小,鼻子有些塌,直直地瞪着她。

简宏哲虽然骨子里烂透了,但是那一副皮相生得俊朗,这孩子长得却一点儿好的没像着。

然而还没等简卿戗回去,就被灵堂里走进来的一位西装革履、提着公文包的男人打断了。

他径直朝陈妍和简卿走来,颇为惋惜地说道:"节哀顺变。"

"我是简先生的律师,来告知并执行两位他生前立下的遗嘱事宜。"

陈妍倏地站起来,用袖子抹了抹脸上的泪:"简宏哲还立了遗嘱?我怎么不知道?"

简卿也有些惊讶,按说简宏哲死得突然,怎么还会想到立遗嘱?

律师拿出公文包里的两份纸质文件递给她们:"简宏哲生前财产包括一间市立小学旁边的住房,以及银行存款一千余元。房产继承权归属简女士,银行存款继承权归属陈女士。两位对此有没有什么异议?"

陈妍呆滞了许久,半天才回过神儿来,拿着文件的手拼命地在抖。

陈妍的声音提高了两度:"房子是我和简宏哲一起住的,凭什么给她?"

简卿皱了皱眉,确实也没有想到简宏哲会这样分配他的遗产。

律师像是见多了这种对遗嘱不满的场面,脸上挂上职业性的淡笑:"遗嘱分配遵从了简先生的生前意愿,公证且有效。"

简卿大致扫了一眼手里的文件,没看出问题,然后合上,问律师道:"如果我放弃继承会怎么样?"

陈妍一听她这么问,态度一下软了下来:"是啊,反正你以后也不在渝市发展,这房子你要了也没用,可怜可怜我们孤儿寡母。"

"如果你放弃继承,该部分财产将会由其他的遗嘱继承人全部继承。"律师解释道。

简卿笑了:"行。那我继承吧。"

她倒没多想要简宏哲的东西,甚至觉得硌硬,但是要是继承权给了陈妍,岂不是便宜了陈妍?

陈妍一听这话,顿时炸了:"这是我的房子,凭什么给你?"她怒视简卿,扬起手就要打过去。

简卿也不知道是因为之前打拳的时候,陆淮予教过她防守还是什么,反应极快,一把扣住了陈妍要挥下来的手腕,死死攥住。

简卿一字一顿地冷冷质问:"鸠占鹊巢这么多年也够了吧?怎么就是你的房子?简宏哲买房子的钱,用的是我妈辛辛苦苦挣的血汗钱,和你有什么关系?"

"什么叫鸠占鹊巢?你这个小孩说话怎么这么难听?"陈妍反驳,"是你妈妈自己命不好,死得早——"

简卿听到她提及陈媛,压着的火直接蹿到头顶,没等她说完,抬起手给了她一巴掌,声音清脆响亮。

"闭嘴。"简卿咬着牙说,"你也配提她?"

这一巴掌她用了十足的力气,掌心火辣辣的,却无比痛快。

"你敢打我?"陈妍被她攥着手挣扎不脱,难以置信地瞪着她,想要把她生吞活剥。

简卿盯着她目眦欲裂的表情,想到这笔钱本来是给阿阡治病的,火气像是再也压不下去了,对着陈妍又是一巴掌。

刚才那一巴掌她是替陈媛打的,这一巴掌是替阿阡打的。

简卿不等她反应,扬手打下了最后一巴掌,替自己打的。

陈妍被她连着三巴掌打蒙了,直接赖到地上,往简宏哲的遗像爬,边爬边哭:"简宏哲,你才刚走,你女儿就打我了,这日子还怎么过啊?"

简卿居高临下地看着她,脸上表情冷漠。

香炉里的香已经快烧完了,灰烬落进炉里,什么也没剩下,简卿一眼都不再看陈妍,转身往灵堂外走去。

陈妍指着简卿的背影说:"你给我等着,我要去告你。我还给简宏哲生了一个儿子,他不能不给儿子留钱。"

一旁的律师适时补充道:"如果陈女士有不满的地方,也可以提起诉讼。"他顿了顿,"但是陈女士是否能保证孩子和简先生的亲生关系呢?"

陈妍怔怔地抬头看向律师。

律师弯起眼睛,公式化地微笑。

陈妍似明白了什么,情绪彻底崩溃,放声大哭起来。

她跟了简宏哲这么多年,青春没了,光吃苦了,本以为至少能捞套房子,结果到头来什么也没有。

简卿一步一步地迈过门槛,走下台阶,身后是一地鸡毛漫天飞舞。

从今以后,这一家子的蛆和她再没有关系。

灵堂外的老树下,树影婆娑。

有人在等她。

陆淮予身形挺拔修长，静静地伫立着。

和煦的暖阳洒在古树下的男人身上，将他的肩头染成金色，微光闪烁。

身后的喧嚷好像消失了，成了虚无。

简卿直直地朝他走去，眼角不知道为什么有些湿，唇畔不自觉有了笑意。

陆淮予回望着她，伸出手："走了？"

简卿被他牵着，低低"嗯"了一声。

坐进车里的时候，简卿扯着安全带。

陆淮予余光瞥向她，皱了皱眉："手怎么红了？"

简卿摊开掌心看了一眼，然后笑了笑："我打回去了。"

陆淮予轻笑了一声："出息了，没白教你。"

殡仪馆在渝市郊区，车缓缓开出殡仪馆，进入了安静的乡间小道。

简卿盯着窗外变化的行道树和田野，心里百感交集，一时摸不清是什么情绪。

陆淮予专注地开着车，干净修长的食指在方向盘上轻点。

"难过吗？"他淡淡地问。

简卿摇了摇头："不难过。"相反，她从来没有像今天这样轻松过。

简卿扭头看向开车的男人，轻轻地叫他的名字："陆淮予。"

陆淮予抽出空，分她一个眼神。

简卿抿了抿唇："我想带你去见见我的家人。"

陆淮予淡淡地笑了，单手扶着方向盘，右手伸出揉了揉她的发顶："好。"

车在中途转道，往相反的方向开去。

墓园门口有许多商店，有卖蜡烛檀香的，也有镌刻墓碑的店，还有一间小小的花店。

陆淮予停车的工夫，简卿先去花店买花。

花店老板是一个很有气质的年轻女人，很有耐心地包着花，每一束都很用心地搭配，并没有因为是给逝者的而敷衍。

简卿将手肘撑在桌台上，盯着花店老板包花，手机振动起来。

"去哪儿了？"陆淮予停好车，没见到人，给她打电话。

简卿抬起头往花店外面看去："我在门口的花店里，马上就好了。"

她看见从停车场走来的男人，朝他挥了挥手。

陆淮予改了方向，朝她这边走来："看见你了。"

花店老板抽出淡黄色的绸带，纤纤细手熟练地打了一个漂亮的结，余光瞥向不远处长相极为出众的男人，笑了笑："这次一起来了？"

简卿愣了愣，没明白花店老板是什么意思。

花店老板低着头，用剪刀剪掉多余的枝叶："上次还是你男朋友自己来的，也是要了两束花，还特别认真地让我包好看一点儿。"

"很少有人会在意祭拜时用的花束扎得好不好，大多是匆匆来买一束就走。"花店老板将两束花递给简卿，感慨道，"你遇到了一个很温柔的人哪。"

简卿怔怔地抱着两束花，心不在焉地道谢，然后走出花店。

陆淮予站在花店门口的玻璃墙旁，把玻璃当作镜子照，双手整了整领带和衬衫，抚平上面的褶皱，一副认真而慎重的模样。

早上出门的时候，简卿记得他明明是没系领带的。

——"你遇到了一个很温柔的人哪。"

花店老板轻飘飘的话萦绕在耳畔，久久不散。

简卿直直地盯着他。

似是感觉到她的目光，陆淮予转过头，望向她时，不自知地轻轻勾起嘴角。

简卿对上他漆黑明亮的眼眸，忍不住一般，鼻子有些酸酸的，眼眶发红。

陆淮予不知道为什么小姑娘就红了眼，赶紧连花带人搂进怀里，轻声安慰道："怎么就哭了？一会儿阿姨该以为我欺负你了。"

简卿将脑袋埋进他的胸口。

空气中弥漫着淡淡的薄荷香，夹杂着新鲜的花香。

她闷闷地开口："谢谢你。"

陆淮予有些好笑地问："好端端地突然谢我什么？"

"就是谢谢你，谢谢，谢谢，谢谢。"

谢谢他在她的生命里出现。

他做了那么多她知道或者不知道的事情。

陆淮予低着头，盯着她的发顶，虽然不知道为什么，但笑了笑，拖着长长的尾音回道："不客气，不客气，不客气。"

祭拜完陈媛和阿阡以后，他们从墓园离开。

之后在渝市的几天，简卿带着陆淮予在渝市里逛了很久，走过这座她生活过的城市。

关于她的事情，从幼儿园到高中，陆淮予问得很仔细，去了她以前读书的学校，去了她常常画画写生的地方，去吃了她很喜欢的小馆子。

时间仿佛沉静下来，通过这样的方式，将她的过去洗礼和沉淀，她彻底走了出去。

直到某一天中午在外面吃饭的时候，陆淮予注意到简卿一直在用单侧嘴巴吃饭："你怎么一直在用右边嘴巴吃饭？"

简卿吃了一口沾满红油的牛肉片，被辣得嘴唇通红："我左边牙龈有点儿上火，过几天应该就好了。"

陆淮予闻言，倒没说什么，继续默不作声地吃饭。结果等一回到家，他直接把人拎去了卫生间："刷牙，我检查一下。"

吃饭的时候她见陆淮予没什么反应的样子，还以为就这么混过去了，没想到他其实是按而不发，简卿不情不愿地刷着牙。

她刷完牙以后，陆淮予掐着她的下巴把她的脸抬起："张嘴。"

简卿咽了咽口水，慢吞吞地张开嘴，感受到男人温热的指腹按在她的两颊上，视线在她的口腔里扫视，她的舌头有些不知所措地下意识勾起。

卫生间里光线昏暗，看得不是很清楚，陆淮予皱了皱眉："嘴张大一点儿。"

虽然她以前也被他检查过口腔，但是这种事情，真是多少次她都没办法习惯，就像是任人摆布的玩偶。

她听话地又张大了嘴，藏在头发里的耳根不受控制地泛红。

陆淮予看了一会儿以后，松开了她的下巴，然后在洗手台前用肥皂认认真真地把手洗干净，指甲缝里也不放过，反复搓洗着。

简卿松了一口气，伸手将垂落至额前的一缕发丝撩回耳后，总算完事了。

然而没等她舒完这口气，陆淮予重新转回身面对她："我把手伸进去摸一下。"他脸上的表情一本正经，一点儿不像在开玩笑。

简卿表情一滞："为……为什么？"怎么还带摸的？

"你应该不是牙龈上火，是智齿冠周炎。"陆淮予解释道，"你的智齿没有萌出，我要摸一下是不是在牙龈里面。"

"什么是智齿冠周炎啊？"简卿疑惑不解，"我以前这里也老发炎，过段时间就自己好了。"

"智齿冠周炎是智齿在阻生时，造成的牙冠周围软组织发炎。"陆淮予耐心地说明，"你的牙齿经常发炎，很可能就是因为智齿位置靠后，清理不当，食物残渣堆积导致的。"

虽然只听得半懂，但是简卿还是不敢挑战陆淮予在口腔方面的权威性。

她认命地重新张开嘴，睁着眼睛，只能看见他的胸口和抬起的手臂，肌肉线条紧致结实。

她感觉到异物伸进她的口腔，一直探到深处，在最里面按压，简卿很努力地忽视嘴里他的手指的动作。

陆淮予好像也并没有刚才那么冷静，漆黑的眼眸渐渐变得幽深，声音低沉，有些嘶哑地说："简卿，舌头别乱舔。"

简卿这才意识到她的舌尖在不受控制地舔舐嘴里的手指。

她吓得赶紧控制住自己的舌头，眼睫微颤，脸颊一路红到了脖子。

好在陆淮予并没有在她的口腔里摸太久，很快抽出手指。

干净修长、骨节分明的半截食指沾着晶莹润泽的水渍。

简卿余光瞥见他的手指，尴尬地挪开了视线。

陆淮予打开水龙头，简单地冲洗着手："你在渝市还有什么事吗？"

"没有了。"简卿不知道他怎么突然问起这个。

"那我们今天回南临吧。"陆淮予拿起水池旁边的擦手巾，慢条斯理地擦着手，"带你去医院拍个牙片。"

简卿心里一慌："拍牙片干什么？"

"我刚才摸了一下，确实是阻生齿，拍牙片可以看到你的牙具体长成什么样。"他顿了顿，继续说，"如果位置不当，就需要拔掉。像你这种智齿经常发炎的情况，一般来说也是建议拔除的。"

闻言，简卿瞬间哭丧着脸，哼哼唧唧道："我不想拔牙。"

她眨巴眨巴眼睛，可怜兮兮地望着陆淮予："能不能不拍片啊？"

陆淮予看她一副要死不活的样子，忍不住轻笑，不容商量地拒绝："不可以，躲得过初一躲不过十五。"

简卿不满地撇嘴："那就等十五再说嘛。"

陆淮予意味深长地看她一眼，轻飘飘地说："现在已经是十五了。"

回南临的高速上，简卿一声不吭，看向窗外，想到可能要拔牙，心里就极度恐惧，恨不得从车上跳下去跑掉。

陆淮予和她讲话她也是爱搭不理的。

眼看着下了南临高速，协和医院偌大的牌子越来越醒目，她越来越紧张了。

看出她是真的害怕看牙，陆淮予轻笑着安慰道："没事的，不一定要拔的，先拍牙片看看。"

简卿眉心皱成一团，怎么那么不信？她不情不愿地跟在陆淮予的后面，径直去了颌面外科门诊部。

前台的护士看见陆淮予，愣了一瞬："陆医生，您怎么回来了，不是休假了吗？"

陆淮予礼貌地应声，淡淡地解释说："带家里的小朋友来看牙。"

他扭头去看简卿："身份证给我。"

简卿耷拉着脑袋，无精打采地摸出包里的身份证递给他。

陆淮予接过身份证，转交给护士："麻烦帮我挂一个我的号。"

前台护士有些吃惊，还是头一次见陆淮予亲自带人来看牙，还是个很漂亮的女人，她忍不住悄悄打量起简卿来。

简卿试图做最后的挣扎，伸手扯了扯男人的衣服袖口。

陆淮予无奈地看着她，什么话也没说，光是眼神里的威压感就足够了。

护士打出挂号单，连着身份证和病历本一起递回。

陆淮予客气地道谢，怕简卿跑了，拉着她的手一路往他的诊疗室走去。

下午的颌面外科门诊里乌泱泱的全是人，病人们坐在过道里的候诊椅上休息，两个人路过的诊疗室都是用透明玻璃隔开的五六平方米的空间，每一个空间里都摆着蓝色躺椅的操作台。

耳畔时不时传来电钻的声音，简卿想到自己的牙齿也会被电钻打进去，然后用榔头敲就感觉异常可怕，不自觉地死死捏住陆淮予的手。

陆淮予忍不住揶揄："这么紧张啊。"

简卿看着他一副云淡风轻的表情就来气，瞪了他一眼，不肯讲话。

两个人沿着走廊一直往里走，时不时有经过的医生及护士和陆淮予打招呼，目光皆在他们两个牵着的手上停留，露出讶异的表情。

走廊的尽头多了几间更大的诊疗室，也没有用玻璃挡着，而是正常的办公室的样子，更加清静和私密。

陆淮予带着她进到了其中一间诊疗室。

房间是蓝白的主色调，窗明几净，摆着几盆绿植点缀，操作台在正中间，干净整洁。窗户半开着，白色窗帘轻轻晃荡，散去了空气里的消毒水的味道。

简卿拘束地站在原地，看着陆淮予坐到椅子上，打开电脑，点进医院的医疗系统，左边候诊人孤孤单单的就她一个。

他将鼠标移动到她的名字上，双击。

门口的叫号机子上响起机械而公式化的女声——

"请患者简卿进入1号诊疗室就诊。"

她真是躲都没地方躲。

陆淮予在医疗系统里点了两下，小型打印机发出声音，吐出一张单子。

"走吧。"他拿起单子，套上门后挂着的白大褂，"我带你去牙片室。"

白大褂胸前口袋里竖插着一支钢笔，银色的笔夹露了出来，隐隐约约露出上面的花体英文字，是之前简卿送给他的生日礼物。

简卿盯着他，平时很少有机会看他穿白大褂，不得不承认，他穿上白大褂以后，整个人的气质一下变得更加沉稳，眉眼也冷了下来，表情专业而认真。

简卿回过神儿来，乖乖地跟在他的后面。

牙片室排了很多等着拍片的人，陆淮予把单子递给了放射科的医生。

医生看见他时微微吃了一惊，平时大多是陆淮予的助理医生带着病人来拍片，他自己很少出诊室，以为是这次的病人情况特别紧急，默不作声地把单子放到了最前面。

大部分医院好像有这样不成文的默契，凡是医生和护士带来的患者，一般是急诊危重的病人，会优先被叫号。

陆淮予看见他的动作，淡淡地说："不用，正常排就好。"

医生愣了愣，看一眼单子确认，主诉病情上写着"智齿冠周炎"。

见确实不是什么危重患者，他忍不住心里嘀咕，什么时候陆医生还看这么小儿科的病症了？

陆淮予放完单子，没几分钟，就有护士拿着病历板找上门来。虽说他现在是休假期间，但既然回了医院，就没有得闲的道理，到处都是急需治疗的患者。

他对着坐在候诊椅上的小姑娘嘱咐："拍好了叫我。"

然后他好像不放心，补充了一句："别跑。"

简卿小声嘟囔："我知道。"

简卿大概等了半个小时，才叫到她。

陆淮予给她开的牙片单子是左右智齿。

医生让她咬着根一次性塑料质的小棍子，类似咬合定位的东西，直接顶到她的喉咙，她强忍着作呕的感觉才拍完左右两边的片子。

光是拍牙片就已经让人很不适了，简卿心情越来越郁闷，倒是真想跑，等她磨磨蹭蹭地回到诊疗室里，没打电话，只是给陆淮予发了条微信。

她期望他看不见，最好直接耽误到医院下班。

结果并不如她的意，她发完消息没多久，陆淮予就回来了。

"拍好了？"他走到诊疗室的水池旁边，挤了两泵消毒洗手液，慢条斯理地洗着手。

简卿应声，一副生无可恋的模样。

陆淮予瞥她一眼，觉得好笑："有那么可怕吗？"

简卿也不想讲话，又瞪了他一眼。

陆淮予权当没看见她无声的反抗表情，坐回椅子上，点开医疗系统里她的牙片信息。

电脑屏幕上显示出一张黑白的小牙片，显示出她的两颗后槽牙以及埋在牙龈里面的智齿。

陆淮予盯着电子牙片，皱了皱眉，然后在键盘上按了一下，跳转到另一张牙片。

总共四张牙片，拍了四颗智齿。

"……"陆淮予一张一张地看，完了沉默片刻后才说，"你这四颗牙可能都要拔啊。"

简卿如遭晴天霹雳，难以置信地说："怎么就四颗了？"

她不是只有一颗牙在发炎吗？

陆淮予抬起头，看她站得老远，缩在角落里，惊恐地瞪大了眼睛，好像他要吃了她似的，忍俊不禁地说："你过来，我对着片子和你讲。"

简卿不情不愿地走过去，看见电脑屏幕里的她的牙片，着实惊到了。

牙片里显示着末尾一颗后槽牙之后，埋在牙龈里面横向长着一颗智齿。

"你看，"陆淮予将鼠标移动到智齿上，"现在这颗是你在发炎的左下智齿，中位横向阻生，和邻牙挨得很近，不及时拔掉的话，旁边的这颗牙也会受到影响，发生龋坏或者磨损。"

他切换到其他三张牙片："剩下的也都是一样，但是其他三颗牙现在长得还不是很大，你年纪还小，可以等一两年观察再看看。"

简卿觉得牙齿开始泛酸，咽了咽口水："那拔牙要怎么拔呀？"

"挺简单的。"陆淮予重新切到她左下智齿的牙片，"先把牙龈切开，然后你看你的牙齿有一部分埋在牙槽骨下面，所以要切掉一些骨头，再把智齿分块，一块块取出。不过你的牙根离下牙槽神经管很近，存在手术过程中损伤神经的风险，会导致局部面瘫，可能是暂时的，也可能是永久的，但基本上概率很小。"

"……"

这很简单吗?

简卿怔怔地盯着电脑。

陆淮予专业地解释病情、疗程、风险、预后处理,成功把她吓蒙了,就连她看他的眼神也变得不一样了。

她张了张嘴,感觉口腔都不是自己的了。

陆淮予看完片子以后,站起来走到操作台前,脸上没什么表情,淡淡地说:"躺上去吧。"

他一副这就要拔牙的架势。

"……"

简卿下意识地倒退了一步,耳畔响起花店老板的声音。

——"你遇到了一个很温柔的人哪。"

他是温柔的人才怪啊!

眼瞅着他开始戴蓝色的术用手套,简卿惊得打了一个哆嗦,赶紧扯过他的手攥在自己手里:"你让我再准备一下嘛,我不想今天拔牙。"

陆淮予戴手套的动作顿了顿,随后他挑了挑眉,低头看向她。

其实他是想再检查一下她的炎症情况,智齿冠周炎发作的时候,本来就不能拔牙。

只是小姑娘声音怯懦软绵,她还轻轻晃着他的手,撒娇耍赖,让人忍不住想要逗逗她。

"今天可以不拔牙。"

简卿抬起头,眼睛一亮,这么容易就混过去了?

他拖着懒懒的尾音,漫不经心地说:"但你要给出合理的理由。"

简卿眨了眨眼睛,脑子思索着理由,不知道想到什么,脸上有些红。

她对上陆淮予漆黑的眼眸,又很快低下头,躲开他的视线,慢吞吞地开口——

"如果拔牙了,"她顿了顿,才继续说,"你就不能亲我了。"她说话的声音越来越低,到最后小到几乎让人听不见。

诊疗室关着门,隔音效果很好,隔绝了外面的喧嚷声,周围的环境很安静,好像一根针掉落都能让人听见。

陆淮予静静地凝视着她。

午后的阳光洒在她身上,白净如瓷的脸颊绯红,有微风悄悄从窗台溜进诊疗室,将她的发丝拂起。

空气中散发着淡淡的柑橘香,清甜柔和。

男人漆黑如墨的眼眸渐沉:"这样啊。"他漫不经心地说。

简卿捏着他的手,有些不好意思,含含糊糊地"嗯"了一声,突然之间,感觉到腰部被他掐着抱起来向后,转瞬她就坐在了窗台上。

她的目光和陆淮予的对上,她被他突如其来的举动弄得惊慌失措。

陆淮予轻轻地勾起嘴角,抬起她的下巴,倾身离得很近。

下一秒钟她耳畔传来低哑的嗓音,含着小沙砾似的:"那我是不是要抓紧多亲一下?"

简卿直愣愣地盯着他,眼睫微颤,心脏漏跳了一拍,一动不敢动,仿佛一只被伏的兔子。

后背抵着窗户,腰上被他紧紧地箍着,隔着薄薄一层衣服布料,男人掌心炙热的温度传来。

她感受到他的气息越来越逼近,带着一股侵略性,温热而干燥的嘴唇掠过她的嘴唇,刚刚点下去,"砰"的一声,诊疗室的门被人直接推开了。

"陆淮予!你——"

岑舒青怒气冲冲地推门而入,一眼看见自家儿子把一个小姑娘压在窗户上欺负,猛地收声,顿在原地。

简卿没想到这个时候会有人进来,吓了一跳,赶紧推开陆淮予,脸颊涨得通红,躲在他身后装死,看也不敢看进来的人一眼。

"……"

被这么猝不及防地打断,陆淮予皱了皱眉,面无表情地回过头去。

岑舒青僵硬地扯了扯嘴角,倒退一步,干笑道:"你……你们继续。"

陆淮予抬手拧了拧眉,轻叹一声:"岑女士,大老远来医院找我有什么事?"

岑舒青也是见过世面的人,即使受到冲击,但很快也镇定下来了:"哦,没事了。"

上次她让陆淮予回家,结果几天了也没见着人,以为他是夸下了海口,说自己有女朋友,兜不住了就躲,于是岑舒青气呼呼地自己找上门来了,没想到被她撞了个正着。

虽然心里非常好奇被陆淮予挡在身后的小姑娘怎么样,但岑舒青知道这会儿不是个好时机,而且也怕小姑娘会不好意思。

岑舒青故作淡定地撂下话:"明天记得回来吃饭。"然后她飞速地转身离开,顺便关上了门。

她靠在走廊的墙上，抑制不住勾起的嘴角，"噼里啪啦"地给陆淮予补了条短信。

"把女朋友也带来，不带来你也别来。"

听见关门声，简卿一巴掌拍在陆淮予的肩膀上，羞恼地说："都怪你啊。"

陆淮予把人从窗台上抱下来，揉着简卿的脑袋赶紧顺毛："没事，她没看见你。"

简卿闷闷地"哦"了一声："刚才那是谁啊？"

陆淮予轻咳了一声："我妈。"

简卿顿时感觉浑身气血上涌。

陆淮予摸出西服裤子口袋里振动了一下的手机，看了一眼："我妈让我们一起回去吃饭。"

这看见和没看见，已经不重要了，简卿觉得她已经社会性死亡了。

南大校门口，陆淮予的车停在路边，食指有一下没一下地在方向盘上轻敲着。

他比约定的时间早到了十五分钟，也没打电话催促，很有耐心地等简卿从学校里出来。

没一会儿，远处慢吞吞地走来一个小姑娘，双手插在大衣的兜里，低垂着脑袋，时不时站住轻轻跺脚，一副紧张的模样。

陆淮予盯着她，忍不住轻笑。

简卿走到门口，认出了停在门口的车，小跑着过去，拉开副驾驶座的门坐了进去。

陆淮予扭过头去看她，微微挑眉。

许是为了见家长的缘故，看得出她是用心认真地装扮了，驼色的长外套里面搭配奶油色的毛衣，浅蓝色牛仔裤把两条腿收束得纤细修长，没有过度花哨，干干净净，让人看着就很舒服。

阳光透过车窗玻璃洒在她的脸上，将将及肩的乌发被别在耳后，露出柔和的脸部轮廓，她难得化了一点儿淡妆，比起平时素面朝天的样子，更多了几分明媚感，唇上涂了颜色不重的口红，娇嫩欲滴，惹人注目。

男人喉结上下滚了滚。

简卿看他盯着自己，许久也不讲话，有些不安地问："你看我穿成这样合适吗？"

陆淮予默不作声地收回视线："不合适。"

"……"

"平时见我都没打扮得这么好看过。"陆淮予低声说，语气里透着一点点酸意。

简卿脸上一红，佯装没有听见。

她低着头看身上的衣服，皱了皱眉："唉，但我觉得可能太素了，是不是得穿活泼一些好？"

陆淮予重新打量了她一遍，无奈地轻叹："简卿。"

简卿抬眼对上他的目光。

"你倒是稍微顾及一下我的年纪。"

本来她长得就显小，再穿活泼一点儿，带出去他怕会被人误会是变态。

简卿愣了一瞬，然后才反应过来他话里的意思，抿着唇轻笑："那好吧。"

她扯过一旁的安全带扣好，把手里拎着的一个包装精致的硬纸袋小心翼翼地放在腿上。

陆淮予瞥了袋子一眼，问道："这是什么？"

"送给叔叔阿姨的礼物。"简卿特意找喜欢瓷器的同学收的一套景德镇名窑产的茶具和一条很漂亮的苏绣丝巾。

陆淮予挑了挑眉，没说什么，看来后备厢里他买的东西是用不上了。

车辆缓缓开进郊区的联排别墅区，在其中一栋小洋楼前的车位里停下。

简卿亦步亦趋地跟在陆淮予后面，紧张地握了握拳，还没等他们走进，院子里就传来了狗叫声，又凶又急。

"……"简卿下意识地打了个哆嗦。

陆淮予推开院子的栅栏门，轻轻训斥了一声："刻刻，别叫唤。"

简卿越过他的肩膀，目光落在角落里趴着的一条金毛犬上。被陆淮予训斥之后，它听话地不再叫唤，哼哼唧唧地把下巴重新放回地上，恹恹地晒着太阳。

房子里的岑舒青听见动静，赶紧开门出来，视线没有在陆淮予身上停留片刻，直接看向简卿，笑眯眯地说："来了呀。"

岑舒青穿着一身典雅的旗袍，妆发是精心收拾过的，长相贵气而优雅，看向简卿时，神态柔和，亲切而不过于热情，是那种让人相处起来非常舒服的感觉。

简卿本来还很紧张，但是看到岑舒青以后，不知道为什么一下就放松了，乖巧地叫人："阿姨好。"

岑舒青眉眼弯弯，仔细打量着眼前的小姑娘。小姑娘干净漂亮，第一眼岑舒青就喜欢得不得了。

她进家门以后，一切好像没有想象中那么可怕，简卿自然而然地换了拖鞋，在沙发上坐下。

陆淮予环顾家里四周："爸呢？"

"去农贸市场买菜了，也不知道怎么去了这么久，不用管他，一会儿就回来。"

岑舒青摆了摆手，很快不搭理自己的儿子，一会儿招呼简卿喝茶，一会儿招呼简卿吃水果、烤面包。

简卿也配合，给啥吃啥，嘴里没停，塞得鼓鼓囊囊的。

陆淮予撑着下巴，懒懒地躺在沙发里："妈，你少给她吃这些零食，晚上还要吃饭呢。"

岑舒青这才分了个眼神给她儿子："你是不是没事干？没事干去花园里给刻刻洗澡。"

陆淮予漫不经心地说："岑虞呢？她的狗，要洗她自己洗。"

"沈镌白带她和眠眠去滑雪了，这几天都不回来，你赶紧的。"

简卿低头咬着核桃面包，偷偷瞄一眼陆淮予，觉得他和岑舒青拌嘴的模样有点儿好笑。

陆淮予没办法，看了一眼埋头专注吃东西的小姑娘，磨磨蹭蹭地去到花园里，在水池里牵出一根水管，给狗洗澡。

刻刻不听话，甩了他一身水，他的脸越来越黑。

岑舒青和简卿坐在客厅里，透过阳台玻璃，就这么闲闲地看着他。

"你看我这个儿子是不是挺愣的？"岑舒青笑道，"平时他和他爸一个样，就爱装得一本正经，可没劲了。"

简卿抿了抿唇，没忍住笑："是有点儿。"

陆淮予给狗洗澡的工夫，一个身形挺拔硬朗的男人从院子外面走来，不疾不徐，给人很有涵养的感觉。

"回来了？"

"嗯，跑了大半个菜市场才买到新鲜的鲫鱼。"

父子俩的对话平平淡淡，他们都是冷淡的性子。

好不容易伺候完岑虞的狗，陆淮予身上的衬衫已经半湿。

409

陆有山放下一大袋子菜,从阳台架子上抽下毛巾丢给他。

两个人没急着进屋,靠在栅栏上晒太阳。

陆有山的视线越过阳台,移至客厅里有说有笑的岑舒青身上,他轻轻地笑了,眼角露出几条皱纹,而后才看向在旁边乖乖坐着的简卿,随即皱了皱眉:"这小姑娘是不是还在上学,跟你差了有十岁吧?"

"……"陆淮予没讲话。

陆有山瞥他一眼,知道他是默认了,轻嗤了一声:"你也好意思。"

一阵沉默后,陆淮予的目光落至远处的小姑娘身上。简卿半坐在沙发上,腰背挺得笔直,时不时抬手将落在额前的碎发别至耳后,用小动作来掩饰局促不安,一副羞涩生怯的模样。

也不知道岑舒青和她说了什么,她抬起头朝他们这边看来,和他的目光就这么撞上了,干净澄澈的眼眸里是盈盈的春水,她朝他笑时,仿佛在他心上荡起一圈圈涟漪。

陆淮予无奈地扯了扯嘴角:"不好意思也这样了。"

就当他是骗了小姑娘吧。

陆有山深深地看向他。

知子莫若父,他的这个儿子从小就做事稳重自持,倒是难得栽了。

陆有山没再说什么,拎起地上的袋子:"走吧。"

这一天的晚饭是陆有山做的。

简卿本来想着要不要帮忙,被岑舒青按下来了。岑舒青笑了笑说:"咱们家女人是不干活儿的。"然后她还把陆淮予支使进了厨房,让他跟他爸好好学习一下为夫之道。

等到所有的菜上桌,岑舒青拉着简卿慢悠悠地上桌,纤纤玉手执箸,慢条斯理地品鉴着,好吃的菜全是陆有山做的,哄得陆有山高高兴兴的。

简卿也跟着尝了一遍菜,优劣分外明显,又不好意思不支持陆淮予一票,艰难地咽下一口齁咸的肉片,说道:"辣椒炒肉也挺好吃的。"

陆淮予轻笑,伸手揉了揉她的脑袋:"算你胳膊肘还没往外拐。"

陆淮予一家人吃饭的时候是安安静静的,不怎么讲话,但也不显得压抑,气氛轻轻松松。

吃完饭以后,陆有山用简卿送的茶具泡了一盏茶,几个人围着茶桌,有一搭没一搭地闲聊着。

岑舒青聊得特别高兴,还想让他们住下来,只是不知道为什么,父子

410

俩都不太乐意的样子。

于是到了八点，陆淮予找了个借口带着简卿离开。

临走的时候，岑舒青拿出一个厚厚的红包要给简卿。

简卿推辞了好久也没用，不知道该怎么办地看向陆淮予。

陆淮予倒是没什么不好意思的，替她接过红包："不要白不要。"

直到坐上车以后，简卿才长长地舒了一口气，好像经历了一场大劫，但又没有想象中那么拘束和难受，反而是温暖而舒适，让她感受到了久违的家庭氛围。

正常的家庭，应该就是这样的吧。

陆淮予开车缓缓驶出小区，将车子开进了滨江路。

简卿降下窗户透气，看向一旁长长的河流，有点儿走神。

经过半天相处下来，她渐渐明白他出生在这样的家庭里，被尽心尽力地教导着，教养早已被刻在了骨子里。

"真好啊。"

"好什么？"陆淮予开着车，余光看了她一眼。

简卿愣了愣，原来是她不知不觉地把心里想的话说出来了。

她笑了笑，不遮掩地说："叔叔阿姨真好。"

陆淮予轻笑："可不呢？我看我妈就快忘了她儿子，认你当女儿了。"

简卿约束了一天，这时候懈怠下来，玩笑道："那我们不就成兄妹了嘛。"

闻言，陆淮予抬起眼看向她，打了转向灯，将车子开到一家加油站的空地上。

加油站地处偏僻，又是晚上，几乎没什么人。

"怎么了？"简卿疑惑地问。

"有一件事忘记了。"陆淮予漫不经心地说，而后松开安全带，打开车顶灯。

简卿懒懒地陷在副驾驶座里，因为突然的光线眨了眨眼，没等回过神儿，一道阴影就笼罩下来，挡住了她的视线。

男人越过中间的阻挡，探过身来，掐住她的下巴往上抬，不等她反应，吻上了她的唇瓣。

触感温热而干燥，与之前由浅入深不同，他像是故意惩罚似的，直接咬着她的下唇，撬开了她的唇齿。

扑鼻而来的薄荷香占据了她的口腔，侵略性十足。

简卿瞪大了眼睛，怔怔地感受着他的动作，被他亲吻得浑身软了下来，连反抗的力气都没有了。

直到她口腔里的空气几乎被他吮吸走，陆淮予才微微撤开一点点距离。

"喜欢哥哥这么对你吗？"他的声音低沉沙哑，"嗯，妹妹？"

小沙砾似的字一个一个地吐出，连着温热的呼吸喷洒在她的脸上。

简卿浑身微微颤抖，脸颊一路红到了脖子，恨不得捂住自己的耳朵。

见她咬着牙不肯讲话，陆淮予轻扯嘴角，重新覆上她的唇瓣，轻柔地安抚着她，直到把她唇上的口红吃干抹净。

被教育了一顿的简卿，回去的路上再也不敢乱讲话。

陆淮予把她送回学校，一直陪她走到宿舍楼。

临走的时候，陆淮予从大衣口袋里摸出一盒消炎药："这个药每天吃两次，一次一片，吃三天。"

简卿愣了愣。

"智齿冠周炎消了以后来医院拔牙。"他算了算时间，"就周五吧，那天我出门诊。"

这一天都没听陆淮予提起这件事，她还以为就这么翻篇儿了，没想到他在这里等着她。

简卿瞬间哭丧着脸，慢腾腾地接过消炎药，用舌头舔了舔隐隐作痛的牙龈，情愿它好不了。

晚上她躺在床上，翻来覆去睡不着，嘴唇还有些肿，炽热滚烫的感觉仿佛还在，越是想要忽略就越是清晰，大脑异常亢奋。

最后她实在躺不住了，爬下床打开台灯，在沉沉的夜色里翻出了她的画板，里面夹着一张人体素描。

画里的男人气质孤傲，身体肌肉线条紧致流畅，比例几乎完美，浑身上下都充满了诱惑力。

简卿合上画板，趴在桌子上，把脑袋埋进手臂里，挡住了满脸的红晕，半晌溢出轻轻的长叹声。

回到南临的第二天，陆淮予就销假上班去了，忙得脚不沾地。

简卿在学校里也没什么事情，索性也去了公司上班。

年前《风华录》有一个大型的资料片上线，大老板一句话，要求将整体美术效果翻新，项目里所有的人加班加点地干活儿，美术支持部也不例外。

美术效果翻新虽然听上去简单，但其中包括用户界面、场景、角色以及引擎技术等各个方面的更新，才能保证美术效果往前进步。

因为加班得厉害，晚上简卿自然而然地就住在陆淮予家，只是他们工作的时间总是错开，一两天都没怎么碰上面，倒是电话、微信聊得勤。

这天下午两三点的时候，简卿画着画，接到了陆淮予的电话，嘴角不自觉地勾起，拿着手机去了茶水间。

午后的阳光透过大面落地窗户洒在她身上，让人感觉温暖而舒适。

简卿俯瞰着窗外鳞次栉比的城市，拖着懒懒散散的调子："什么事？"

男人的声音低哑缓慢，语调温柔。

"我一会儿要做手术，你找我可能会联系不到，所以来告诉你一声。"

耳膜发出震颤，被他的嗓音撩拨得痒痒的，简卿小声地娇嗔道："谁要找你？"

陆淮予听到她傲娇的回答，轻笑出声："行，不找我。"

"冠周炎好了吗？"他转了话题问。

简卿弯起的嘴角僵了僵，她顿了顿，回道："没好。"

陆淮予上次给她的药，她记得就吃，不记得就不吃，没怎么上心，反正能拖一天是一天。

闻言，陆淮予皱了皱眉，按理说吃一两天消炎药炎症应该消下去了。

看来小姑娘是没打算配合，他也没揭穿，漫不经心地说："这样啊，那晚上回家我再检查检查。"

晚上八点，美术支持部昨天所有人熬了一个通宵做收尾工作，所以今天都走得比较早，这会儿只剩下简卿一个人。

简卿磨磨叽叽地有家不敢回，怕回去了就被按着脑袋检查牙齿。

裴浩和夏诀刚刚开完主管会议，抱着笔记本电脑一起走回来，不知道在说些什么，裴浩拍了拍夏诀的肩膀："就这么定了，马上就放假了，当是年前聚一下嘛。"

夏诀不太热情地"嗯"了一声，好像是被迫入局似的。

"简卿，还没回去啊。"裴浩余光看见了还在角落里的人，"不叫陆淮予来接你？"

可别了，她躲的就是他。

简卿无精打采地描描画画，回道："他还在手术，估计九点才结束。"

夏诀抱臂站在她的显示屏前:"你人体进步很多。"

简卿抬起头看向他,笑了笑:"是吧,我也觉得。"

前段时间陆淮予把他的那本《骨骼肌肉功能解剖学》借给她,还认认真真地把里面她可能看不懂的地方做了备注。

之前她对人体的分析都是从艺术美术的角度出发的,换一个更为理性的角度,把肌肉一块块地拆分,她有了更深的理解,画起图来也更得心应手。

夏诀看了一会儿,就被人叫走了。

裴浩站在原地,看了一眼简卿,目光闪烁,就没想着好事。他灵机一动,决定要报他被陆淮予"放鸽子"之仇。

陆淮予这个重色轻友的人,每次放他鸽子都是为了妹妹,那他就把妹妹带上,让陆淮予想不来都不行。

他轻咳了一声:"行了,别工作了,今天我生日,下班去聚一聚。"

简卿愣了愣,感觉她和裴浩不是很熟,也没到帮他庆生的程度,但是好像陆淮予和他挺熟的。

她迷茫地眨了眨眼睛。

裴浩盯着她,拍了一下脑门儿:"唉,瞧我这记性。上午陆淮予就和我说了,他下午有个手术,来不及接你,让我先带你去,他晚一点儿来。"

"这样吗?没听他说起啊。"简卿一脸疑惑的表情,明明下午还打了电话,他就顾着关心她冠周炎好没好,恨不得立刻帮她拔牙。

裴浩"呵呵"笑道:"估计忙忘记了吧。"

这会儿也联系不上陆淮予,简卿半信半疑,就这么被忽悠上了裴浩的车。

消失酒吧,旋转的蓝色顶灯洒下光来,将整个酒吧笼罩在幽深神秘的氛围里。

他们到了酒吧,倒是看见了熟人,周瑞坐在卡座里,朝他们招了招手。

"秦蕴没来?"裴浩问。

周瑞笑了笑:"她不是怀孕了吗?她倒是想出来,我没让。"

裴浩站在中间,介绍夏诀给周瑞:"喏,你天天念叨想认识的夏老师。"

今天这个生日局,其实是裴浩随口胡诌的,他真正的目的是介绍夏诀和周瑞他们认识。

周瑞一直很欣赏夏诀在游戏美术设计上大胆的风格和能力。

南大美院明年计划开设一个新专业，游戏设计方向，所以他想请夏诀成为特聘老师，教授与游戏原画相关的课程，于是就请了裴浩在中间牵线搭桥。

　　客套地闲聊几句以后，几个人坐下来，周瑞好歹是混了那么多年的美院副院长，聊起天儿来一套一套的，和夏诀很快熟络起来，认认真真地探讨如何将游戏美术设计引进学校里面教学。

　　简卿侧耳听着，也觉得很有意思，时不时站在学生的角度提一些自己的意见。

　　三个人聊得不亦乐乎，裴浩坐在旁边，听也听不懂，百无聊赖。

　　人无聊起来，就想搞事情。

　　他转了转眼珠子，暗暗偷拍了一张简卿的照片，然后转手发给了陆淮予。

　　没一会儿到了九点，简卿皱了皱眉，忍不住犯嘀咕，这也不像是过生日的气氛，这么久了也就他们四个人，而且话题中心也不在裴浩身上。

　　难不成是他朋友很少？那他也怪可怜的。

　　简卿刚想给陆淮予打电话，他的电话就打来了。

　　男人的声音低低沉沉的。

　　酒吧里声音嘈杂，摇滚乐队架子鼓打得爆裂，简卿捂着耳朵听不太清他的话。

　　她绕过卡座前的圆桌，走到酒吧门口，关上了厚重的消防门，隔绝了里面的声音："你刚才说什么？"

　　"在哪儿呢？"陆淮予的声音有些喘。

　　"酒吧啊，你什么时候来呀，要不要来的时候带一个蛋糕？"

　　小姑娘的声音软软糯糯的，显得天真而懵懂。

　　陆淮予皱了皱眉，不太明白她在说什么："什么蛋糕？"

　　"今天不是裴浩的生日吗？你下午怎么没和我说要来给他庆生啊？"

　　陆淮予沉默半晌，问道："谁和你说今天是他的生日了？"

　　简卿愣了愣："他自己啊，不是吗？"

　　陆淮予脑子转得快，算是明白怎么回事了，差点儿被气笑了，声音凉凉地说道："他天天过生日。"

　　陆淮予轻轻呼出一口气，放慢了跑去停车场的步子，但依旧走得很急，大步流星，另一只手开始解白大褂的扣子。他做完手术着急忙慌地从医院出来，身上的白大褂都忘记脱了。

"我马上去，你别沾酒。"他叮嘱道。
简卿乖乖地应声，就算他不提醒，她也是不敢喝酒了。

打完电话，等她再回去的时候，周瑞和夏诀已经不在了，简卿愣了愣："他们人呢？"
"秦蕴有些不舒服，周瑞先回去了。"
至于夏诀，裴浩抿了一口酒，视线移到远处，抬下巴指过去。
简卿顺着他的目光，看见在昏暗的吧台边上，夏诀箍着一个女人的手腕正说着什么。
女人的长相有些眼熟，漂亮的淡紫色修身长裙，肤白貌美，尤其那双桃花眼顾盼神飞，看谁都好像是在撩拨人，只是此时眼神有些不耐烦，拼命想要挣脱夏诀的束缚，但一点儿用也没有。男人力气极大，生拉硬拽的，将她扯出了酒吧。
他们路过卡座区时，简卿才想起来，被夏诀拽着的女人好像是陆淮予的同事，颌面外科的主治医师林觅。
简卿有些讶异，但很快恢复平静，当作无事发生。
人和人之间的关系错综复杂，当局者迷，旁观者也未必清楚。

卡座里剩下简卿和裴浩大眼瞪小眼。
"这不要紧吗？给你过生日的人都没了。"简卿问。
裴浩摆了摆手："没事，一会儿我的铁哥们儿就来了。"
大概过了半个小时，裴浩的"铁哥们儿"的确来了。
简卿正抱着一杯柠檬苏打水，懒懒散散地陷在卡座区的沙发里。
陆淮予看向她，直接伸手拿过她手里的玻璃杯喝了一口，确认不是酒才还回去。
简卿捧着他喝过的杯子，脸颊微微泛红。
他的另一只手里还拎着个蛋糕盒，脸色不太好地将蛋糕搁在了桌子上。
裴浩抬起头，扯了扯嘴角，被他身上的寒气给吓到，当场就怂了，装模作样地说："哎呀，淮予，你怎么来了？"
陆淮予目光冰凉，落在他的脸上，他轻"呵"一声："我怎么来了你不知道？吃蛋糕吧，特意给你买的。"
他三下五除二地拆开蛋糕盒子，露出里面铺满枞果的奶油蛋糕，一股清甜的枞果香味儿飘散出来。

· 416 ·

裴浩的脸色"唰"地白了,他强忍着作呕的感觉。

他对杧果过敏啊。

陆淮予拿起塑料刀就要切蛋糕。

"还没点蜡烛许愿呢。"简卿提醒道。

陆淮予直接切下一刀,轻描淡写地说:"我忘记买蜡烛了。"

"你还有什么愿望要许吗?"他看向裴浩,语气淡淡的,没有温度。

裴浩"呵呵"干笑,只希望自己能活过今晚。

陆淮予慢条斯理地给简卿切了一小块蛋糕,剩下的全推给了裴浩:"吃吧。"

裴浩盯着被推至面前的杧果蛋糕,闻着扑鼻而来的杧果味道,一股恶心的感觉涌了上来,他捂着嘴站起来,飞快地跑去了卫生间。

简卿目瞪口呆,咽下了嘴里的蛋糕:"他怎么了?"

陆淮予在她旁边坐下:"感动哭了吧可能。"

偌大的卡座区明明很宽敞,偏偏他要挨着简卿坐,也不讲话,就那么盯着她吃蛋糕。

简卿被他盯得不自在,抬起头看着他。

陆淮予目光对上她的,声音没什么温度:"好吃吗?"

简卿饶是再懵懂,也看出了他不对劲儿,吃蛋糕的动作顿了顿,把蛋糕放回桌子上:"你不高兴?"

陆淮予拉过她的手,放在自己的大掌里把玩,十指交缠,衬得她的手十分小巧。

他低垂着眼睫,脸上的表情淡淡的,嘴角紧抿,看起来是有些不高兴。

"有一点儿。"陆淮予捏了捏她的手心,"以后只许给我过生日。"

简卿眨了眨眼睛,好像闻到一股酸酸的味道,然后笑了笑:"好。"

本来今天要不是陆淮予,她也不想给裴浩过生日。

然而寿星裴浩自从去了卫生间以后,就再也没有回来。

夜色正浓,酒吧里的驻唱歌手也从表演热烈的摇滚乐转成吉他弹唱民谣。

舞台上清秀俊朗的男生穿着白衬衫和牛仔裤,长相干净,低吟浅唱,声音缱绻而温柔。

陆淮予就那么捏着她的手,靠在她身上,神态慵懒散漫,平时一板一眼的人这会儿跟没骨头似的。

空气中散发着淡淡的薄荷香，冲淡了酒吧里的憋闷感。

简卿的目光落在吧台上，她不知想到什么，用肩膀推了推他："你说我们之前答的那三道题，还能不能换酒啊？"

闻言，陆淮予轻笑道："还惦记着酒呢？"

"那答都答完了，没换到酒感觉有点儿亏。"

"卡片你还留着吗？"她问。

陆淮予从衣服口袋里摸出一个黑色皮夹，抽出那三张小小的卡片，白色卡纸已经泛黄。

他拉着简卿起身："去吧台问问。"

陆淮予拉着她，在原来他们坐过的位子上坐下。

调酒师自动过来："喝点儿什么？"

陆淮予看简卿一眼。

简卿立马怂了，不好意思地张口问，感觉问了就像是想占便宜。

陆淮予笑了笑，倒是大方地将手里的三张卡片递了过去，斯文有礼地询问。

调酒师在这家酒吧待了许多年，从之前的服务生晋升成了调酒师，当看到那三张泛旧而熟悉的卡片时，着实吃了一惊，记起来这是当初他一张张用小刀裁出来，老板一张张手写的题目。

然而那个游戏当时的反响并不太好，大多数人没有好好地用心交流，而是为了蹭一杯免费酒水随意凑对，所以从那时起，这个游戏就成了消失酒吧的隐藏活动，酒吧工作人员看眼缘给题。

调酒师忆起过去，目光在他们两个人身上打量，看来这个游戏也不是什么结果都没有嘛。

调酒师笑了笑："不好意思，这个只能当天兑换的。"

他放下手里的摇酒壶，弯腰从柜台里面摸出一沓卡片："不介意的话，你们可以重新答题，就能换酒啦。"

陆淮予挑了挑眉，看向简卿："还答吗？"

简卿坐直身子，伸手从一沓卡片里抽出三张。

调酒师从西装背心的口袋里摸出小小的印章放在桌前，然后去了另一边为其他客人调酒。

吧台此处的角落恢复安静，桌上的白色蜡烛烛光摇曳。

简卿翻开第一张卡片。

酒吧内光线昏暗，她就着微弱的烛光看清上面的字，面色一滞，没好意思读出来。

她沉默半晌，把卡片甩给了陆淮予："你先答。"

陆淮予接过卡片，垂下眼眸，视线落于卡片之上。

烫金花边的卡片上，用漂亮的行楷打印着一行字——"第一次接吻是什么样的场景和感觉？"

陆淮予停顿片刻，好像是在认真地思考和回忆，而后低低地轻笑："那天外面下着大雪，房间里很温暖，她的唇畔像是软软的棉花糖。"

男人的声音低沉缓慢，像是含在嗓子眼儿里。

简卿脑子里已经有了画面，是他们在温泉酒店的事情，忍不住红了脸。

"到你了。"陆淮予盯着她红红的脸蛋儿，嘴角不自觉地扬起。

"……"简卿抿了抿唇，半天才艰难地吐出一句，"我也是。"

陆淮予半个身子靠在吧台上，神态慵懒，故意逗她似的不依不饶："也是什么？"

简卿不肯讲话，伸手去拿印章，被男人一把按住手，他漫不经心地揶揄道："你这样答题很不认真呢。"

简卿恼羞成怒地瞪他一眼："就是和你一样嘛。"

好烦哪，都是一样的场景，他非要她说。

"感觉很棒。"她直白地说，"可以了吧？"

陆淮予被她简单直接的形容词给逗乐了，松开了按住她的手，轻笑道："可以了。"

简卿气呼呼地打开印章盖子，在卡片上盖下一个戳，然后把第二张卡片推给他："你先看。"

陆淮予慢条斯理地翻开卡片，愣了一瞬，而后慢慢念出问题："你什么时候发现自己爱上一个人的？"

简卿有些后悔抽这卡片了，为什么这次的题目比之前的题目要刁钻这么多啊？

两个人陷入沉默之中。

良久，陆淮予淡淡地开口："当她生我的气的时候，我就知道了。"

简卿抬起头，对上他漆黑的眼眸，看向她时，他的眼里仿佛盛满了星光。

"那我和你相反。"她轻轻地说。

当她发现自己会没有道理地朝他生气的时候，她就知道了。

她的小脾气，她的任性，全给了他。

卡片上的题目像是一面镜子，将简卿内心最真实的想法照映出来。

陆淮予懂她话里没说明白的意思，笑了笑，伸手揉了揉她的脑袋："生一下气没关系，只要你大多数时间是开开心心的就好。"

简卿听他这么安慰自己，更难受了。她低着头没有讲话，默默地给卡片盖上戳，然后翻开最后一张卡片。

待看清卡片上的内容，简卿皱了皱眉："我不想答这道题了。"

陆淮予微愣，从她手里接过卡片，只看见卡片上写着一句话——"你希望自己会怎么死去？"

简简单单的几个字，冰冷而阴沉。

简卿从他手里抢回卡片，盖在桌面上，挡住了字："我们活得好好的，为什么要去想这些？"

她的表现像一个不成熟的小孩，她本能地逃避着恐惧的事物。

简卿的身体微微颤抖起来，她想起了身边死去的人，不是突然发生意外，就是早早因病夭折。

好像死亡天然和不幸挂钩，谁都不愿意挨上这样的不幸。

她没办法接受，没有办法再次接受离别。

酒吧的驻唱歌手低低地清嗓，翻动曲谱，重新起调，哼唱起一首陌生的诗谣。

>他曾经是我的东，我的西，我的南，我的北。
>我以为爱可以不朽：我错了。
>不再需要星星，把每一颗都摘掉，
>把月亮包起，拆除太阳，倾泻大海，扫除森林，
>因为什么也不会再有意味。
>
>——《葬礼蓝调》[1]

周围的环境陷入静默状态。

---

[1] 引用自W. H. 奥登的《葬礼蓝调》，资料来源：读者杂志社.正直的田野.北京：新星出版社，2014.

陆淮予凝视着她的脸，眉心微微蹙起，漆黑的眼眸渐沉，单手扶在简卿的高脚椅背上，将她连人带椅子往自己这边拉，两个人的距离被拉得很近。

"简卿。"陆淮予轻轻唤她的名字，"题目说的只是希望，又不是真的。"

简卿低着头，伸手扯他的衣服下摆，将其揪成一团："那我也不想。"

陆淮予看着她，沉默半晌，缓缓地开口："你也知道的，我的年纪比你大十岁。女性平均寿命又比男性长五至七年。"

他用很平淡的语调讲述着沉重的话题。

"都说先走的那个人是享福的，留下的那个人会受苦。所以我还是希望能活得长一点儿，不用太长，只要比你多一天就好。"

简卿怔怔地望着他，眼角湿湿的。

桌上白色蜡烛的光不停地闪烁，映在他的侧脸上。

蜡烛燃烧发出的淡淡烟熏味道在空气里弥漫。

"那你要努力啊。"她声音低低地说。

他要努力地活久一点儿，不要让她孤孤单单一个人。

陆淮予抬起手，将她紧紧地抱住，自顾自地轻笑："好。"

> 他仍偷生，失去了他的天使他就丧生。
> 事情是自然而然地发生。
> 就如同夜幕降临，白日西沉。[①]

即便是死亡也只能将他们分离一天。

[①] 引用自：维克多·雨果.悲惨世界.郭冬杉，译.北京：北京教育出版社，2019.

番外一
贪　图

周五，年前最后一个工作日，简卿站在协和医院巍峨气派的大楼前。

寒风"呼呼"地吹过，卷起干枯的落叶。

她长叹一口气，迈步走进医院，决定伸出脖子挨那一刀。

挂号大厅里人没有想象中那么多，年关将近，大家都知道尽量不往医院跑，怕沾上晦气。

简卿愤愤地在心里把陆淮予骂了一遍，过年他还让她拔牙，成心不让她过个好年。她不情不愿地去到人工柜台排队加号。

本来简卿想着走正常的挂号流程，在协和医院的官方App上挂号，结果抢了好几天，愣是没抢到他的号。

陆淮予知道这件事以后，笑了半天，还说她拔个牙就不要占用其他患者的挂号名额了，然后写了一张加号条子签上名，让她拿着去加号。

协和的口腔科是重点实验科室，自成一栋楼，挂号也是和其他科室分开挂的，挂号窗口在口腔科楼的一层大厅，往上每一层是细分的口腔科室，二楼是正畸科，三楼是牙体牙髓科，四楼是修复科，五楼是颌面外科。

人工柜台排队挂号的都是一些年纪大，不太用得来自助挂号机的人，有时候听不懂就会问许久，挂号台的医院工作人员倒一点儿不耐烦的表情也没有，耐心认真地解释着。

队伍排了许久才排到简卿，她把身份证和加号单子递了过去。

挂号台的工作人员看了一眼加号条，习惯性地问："来看什么的？"

因为口腔科细分科室多，不懂的患者很容易挂错号，所以在挂号前会做一次简单分诊。

"拔智齿的。"简卿答。

工作人员顿了顿，不确定地问："你加的是陆教授的号？"

简卿不明所以地点了点头。

工作人员拿起旁边的座机电话拨了一串数字："颌面外科吗？我这儿有一个加陆教授的号的，你确认一下。"

不知对面的人说了什么，她回道："行，知道了。"然后她很快就打出挂号单，效率极高。

简卿道了声"谢谢"，拿着挂号单，径直去了五楼的颌面外科。

候诊室里乌泱泱地坐满了人，一点儿不像挂号大厅里人少的样子。

白色的墙面上挂着两台超薄的液晶屏，上面一列一列地显示着医生的名字、诊室，还有目前接诊的患者序号。

简卿一眼看见了陆淮予的名字，在他的名字后面打了一个括号，备注了"主任医师"。

其他的医生后面，不是主治医师，就是副主任医师，副主任医师也只有寥寥三四个，看起来陆淮予好像是很厉害的样子，难怪号那么难挂。简卿撇了撇嘴。

候诊室里坐满了人，已经没有位子，她只能靠在一边的窗户旁站着等。叫号机上时不时发出人工机械女声，提示着被叫到名字的患者去诊室里治疗。

简卿百无聊赖地盯着液晶屏，不知道为什么，陆淮予好像看病看得特别慢，很久才会叫下一个患者。

显示屏上刚刚叫到五号患者，简卿看着自己单子上的十六号，陷入沉默之中，也不知道要等多久，难怪早上陆淮予出门上班的时候特意让她晚点儿来。

拔牙在即，简卿反倒是豁出去了，想着与其吊着一颗心，不如早拔完早了，所以在家里坐不住，直接来了医院，没想到确实是来早了也没用。

候诊室里有个孩子哭得撕心裂肺。

在焦灼等待的过程中，简卿的心脏也受不了了，听着小孩子凄惨的哭声，简卿心里一阵发凉，像是被人揪住一样紧张。

一号诊室，陆淮予治疗结束，立马弹开座椅，扯掉术用手套，低头在病历本上写字，漂亮的钢笔字龙飞凤舞。

患者和患者之间安排得很紧密，中间没有一点儿停顿。

"下一个吧。"他说。

助理护士刚刚收拾完一次性医疗器械盘，条件反射地执行，但还是忍不住心里嘀咕，今天陆医生的看诊节奏快得让她有点儿跟不上。

饶是节奏很快，但他们一连接诊了好几个初诊的肿瘤患者，宽慰患者和说明后续治疗方案花了不少时间，还是耽误了。

好不容易到了最后一个病人，助理护士点开患者信息，做诊前准备，看到患者的历史病历，愣了愣："这个横向阻生的是不是挂错号了，要不要转走？"

一般来说，阻生齿拔除这一类小手术都是由科里的主治医师做的，护士说着就准备在医疗系统的后台里转走这个患者。

"没挂错，叫进来吧。"陆淮予站起身，打开上方的壁柜翻找着什么东西，然后找出一个穿牛仔背带裤的小猴子毛绒玩具，在手术灯架上挂起。

助理护士看一眼电脑上的患者信息，提醒道："给小朋友看牙才挂这个。"

陆淮予淡淡地"嗯"了一声："她就是小朋友。"

将近中午十一点半，候诊大厅里的人渐渐少了，墙上的液晶显示屏刷新，与此同时，人工智能语音播报。

"请患者简卿到1号诊室就诊。"声音机械而冰冷。

简卿听到自己的名字，心脏条件反射地"咯噔"了一下，然后她艰难地迈开步子，慢吞吞地去到诊室。

简卿进到诊疗室的时候，一瞬间有些愣神，直直地盯着坐在操作台医生座椅上的人。

陆淮予没有如她想象的那样，穿着西装和白大褂，取而代之的是一身深绿色的洗手衣。

洗手衣是医护人员手术过程中穿的服装，颌面外科门诊时常常要做口腔外科手术，要求无菌操作，所以在着装上要求会比普通门诊严格。

宽松舒适的短袖长裤，没有什么特别装饰，但穿在他的身上，莫名其妙地显得格外干练和好看。

陆淮予戴着口罩，遮住了半张脸，只露出了漆黑如墨的眼睛和高挺的鼻梁，光是这样也足够吸引人。

目光和她的撞上，他笑了笑："这次挺乖，自己来了。"

她能不乖吗？

昨天是谁给她发了一堆阻生齿导致临牙龋坏的照片？陆淮予制造就医焦虑的能力，堪比网络。

她就算是再抗拒拔牙，也不能眼睁睁地看着她好好的后槽牙被龋出一个个大洞。

"躺上来吧。"陆淮予将视线移至操作台，示意她。

简卿深吸一口气，磨磨蹭蹭地在蓝色长椅上躺下。

座椅缓缓往下放，她处于几乎平躺的状态，仰着脸，看见了手术灯架边上挂着的猴子玩具。

诊疗室的窗户半开着，有微风吹来，猴子玩具轻轻地晃荡，顺时针悠闲地转着圈，好像不知不觉间缓解了她的紧张情绪。

陆淮予一只脚踩在医生座椅的脚架上，另一条长腿散漫地伸直踩在地上，借力将座椅移至她的右侧，像是一堵墙靠她很近。

他的目光落在简卿的脸上，看她惨白着脸，视死如归的模样，嘴角轻轻勾起，而后又很快恢复了专业与冷静的样子，他抬头对助理护士说："凡士林。"

简短的三个字，助理护士立马明白，没一会儿递给他一根棉棒。

陆淮予接过棉棒，倾身凑近简卿，伸出两条胳膊，左手抵着她的下巴，右手将蘸了凡士林的棉棒按在她的唇瓣上，姿势像是将她圈在怀里。

"你的嘴唇太干了。"陆淮予解释，"我用凡士林帮你擦一下，不然一会儿拔牙的时候可能会裂开出血。"

简卿眨了眨眼，感受到滑腻的棉棒在她的唇上打着转，一圈一圈，轻柔而缓慢，余光看见男人离得极近的半张脸，他低着头，视线落在她的唇上，眼睫低垂，敛住了眼里的神色。

他涂得很仔细，一点儿没有涂抹出去。

因为穿的是洗手衣，裸露出来的手臂肌肉线条紧致结实，动作间肌肤偶尔蹭过她的侧脸，触感温热而细腻。

浅浅的薄荷香在空气中扩散，心脏仿佛漏跳一拍。

在拔牙的紧张刺激下，陆淮予低哑的声音和温雅的动作，竟然让她觉得无比撩拨人。

乌发掩藏住了耳根泛起的淡淡红晕。

她真是要疯了。

帮她涂抹完凡士林，陆淮予稍微拉开了一些距离，慢条斯理地在一次性口腔器械盘里挑拣着。

简卿悄悄抿了抿唇，触感滑滑的，吃到了一点点凡士林矿物油的味道。

没一会儿，陆淮予重新出现在她的视野里。

"张嘴。"他说。

简卿的一颗心瞬间提起，她下意识地看向陆淮予，眼神警惕而惊恐。

陆淮予轻笑道："还没开始拔牙呢，我先检查一下你的冠周炎恢复情况。"

闻言，简卿才不情不愿地缓缓张嘴。

她不敢乱看，直愣愣地盯着上方的小猴子玩具，灯架发出暖黄色的光，光没有直射她。

冰凉的口腔镜探进，触感清晰，在她的牙齿间来回磨蹭。

好像是看不太清后槽牙深处，陆淮予淡淡地说："张开嘴，再张大一点儿。好，就这样，别动。"

简卿浑身僵硬，咬肌紧绷，一动不敢动，好在没一会儿口腔镜便撤离了。

"行了，炎症已经消了，准备拔牙吧。"陆淮予对助理护士说。

协和颌面外科用的是四手操作，医生和护士两个人对一名患者进行治疗，助理护士从旁协助医生，负责传递器械，避免交叉感染。

简卿本来还想对陆淮予哼唧两声，做最后的挣扎，但当着助理护士的面不好意思这么干，都收敛了回去，默默地忍着。

转眼陆淮予手里不知什么时候多出了一管细细的针："我推一点儿麻药进去，会有一些酸胀，你要忍耐一下。"

简卿自从躺在操作台上以后，就感觉嗓子被下了封印，一句话也说不出来，只微微地点头。

细细的针扎入牙龈，一直往里穿，麻药一点点地被打进去。

酸胀的感觉太强烈，她忍不住哼了一声。

陆淮予很快察觉她不适应，麻药推进的过程中一直出声安慰她。

"怎么了，是很紧张吗？"

"深呼吸，放松一点儿。"

"很快就好了，别怕。"

男人的声音温柔而低缓，他哄小孩子似的安抚着她。

就连助理护士都愣了，以前陆医生打麻药的时候，哪次不是直接扎的，哪里会说这么多话,而且还这么轻声细语的?

打完麻药以后,简卿明显感觉到左侧脸颊失去了知觉,有一些麻麻的。她努力地调整呼吸,等着接下来的拔牙手术。

结果她等了半天,也没见陆淮予有动作。

就连助理护士也觉得奇怪,出声提醒:"陆医生?"

简卿也侧过头去看他,只见陆淮予盯着手里执着的手术刀,眉心紧锁。

感受到来自她的目光,陆淮予抬起眼,对上她干净澄澈的眼眸,突然下不去手,不忍心在她身上划刀子。

沉默片刻之后,他放下手术刀,扯掉手套,低低地和简卿说了一句:"等我一下。"然后他起身,拉开诊疗室的门就出去了。

"……"

简卿望着他的背影,迷茫地眨了眨眼睛。

助理护士也从来没见过陆淮予手术做一半儿离开的,忍不住小声嘀咕:"怎么了这是?"

没一会儿,诊疗室的门被重新打开,一前一后地走进来两个人。

秦蕴揶揄道:"真是稀奇了,还有什么手术是你做不了的,要我来做啊?"

陆淮予是他们颌面外科的一把手,要是他都做不了的手术,八成患者没救了。

陆淮予神色有些别扭,沉默半响,他吐出两个字:"拔牙。"

秦蕴不明所以,拔牙有什么做不了的?等她走进诊疗室,目光落在躺在操作椅上的小姑娘身上时,秦蕴瞬间了然。

简卿睁着眼睛,听见了身后的脚步身,旁边的医生座椅上重新坐下一个人,但不是陆淮予。

秦蕴冲她笑了笑:"你们家陆医生不行,让我来给你拔牙。"

简卿愣了愣,不知道她说的是什么意思。

头顶传来一声轻咳,陆淮予出声提醒:"我已经给她打完麻药了,你抓紧点儿时间,口子别开太大,她的牙离神经管比较近,你小心点儿。"

秦蕴戴上蓝色术用手套,弹了弹边缘,扫他一眼:"我能不知道?自己舍不得下手就出去待着。"

"……"陆淮予识相地不再说话,但也没出去,就这么靠在诊室的窗台边上。

简卿张着嘴,感受到秦蕴和助理护士有条不紊地在她的口腔里操作,

427

视线平移，看向不远处的窗台。

陆淮予双手抱臂，低垂着眼皮，薄唇紧抿，脸上的表情看上去不太好，好像比她拔牙还难受似的。

简卿本来还挺害怕的，看到他这副样子以后，反而觉得好笑，就这么盯着他，渐渐忽略了口腔被异物捣弄的不适感。

秦蕴拔牙的技术很好，没几分钟，她就完成了拔牙手术，给简卿嘴里塞了一个棉球："咬住止血，半个小时以后吐掉。"

她本来还想嘱咐一些拔牙后的注意事项，又顿住了，看一眼陆淮予："得了，剩下的交给你了。"

因为简卿是最后一个患者，助理护士也很快打扫完台面，做完消毒工作，抱着器械和秦蕴离开。

诊疗室里立刻安静下来，简卿已经从躺着的姿势换到侧坐在操作椅上，侧脸有一些红肿，唇瓣上还沾着润泽的水渍。

陆淮予沉默地从柜子里找出冰袋递给她。

简卿接过冰袋，看他一眼，嘴角有些抽搐。

"忍着，"他凉凉地说，"别笑。"

除夕。

简卿拔完牙第二天发起了低烧，口腔和嗓子一阵阵地疼，张嘴说话就疼。中午她吃过消炎药，恹恹地趴在客厅阳台的躺椅上，没什么精神，整个人缩成小小一团，像极了受伤的小猫。

陆淮予从厨房里端着凉好的米粥出来："吃点儿东西吧。"

简卿半眯着眼睛，仰头看见男人的一张脸，生出一股气，抬脚踢他。

陆淮予笑了笑，知道她在气什么，在她旁边坐下，揉着她的发顶顺毛："好了，别气了。"

他拿起勺子搅和了一下碗里的米粥，舀了一勺喂到她的嘴边。

简卿小心翼翼地张嘴，不敢吮吸，吮吸会增加口腔内的负压，影响伤口愈合，只能用舌头一点点舔进去。

她的胃口不好，即使已经很小心地咀嚼，也像是会咬到左侧肿起来的牙龈肉似的，她越吃越疼。

陆淮予喂了半天，她才只吃了小半碗米粥。

"我不想吃了。"她说着推开了面前的碗。

陆淮予也没逼她再吃，她拔完牙恢复期间，少吃一点儿，少动一些口腔反而有利于伤口愈合。

他就着碗，把她吃剩下的米粥喝掉，然后探身从茶几上抽出两张纸巾，轻轻帮她擦掉唇瓣上沾着的米汤。

电视里正在放《舌尖上的中国》，四川火锅的麻辣鲜香看着就令人垂涎欲滴。

简卿抱着靠枕，目不转睛地盯着。

"看这个你不难受？"陆淮予好笑地说。

简卿哼哼唧唧地说："我这叫望梅止渴。"

她皱着眉瞥了陆淮予一眼："都怪你。"声音软绵绵的，含着嗔怒之意。

"是，是，是，都怪我，我错了。"陆淮予忍着笑意哄她。

"那我剩下的三颗牙可不可以不拔了？"她眨了眨眼睛问。

陆淮予非常果断地拒绝："不可以。"

说完，他就又被"小猫儿"踹了一脚，之后一天她都没怎么搭理他。

陆淮予倒没怎么在意，就这么懒懒地靠在沙发上，和她一起看电视。

因为简卿几乎是什么东西也吃不了，晚上年夜饭陆淮予也没怎么准备，煮了白粥和鸡蛋。

简卿慢吞吞地抿蛋黄，蛋黄不用咀嚼，可以在口腔里化掉。

陆淮予也跟着她吃得简单。

这着实是一个非常惨淡的除夕。

一直到晚上七八点的时候，屋外响起了此起彼伏的烟花鞭炮声，总归是多了一些年味儿。

两个人看春晚的时候，岑舒青打了个视频电话，她和陆有山回国没几天就待不住了，又满世界地玩去了，这会儿已经在冰岛落地了。

陆淮予把手机递给简卿，她乖乖巧巧地和长辈拜年。

岑舒青看见她肿着的一张脸，着实吃了一惊："脸这是怎么了？"

"拔牙了。"简卿张不了嘴，声音含在嗓子眼儿里，听着可怜兮兮的，让人心疼。

岑舒青立马皱起眉："这大过年的拔什么牙啊？"她眼刀立马扫向陆淮予："是不是你给她拔的？"

"你说你什么毛病，好好的牙拔它干什么？"岑舒青忍不住翻起了旧账，"之前岑虞被你一口气拔了四颗牙的事我还没找你。"

陆淮予皱了皱眉，默默地听着岑舒青数落了半天，许久才算完事。

岑舒青最后白了陆淮予一眼，转而笑眯眯地和简卿告别："委屈我们卿卿了，回去阿姨给你补红包。"

简卿听岑舒青帮她骂了陆淮予以后，心情舒坦多了，忍不住勾起嘴角。

陆淮予看她一副幸灾乐祸的模样，又好笑又好气，指尖蹭了蹭她的鼻子："不生气了？"

简卿撇了撇嘴，想起刚才岑舒青说的话，问道："你之前还给岑虞拔过牙呢？"

"她也是横向阻生齿。"

"那为什么她一下拔了四颗？"

理论上智齿一颗一颗拔会比较好，尤其是横向阻生齿，比较复杂，需要缝针，伤口恢复得也比较慢。

简卿拔一颗牙就已经很难受了，四颗光是想想就觉得可怕。

陆淮予倾身去拿桌子上的遥控器，把电视声音重新调大，漫不经心地说："分四次拔太麻烦了，我懒得折腾，就一次全拔了。"

"……"

他真是个好哥哥啊。

春晚一年比一年无趣，简卿看了没一会儿，就有些走神。

周围空气里散发着淡淡的薄荷香，还有清爽的沐浴露的味道。

陆淮予刚刚洗过澡出来，身上穿着休闲的家居服，黑发湿漉漉地垂落至额前，领口微微敞开，锁骨若隐若现，脖子上搭着一条白色毛巾。他随意地擦着头发，发丝凌乱，敛去了平日里一丝不苟和正经的样子。

他挨着简卿坐下，沙发立马陷了下去。

简卿感觉到旁边的男人身体的热度隔着空气传了过来，难以忽视。

她脸上忍不住有些热。

"那我也去洗澡了。"她倏地站起来，尽力掩饰自己的异样。

陆淮予看她一眼，淡淡应声，不忘叮嘱道："洗澡水别开太热，也别洗头，温度太高伤口容易充血。"

简卿乖乖点头，然后回了房间拿换洗的衣服。

恰逢此时，手机振动起来，是周琳琳打来了微信语音通话。

原本简卿和周琳琳的关系一直比较一般，但自从之前的矛盾解开以后，两个人不知不觉关系亲近了许多。

"新年快乐呀。"周琳琳的声音从电话那端传来，语调轻快而活泼。

简卿笑了笑回道："新年快乐。"

"你过年在哪里过的？寝室？"周琳琳知道简卿寒假没有回家，怕她一个人在寝室里待着孤单，特意打电话来慰问。

简卿低声说："我在他家。"

周琳琳立马反应过来："不好意思，我忘了这茬儿。"

她"嘿嘿"地笑道："你们这进度挺快啊，见完家长就同居了？"

"不算同居吧。"简卿看了一眼半开着的门，余光瞥见走廊外客厅一隅，悄悄地把门关上了。

"就是有时候我加班晚了，会在他家借住一晚上。"她心虚地解释。

因为之前家教的时候就已经住过很长时间，而且他们也都是分房间睡的，所以她也不觉得有什么别扭的，但突然被周琳琳这么一说，好像一下暧昧起来了。

周琳琳差点儿没笑歪了嘴："嗯嗯，好，借住。"

"那你们做过了吗？"她非常直白地问。

耳畔传来非常烫耳的话，简卿讷讷地说："没有。"

这回换周琳琳难以置信了："你们在一起住了那么久还没做呢？"

简卿沉默半晌，回忆起这段时间相处的情形，闷闷地说："看他好像没那个意思。"

他一天天地光撩拨不干事。

之前在渝市他们都睡在一起了也还是啥事没发生。

周琳琳皱了皱眉："是不是他不行啊？"她补了一句，"毕竟年纪大了。"

不然哪有人近水楼台不碰月的？

"……"简卿坐在床上揪着被子，涨红了脸。

他这方面行不行她不知道，反正拔牙是不行的。

"要不你找机会试试吧？"周琳琳动起了主意。

"怎么试试啊？"

"你想个办法嘛，制造一下氛围，氛围到了，事情就自然而然发生了。"

她咂了咂嘴："男人嘛，一撩拨就忍不住的。"

"我不和你说了，我妈喊我去吃饺子了。"周琳琳赶紧结束通话，不忘叮嘱，"这种事情一定要试啊，不试不行的。"

简卿挂了电话，脑子里回想着周琳琳的话。

良久，她咬了咬唇，把床上摆着的睡衣睡裤放进衣柜里，翻出一条吊带睡裙。

431

春晚的节目有条不紊地继续着,小品演员有一句没一句地对话着,陆淮予没怎么认真看,目光向上移,他看了一眼墙上的挂钟,好像简卿这次洗澡洗得比往常要久。

过了一会儿,他听见走廊里的脚步声,下意识地看过去。

简卿从浴室里走出来,穿着一条淡蓝色的吊带真丝睡衣,睡衣软软滑滑地垂坠在身上,长度刚好及膝,露出又白又长的两条腿。纤细的系带挂在圆润雪白的肩头,露出精致瘦削的锁骨,凹处有一个浅浅的小窝,似能斟酒。

她浑身还沾着水汽,发尾湿漉漉的,偶尔有水珠滴下,肩上披着一条白色浴巾,盖住了一部分肌肤,却更显得欲盖弥彰。

男人的喉结突然上下滚动,漆黑的眼眸变得深沉。

简卿对上他的目光,沉默了一瞬。

"怎么不穿鞋?"陆淮予的视线似不经意地从她的脸上移开,落在她的脚上,语气淡淡的,听不出异样。

洗澡的时候简卿满脑子都是有的没的的想法,洗完她打着赤脚就出来了。

"忘记了。"简卿故作淡定地说,然后也没回去穿拖鞋,走到客厅,踩着白色的地毯,径直在沙发上坐下。

她坐下的时候,睡裙向上收,原本及膝的长度一下遮不住膝盖,露出一截大腿。

陆淮予敛下眼眸,睫似鸦羽,藏住了眼里的情绪。

两个人就这么坐着,谁也没说话。

简卿抱着靠枕皱了皱眉,余光偷偷去瞄旁边的男人,他脸上表情冷淡,没什么特别的反应,倒是一直目不转睛地盯着电视,好像春晚很好看似的。

她心里生出一股烦躁的情绪。

"今年的春晚好没劲儿啊。"她说。

陆淮予这才移动视线:"是有一点儿,要不早点儿休息吧,睡觉也有利于你拔牙的伤口恢复。"

简卿抿了抿唇,脸上表情犹豫,最后鼓起勇气,似若无其事地说:"不然我们看电影吧。"

陆淮予望着她,眼神深沉,好像下一秒钟就能将她看穿,半晌才淡淡地开口:"你想看什么?"

简卿找电影的时候,陆淮予站了起来,随意穿了件外套,拿上车钥匙:

"我有东西落车上了,去拿一下。"

简卿没怎么在意地应了一声,注意力集中在了屏幕里让人眼花缭乱的电影上,思索着什么电影能制造氛围。

等她选好电影的工夫,正巧陆淮予开门回来,目光落在电视机屏幕上选中的电影界面上,电影海报血腥而阴森。

他愣了一瞬:"看这个?"

"不好吗?"简卿看向他,两手空空,也不知道特意下楼去车里取什么了。

陆淮予沉默半晌,意味深长地看她一眼:"你准备好了就行。"

紧张的音乐响起,女人在迷雾包围的森林里拼命地奔跑。

——《沉默的羔羊》电影开场。

简卿一直很想看这部恐怖电影,但每每看到开头都因为害怕而中止,既然是制造气氛,那索性真实一点儿的好。

电影音乐一出,就让人感觉一阵阴森的寒意。

简卿站起来说道:"我关灯了?"

陆淮予扫她一眼,没有讲话,当作是默认。

客厅的灯被关掉,瞬间陷入昏暗之中,电视机发出微弱的白光,但显然不足以照明。

简卿坐回沙发上的时候,看不见人,没掌握好距离,坐下去才发现挨陆淮予很近,几乎是挤着他坐下的。

她感觉到贴着他的手臂滚烫,就在她尴尬地想要赶紧挪开位置的时候,陆淮予抬起胳膊,顺势将她揽进怀里,两个人因此贴得更紧了。

简卿愣了愣,仰起头看着他。

陆淮予的侧脸隐藏在阴影里,半明半昧,她只能看见他明晰深刻的下颌线条。

"看电影。"他漫不经心地提醒,视线不移地盯着电视。

简卿回过神儿,慌张地收回目光,很快适应过来,后颈往后仰,枕在他的胳膊上,调整了一个更舒服的姿势,暂时把周琳琳说的试试这件事抛在脑后,专心地看起电影。

1991年的老电影,画面整体偏暗,配乐诡谲多变,节奏紧凑,让人毛骨悚然。

画面跳转到一具女尸上。

简卿再也忍不住窒息恐惧的感觉，把脸埋进陆淮予的胸口。

"我不想看了。"她怯怯地说。

陆淮予倒是不觉得恐怖，在医院里见到的场面要比这些血腥多了。他低头看着往他身上躲的人，轻笑出声："不敢看还要看。"

像是故意要逗她，陆淮予伸手扳着她的脸朝电视的方向看。

一张血淋淋的人皮入镜，简卿吓得赶紧闭上眼睛，一眼不敢多瞧，伸手去推他："哎呀，你好烦哪，快点儿关掉。"

陆淮予不为所动，就这么坐在沙发上不动弹，懒散地说："不要，我觉得挺好看的，要关你自己关。"

简卿没办法，只能自己伸手去摸遥控器。

遥控器被陆淮予放在了他的另一边，她只能越过他去够。

简卿半眯着眼睛，生怕余光瞥见电视里恐怖的画面，一只手撑在沙发上，另一只手伸长了去抓放在远处的遥控器。

突然，电视里发出尖锐的音乐，音调高且急促。

简卿脑子里紧张的弦一下绷断，她吓得撑着的手一软，整个人摔在了陆淮予的身上。

电影的音乐持续紧张高亢，她的神经亦紧绷起来。

耳畔传来低叹声，陆淮予捏住她的下巴，将她的脸抬起。

"简卿，"他轻飘飘地说，"拔牙以后，不能剧烈运动的。"

简卿愣了愣，反应过来，脸颊一路红到了脖子，下意识地就要从他身上爬起来。她刚刚抬起一点儿身体，就被人掐着腰按住。

电视机幽幽的白光洒了出来，汉尼拔低哑的声音响起——

He covets.

他贪图。

That is his nature.

那是他的本性。[①]

陆淮予弯下身子，贴在她的耳畔，嗓音低缓，像含着细碎的沙砾："我

---

① 引用自乔纳森·戴米执导的电影《沉默的羔羊》中的台词。

· 434 ·

慢慢来，好不好？"

简卿仰着头，对上他漆黑的眼眸。

昏暗的光线下，他仿佛在沉沉夜色里捕猎的狮子，眼睛闪着锐利的光。

食人魔汉尼拔灰蓝色的眼睛越过监狱冰冷的铁栏杆看过来。

他缓缓地说——

> We begin by coveting what we see every day.
> 我们开始贪图日常看见的东西。
> Don't your eyes seek out the things you want？
> 难道你自己不是也用目光来寻找你想要的东西？[①]

而后电影突然陷入静默状态，周围环境变得安静。

简卿甚至能听见自己的心跳声，她红着脸，轻轻"嗯"了一声。

细碎的话音刚落，她瞬间感觉天旋地转，成了被狮子压在身下的羔羊。他先是一点点地轻吻她，从她的额前、眉心到眼角，然后在她的唇瓣上轻点，触感温热而柔软。

电影还在继续，只是声音和画面越来越远，逐渐消失，直到女人朝漆黑的屋子里举枪。

"砰——"

一声枪响，屋子里瞬间大亮。

白光倾泻。

春节假期结束，拔牙后的第七天，清晨的暖阳从深色的双层窗帘缝隙里倾泻进来，房间里的温度很高，空气里还残留着旖旎的气氛。

陆淮予在大面落地镜前站立，慢条斯理地系好领带，理了理衬衫的袖口，一副西装革履、斯文优雅的模样。

他的目光落于镜子上，镜子反射出床的一隅，被子里拱起小小一团。

简卿裹在薄薄的被子里，睡得很沉，柔软的黑发散乱，挡住了她的侧脸。

[①] 引用自乔纳森·戴米执导的电影《沉默的羔羊》中的台词。

陆淮予走到床边弯下身子，伸手将她脸上的碎发拨到边上，附在她的耳畔低语。

"简卿。"

他的声音轻柔而缓慢。

简卿听见声音，下意识地往里缩，用被子挡住耳朵。

陆淮予压着被子不让她躲，继续说道："我去上班了，你今天记得来医院找我拆线。"

床上的小姑娘皱着眉没有反应，好像非常缺觉，浑浑噩噩的。

陆淮予无奈地轻轻推了推她的肩膀："听见没有？"

"……"简卿被吵得烦了，嘟嘟囔囔，语气不太好地回他，"知道了，知道了，你好烦哪。"

小姑娘嗓音哑哑的，含着娇嗔愠怒之意。

陆淮予笑了笑没和她计较，看出她是很困，也没再闹她，轻手轻脚地带上了门。

简卿一直睡到将近中午才醒，看了一眼时间，医院上午的门诊已经快结束，再不出门就来不及了，只能套了一件高领的淡黄色毛衣匆忙出门。

许是快到中午的缘故，挂号大厅的人已经很少。

简卿在人工挂号台前排队等着挂号，这次陆淮予倒没给她开加号单子。

协和口腔科拔牙以后拆线是不需要预约的，直接和人工挂号台说明是拔牙以后来拆线的，工作人员就会安排之前拔牙的医生拆线。

"上次给你拔牙的医生还记得是谁吗？"工作人员盯着电脑问。

简卿下意识地答："陆淮予。"

工作人员愣了愣，点开她的就诊记录，确实是陆教授给看的。

她想了想，还是决定按之前的传统来，把患者挂给专门负责拔牙的主治医师："我给你挂一个其他医生的号好吗？陆医生今天比较忙。"

简卿点了点头，倒不介意不是陆淮予给她看牙。

她拿着挂号条径直去了五楼颌面外科，在报到机子上扫了码，等着叫号。

候诊大厅里安安静静的，和往常相比，人少了许多，大部分的患者已经看完，诊室里陆续走出抱着器械结束接诊的医生和护士。

白色墙面上的两块电子显示屏刷新频率也变慢，简卿不自觉地盯着最上一排陆淮予的名字。

就诊患者显示的是"空",不知道是不是他已经看完所有的患者了。

简卿犹豫了一会儿,决定先去和他说一声,免得他等。

她沿着走廊往一号诊室走去,远远地看见诊室的门敞开着,目之所及是一个穿着白裙子的年轻小姑娘,小姑娘和简卿差不多大的样子,黑发又长又直,垂于腰际。

在阳光照耀下,她的侧脸显得有些苍白,长相清秀好看,是那种一看就让人很有保护欲的女孩。

陆淮予站在她面前,身姿挺拔修长,穿着的白大褂干净整洁,脸上的表情淡淡的,看不出是什么态度。

只是两个人都是一身白衣,看着意外地般配。

简卿的步子顿在原地。

诊室里的女孩的声音传了出来,软软糯糯的,乖巧又好听。

"陆医生,我马上就要出院了,谢谢你这段时间的治疗。"

陆淮予抿了抿唇,客气疏离地说:"不用。"

女孩直直地盯着他,唇瓣嗫嚅两下,迟疑道:"那我以后还有没有机会再见到你啊?"

"最好不要了。"陆淮予语气平淡,没什么温度,"愈后效果好的话,一般不会复发。"

女孩表情失落,然后有些羞怯地鼓起了勇气,将藏在背后的手伸出,手里攥着一封粉色的信,递了过去。

陆淮予的目光落在那封信上,他很快明白她是什么意思,眉心渐渐皱起。

女孩低着头,不敢去看他,脸颊上生出两团红晕,咬着唇开口:"陆医生,我喜欢你。"她的声音很轻,仿佛被风一吹就散了。

简卿站在走廊里,眨了眨眼睛。

周围的空气仿佛静止,只剩下诊室里的两个人。

陆淮予双手插在白大褂的兜里,不为所动,也没有要去接信的意思。

良久,他轻描淡写地说:"你对我的感情,只是吊桥效应产生的错觉,你别多想。"

吊桥效应是指当人在过吊桥的时候,因为害怕会不自主地心跳加快,如果这个时候碰巧遇到其他人,会错把这种情境下引起的心跳加快反应理解成是对方让自己心动。

患者对医生的心态同理。在疾病面前,同她一起过吊桥的,是进行救治的医生。

"我没有多想，我是认真地喜欢你。"

陆淮予眉心紧蹙，低头看了一眼腕处的手表，好像有些不耐烦。

他直接说："我已经有女朋友了。"

饶是如此，女孩也一副不吃惊的样子，索性说开了："我知道你有个女朋友。"

住院部的护士私底下经常偷偷聊起陆主任的小女朋友，听说对方还在上大学。

"你不是就喜欢小姑娘吗？我比她年纪还小。"

闻言，陆淮予瞬间冷了脸。

他语调冰凉地沉声说道："你也知道你年纪比她小，我是医生，不是畜生。这话我当没听见，你回去吧，后续治疗我会让其他人跟进。"

简卿知道陆淮予不是那种容易生气的人，她认识他这么久，也没见他真正和谁甩过脸色，这会儿对着个小姑娘倒是真的生气了。

诊室里的气氛一下僵住了。

走廊里适时地传来人工智能女声——

"请患者简卿到21号诊室就诊。"

简卿听见叫号机在喊她，条件反射地转身往回走去。

熟悉的声音自外传进诊室，陆淮予皱了皱眉，不再理面前的女孩，往诊室外走去，一眼看见转身的小姑娘，连忙迈着大步追上。

手腕蓦地被人牢牢扣住，简卿愣了愣，回过头去，正对上男人漆黑的眼眸。

"来了怎么不叫我？"

简卿往诊室里看了一眼："看你在忙。"

陆淮予挑了挑眉："听见了？"

简卿看见女孩从诊室里走出来望着他们，眼睛里不乏敌意。

她拖着懒懒的尾音应了一声，然后踮起脚，伸手在他的下巴上摸了摸，像是逗宠物似的："我很满意你的表现。"

语调漫不经心，她像是不太认真地在宣示主权，而越是这样，越是显得主权难以僭越。

突如其来的举动，让陆淮予微微吃了一惊，但又很快反应过来，抓住她乱摸的手笑了笑，没再说什么。

21号诊室里出来一个护士，喊道："简卿在不在？"

简卿回过神儿来,扭过头去说:"在的。"

她想要走,但是陆淮予还攥着她的手腕。

"我要去拆线了。"

陆淮予皱了皱眉,将她攥得更紧:"你怎么能去找别的医生呢?"

他的声音低沉沙哑,好像有一点点委屈。

简卿不想让医生等她太久,没经大脑直白地说:"你不是不行吗?"

上次他给她拔牙不就没拔成?

"……"

陆淮予盯着她,她的眼睛一眨一眨的,小扇子似的扑闪着,干净而懵懂。

他敛下眼眸,凉凉地轻笑,而后看向一旁的护士:"叫下一个患者吧,我来给她拆线。"

陆淮予拉着她的手径直去了诊室,诊室门口站着刚才的女孩。

"你还有事吗?"他面无表情地问。

女孩被他带着寒意的眼神威慑,缩了缩脖子,盯着他们拉着的手,咬着牙,再也不敢说什么。

简卿躺在蓝色的操作椅上,盯着陆淮予戴上口罩和术用手套。

薄薄的一层蓝色手套将他的手包裹住,衬托得他的手指更加修长,骨节分明。

因为门诊的患者全部看完了,助理护士已经离开,诊室里只剩下了他们两个人。

"张嘴。"他说。

简卿听话地张嘴,冰凉的器械探进了口腔。

"会痛吗?"

简卿什么感觉也没有,摇了摇头。

经过一个星期的恢复,她现在拔牙的地方好像彻底好了,除了还不太敢用拔牙那一侧的牙齿吃东西,其他都很正常。

陆淮予很快将器械撤出。

"好了。"他将操作椅升起,推着她的背让她坐起来。

简卿一时没反应过来,这线拆得也太快了吧,有三秒钟吗?

陆淮予慢条斯理地扯掉手套和口罩,整理好台面上的器械:"走吧,带你去吃饭。"

吃午饭的地方是医院附近的一家餐厅。

简卿早上起得晚，没吃早饭，这会儿确实已经很饿了。

餐厅的菜色出乎意料地好吃，她吃得很香。

陆淮予倒是没怎么吃，就这么看着她，时不时地给她夹菜。

"还要加菜吗？"

简卿咽下最后一口米饭，摇了摇头："不用了。"

陆淮予紧接着又给她盛了半碗米饭，漫不经心地说："多吃一点儿，补充体力。"

简卿愣了愣，没多想，埋着头继续乖乖地吃他添的饭。

吃完饭以后，简卿原以为陆淮予要回去继续上班，没承想他直接领着她去了停车场。

"你不用上班吗？"简卿疑惑道。

"下午有个学术会，不是很重要，不想去了。"他不太在意地说。

回去的路上，不知道为什么，陆淮予好像有些没耐心，食指指尖有一下没一下地在方向盘上轻点，车速开得也比往常要快一些。

一到家，简卿刚脱了鞋，猝不及防间就被人掐着腰，坐在了玄关的柜子上。

她瞬间警惕起来，按住他的手，嗔怒道："你干什么呢？"

陆淮予倾身压过来："证明一下我行不行。"

因为一句失言，简卿算是知道之前陆淮予说的慢慢来是真的在照顾她拔了牙。

她一个字一个字地挤出两个字："畜生。"

陆淮予眼神深沉："嗯。只对你畜生。"

初夏。

凤凰花在北方生存得艰难，却依然在六月开得热烈，年复一年，送走一批又一批的学生。

南大拍毕业照和举行毕业典礼的时间安排在同一天。

周琳琳在寝室里对着镜子仔细地描摹着唇线和口红。

林亿架着脚，不耐烦地抖着腿："姐姐，你好了没有？就等你了。"

"马上了，马上了，等我补个腮红。"

林亿皱了皱眉："你的脸再抹，和猴子屁股有什么区别？"

周琳琳翻了个白眼:"你这种不化妆的人懂什么?拍照会吃妆,化浓一点儿才看得出来。"

她给自己上完腮红,目光看向懒懒地靠在椅子上,没怎么说话的简卿,无奈地说:"姐姐,知道你长得好看,但你多少化一点儿妆吧?"

"不是要来不及了吗?我化妆太慢,不想折腾了。"简卿笑了笑。

周琳琳颇为不满地"啧"了一声:"不行,你是我们寝室的门面,带出去是要给我们长脸的。"

她说着,拖着椅子和化妆包,坐到简卿面前,利利索索地开始帮简卿化妆。

林亿靠在铁质竖梯上,也不催了,漫不经心地看她们化妆。

没一会儿,周琳琳抖了抖化妆刷:"好了。"

林亿盯着简卿的脸,挑了挑眉,毫不吝啬地称赞道:"你这手艺可以啊。"

"可不?专业的。"周琳琳得意地笑了笑。

简卿眨了眨眼睛,扭头对着桌子上的镜子照照,愣了一瞬:"这样会不会太艳了?"

平时她本来就很少化妆,就算化也就是涂个粉底液,抹个口红、眼影的程度。

简卿本身底子就好,周琳琳没有给她化得很浓,而且也不需要,就是在眼妆上多下了些功夫,眼线微微上挑,偏红的眼影浅浅的,用亮色的眼影加深了卧蚕,眼神掠过谁,都像是在撩拨人,将天真和妩媚结合到了一起。

林亿吊儿郎当地弹了弹舌:"不会,不会,好看得不得了。"

周琳琳扫她一眼:"刚才怎么没见你这么捧我?"

林亿傻笑道:"两位姐姐都好看,弟弟给你们提包拍照。"

寝室里的女孩们磨磨蹭蹭地做好准备,换上了学士服,去到南大校门口拍毕业照。

校门口已经乌泱泱地站满了人,一半儿是穿着学士服的毕业生,一半儿是来陪毕业生拍照的亲友们。

大门就那么一个,每个院的学生都得拍照,所以时间安排上都错开了,美院的毕业照拍得最早,医学院是第二个。

等拍完学院照和班级毕业照,林亿就被乐队的几个朋友叫走了,周琳琳拿着手机回了句消息:"社团的人叫我去落日湖拍照,你呢?"

简卿看了一眼时间，离毕业典礼开始还早："那我回寝室吧。"

周琳琳疑惑道："你没叫男朋友来吗？"

简卿摇了摇头："没有，他工作太忙了。"

昨天陆淮予大半夜被医院叫回去做手术，今天又要出门诊，简卿怕耽误他工作，就没和他说。

周琳琳的目光落在简卿身后，远处不疾不徐地走来一个人，她挑了挑眉："行吧，那我走了。"

简卿和她道别，然后慢吞吞地转身往回走。她低着头看路，突然视线里出现了一个高大的身影，挡住了去路。

她的视线只到男人的胸口，她看见他白色衬衫从上至下的第三颗扣子，黑色西装被熨烫得一丝不苟，西服裤包裹的两条腿修长笔直。

简卿愣了愣，好像预感到什么，慢慢抬起头来，正对上陆淮予漆黑的眼眸。

她怔怔地盯着他，瞳孔微微放大，忍不住嘴角上扬："你怎么来了？"

陆淮予单手插兜，视线在她身上停留了许久。

简卿今天穿着宽松的学士服，衣领处系着雪纺蝴蝶结，学士服长度及膝盖，露出两条雪白纤细的长腿，黑色缎面的高跟鞋上嵌着银色的云纹，比平时又多了几分端庄优雅气质，脸上妆容明媚，眉眼弯弯，谁也没她娇美。

陆淮予的眼神微沉，他敛下眼，漫不经心地说："来拍毕业照。"

简卿愣了愣，没来得及问，远处医学院的院长朝他们这边招手："陆教授——"

"你在这里等我一下。"陆淮予低声交代了一句，快步往那边走去。

简卿反应过来，平时陆淮予总是在医院里待着，也是在医院里带医学生带得多，倒是让人想不起来他还是南大医学院的教授，学生毕业了，他自然是要来拍毕业照的。

医学院的学生在校门口排成几列站好，老师们站在最前面，陆淮予站在院长右侧。

院长笑眯眯地调侃道："真是稀奇了，难得你今天出现啊，之前年年喊你，你年年不来。"

陆淮予有礼地客套："之前确实是太忙了。"他盯着摆照相机的影楼工作人员，觉得他们的动作有些慢。

目光不自觉地飘走，他看向站在树下的小姑娘，她时不时脚尖点地，举止天真,碎发垂落至额前,羽毛似的在鼻尖轻扫,眉眼上挑间又不经意地流露出媚态。

干净修长的食指在手表表盘上有一下没一下地轻敲,他好像是等拍照等得有些没耐心了。

等好不容易拍完毕业照以后,陆淮予又被很多医学院的学生围着请求拍照,即使着急也一时脱不开身。

简卿低着头,百无聊赖地看着地上扛着饼干碎回家的蚂蚁,时不时小恶意地用脚挡住它的去路。

小蚂蚁翻越重重阻碍,还是敏捷地钻进草丛里消失了。

她耳畔突然响起一道开朗的男声:"同学——"

简卿朝声音的方向抬头,看见面前穿着白色边沿学士服的男生,是医学院的学士服。男生长相干净,笑起来露出洁白的牙齿,皮肤偏黑,标准的阳光大学生的模样。

她疑惑地问:"有事吗?"

男生笑了笑,手背蹭了蹭鼻子,以此来掩饰自己的害羞样子,说:"想和你拍张照片,可以吗?"

简卿愣了愣,对他直白的表达方式有些不适应,目光下意识地越过他的肩膀,落在人群里醒目的男人身上。

陆淮予站在校门口,两边站着学生,一队照完,又换下一队,他脸上表情淡淡的,又不失礼貌教养,时而点头颔首,偶尔回应学生两句。

就连不是医学院的学生,也有女生凑上去拍照,但看起来陆淮予好像是直接拒绝了,几个别院的女生铩羽而归。

好像是感受到来自简卿的目光,陆淮予抬起眼看过来。

两个人四目相对。

简卿败下阵来,收回视线,朝面前的男生委婉地说:"不好意思啊,我在等我的男朋友,不太方便拍照。"

男生闻言,一瞬间有些失落,然后很快掩藏起来,没有放弃地说:"我看你在这里等很久了,他也没有来,这男朋友当得也太不称职了。"

简卿靠在树上,尴尬地扯了扯嘴角,不知道该怎么解释才好。

气氛有些僵持。

"简卿。"陆淮予不知什么时候走了过来,低缓地喊她的名字。

简卿站直起来看向他。

男生听见声音也回过头,看见陆淮予,惊讶而恭敬地喊道:"陆老师。"

陆淮予盯着他皱了皱眉,好像想了许久才吐出两个字:"程嘉?"

程嘉点了点头,对陆淮予记得他还挺开心:"我是医学院口腔医学专业的学生,之前在协和实习的时候您带过我。"

闻言,陆淮予倒是没什么反应,淡淡地点头,然后直接越过他朝简卿示意:"等久了吧?"

简卿摇了摇头:"还好。"然后她迈开步子乖乖地走近他。

陆淮予顺势牵起她的手,与她十指相扣,看起来自然而然,但当着旁人的面,又好像是在不经意地宣示主权。

程嘉盯着他们牵起的手,瞪大了眼睛,满脸问号。

陆淮予漫不经心地抬起眼,语气没什么温度:"你还有什么事吗?"

程嘉"呵呵"干笑:"没……没有了。"

"我同学还在等我,先走了,陆老师再见。"程嘉说了这句话后,飞快地跑走了,像是受到了十足的惊吓。

简卿捏了捏他的手心,忍不住揶揄道:"你这样很刻意啊。"

陆淮予盯着她含笑的眉眼和扬起的嘴角。她此刻显得娇俏妩媚,好像是在不经意间,他的小姑娘已经长大了。

"你嘴上好像沾了东西。"他说,然后蓦地伸手在她的唇上摩挲着。

简卿愣了愣,感受到他指腹温热而粗糙的触感,红唇不自觉地微启,歪着脑袋不明所以地望着他:"什么东西?"

直到指腹蹭下了大半口红,妆容里的明媚感也敛去了几分,陆淮予才收回手,轻描淡写地说:"没了。"

简卿皱着眉,抿了抿嘴角,半天也没明白沾了什么东西。

毕业典礼是在南大的体育馆里举办的,分为内场区和看台区。

内场区里摆满了白色的简易靠椅,根据学院和专业划分好区域,提供给毕业生落座,看台区则是为来观礼的学生家长和朋友准备的。

简卿在体育馆门口和陆淮予挥手告别,跟着林亿、周琳琳她们在内场区坐下,等待着校长致辞以及颁发学位证。

主席台上摆了十几把雕花檀木的古式椅子,坐着每个学院的院长,一个个都是西装革履,外面套着各色袍子,显得庄重而肃穆。

美术学院毕业生的位置很靠后,他们几乎看不清台上坐着的人的脸。

校长致辞像是老太太的裹脚布,又臭又长,大家又不能讲话,简卿坐在椅子上,视线忍不住向看台区移动,想看看陆淮予坐在了哪里,也不知道是看台区人太多，还是他坐在了她的视线盲区，总之她是没看到人。

半个小时过去，校长终于讲完了他的致辞。

然而这还没完，校长讲完了，又轮到一个个院长讲。

简卿昨天加了夜班赶图，一天的精力已经快被消耗完了，她捅了捅旁边的周琳琳："我先睡会儿，授位仪式的时候你再叫我。"

主席台上，轮到医学院院长讲话时，他一改其他学院老学究的风格，语速极快地说完稿子，然后匆匆忙忙地走下台，没一会儿，换上另一位院长坐在他的位子上。

医学院院长的位子挨着美院的。

周瑞瞥了一眼在旁边落座的男人，皱了皱眉："老蒋呢？"

"医院有个重点病人危重，他赶回去了。"医学院的副院长不在，其他老师资历不够，院长能想到代替他撑场面的人只有陆淮予了。

陆淮予淡淡地解释，而后慢条斯理地整着长袍的袖摆，抚平上面的褶皱，就连这种松松垮垮，极难穿得好看的袍子，在他身上也立马变得很有气质。

他远眺内场区，乌泱泱的都是人，美术学院的学生在最后。

内场区后排的人看不清主席台上的人，但是坐在主席台上的人倒是看得清楚全局。

陆淮予一眼就找到了坐在倒数第二排的小姑娘，她闭着眼睛，昏昏沉沉，小鸡啄米似的点着头。

其他人都在这样毕业的氛围里感动得泪眼汪汪，她倒是没什么反应还睡得着。

在悠扬的校歌旋律里面，授位仪式开始。

简卿被周琳琳晃醒，揉着眼睛，迷迷糊糊地跟着辅导员去到前面台下角落里排队。

因为毕业生很多，为了节省时间，每个院的院长站成一列，学生们排好队，一批一批地授位，为了对应上自己的院系，排好的队伍也是按照各个院长的站位来的。

简卿后面排着医学院的毕业生。

程嘉站在队伍末尾，注意到排在他前面的简卿，心情着实复杂，大概是想追的妹子最后成了师娘的感觉。

辅导员拿着名册，确认好这一批上去的学生名单，压低声音指挥他们上去。

"快上去吧，记住序号，认准自己的院长啊，别找错了。"辅导员提醒道。

简卿跟着队伍慢吞吞地往前走，忍不住偷偷扭头朝看台的方向看去，看台里到处是黑色的脑袋，她也找不到陆淮予在哪里。

背景音乐节奏紧凑，舞台庄严，颇有授位的仪式感。

简卿迈过台阶到了台上，低着头去找贴在地毯上的序号，美术学院是二号。

主席台的地毯上被贴了序号，一是为了对应学院，二是为了一会儿合影的时候位置不偏。

体育馆里几千人的视线都聚焦在舞台上，简卿有些拘束，也不敢东张西望，在二号点上站定，抬起头来时正好看见周瑞，便礼貌地朝他微微弯腰鞠躬。

"程嘉，你能和她换个位置吗？"侧方传来一个冷淡谦和的声音。

声音分外熟悉，简卿愣了愣，下意识地侧过头，正对上了陆淮予漆黑如墨的眼眸，瞳孔微微放大，惊异地看着他，没想到陆淮予会出现在台上。

程嘉很快反应过来，麻利地和简卿换了位置，倒不是很在意这个学位证书是谁颁的。

周瑞看着自己的学生被换成了医学院的，心里默默骂了一句脏话，权当没看见，眼不见为净。

简卿站在陆淮予面前，顶灯的光线从后面照过来，被他的身形挡住，投射的阴影将她整个人罩住。

"低头。"他轻声提醒。

简卿眨了眨眼睛，回过神儿来，赶紧低下头。

陆淮予伸出手，将她的学位帽上的黄色穗子从右边拨到了左边。

他黑色袍子的袖摆掠过她的侧脸，触感微凉，空气中散发出淡淡的薄荷香。

完成拨穗仪式之后，陆淮予从司仪的托盘里接过烫金的学位证书，递给她。

简卿怔怔地接过证书，指尖触碰到他的，仿佛过电一般。

她怎么也没有想到自己的学位证书会是由陆淮予给她颁的。

陆淮予轻轻勾起薄唇，眉眼含笑地望着她，漆黑的眼眸明亮，仿佛缀着微光闪烁的星子。

"毕业快乐。"他说。

周围明明很吵闹，校歌嘈杂，她却好像什么也听不见，时间在这一刻仿佛静止。

空中飘散着彩色的碎纸片，下降得很慢很慢，久久不落。

毕业典礼结束以后，简卿和同学聚会到很晚，白天的时候没什么感觉，到了离别时，才体会到了些许伤感的情绪，好在大学里玩得最好的林亿和周琳琳毕业之后都会留在南临。

陆淮予开车来接她的时候，聚餐也到了尾声，简卿在饭店门口和同学告别，小跑着上了他的车。

"喝酒了？"陆淮予敏锐地闻到了车里淡淡的酒味儿。

简卿知道自己喝酒是什么德行，怕他生气，赶紧伸出手比画了一下："就一点点。"

毕业散伙饭气氛浓烈，在那个情境下不喝酒怎么也说不过去，她倒也没喝多，就是一罐啤酒。

陆淮予漫不经心地扫了她一眼，简卿喝酒上脸，虽然喝得少，这会儿脸颊已经染上绯红。

他淡淡地说："下次记得报备。"这件事好像就这么揭过去了，他倒是没有立刻追究。

简卿识趣地点头："这不是你本来就要来接我嘛。"

回到家以后，简卿坐在客厅地毯上，摆了好久毕业证和学位证，以便拍照纪念，然后翻着今天和同学以及老师的合照。

她好像突然想起什么似的，看向刚洗完澡从浴室里出来的陆淮予，学着之前医学院学生对他的称呼喊他："陆老师——"

声音软软糯糯，含着喝酒以后的慵懒醉意。

陆淮予正在擦头发，闻言动作顿了顿，抬起眼看过去。

"我们今天还没有合照呢。"她说。

陆淮予盯着她，她那秋水明眸不自知地撩拨着人。

"那怎么办呢？"他问。

简卿想了想，从地毯上站起来，扯过搁在沙发上的学士服："要不然现在拍一张吧。"

她说着就把学士服往身上套，宽松顺滑的学士服罩在身上，遮不住里面卡通图案的睡衣睡裤。

简卿皱了皱眉，往房间里走去："等我一下，我里面换一件衣服。"

她走过陆淮予身边的时候，手腕突然被攥住，他声音低哑地说："不用换了，直接脱吧，反正里面穿什么也看不出来。"

简卿喝过酒以后，脑子转得有些慢，没听出他语气里喑哑的异样。

她眨了眨眼睛，觉得他说得有些道理，于是走回房间，也懒得再脱学士服，直接伸手挽起宽大的袍子，开始解睡衣的扣子。

房间的门没关，陆淮予就这么看着她，一举一动，似乎都在他最敏感的神经上拨动。

男人漆黑的眼眸变得深沉，喉结上下滚动。

学士服的袍子宽大碍事，简卿磨磨蹭蹭了许久。

突然，背后猝不及防地伸出一双手掐着她的腰，将她往床上摁，男人低声说："我帮你。"

陆淮予的确是帮了，只是事情朝着不可控的方向走去。

"还没拍照呢。"简卿小声嘟囔着，扯开他的手。

陆淮予蹭上她的后颈轻吻，温热的呼吸喷洒在她的脸上："明天再拍，今天老师教你些别的。"

昏暗的主卧里，些微阳光透过窗帘缝隙照射进来，周围环境很安静。

一米八的大床上拱起一团小小的球，屋子里只有女人浅浅的呼吸声，微不可闻。

简卿睡得很沉，留了一年多的头发长得很快，已经过肩，凌乱地披散开来，遮不住身上斑驳的吻痕。

毕业典礼后的第二天，她和陆淮予的合照到底没有拍成。

几乎是一宿没睡，简卿睡到中午才起来，醒来的时候另一半儿床已经空了。她慢腾腾地坐起来，不适的感觉随之而来，忍不住嘟囔着把陆淮予骂了一遍。

下床的时候，她踩到了落在床底的皱皱巴巴的学士服。

回想起昨天晚上的画面，她再也不能以正常的眼光去看这件衣服了。

简卿艰难地弯腰捡起学士服，将其丢进脏衣篓里面，权当没看见。

她走到客厅，陆淮予慵懒随意地盘腿靠在沙发上，腿上搁着银色的笔记本电脑，眼皮低垂，好像在认真地查什么资料，阳光从落地窗洒进来，照在他的侧脸上，勾勒出好看的轮廓。

听见走廊里的响动，他抬起头看过去，朝她招手："过来。"

陆淮予起身给她倒了一杯柠檬水："下周工作忙吗？"

简卿陷在软软的沙发里，捧着杯子小口小口地抿水，摇了摇头："不怎么忙，怎么了？"

陆淮予弯腰捧起笔记本电脑递给她："想带你去毕业旅行。"

闻言，简卿愣了愣。她一向是对这些偏仪式感的东西不太在意，要不是陆淮予提起，倒是忘了还有毕业旅行这回事，加上以前她为生活所迫，已经很多年没有旅行了。

她接过笔记本电脑，架在腿上，视线落于屏幕上。屏幕上显示着一张Excel（电子表格制作软件）表格，上面列出了清晰的行程表，排版干净整洁，列着各种信息，包括酒店信息、交通信息、东京的天气，事无巨细，陆淮予用不同的颜色标注着，简卿一看这个表格就是考虑周全的旅行计划，不知道他做了多久。

"正好过几天东京有花火大会，应该会很漂亮，你看看行程有没有问题，我再改一改。"

简卿眨了眨眼睛，对上他的视线。

半晌，她合上笔记本电脑，抬起腰，手臂勾上他的脖子，鼻尖蹭上他的侧脸，忍不住地想要和他亲昵，以此来表达欢喜的心情。

陆淮予对她突然的举动有些吃惊，瞳孔微微放大，知道简卿是那种很少表达自己情绪的人，难得像现在这样主动。

他笑了笑，伸手回抱住她，闻到了她的颈窝里淡淡的柑橘香，像是夏日里橘子汽水的味道。

陆淮予低声揶揄："这么开心啊。"

午后蝉鸣和阳光让人昏昏沉沉的，客厅里没开空调，有些热，他们肌肤相触的地方又热又烫，两个人却也舍不得分开。

窗外阳光刺眼，简卿眯着眼眸，拖着懒懒的尾音"嗯"了一声。

这不过是一个普普通通的夏日午后，不知道为什么，她还是想要时间就这么停滞下来。

番外二
今晚月色真美

  从南临到东京羽田机场的航程只要四个小时。
  飞机落地之后，本来陆淮予是计划直接打出租车的，但被简卿制止了。来之前她特地做了功课，知道日本的打车费很贵，从机场打车到东京市区要花近千块人民币。
  虽然是陆淮予带她出来玩，但简卿还是尽量希望旅行费能 AA 制，不想把他付出的一切当作理所当然。
  陆淮予抬腕看了一眼手表，挑了挑眉："你确定要坐电车？"
  简卿点了点头，很肯定地说："坐电车吧。"
  因为他们是自由行，在机场落地以后，所有的事情都要自己来，加上日本的电车又很复杂，简卿本来还挺担心的，结果陆淮予的日语出乎意料地好，发音也很标准，他礼貌客气地询问着机场地勤有关电车的情况。
  简卿怔怔地盯着他讲日语的样子，声音比平时更轻，温柔和缓，好像磁石一样，格外吸引人。
  有来有回的对话结束，"ありがどう。"他说。
  只有这最后一句她听懂了，是"谢谢"。
  往机场电车的方向走时，简卿捏了捏他的手心："你还会说日语呢。"
  "是啊，不然怎么敢带你来，万一被人拐跑了怎么办？"陆淮予笑道，"是不是觉得你男朋友很厉害？"
  简卿轻轻哼了一声，傲娇起来，不肯承认心里的真实想法："一般般。"

虽然她这么说，但嘴角还是不自觉地勾起，身在异国的拘谨感也渐渐散去。

陆淮予一路牵着她的手，顺利地搭上前往酒店的电车。

然而简卿没想到的是，他们正好赶上了东京下班通勤的时间段，越往东京市区走，上来的人越多。

电车里满是西装革履的上班族，人挤着人，前胸贴后背的，几乎没有落脚的地方。

简卿被迫缩在电车的角落里，陆淮予将她围住，手肘撑在墙上，勉强给她腾出了一点点空间，不让其他人碰到她。

只是不断有人挤过来，倒是把他们越挤越近，简卿低着头，侧脸几乎贴着他宽厚的胸膛。

电车里虽然很挤，但很安静。

陆淮予的心跳声起伏有力，一下一下在她的耳边响起。

空气中散发着淡淡的薄荷味，冲淡了拥挤不堪的环境里带来的窒息感。

"会挤到你吗？"陆淮予轻声问。

简卿眼睫微颤，摇了摇头，藏在乌发里的耳根染上浅浅的红晕。

从羽田机场到东京市区，两个人换了两趟电车，终于到了订好的酒店，酒店就在明天烟花大会举办地附近。

简卿体力一向不好，落地东京的当天，光坐飞机和电车到酒店这么一番折腾，就已经很累了，整个人恹恹的样子。

在酒店放下行李以后，陆淮予也没带她去一条街外的商圈找饭吃，而是找了附近的一家拉面店随便凑合了一顿。

虽然是凑合，但是看着很不起眼的一家小店，拉面的味道却出奇地好，简卿吃得心满意足，就是拉面的分量太足，加上在日本剩饭是一件不好的事情，所以她吃不下的面全推给了陆淮予。

陆淮予倒是不嫌弃她吃剩下的，慢条斯理地清盘。

两个人回去的路上，正好经过一家便利店。

"要买些零食回去吗？"陆淮予问。

明明已经吃得很饱，简卿还是不带犹豫地说："要。"

简卿站在冷柜前，扫视货架上各种包装精致的水果。

粉色的草莓特别好看，以前从来没见过，简卿回过头去问陆淮予："你吃草莓吗？"

"不吃。"他说，然后接了下一句，"我想吃自己种的草莓。"语气一本正经，表情也是冷冷淡淡的。

简卿对上他漆黑的眼眸，沉默许久，不知道到底是谁脏，总之最后是红着脸瞪了他一眼。

从便利店回到酒店，知道简卿是真累了，为了第二天的行程，陆淮予倒也自觉地没闹她。

简卿一觉睡到了早上九点，然后才磨磨蹭蹭地吃早饭出门。

今天的行程是去镰仓，因为镰仓在海边，简卿嫌风吹得头发贴一脸，于是扎了一个高马尾，发尾长长地垂落，随着动作时不时轻晃，掠过雪白的后颈。

陆淮予也穿得比平时要休闲一些，简单的白衬衫，最上面两个扣子解开，一副懒散随意的模样。

从东京市区到镰仓用不了多久，到镰仓以后，陆淮予直接买了两张当日镰仓—江之岛通票。

简卿攥着淡蓝色的车票，难得一见地兴奋，挽着陆淮予的手臂，催着他赶紧走。

陆淮予被她拖着往前走，轻笑道："这么着急啊？"

老旧的日式车站，木质的横梁顶，上面缠绕着灰色的电线，几张木质的长座椅，一面背墙，另一面面向的是蔚蓝的大海，海天一色，光是从车站里向外看，风景就已经足够美丽。

简卿站在黄线以内，探着脑袋看见了由远处悠悠而来的绿皮电车。

这样的绿皮车年代久远，就连在现在的日本也很少见了，瞬间勾起了她对童年的回忆。

绿皮老电车在车站里缓缓停下，发出"轰轰"的声音。

简卿一边迈进电车，一边饶有兴致地说："是啊，因为这里是《灌篮高手》的取景地嘛，我以前特别喜欢这部动漫。"

"你喜欢流川枫还是樱木花道？"简卿随口一问，想了想又觉得不对，重新确认道，"你看过《灌篮高手》吗？"

陆淮予老老实实地答："没看过。"

果然如此。

她感觉陆淮予是那种宁愿抱着数学课本打发时间，也不会去看动画片的人。

虽然没看过,陆淮予倒是好学,摸出手机开始检索她说的动漫名。

网页上弹出一张海报,海报里樱木花道和流川枫并肩站在一起。

一个是张扬少年,干练的红发,眼神锐利,笑容阳光,露出洁白的牙齿。

另一个则是内敛少年,黑发垂落至额前,眼眸低垂,抿着嘴角,脸上没什么表情,一副冷淡的样子。

他盯着海报里两个风格迥异的少年,微微侧过手机屏幕给简卿看:"你喜欢哪一个?"

简卿看向手机屏幕,认真地想了想:"以前喜欢流川枫。"

闻言,陆淮予挑了挑眉,好像挺满意她的答案。

然而简卿接了下一句:"但是后来就没那么喜欢了,变得更喜欢樱木花道一点儿。"

陆淮予重新看了一眼海报上傻笑的男生,眉心微蹙:"为什么不喜欢了?"

简卿抬头看他,陷入沉默之中。

因为樱木更加真实,是人间烟火触之可即,随着她年纪渐长,流川枫成了遥望的白月光,得不到就不去看。

见她盯着自己出神,久久不说话,陆淮予伸手捏了捏她的脸:"嗯?"

简卿眨了眨眼睛望着他。

电车大面的玻璃窗外是波光粼粼的海面,阳光由海面反射进来,好像在他的身上嵌着微光。

简卿突然抱住他,脸埋进了他的胸口。

"现在两个都不喜欢了。"她声音低低地说,"我只喜欢你。"

她的声音很轻很轻,轻得几乎说出口时就在空气里散掉。

陆淮予还是听到了她猝不及防的表白,微微一愣。

他锁上手机屏幕,不再看海报上的两个人,下巴抵在她的发顶,自顾自地轻笑:"嗯。我知道。"

两个人从江之岛站下车,碧海蓝天,好像连时间也变得很慢,海风吹走夏日的炎热,只剩下凉爽湿润的气息。

他们走得很慢,不着急赶路,欣赏着沿路的风景,走过矮矮的堤坝、长长的大桥、缓缓的山坡。道路两边时常有成簇的绣球花,五颜六色,好看极了。

两个人沿着平缓的山路往上走,江之岛有不少神社,经过红色的鸟居,就到了其中一个神社。

神社里人不是很多,大多集中在了某几处,很多情侣在神社前排队祈福,先是丢入油钱,然后拉着绳索撞铃铛,好像是为了告知神明有人在祈福,铃铛的声音此起彼伏。

因为祈福的方式很有趣,简卿忍不住多看了两眼。

"要去祈愿吗?"陆淮予顺着她的视线看过去,以为她也想祈福。

简卿摇了摇头。她一直是个坚定的无神论者,并没有把期望寄托在神明身上的习惯。

他们路过祈愿神社的时候,正好是一对中国情侣在祈福。

女生拍了两下手,低头闭目,虔诚地低声说:"希望我们一直一直在一起。"

他们恰巧听见,不知道为什么,下意识地扭头看向对方。

两个人四目相对。

陆淮予轻轻勾唇:"你真的不去祈愿吗?"

"你会离开我吗?"她问得直接。

"不会。"陆淮予想也不想地回得直接。

简卿笑了笑,不甚在意地说:"那我为什么还要去祈愿?"

陆淮予凝视着她干净澄澈的眼眸,伸手将人揽进怀里:"不用祈愿。"

对他来说,这件事不是希望,而是肯定,他们要一直一直在一起。

逛完神社回去的路上,简卿有些口渴,看见窄窄的商业街里有一家卖抹茶冰激凌的店,便用手肘戳了戳旁边的男人。

"我想吃冰激凌。"她的声音软软糯糯的,像是撒娇的小朋友。

因为简卿长了四颗龋齿,平时陆淮予不怎么让她吃甜食,就算吃完也要催着她去刷牙。

这次出来玩,陆淮予倒是好说话很多,什么都让她尽兴。

"给你买。"他哄小孩似的说。

简卿的眼眸亮起来:"那买两个,你和我一起吃。"两个人一起吃冰激凌才更甜。

陆淮予一般是不爱吃这些甜腻的食物的,不过也没说什么,和店家要了两个抹茶甜筒。

他们一人手里握着一个甜筒，慢吞吞地往车站的方向走去，因为不赶时间，也没刻意去找路，哪里风景好就往哪里走。

银白色的沙滩柔软细腻，海岸线明晰，一路上没什么人，安静而舒适。

简卿一边小口小口地吃着冰激凌，一边四处看，没怎么拍照，眼睛看见的颜色才是最纯正的，进了相机里就变了味道。

很快冰激凌吃得见底，只剩下一个脆皮，简卿有些没吃够，看上了陆淮予的。

"我们碰个杯吧。"她举起甜筒示意。

陆淮予不知道她动的什么心思，配合地把甜筒凑过去和她碰杯。

他刚把甜筒一凑近，简卿就用她的甜筒利索地舀走大半个冰激凌球，然后对着陆淮予得逞似的"咯咯"地笑。

"你吃得太慢了，我帮你吃一点儿。"她幼稚得不行。

陆淮予看了一眼手里的冰激凌，视线移回她的脸上，她的一双眼弯弯的，仿佛小月牙儿似的俏皮可爱，嘴角上还沾着融化掉的一点儿冰激凌。

他无奈地轻笑，明明是她抢了他的冰激凌，还要找冠冕堂皇的理由。

"你吃了我的冰激凌，我是不是也要吃你的才公平？"他认真地问。

海风轻轻拂过，吹乱了简卿额前的碎发，挡住了视线，她看不太清陆淮予的脸。

她下意识地把拿冰激凌的手往后缩，不给他抢回去的机会，然后另一只手抬起去拨纷飞的头发。

蓦地，手腕被人扣住，没等她反应，她就感受到眼前覆下一片阴影。

陆淮予弓下背，亲吻上她的唇瓣，触感温热而干燥。

他的亲吻浅尝辄止，他只是卷走了她嘴角沾着的冰激凌，不腻，却格外甜。

简卿眨了眨眼睛，没想到他会突然亲过来，瞬间红了脸，下意识地拍了他一下，娇嗔地说："你干什么？"

她慌张地环顾四周，生怕被路过的人看见。

陆淮予把人重新揽回怀里，低笑道："这会儿知道害羞了？"她抢他的冰激凌的时候也没见害臊的。

简卿轻轻哼了一声，不理他，自顾自地继续抿冰激凌。

冰激凌的凉意也盖不去嘴唇上炽热的感觉。

他们坐电车回去的路上，正好赶上镰仓高校放学，但电车里不算拥挤，只是多了几个穿着日本校服的妹妹，挺括的白衬衫和领结，加上过膝的百褶裙，白色袜子盖住脚踝，配上干净的小皮鞋，散发着青春的气息。

简卿凑到陆淮予耳边小声说："你不觉得日本高中生的制服很好看吗？"她视线微微移到对面，示意他也看。

陆淮予顺着她的视线，看到坐在对面的高中生，只扫了一眼，就收回视线，脸上没什么表情，语气淡然："一般。"

简卿撇撇嘴，觉得是他不懂欣赏，她的视线时不时地瞟向对面的妹妹。

妹妹低着头，及腰的长发被分至两边，耳朵里塞着耳机，正眯着眼睛养神。

以前她见惯了运动服式校服，看到日本女高中生的穿着，忍不住再次感慨，真好看哪。

陆淮予默不作声地将她的小动作看在眼里，皱了皱眉，把她的脸转了过来。

简卿眨了眨眼睛，用表情问怎么了。

"不准看。"他说。

简卿觉得好笑，捏了捏他的手心，低声揶揄："干什么，你连女孩子的醋也要吃吗？"

陆淮予非常坦诚地"嗯"了一声。

他愿意吃。

陆淮予没忘记很久很久以前，她轻声细语地哄林亿乖宝宝的模样。

两个人从镰仓搭乘JR（Japan Railways，日本铁路公司）列车回到东京市区已经是傍晚了，整座东京市沉浸在无垠的夜色里，到处是流光溢彩的城市夜景，东京塔也发出闪烁的微光。

陆淮予带简卿去了一家偏居酒屋式的饭店，里面的氛围不似日本的其他地方那么安安静静，客人生怕发出一点儿声音打扰到旁人。

居酒屋里是热热闹闹的烟火气，压着脾气过了一天的都市人，在这里放开了天性，喝酒、聊天儿大笑，轻松自在。

中途陆淮予接了一通电话，是用日语打的，简卿偶尔能听见手机听筒里传出来的男声。

电话说到一半儿，陆淮予低声讲了一句："ちょっと待って（等一下）。"

然后他放下手机，看向简卿："我有个同学知道我来东京，晚上想请我

· 456 ·

去聊一个病例，可以吗？"

他语气认真地询问着她的意见，像是和上级报告，请求批准。

他们出来玩的这两天，陆淮予几乎每天都会接到两三个工作电话。

简卿嘴里嚼着烤鸡肉串，点了点头，并不介意的样子。

吃过晚饭，陆淮予先把简卿送回了酒店，然后换了一身正装。在日本好像是特别注重穿衣的礼仪，上班族都是标准的西装革履，黑白搭配，没有其他多余的颜色。

陆淮予虽然说是聊病例，但有可能会见病人，也算是工作，所以还是需要穿得正式。

简卿坐在床上晃着腿，看他慢条斯理地系好领带，然后说了一句："拜拜。"语气轻松，一点儿也没有舍不得的意思。

陆淮予伸手按着她的脑袋胡乱揉了揉："记得别出门，也别给陌生人开门，乖乖等我回来。"

他小心谨慎地叮嘱着，好像真的怕小姑娘被人拐跑。

简卿乖巧地点头。

然而陆淮予临走时还是不放心地又多交代道："有事记得给我打电话。"

简卿都听腻了，他就是出去一个小时，哪儿有那么多要注意的事？她心不在焉地应付："知道了，知道了，你都说好多遍啦。"

陆淮予无奈地看她一眼，终于出门。

玄关处传来轻轻的关门声。

少了一个人以后，酒店房间里好像一下安静了。

简卿洗了个澡，将白日里的疲惫感一扫而空。

她趴在床上，往大学寝室群里发了一张镰仓高校著名的电车取景地。

绿皮的电车驶过警戒栏杆，背后是湛蓝的大海，和《灌篮高手》里樱木花道与晴子隔着电车相望的画面完美一致。

林亿："我的青春！"

周琳琳："就这？你人呢？"

简卿愣了愣，不明白周琳琳怎么是这个反应，没等她打字回复，周琳琳的微信语音电话就打来了。

周琳琳劈头盖脸就是一句话："我送你的旅行礼物你是不是没拆？"

"……"

经她提醒，简卿猛然想起这回事。

之前周琳琳知道她要去日本旅行，特意神神秘秘地送了她一件礼物，让她到了日本再拆。

简卿把礼物盒子塞在了行李箱最里面，看不见，倒是忘了个干净。

她赶紧道歉，跳下床，翻出行李箱深处的盒子："我现在拆，现在拆。"

"晚了，没用了！"周琳琳气呼呼地说。

简卿脑袋和肩膀夹着手机，两只手齐上阵地打开盒子，映入眼帘的不是别的，正是她白天里夸好看的JK（女子高中生）制服。

"我可是特意照着赤木晴子的样子搭配的衣服，就等着你去镰仓的时候还原给我看呢。"周琳琳嘟嘟囔囔不满地说，自从简卿把头发留起来以后，倒真有晴子的感觉。

简卿看着这一身衣服，心想可能她昨天拆了礼物，今天也不会穿出去。

但她当然不可能对着周琳琳表达这样的意思，一副颇为可惜的样子说："那怎么办？我已经去过镰仓了，不然我现在穿一下给你看？"

周琳琳想了想，决定让步："可以，那你换吧。"

"……"

简卿原本以为她会说算了，失策了。

简卿挂了电话，看一眼手机，估摸着陆淮予回来还要一段时间，于是决定赶在他回来之前换上JK制服给周琳琳看了交差。

虽然她觉得看别人穿JK制服很赏心悦目，但是要穿在自己身上，总觉得不适应。等她磨磨叽叽地换好衣服，站在镜子前有些别扭地捋了捋头发，正准备赶紧拍张照片应付过去的时候，房间的电子门突然发出声音，"吧嗒"一声，门被打开了。

简卿惊慌地看过去，正对上陆淮予的眼眸。

陆淮予看到她这身打扮，明显愣了一瞬，眼里难掩错愕之色，视线凝在她身上。

简卿穿着白色衬衫，衬衫是偏水手服的制式，领结是正红色的，板型收身，将胸前部位裹得鼓鼓的。浅灰色的褶裙，腰围正好卡在腰腹的位置，几乎遮不住什么，露出两条修长的白腿。

男人的喉结上下滚了滚，眼神倏地变沉，像是狮子伏击猎物时虎视眈眈的眼神。

简卿顿时警惕，扯了扯嘴角，干笑地解释道："这是周琳琳送的，让我穿给她看看。"

她赤脚踩在地毯上，下意识地要往浴室里躲："我现在换回来。"

只是没等她走两步，她就被陆淮予扯回来摁在了床上。

他的声音低哑:"不许换。"

简卿嗔怒道:"你不是不喜欢这样的制服吗?让我先换回来啊。"

陆淮予一身笔挺西装,西服裤的布料在她的腿上磨蹭,触感粗糙。

他撑在床上,伸手扯松了领带,埋进她的后颈亲吻:"现在喜欢了。"

昨晚下了一夜的雨,窗户被人轻轻推开,新鲜湿润的空气涌入,明亮的光线洒进来,照得人晃眼。

简卿在半梦半醒之间浑浑噩噩地皱了皱眉心,好像对突如其来的光线很不满意,过了许久才适应过来,继续昏沉地睡觉。

"简卿。"陆淮予低声唤她。

这一天他们本来打算早上去迪士尼海洋乐园,晚上回来正好花火大会开始。

简卿闭着眼睛,没有任何反馈。

陆淮予抬起手腕,看一眼手表上的时间,已经有些来不及,伸手轻轻地推了推她的肩膀:"我们该出门了。"

耳畔的声音扰人清梦,简卿扯过被子盖住耳朵,隔着被子嘟嘟囔囔道:"我不想起。"

"再不去迪士尼就来不及了,你不是很想去吗?"陆淮予温言细语地哄她。

简卿浑身上下软得一点儿力气也没有,昨天晚上被折腾得厉害,现在的她只想睡死在床上,哪儿也不想去。

陆淮予指腹揉上她的眉间,轻柔地打着转儿:"嗯?起床了。"

简卿睡不安稳,微微晃着脑袋,甩开他的手,有些恼了,生出一股气:"你好烦哪,要去你自己去。"

陆淮予无奈地盯着脑袋全部缩进被子里的小姑娘,最后只能妥协,由着她睡过去。

简卿一觉直接睡到了中午,带着不小的起床气,连午饭也是叫的酒店的餐送到房间里吃的。

陆淮予特别识相地端茶倒水地伺候着。

简卿坐在床上,架起小桌板,吃着他切好的汉堡肉,恢复了些体力之后,忍不住踢了一脚床边的男人。

陆淮予知道她气什么,掐着她圆鼓鼓的两边脸捏了捏,勾唇轻笑:"好了,下次让你绑回来。"

陆淮予避重就轻，切入点也像是故意的，惹人害臊。

简卿余光瞥见床头皱皱巴巴的领带，顿时红了脸，愤愤地瞪了他一眼。

在这方面，她是一点儿也没办法从陆淮予那里讨饶的。

吃过午饭，简单休息了一会儿，简卿算是休整过来了。

因为迪士尼海洋乐园没有去成，下午再去也玩不了什么项目，于是他们临时改变了行程，改道去了宅圈天堂秋叶原。

原本他们的旅行计划里是没有秋叶原的，主要是简卿觉得陆淮予这种人，秋叶原对他来说大概就是个普普通通的家电城，没那么多情怀光环，去了也肯定会觉得很无聊，甚至可能无所适从。

既然是两个人旅行，当然是要去两个人都有兴趣的地方，所以在制订行程的时候，简卿提也没提秋叶原，但鉴于陆淮予昨晚的表现，简卿决定不体谅他了。

秋叶原主干道在特定的时间点内禁止车辆进入，极为宽敞的道路两旁，到处是鳞次栉比的高楼，每一栋建筑上都挂着五颜六色的竖牌。

秋叶原里有很多电玩城、手办店以及卖游戏机和卡碟的店，隐蔽的角落里还有各种不可描述的漫画店和影像店。

简卿看哪儿都觉得新鲜有趣，在其中一家手办店里盯着玻璃橱柜里的手办很久。

陆淮予虽然对这些东西都没有兴趣，但一点儿没表现出来，要是简卿的视线在其中一个手办身上停留了超过十秒钟，他就会问："想要吗？"他好像巴不得把她喜欢的东西给她买下来似的。

简卿每次都是摇摇头，就只是看看。

做工粗糙的手办她不喜欢，做工精致造型独特的，又都是几万日币起步，她不是手办搜集爱好者，觉得倒是没必要花这个钱，看看就得了。

这一家手办店不大，他们逛得差不多，正准备离开时，简卿的视线突然被角落里的樱桃小丸子手办吸引住了。

樱桃小丸子的手办说实话很少见，玻璃柜里的也是二手手办，连包装也没有，连是不是官方出的正版也不能确定。

手办是小丸子、姐姐、爸爸妈妈、爷爷奶奶一家六口围坐在暖炉边喝茶的样式。

简卿一直很喜欢小丸子，每次看都会觉得很温暖，这个手办给她的感觉也是这样。

陆淮予的手机振动起来，是医院打来的电话，他拿出手机示意简卿："我出去接个电话。"

简卿回过神儿，看向他点点头表示知道。

陆淮予走出店，站在树旁接电话，眼睛看向店内，倒是没让简卿出他的视线。

简卿重新盯着橱窗里的手办，价格有些贵，但还是决定买下来。

陆淮予不在，她用简单的英语和店员小哥交流，指了指橱窗里小丸子的手办。

染着银色头发的年轻店员小哥立刻明白她的意思，笑眯眯地帮她拿出手办，然后领着她到收银台，买单打包。

店里客人不多，店员小哥用蹩脚的英文和她闲聊，虽然日式英语让人听不太明白，但勉强能交流。

等手办被包装好，店员小哥还特别热情地教她用日语说樱桃小丸子。

"ま——る——子——（小丸子）。"小哥放慢了语速，让简卿跟着他念。

"ま、る、子？"简卿觉得有趣，学着他的发音。

"はい、ちびまるこちゃん。（对的，樱桃小丸子。）"小哥对她竖起了大拇指表示夸赞。

店外，陆淮予还在打电话，看见简卿已经买了东西，在收银台前和店员小哥有说有笑的，不知道在聊什么，惹她笑得特别开心，他不自觉地皱了皱眉。

等他挂了电话，简卿已经拎着手办从店里出来，径直走到他身边，嘴角还带着刚才聊天儿时的笑意。

陆淮予将手机放回裤兜："买什么了？"

简卿买到了心仪的手办，特别开心地把盒子举到他面前，献宝似的说："樱桃小丸子的手办。那个店员小哥还教我用日语怎么说樱桃小丸子。"

她忍不住和他分享刚才的趣事，不由得感慨日本服务业的人是真的友好，让人如沐春风，丝毫没有注意到男人漆黑的眼眸里一闪而过的不爽之色。

简卿在秋叶原逛了三四个小时，体力已经被消耗完，他们决定直接回酒店，等着晚上八点半开始的花火大会。

花火大会是东京每年夏季都会举办的民俗活动，届时漫天都是烟火，也有不少女孩子参加，会穿上很漂亮的和服、木屐，扎着精致的头花。

461

因为离花火大会开始的时间还早,他们在外面吃完晚饭就先回了酒店休息,一回到酒店,简卿直接脱了鞋子倒在床上:"好累啊。"

"要我帮你按摩吗?"陆淮予把她的包和袋子放好,慢条斯理地挽起袖口。

"要!"简卿没忘记之前陆淮予给她按摩得很舒服。

她把脸埋在被子里,四肢舒展,十分配合地躺好,没有注意到他默默地把窗帘拉上了。

简卿感受着陆淮予的手在她的肩膀上揉捏,力道由轻至重,只是这次按摩的时间没有很久,很快他的手就往下移。

简卿很快意识到不对,转过身,红着脸怒视他:"不是说按摩吗?"

陆淮予伸手压着她的肩膀,将她重新按回床上,故作不知地问:"你不喜欢按摩这里吗?"

简卿忍着唇齿间随时可能溢出的声音,不知道为什么,讲不出话。

"喜欢,还是不喜欢?"他不疾不徐地问,"说不出来?那我用日语教你说好吗?"

耳畔传来男人低沉沙哑的声音:"喜欢,是好き;不喜欢,是欲しい[①]。"

简卿扭过头对上他漆黑的眼眸,咬了咬唇,终于别扭地说:"不喜欢。"

"不对,用我教你的日语说。"

良久,她学着他教的日语,用软软的嗓音低低地说:"欲しい。"

陆淮予盯着她红得滴血的脸,轻扯了扯嘴角,拖着慵懒的尾音"哦"了一声,恍然大悟似的说:"原来你是这个意思啊。"

他的动作停住。

简卿来不及反应,陆淮予就已经倾身过来。

不知什么时候,窗外燃起了烟花,声音响彻天际。

原本旅行计划里占了重头戏的花火大会,他们将将只看了个尾声,陆淮予抱着她,躺在长长的沙发椅上,窗帘被拉开,大面的玻璃窗外是千树万树的花火。

[①] 注:"欲しい"日语真实翻译为"想要"。

简卿没什么力气，浑身软绵绵地靠在他的身上，脸上留着哭过的痕迹。

房间里没开空调，夏夜的温度还很热，空气有些黏稠。

简卿半眯着眼眸，有些恹恹的，任由他亲昵地像是抚摸小兽似的安抚她。

她的目光落在窗外的烟花上，不知道为什么，思绪飘浮不定，她想起去年的跨年，陆淮予出差回来时，看见她躺在沙发上，以为她睡着了，然后附在她耳边，小心翼翼地说的那一声"新年快乐"。

他的语气克制而压抑。

那时候的她虽然醒着，却不敢动弹，也不敢给他任何回应，好像是藏在心里的秘密不敢让人知道。

简卿眨了眨眼睛，仰起头看他，火光照亮他的侧脸，轮廓明晰。

察觉到她的视线，陆淮予低下头，与她对视。

她盯着他，轻轻地开口："新年快乐。"她补上之前没有说的话，声音软糯，有些嘶哑。

陆淮予挑了挑眉，不明所以地望着她，又好笑又觉得莫名其妙。

这六月的时节，怎么就新年快乐了？

不过窗外的烟花和气氛倒是和过年差不多了，虽然不知道是为什么，他也配合，轻笑着回了一句："新年快乐。"

在东京待了三天以后，他们从羽田机场搭飞机去了北海道。

东京这座城市，总归少了一些慢生活的气息，给人一种浮躁和匆忙的感觉。

因为知道简卿不是爱动的人，所以他们剩下一半时间的旅行，陆淮予安排在了一家北海道的农场里度过。

六月中旬，正是北海道薰衣草花田开得热烈的时候，漫山遍野都被染上了一层淡淡的紫色，美不胜收。

北海道有很多家大型的农场，每到花季，会向游人开放，参观薰衣草花田的游人络绎不绝，但一般来说，农场里是不给游人提供住宿的，农场开放参观的时间一般也是从早上到下午五六点就结束。

凑巧陆淮予有一个日本的同学，家里是在北海道开农场的，和他关系不错，加上之前去东京陆淮予帮对方解决了一个疑难病例，所以就把他在农场里的度假小屋借给了陆淮予。

463

良野农场没有对外开放，所以知道的人很少，但是农场里的薰衣草花田丝毫不逊色于那些名气很大的农场，眼下不是农忙的季节，农场里没有其他人，倒是格外清静，仿佛与世隔绝。

　　度假的小木屋就在花田的山坡上，三个人抱臂粗的大树底下，颇有隐居田园的悠然自得之意，从小屋的吊窗往外眺望，满目皆是紫色的花海，无边无际。

　　简卿只看一眼，就喜欢得不得了。

　　小屋里陈设很简单，两层结构，一楼是客厅，挂着温暖的壁毯和壁炉，沙发是软皮质的，给人很温馨的感觉，二楼除了一张床没有其他的东西。

　　客厅里也没有什么娱乐设施，电视这些也没有，好像身处美景之中，看电视反而是辜负了这里。

　　他们到北海道的时候已经很晚了，所以当天晚上只简单地洗漱收拾以后，就上床睡觉了。

　　第二天简卿醒得格外早，甚至比陆淮予还早睁眼。

　　清晨的太阳从山坡上缓缓升起，而后垂挂于半空中，整片薰衣草花海沐浴在微光闪烁的朝阳里。

　　他们在北海道没有安排行程，这一天都是空的。

　　简卿忍不住手痒，出来旅行几天了，都找不到机会画画，这会儿突然很想写生，很想将眼前的风景画下来。

　　她从行李箱里翻出简易支架和画板，庆幸自己把它们带了出来，然后找了个合适的位置和角度，支起了画板，对着花田写生。

　　早上的风轻轻吹过，挟着微微的凉意，刺得皮肤起了小小的疙瘩，简卿搓了搓手臂，倒也懒得再跑回屋子里拿外套，想着再等一会儿就该热起来了。

　　陆淮予醒来时，发现床边的人已经不在，被子冰凉。他皱了皱眉，困倦惫懒的眼眸立刻清明，掀开被子起床。

　　走出小屋后，他一眼看见远处紫色的花田里站着的人。

　　简卿穿着白色的吊带长裙，纤细的吊带挂在白皙圆润的肩膀上，裙摆很长，被风扬起，在空中像是蝴蝶翅膀似的翻飞飘舞，黑发宛如瀑布垂落下来，柔顺光滑。

　　她低着头，视线凝聚在纸上，别在耳后的一缕碎发垂落至额前，轻轻晃荡。

　　薰衣草成簇地拥在她周围，清晨的薄雾还未散去，笼罩着一层朦胧的水汽，仿佛他看见的是误入凡尘的精灵。

陆淮予折返回小屋，拿了条白色针织羊毛围巾，然后朝她走去。

简卿沉迷于画纸上的世界，丝毫没有注意到身后的脚步声，直到柔软的围巾披在她身上，才回过神儿，抬起头来。

陆淮予从后面抱住她，下巴抵在她的肩膀上，嗓音里还带着刚刚睡醒的沙哑感："怎么不多睡会儿？"

"睡不着了。"

简卿被他抱着，手上的动作倒是没停，右手拿着颜料笔，在画纸上来回涂抹。

陆淮予揉着她的左手，包裹进他的掌心里："手这么凉，也不知道多穿点儿。"

简卿任由他把玩着她的左手，眼眸低垂，继续用右手画画，语气没怎么走心，轻笑道："你不是送来了吗？"

她画画的时候总是很认真，注意力只在眼前的花田和画纸上，就连手指被圈上了东西也没有意识到。

直到她想要用左手去拿调色板时，嫌他碍事，才皱了皱眉看过去，娇嗔道："你别拉我的手——"

话还没说完，她看见了自己的左手无名指上多出来一枚银色戒指，尺寸正好，嵌着形状切割极好的钻石，闪烁着微光。

简卿愣了愣，下意识地仰起头，正对上陆淮予漆黑深沉的眼眸，他就这么静静地凝视着她。

有风拂过，空气中散发着薰衣草淡淡的香味，夹杂着若有若无的薄荷香。

农场里什么人也没有，仿佛天地之间只有他们两个人。

两个人默契地保持着安静。

良久，她眨了眨眼睛，转过身回抱住他，把脸埋进他的胸口，小猫儿似的用鼻尖蹭了蹭，隔着粗糙的衣服布料，听见了他的心脏有力的跳动声。

这样就很好。

两个人什么也不用说，一切都是自然而然地发生。

简卿一直从白天画到了日头西斜。

陆淮予简单做了晚饭，用的是农场里自产自销的新鲜蔬菜和面包，做成的三明治。

简卿肚子饿了，画架也懒得收，陆淮予站在山坡上喊她吃饭，她直接就跑回了小屋。

傍晚温度刚刚好，不冷也不热，于是他们就这么坐在老树下的木质双人秋千上吃饭。

秋千慢悠悠地晃荡，好像晃到了外婆桥，时间也变得很慢很慢，慢到他们能看清天上白云流动的轨迹、星星闪烁的频率、夜幕降临时一点点染上的墨色。

吃过晚饭，陆淮予用食指指腹擦了擦她嘴角的面包渣，然后将她圈在怀里。

简卿将脑袋搭在他的手臂上，仰着脸看天空。

漫天的繁星密密麻麻的，是在城市里看不到的迷人夜景。

"我教你一句日语吧。"陆淮予突然说。

简卿在日语上吃过亏，白了他一眼，想也不想地拒绝："不要。"

陆淮予看着她一副不信任的警惕模样："这次不逗你了。"

简卿愤愤地哼了一声，不情不愿地说："那你讲吧。"

陆淮予的声音低沉缓慢，日语的五十音被他念出来，莫名其妙地好听和舒服。

他侧过头，盯着她，把句子拆分成几段，一点点地教。

"今夜は、月が、綺麗ですね①。"

简卿倒也配合，一点点地学。

"对的。连起来说一遍。"

"今夜は月が綺麗ですね。"她的发音有些不准确，因为心虚声音也越来越小，轻飘飘的，好像在风里就散了。

不知道为什么，陆淮予就这么盯着她的唇齿一开一合，轻笑出声。

简卿皱了皱眉，捏着他的手心，不满地嘟囔："笑什么？这句日语是什么意思？"

"意思是，"他顿了顿，停顿的时间格外长，然后眼神认真地凝视着她，"我爱你。"

---

① 今夜は月が綺麗ですね：翻译为"今晚的月色真美"，是日本的一句浪漫情话，"我爱你"的文艺说法，源于日本著名作家夏目漱石的翻译。

简卿有些脸红,很少听他在床上之外讲这些动情的话。

"这样啊。"她故作淡定地说,抑制不住地嘴角微微上扬,然后再也忍不住了一般,把脸埋进他的颈窝,好像是有些不好意思。

"那我再说一遍。"她轻轻地开口,没有用日语,"我爱你。"

今夜月色真美啊,风也很温柔呢。

一遍是夏目漱石温柔含蓄的表白。

一遍是毫不遮掩、浓烈的爱意。

时间不知不觉地流逝,晚风裹着凉意,简卿有些恹恹的,靠在秋千上不想动弹。

"帮我收一下画板好不好?"她含着鼻音地撒娇。

陆淮予应声站起来,帮她把盖在身上的薄毯扯好,然后才走到不远处的画架前。

简卿就这么懒懒散散地看着,看他把画板上的画取下来,翻开对折的木质画板。

画板里掉出一幅旧画,在空中打了个转,然后落进薰衣草的花田里。

简卿吃过饭以后,大脑有些许停滞,直到陆淮予弯腰捡起画,看了许久,意味深长地朝她投来视线时,她才恍然觉得不对,掀开薄毯快步跑了过去,伸手想要抢回画纸。

陆淮予反应极快地抬高手臂,让她够不着画。

简卿半靠在他身上,拼命想要够他的手:"哎呀,你别看。"

"你画的是我,为什么我不能看?"陆淮予似笑非笑地逗她。

简卿耳根子有些红。

她自己留着看是一回事,被当事人看见又是另一回事了。

简卿又急又羞恼,手臂伸得老长,却还是够不着。她用力扒着他往上踮脚,身体重心几乎全部压在了陆淮予身上。

陆淮予身体往后仰,不知道为什么,就这么被她压倒在了地上。

他们倒下的地方,周围都是高高的薰衣草,几乎将他们埋在花海里。

薰衣草的味道弥漫开来,清晰可闻。

简卿眨了眨眼睛,适应了这瞬间的天旋地转的感觉,终于抢回了她的画。

她的目光掠过画里男人完美的身体比例、紧致结实的肌肉线条,觉得刺眼,光是一瞥就让人心荡神驰。

简卿轻咳一声,想要从他身上爬起来,蓦地腰间被两只手掐住,他禁锢得她不得动弹。

她抬起眼眸瞪着他。

陆淮予附在她的耳边,揶揄轻笑:"这么喜欢我的身体啊。"他们出来旅行她还带着他的画像。

他的声音低沉沙哑,一字一顿,异常烫耳。

简卿眼睫微颤,脸颊绯红,恨不得捂住耳朵,嗔怒道:"你别说了。"

殊不知她越是这样娇羞的模样,越是惹得他想要去欺负。

猝不及防间,他们的位置颠倒,简卿怔怔地盯着出现在她上方的男人。

陆淮予倾身过来,咬着她的下唇,撬开她的唇齿,动作带着他的气息。

沉沉夜色与繁茂的薰衣草做被,将他们掩藏,隐去了踪迹,薰衣草的花穗偶尔拂过她的侧脸,有些刺痒。

地面的温度偏高,是太阳炙烤的余温还未散去,皎洁的明月也敛去了光亮,变得静默。

缱绻而炎热的夏结束,立秋一过,天气渐渐转凉。南临向来四季分明,秋高气爽,让人连呼吸都感觉是通透的。

经过快两年的工作时间,简卿现在已经能够独当一面,对一个项目的美术风格设计做整体把控。

夏诀最近不知道是怎么的,工作不积极,迟到早退。

其他部门的人来找人,问就是不舒服在医院里,后来索性把负责人的工作丢给了简卿,美其名曰锻炼锻炼她。

当然她能力越强,意味着责任越大,需要付出的时间必然也是成正比的。

简卿和陆淮予的工作都很忙,工作日里,两个人连一起吃饭,好好聊天儿的时间都没有。

虽然他们在一起的时候怎么黏着也不嫌腻,但是分开以后,也都在各自领域里专注而认真地工作着。

简卿早上刚刚和卡牌项目的负责人开完美术风格商定会议,确定了卡牌游戏走水墨国风的美术风格。

卡牌项目的制作人磨磨叽叽,见夏诀不在,就使劲儿地刁难,说这也不好那也不好,心里仍旧怀着一颗走二次元美术风格梦的心。

简卿四两拨千斤地都推了回去，说到后来，卡牌制作人都觉得自己在无理取闹，彻底接受了水墨国风。

会议开完，简卿正好接到陆淮予的电话。

一般来说他们工作时间很少打电话，都怕打扰彼此。

简卿拿着手机去了茶水间。

正午的阳光从玻璃窗洒进来，温度刚刚好。

她眯了眯眼睛，紧绷的神经放松，拖着懒懒的尾音，从嗓子眼儿里发声："嗯？"

她像是小猫儿在呢喃撒娇，和刚才工作时严肃认真的样子判若两人。

耳畔传来男人低哑的声音，语气里含着笑意。

"下午有空吗？能不能早点儿下班？"他问。

"怎么了？"简卿翻开手里的笔记本确认工作，然后回道，"可以有空。"

陆淮予淡淡地"嗯"了一声："那我四点去接你。"

简卿眺望远处鳞次栉比的高楼，漫不经心地问："为什么？"他突然约她。

"没什么。"他轻描淡写地说，"想和你领个证。"

窗檐上飞过两只雀鸟，如影随形，简卿将目光落在它们身上，然后笑了笑："好。"

她不怎么意外，也不需要仪式感，就在这么平平淡淡的一天，这件事自然而然地发生。

简卿回到工位上，隔壁桌的肖易看见她，说道："卿姐，裴浩哥刚才来找你。"

简卿看了肖易一眼，欲言又止，不知道什么时候起，也不知道谁起的头，美术支持部的同事一个个都叫起她姐。

明明她是整个部门里年纪最小的人。

简卿放下手里的笔记本电脑，大步去到《风华录》项目组，远远地就听见有吵架的声音。

裴浩正挡在一个程序员和一个策划中间："哎，哎，哎，别吵了，别吵了。"

简卿面不改色，好像早就习惯了隔壁项目鸡飞狗跳的工作状态，径直走了过去，打断他们的对话："找我有什么事？"

裴浩看见简卿，擦了一把额头上的汗，瞪了程序员和策划一人一眼。

469

两个年轻大老爷们儿不好意思当着外人的面争吵，很快偃旗息鼓，但还是愤愤地看着彼此。

"《风华录》不是美术风格更新一段时间了嘛，下午《风华录》有个美术用研会，想看看现在玩家的反馈信息，你要不要来听？"

"几点？"简卿问。

"三点到六点。"

闻言，简卿抿了抿唇："我下午四点之后有事，估计只能听一半儿。"

裴浩挑了挑眉，难得看她早退，敏锐的神经被激活："啥事啊？和陆医生一起？"

简卿没讲话，当作默认。

裴浩"啧啧"了两声，来劲儿了，笑得暧昧而了然："陆淮予可以啊，没忘了今天是七夕情人节。"

闻言，简卿愣了愣。她对日子没什么概念，过一天算一天，也不会特地去留意什么节日，每次都是听别人说起才知道那天过的什么节。

原来今天是七夕啊。

"你们打算去干吗，兜风？"裴浩故意揶揄，没忘记之前陆淮予不解风情，大冬天约妹妹兜风的事。

简卿看他一眼，淡定而不遮掩地说："领证。"

可以，这过于"虐狗"了。

裴浩又酸又激动，"那我可不敢耽误你，用研会你也别来了。"

简卿听他这么说，也不客气："行，那回头你把用研报告发我一份我看看。"

下午三点五十，简卿搭电梯下楼，一眼看见停在公司楼下的陆淮予的车，嘴角不自觉地上扬。

她小跑着过去，靠近车门时，听见车锁适时解开的声音，拉开车门坐了上去。

"等很久了吗？"她一边系安全带，一边扭头问。

"没有，我也刚到。"陆淮予看着她，神色不自觉地柔和，好像心情很好。

等简卿在位置上坐好，他才开车缓缓驶进车道，往民政局的方向开去。

工作日的下午，平时总是堵车的路上也是一路通畅。

简卿盯着车窗外的景致，天空很蓝，阳光很好，让人不知不觉心里就

470

高兴。

民政局离公司不算近，开车要半个多小时。

简卿余光瞥见车子座椅中间的置物架上的透明文件袋，里面装着两个人的户口本、陆淮予的身份证，还有各种资料的复印件，就连她的免冠照都有，不知道陆淮予是什么时候准备的。

她从包里摸出自己的身份证，拉开文件袋的拉链，一起丢了进去。

隔着薄薄的透明塑料，并排处于底端的两张身份证上面的年份的数字正好差了十。

"陆淮予。"她叫他。

"女性要二十三周岁以上才算晚婚晚育呢。"她的年纪还没到。

陆淮予将视线移过来，凉凉地看了她一眼。

"那怎么办，我送你回去？"他漫不经心地说，干净修长的食指有一下没一下地在方向盘上轻点。

他虽然嘴上这么说，开车的方向倒是一点儿要变的意思也没有，车速反而变快了些。

"算了。"简卿眨了眨眼睛，"你晚婚晚育就够了。"

陆淮予嗤笑一声，戳破她无聊的哏："拐着弯子不忘提醒我年纪大呢？"

他们到的时候已经是民政局快下班的时候，没什么人，工作人员好像也是急着下班，效率特别高。

简卿就这么迷迷糊糊地跟着工作人员的指引，办完了全部流程。

当他们一人拿着一个红色的本子走出民政局时，简卿才觉得有些恍惚和不真实，好像没有一开始时那么平静，忍不住眼角有些湿。

陆淮予虽然脸上没什么表情，但看得出很高兴，瞧她这副要哭不哭的样子，轻笑出声，伸手擦着她的眼角，温声细语地哄她："哭什么，怕我以后欺负你吗？"

简卿抱住他的腰，撒娇似的呢喃："你不许欺负我。"

陆淮予揉着她的发顶："不欺负你。"

他的珍宝终于落于手中，从此他只想好好爱她。

他们回去的路上，华灯初上，到了下班的点，堵起了车。

简卿盯着路边花店门口大束大束的玫瑰花，商场霓虹灯也是粉色爱心的形状，到处都是情人节的气氛。

471

她倒不是有多喜欢鲜花之类的东西，只是在这样的气氛里，总觉得该有些仪式感的东西。

　　"晚上去干什么呢？"她问。

　　"回家。"陆淮予淡淡地答。

　　"哦。"简卿闷闷地说。

　　她扭过头偷偷瞄了他一眼，陆淮予视线直视前方，认认真真地开着车，好像一点儿没听出她的暗示。

　　简卿重新看向前面的车屁股，没再说什么，估计他只是凑巧选了这一天领证，压根儿不知道今天是什么日子。

　　然而等他们回到家以后，简卿打开灯，望着客厅茶几上摆满的瓜果、零食、鲜花，愣了愣。

　　桌上摆的东西种类之多，甚至堆起来像一座小山，和家里整洁利落的风格形成鲜明对比。

　　鲜花不是玫瑰，也不是那种从花店里买回来修剪得精致的花，更像是从谁家花园里有啥花摘的啥。

　　水果也是各种都有，西瓜、葡萄、橙子、菠萝，她一时数不清有多少种类。

　　零食是那种很朴素的老式点心，红枣、巧果、饼干、小面包，看着和岑舒青常烤的点心很像。

　　围着这些吃食，茶几上还放着七杯空茶盏。

　　简卿一脸疑惑的表情："家里要来客人吗？"

　　"不是，这些东西是给你过节用的。"陆淮予从柜子里翻出一包龙井茶叶，低着头往白瓷茶壶里拈茶叶。

　　简卿一时摸不着头脑，哪儿有人这么过情人节的？

　　陆淮予一边慢条斯理地泡茶，一边和她解释："以前我们家每年七夕都会给岑虞这么过的。"

　　"摆上七种鲜花、水果和零食，然后向七娘乞巧，乞求巧艺和平安。"他想要把她以前没有的东西都补上。

　　泡好了茶，陆淮予站在茶几中间，费了些力气地把茶几整个端了起来。

　　他看向简卿："帮我开一下阳台门。"

　　简卿盯着他，回过神儿，下意识地去开门。

　　陆淮予把茶几端到室外，然后不知从哪里拿出两支红色的蜡烛，在桌子两角点燃。

简卿就那么站着，怔怔地看他一点点地准备乞巧的仪式。

七夕节是情人节没错，被商家赋予了浓重的情人节色彩，让人都忘记了，这一天原本是乞巧节。

准备乞巧节的仪式是费时费力的，现在很少有人家会这么做，有也是父母给家里女儿准备的。

"愣着干什么？"陆淮予手里拿着一支细细的檀香，递给她，"先给大仙女拜拜。"

"拜拜"他用的叠词，语气像是和小朋友说话似的。

"东南西北每个方向拜三下，然后把第一杯茶洒到地上敬茶，一共要拜七次。"

简卿看着面前的檀香，袅袅的白烟向上升腾，好像连通了地下和天上。

空气中散发着淡淡的檀香味儿，让人的心也跟着平静下来，将喧闹浮躁的城市夜景抛在脚下。

本来她是不相信这些传说的，但突然觉得她们存在了，像是夜空里缀着的疏朗星辰一样。

简卿照着陆淮予说的方式，一根香一根香地拜，一盏茶一盏茶地敬，神色认真而庄重，不想辜负了他的用心。

向七娘乞巧的仪式结束以后，陆淮予把茶几重新搬回客厅，挑着一些吃食留在外面，剩下的都用保鲜盒分类装好，放进冰箱里慢慢吃。

简卿用叉子小口小口地吃着陆淮予切好的西瓜块，就这么看着他忙活来忙活去。

茶几上散落着小朵小朵的茉莉花、月季花、秋海棠，室内充盈着复杂的花香。

陆淮予从厨房里端着一壶热水到浴室，站在门口喊她："过来。"

简卿眨了眨眼睛，不明所以，放下手里的叉子，听话地走了过去："怎么了？"

浴室里明黄的顶灯灯光打下来，地上摆着一个不大不小的木桶，里面盛满了干净的热水，水面上漂着桃枝和柏叶，散发着热气。

陆淮予慢条斯理地挽起衬衫的袖口，赤着脚踩在瓷砖地板上，弯腰把裤脚也挽起："给你洗头。"

"这也是七夕的习俗吗？"简卿歪着脑袋问。

陆淮予想了想，说："是吧。"他记得之前每次岑虞拜完七娘以后，岑舒青就会帮岑虞洗头。他也是第一次过乞巧节，以前家里帮岑虞弄的时候，他就只是看看，现在是照模照样地学的。

简卿从来没有过过乞巧节，索性他说什么就是什么，乖乖地坐在小板凳上，把头发顺到前面来。

陆淮予在她面前坐下，先用手试了一下水温，然后舀起木桶里的柏叶水，沿着她的后颈往下浇水。

"水温会烫吗？"他的声音低沉缓慢，在不算大的浴室空间里格外清晰。

简卿眯着眼睛，感受到温热的水浸湿她头发："不会，刚刚好。"

闻言，陆淮予才继续一下一下地浇水，水流声此起彼伏。

等到头发全部被打湿，简卿抹了一把脸和眼睛边上的水，睁开眼睛，感受到一双手在她的头发上揉搓，动作有些生疏，力道很轻，好像是怕弄得她不舒服。

头上渐渐起了泡沫，他的十指指腹在她的头皮上按摩，打着转儿似的，好像在她的心上挠痒。

浴室门关着，空间里容纳了两个人显得有些狭小，空气逐渐变得黏稠。

简卿眯着眼睛，不敢乱看，视线里只能看到他屈着的两条长腿。

他的手揉上她的后颈、耳后，仔仔细细，不放过每一处角落，明明他是在洗头，却更像是在亲昵地爱抚。

现在已经是初秋时节，她还是觉得有些热，血流上涌，呼吸也变得困难。不想被陆淮予发现异样，简卿很努力地放缓了呼吸，偏偏陆淮予时不时低声问她。

"力道会重吗？这样舒服吗？"

声音低沉，含着撩拨人的性感。

时间变得格外漫长，磨得人难挨。

幸而这时候客厅传来了敲门声，陆淮予的动作顿了顿，随后他站起来在洗手池里随意地冲了一下手："等我一下。"

浴室的门被打开又关上。

简卿终于松了一口气，决定趁着他不在的时候赶紧把头发冲洗干净。她闭着眼睛，凭记忆去摸索挂在墙上的花洒。

她把花洒的方向拿错了，水不小心喷到了身上，衣服被湿了大半，简卿没怎么在意，一心想快点儿洗完头，草草冲掉头上的泡沫。

简卿快洗完的时候，正好陆淮予回来，她听见开门声，开口道："帮我拿一下毛巾好吗？"

474

陆淮予皱了皱眉,看她弯腰低头自己洗头发,薄线衫湿了大半,倒也没说什么,从架子上抽下毛巾递过去。

简卿右手拿着花洒,左手向上摸索,也不知道是巧还是什么,没摸到毛巾,手直接摸到了他的身上。

因为她闭着眼睛看不见,一时没分清是什么,下意识地抓了抓。

耳畔传来一声低低的闷哼。

简卿感到手里摸着的部位起了变化,熟悉而敏感,她瞬间明了,吓得立刻收手向后撤。地面沾了洗发泡沫,有些滑,她的动作太大,重心不稳,小板凳一下翻了,她直接一屁股坐到了湿漉漉的地板上。

花洒脱手而出,受水流冲力的影响,在空中转了两圈,最后掉在地上,向上喷水,小喷泉似的,弄得到处都是水渍。

简卿手撑在地上,顿时傻了。头顶落下一块干燥的毛巾,她赶紧扯下来擦脸,把湿掉的头发往后捋。

陆淮予高高站着,盯着她湿透的衣服,贴在身上勾勒出姣好的曲线,漆黑的眼眸渐沉。

简卿匆忙擦干脸上的水,睁开眼睛抬起头,才发现他身上的白衬衫也已经湿了,几乎透明到可以看见里面的肌肤。

男人眼睫湿漉,低垂着眼,目光直直地盯着她,沉默不语,仿佛蓄势待发的狮子。

顶灯灯光打在他身上,罩下一道阴影,将她整个人盖住。

感受到一股逼人的压迫感袭来,简卿条件反射地背后一僵,慌张地道歉。她撑着手想要站起来,没等她站起来,肩膀就被陆淮予按住,她重新坐回了湿漉滑溜的地板上。

简卿睁着湿润的眼睛,皱起眉怒视他:"你干什么?"

陆淮予蹲下身,帮她拂去贴在脸上的湿发:"乞巧节的仪式都结束了。"

简卿迷茫地望着他。

"试试看,"陆淮予滚烫的掌心覆盖住她的手,"你的手有没有变巧。"

冬,圣诞节。

好像是为了应景,外面下起了纷纷扬扬的大雪,整座城市被笼罩在朦胧的雪幕里,静谧而美好。

陆家的郊区别墅,木质栅栏围成的小花园里,种着的秋海棠和茉莉早就已经谢了,只剩下枯枝,等着来年秋天。

岑舒青以前在国外待过一段时间，一直有过圣诞节的习惯，所以带着家里人一起跟着过圣诞节。

每年这一天，陆家都是格外隆重地对待。

岑虞正在剧组拍一部新戏，昨天凌晨的戏拍完以后，当晚她就飞了回来，但待不了太久就得回去，于是庆祝圣诞节的聚餐就被安排在了中午。

简卿和陆淮予到别墅的时候，已经不算早了，接近饭点儿。

听见玄关的动静，客厅里"噔噔噔"地跑来一个毛茸茸的小团子，一下扑到简卿身上，短短的小胳膊环住她的腰。

"姐姐——"眠眠仰着头，"咯咯"地笑，声音软软地喊人。

简卿已经很久没见到眠眠了，盯着她粉雕玉琢的小脸儿，心一下就化了，一点儿没注意她喊错了称呼，笑眯眯地揉着她的头发："眠眠乖。"

旁边的陆淮予皱了皱眉，弯腰把小家伙拎起来，熟练地抱坐在自己的胳膊上，伸手点了点她的小鼻尖："眠眠，该喊小舅妈。"

经他提醒，眠眠敲了敲自己的小脑袋："哎呀，我又叫错了。"

她委屈兮兮地撇了撇嘴："可是姐姐比较好听嘛。"

小孩子说话喜欢用叠词，不喜欢两个拗口的音，加上之前叫惯了简卿姐姐，称呼一时有些难改。

简卿倒是不怎么在意，什么都愿意顺着她，轻声细语地哄道："眠眠喜欢叫什么就叫什么。"

眠眠一听这话，像是获得了特权，开心地"耶"了一声。

陆淮予这会儿却没这么好说话，目光凉凉地扫一眼简卿，立刻否决："不行。"

"她叫你姐姐，叫我什么？"她这么叫他们俩都要差辈儿了。

他掂了掂怀里的人，声音低了两度，认真而不容商量地说："叫小舅妈。"

眠眠一直很怕陆淮予严肃起来的样子，果然服服帖帖，对着简卿眨了眨圆溜溜的大眼睛，然后重新喊人，一字一顿乖乖地喊："小舅妈。"

语气比刚才更软了，带着些不情不愿，她又不敢反抗。

整个房子里充盈着烤火鸡的复杂香气，迷迭香的味道最浓烈，掺杂了黄油的奶香。

火鸡烤好以后，一家人围坐在桌前吃饭，因为有个小朋友，气氛显得格外热闹，大人们的视线不自觉地往眠眠身上扫。

眠眠现在好像比以前更活泼了，嘴也甜，双手捧着杯鲜橙果汁，喝了一口，咂了咂嘴："谢谢外婆外公，今天的饭好好吃。"她的话惹得两个老人笑弯了眉眼。

吃过午饭，家里的男人自觉地收拾残局，女人围坐在柔软的地毯上闲聊，等着一会儿交换礼物。

偌大的客厅角落里摆着一棵半人高的松树，翠绿翠绿的，上面挂满了灯泡和红色的小装饰品，圣诞树下已经放了七个包装精美、大小不一的礼物盒子。

家里一共七个人，每个人都准备了一个礼物，大家随机抽取，谁也不知道会拿到什么，所以对礼物充满了期待感。

岑舒青拍了拍手："来吧，我们按照年龄，从小到大开始抽礼物。"

眠眠跳起来，"咯咯"地笑，围着圣诞树转了两圈，艰难地抱起比她的头还大的礼物盒，掂量试探。

沈镌白轻咳一声，看她一眼，视线移至其中一个盒子。

小机灵鬼心领神会，笑嘻嘻地选择了沈镌白示意的盒子，拆开以后是一个 NS 游戏机。

"哇——"眠眠瞪大了眼睛，开心得不得了。

岑虞看见礼物的瞬间翻了个白眼，手肘用力碰了一下旁边的沈镌白："就知道带她玩游戏。"

沈镌白没骨头似的也不躲，反而往她身上靠，懒懒散散没正形地说歪理："喜欢玩游戏的小朋友聪明。"

第二个抽礼物的人是简卿。

简卿抽到的是一盒包装精致的巧克力。

"这是我挑的礼物！"没等她问，眠眠就举着小手兴奋地说，"姐姐，我们一起吃吧。"

小家伙贪吃，送的礼物也不忘惦记着蹭一口。

简卿也依着她，拆开巧克力盒子，一人一块地吃着。

换完礼物的工夫，两个人不知不觉吃了小半。

眠眠嘴里的巧克力还没化，她就盯着盒子里的："还想要。"

奥地利进口的巧克力口感特别丝滑香醇，简卿本来就喜欢吃甜食，也忍不住还想再吃一块。

一旁的陆淮予大手一伸，简卿手里还没焐热的巧克力盒子就到了他的手里。

"不能吃了。"他合上盖子，"吃多了坏牙。"

眠眠不满地哼唧。

简卿张了张嘴，准备说话。

"你们俩下半年的龋齿复查我还没看吧。"陆淮予轻飘飘的一句话，让她们立刻闭上了嘴。

"……"

好烦哪。

在陆淮予这里没讨着好，眠眠很快悻悻地跑走，躲进岑虞怀里撒娇。

她盯着窗外的大雪，抑制不住兴奋和欢喜地说："妈妈，我想出去堆雪人。"

岑虞捏了捏眠眠的小脸儿："好啊。"

沈镌白正和陆有山坐在实木茶桌边喝茶，有一搭没一搭地闲聊着，听见躺在沙发上的母女俩的对话，眉心微不可查地蹙起，大冷天的，出去堆什么雪人？

岑虞给小家伙穿上厚厚的棉袄和手套，出了门。

她们前脚出去，沈镌白便坐不住了，后脚就和老丈人道了失陪，拿上玄关衣架上的大衣外套去了院子里，然后给岑虞套上他的大衣，将她裹得严严实实的。

岑舒青在厨房里做烤面包和点心，陆有山喝了两口茶，也去了厨房帮她的忙。

简卿惫懒地靠在沙发里，早上没休息好，整个人有些恹恹的。

陆淮予在她旁边坐下，肩膀让出来给她靠，手里把玩着她的一缕头发。

窗外的雪还在下，篱笆围成的小院里，一家三口在堆雪人。

沈镌白趁着岑虞教眠眠给雪人装石子眼睛的时候，搓了一个雪球丢过去，雪球擦过岑虞的手臂，松松软软，一下就碎了，挠痒痒似的。

他没真想砸她，就是欠的，一把年纪了，却像极了想要吸引喜欢女生注意力的幼稚男生。

岑虞吓了一跳，挑了挑眉，也来劲儿了，不服输地搓起雪球想要砸回去。

一来二去，两个人就打起了雪仗。

岑虞打得很准，雪球捏得又实又硬，倒是沈镌白十个里面大概能中一个。

眠眠看到妈妈被欺负了，跟着凑热闹，用小手搓起小小的雪球，帮着妈妈一起丢爸爸。

只是她力气不够,怎么丢也砸不到沈镱白,最后干脆跑到离沈镱白半米都不到的地方,近战攻击,"啪"一下丢个雪球,动作笨拙,好笑又可爱。

简卿忍不住"扑哧"笑出声,由衷地发出感慨:"眠眠怎么那么可爱?"小孩子真是世界上最干净纯粹的模样啊。

陆淮予顺着她的视线看过去,也轻笑出声:"沈镱白怎么跟傻狍子一样?"

岑舒青从厨房里出来取东西,正好听见他们的对话,接话玩笑道:"喜欢你们也生一个啊。"

简卿愣了愣,面上有些红,下意识地看向陆淮予。

陆淮予却一反常态,没什么太大的反应,冷冷淡淡地说:"她还太小了。"

"岑女士。"他平静地看一眼岑舒青,眼神和语气里透着别的意味。

这一家子都是明白人,生不生孩子是夫妻两个人的事情,长辈催其实不太好。

岑舒青意识到是自己嘴快了,怕给儿媳妇儿压力,赶紧附和:"嗯,确实早了,这事不用急。"

话茬儿一下就被揭过去,当作不存在。

简卿抿了抿唇,心情不知道为什么有些低落,但什么也没有说。

从陆家过完节回去的路上,雪下得更大了,简卿坐在车里向外看,窗檐堆积起了一小层的雪,雾气朦胧。

她有些忍不住,还是开口问了:"白天你为什么和妈妈那么说话啊?"

他用她年纪太小做托词。

之前他们好像一直没有讨论过生小孩的问题,每次的安全措施,陆淮予都做得很好。

岑舒青提起孩子的时候,简卿其实下意识地是想要的,甚至在想他们的孩子会是什么样。

她以为陆淮予理应是想要孩子的,所以之前他那样的反应,让她有些迷茫和无措。

"你不想要小孩吗?"她非常直接地问。

陆淮予沉默半响,最后淡淡地"嗯"了一声。

"为什么?"

依然是停顿了许久，他才说："我不是很喜欢小孩。"语气冷淡，好像真的对此没什么兴趣。

简卿侧过脸，直直地盯着他。

陆淮予自顾自地开着车，目视前方，鸦羽似的眼睫低垂，敛住了瞳孔里的情绪，明明感受得到她的视线，却没有看过来，仿佛在刻意地回避她。

骗人。

明明他很喜欢眠眠，不喜欢小孩也不会帮着岑虞带那么久的孩子。

陆淮予一向不是会回避问题的人，结果在这件事情上却莫名其妙地回避了。

简卿皱着眉，想要看穿他脸上的表情，想要知道到底为什么。

"你出差的东西都收拾好了吗？"陆淮予轻描淡写地转移了话题。

"……"简卿收回落在他身上的视线，扭头看着窗外的景致，闷闷地应声，"快收拾好了。"

她明天要去美国出差，为期一周，参加一个全球游戏开发者大会。

"记得不要一个人出门，出门身上也别带太多现金。"他有一句没一句地提醒着，想到哪里就说到哪里，最后还是不放心，皱了皱眉，"要不还是我请假陪你去吧。"

简卿不知道为什么，情绪有些烦躁，莫名其妙地生出一股火，提高了音调，不耐烦地说："我已经不是小孩子了。"

车内瞬间安静下来，空气仿佛凝滞。

简卿发完脾气以后瞬间就后悔了，但是又气陆淮予在要不要小孩这件事上闪烁其词的态度。

当沉默一旦发生，好像再也找不到契机开口，从郊区往市区的路上，两个人始终无言，气氛僵到冰点。

简卿扭过头，看向窗外，道路上的能见度很低，整座城市被大雪和沉沉夜色罩住，阴郁而灰蒙。

明明今天是过节很高兴的日子，在结尾的时候却突然变得糟糕。

在她的记忆里，好像这次是他们为数不多地认真在闹矛盾。

以陆淮予温和的性子，他们是吵不起来的。

回到家以后，简卿也不理他，自顾自地开始在卧室里收拾行李，动作随意，磕碰的声音有些大，好像是在用这种方式发泄情绪。

陆淮予没什么眼力见儿似的跟着回了卧室，半靠在床上，修长的腿屈起，膝盖上架着银色的笔记本电脑，在查纽约最近几天的天气，时不时因为简卿制造出来的动静看过去。

他开口打破沉默:"多带一些防寒的衣服,纽约这几天寒潮,降温很厉害。"

台阶给过来,简卿虽然心里不舒服,但不想和他僵着,应了他一声:"知道了。"

虽然僵局被打破,但问题始终没有解决。

直到他们躺上床,简卿依然觉得心里像梗着什么东西不舒服。

"我关灯了。"她说。

"嗯。"

简卿伸手关掉床头的灯,室内陷入黑暗之中。

冬日里的月光从窗帘的缝隙里倾泻进来。

简卿转了个身,背对他躺着,背后的男人习惯性地抱过来,手臂搭上她的腰。

简卿挪了挪位置,远离了他,被子中间空出位置,冷气灌进来,她淡淡地解释:"我有点儿热。"语气生硬,她明显在抗拒。

半响,她耳畔传来低低的轻叹声。

陆淮予重新靠近,蓦地禁锢住她的腰,不让她再往外挪,下巴抵在她的颈窝处,温热的呼吸喷洒在她的侧脸上。

"你在生我的气。"他说,不是问句,用的是肯定句。

简卿默不作声,心里不满地哼了一声:原来你知道啊。

陆淮予将掌心按在她的小腹上,指腹温热,打着转儿似的摩挲着,好像是在安抚小猫儿。

"因为我很害怕。"他突然说,声音低沉,透着淡淡的忧虑感,第一次直言自己的脆弱一面。

简卿疑惑不解,他还会有害怕的东西吗?

陆淮予继续说道:"我和你讲一个故事吧。"

简卿眨了眨眼睛,放慢了呼吸,背对着他,看不清他的表情,只能全神贯注地听。

陆淮予以前听妇产科的同事讲过一个病例。

产妇在生产过程中发生意外,母亲死了,孩子活了下来。父亲却在一旁声嘶力竭地哭喊，哭喊着医生救错了人。①

当时他听了这个故事只是觉得惋惜，现在再看，他更多的是害怕，害怕自己成为那个父亲。

"生产是一件很危险的事情。"他坦诚地说，"我不想让你冒这个险，也没办法去承担风险所带来的后果。"

他低沉的声音一声一声敲进她的心里。

三言两语的一个故事，其中的悲恸感却难以言表。

简卿怔怔地盯着眼前的黑暗，一时不知道该怎么反应，没想到是这样的原因。

房间里陷入短暂的安静状态。

简卿动了动，挣脱了他的禁锢，而后转过身回抱住他，脸埋进他的胸口。

"胆小鬼。"她说，声音闷闷的。

陆淮予盯着她乌黑的发顶，胳膊揽住她，把人往怀里带得更深，没有否认。

在这件事情上，他就是胆小鬼。

---

① 病例故事参考：亚当·凯.绝对笑喷之弃业医生日志.胡渭扬，译.北京：北京时代华文书局，2019.

番外三
胆小鬼

南临机场，飞机时不时掠过半空，发出响彻云霄的轰鸣声。

陆淮予把简卿送到机场，车子在落客区停下，落客区不能久停，他打开后备厢，帮她把行李箱搬下来，拉杆拉起。

时间已经有些晚了，简卿拉着行李就要和他道别："那我先走了啊。"

"拜拜。"她挥着手说完就要转身离开。

陆淮予皱了皱眉，扯过她的手腕："你还没和我好好告别呢。"

她一走就是一个星期，他怪难熬的。

"我已经说'拜拜'了呀。"简卿不解，歪着脑袋看着他，不知道还要怎么告别。

"不够。你要亲我一下才行。"

一会儿陆淮予直接要去上班，所以衣着是严谨整洁的西装，领带还是出门前简卿给系的，浑身上下透着一股子优雅和矜贵气质，脸上的表情也是一本正经的，嘴里说的话却不正经。

他现在的样子还挺符合某个词的——斯文败类。

简卿沉默地盯着他，余光瞥见周围的环境，乌泱泱的都是赶飞机的人，协管员嘴里叼着口哨，往他们这边走来，好像是注意到他们的车停得太久，要来催促。

简卿脸皮薄，没办法在大庭广众下和他做出亲昵的举动，偏偏陆淮予牢牢地扯着她不让走。

"先生，不好意思，这里停车时间不能太长。"协管员走近提醒道。

陆淮予转过身看向协管员，礼貌地道歉。

趁着这会儿工夫，简卿甩开了他的禁锢，提着行李箱跨上台阶，往外走了几米。

"先欠着吧，等我回来还你。"她说完就小跑进了机场。

陆淮予盯着她的背影，无奈地轻笑，哪儿有告别的亲吻要等到重逢的时候还的？

简卿到纽约的每一天，工作行程都安排得很满。

她有上不完的课程和开不完的研讨会，白天出门以后，晚上很晚才回酒店，基本上每天累得回到酒店只想倒头就睡。但即使很忙，她和陆淮予每天还是会抽出时间来打半个小时的电话。

纽约冬令时比国内慢十三个小时，陆淮予的电话通常是在简卿早上刚起床的时候打来。

出差第六天的时候，简卿因为吃不惯美国的食物，天天都是汉堡、薯条之类的，嗓子有些不舒服，接电话的时候没忍住咳嗽了两声。

电话对面的男人敏锐地察觉出了异样。

"怎么咳嗽了？"陆淮予问。

简卿手机放的免提，一边收拾出门的东西，一边说："好像是上火了，这边的食物好难吃啊。"她声音软软地抱怨，倒是没怎么在意嗓子的不适。

"你翻一下行李箱的夹层，我给你放了些药。"

闻言简卿愣了愣，走到行李箱前摸了摸夹层，确实是鼓起来一个小包，她都不知道陆淮予是什么时候将药放进去的。

透明的塑胶袋子里装着各种小包小包的药，感冒药、止泻药、降火的中成药，就连健胃消食片都有，他好像把她在外面可能有的小病小痛都想到了。

简卿盯着药包有些出神。

"你找到了吗？"男人低低缓缓的声音传来。

简卿回过神："找到了。"

"里面有黄连上清丸，你今天早晚吃一袋。"

酒店房门传来敲门声。

"简卿，该出发了。"是她的同事在外面催促。

"马上——"简卿对着门口应声。

她从药包里翻出两袋药，准备在路上再吃，然后加快了收拾的速度。

"你明天回来的航班号记得发我，我去机场接你。"陆淮予提醒。

"好，我一会儿微信发你。"简卿匆匆忙忙地换好衣服，然后和他告别，挂了电话。

为期七天的出差行程结束，纽约飞南临要十二个小时。

返程的路上，简卿旁边坐着的同事是陈语书，她之前是公司的 HR，后来转岗成了项目经理，也是这一次出差的带队负责人。

登机以后，两个人有一搭没一搭地闲聊了几句，很快就各干各的事情。

简卿陷在柔软的座椅里，选了一部电影。

飞机进入平流层以后，室内温度变得有些低，简卿找空姐要了两条毯子，一条给了陈语书。

简卿将毯子递过去时，陈语书对着简卿笑了笑。

陈语书的小桌板上有一本翻开的书，封面被挡住了，简卿看不见书名。

"看什么书呢？"简卿随口问道。

陈语书叹了一口气，把书合上，露出封面。

蓝白色的书封样式，几个红色的大字十分醒目，写着"美国儿科学会育儿百科"。

简卿想起陈语书有个儿子，今年两岁，陈语书偶尔也会带着孩子来公司玩。

陈语书望着桌板上的大部头，里面的内容枯燥无味，越看她育儿的压力越大，但又没有办法，必须看。

简卿看她情绪不佳，没再多说什么，盖上毯子，戴着降噪耳机看起了电影，看的是一部很老的电影。

她看着看着，就走了神，眼睛里没有画面，耳机里的声音也越来越远，脑子里想到出差前一天晚上的事情。

他们关于生孩子这个问题上的讨论，以一个悲恸的故事结束，彼此默契地不再提及。

陆淮予本身就是医生，生产有哪些危险，他再清楚不过，也正是因为知道得太清楚，见过太多意外，所以对待这件事情变得谨小慎微。

机舱里的温度越来越低，即使盖着毯子也缓解不了寒冷的感觉，简卿把自己缩成一团，毯子扯到下巴，垂下眼睫，掩盖不住瞳孔里淡淡的失落情绪。

她还是觉得有点儿可惜啊。

陆淮予虽然嘴上不说，表现得很不在乎的模样，但藏在内心深处的，肯定也有被他压抑着的相同的情绪。

简卿的视线重新投在电影画面上,她决定回家以后,就这件事情再和他商量一下。

他们抵达南临机场以后,陈语书拿着名单清点人数,确定没有少人以后,大家陆陆续续自行离开。

飞机落地时间比计划的要早,简卿拿了行李以后,在接机的地方张望了半天,没有看见陆淮予的身影,以为他还没到,于是在机场大厅里找了个地方坐着等他。

过了二十分钟,陆淮予打来电话。

"你到了吗?"他的声音有些低。

简卿"嗯"了一声,懒懒散散地问:"你在哪儿?"

陆淮予顿了顿,语气抱歉地说:"医院临时有事情,我没办法去接你了。"

闻言,简卿愣了愣,虽然有些意外,但也能理解,医院里随时可能有紧急的病人要处理。

"没关系,我打车回家就行。"

"嗯,那你到了家和我说一声,注意安全。"陆淮予说完,不及她回话,就匆匆挂了电话,好像真的很着急,他那边的背景音也是吵吵闹闹的,时不时有尖锐的高音传来,简卿听不太真切。

她没怎么在意,站起身拉着行李箱,到机场的出租车上客区排队打车。

从南临机场往市区有四十多公里,工作日的下午四点,离下班高峰期明明还有一段时间,出租车开到离家不远的路上还是堵起了车。

车辆缓缓地移动,路过协和医院附近,简卿远远地看见医院门口乌泱泱围的都是人,停着好几辆闪烁着红灯的警车。

路被堵死,车动不了。

出租车司机有些烦躁,解锁架在方向盘旁边的手机,大大咧咧地在司机群里吐槽:"这还没到下班点儿,怎么协和这块儿就堵上了?"

没一会儿,群里有两条新的语音发了过来,司机旁若无人地点了外放,一点儿没介意车上还坐着乘客。

浑厚的男声从手机里传来:"唉,可不是吗?我刚才不是还在群里提醒别走那条路吗?"

语音停顿片刻,自动切到下一条:"听说是协和医院有家属闹事,拿了刀见着医护人员就砍,都伤了好几个人了。"

简卿陷在座椅里,闭着眼睛养神,十几个小时的旅途颠簸让她整个人恹恹的，听到这一句话，却突然睁开了眼。

她一下想到了陆淮予，后背有些发凉，她不由自主地开始心慌，立刻坐直起来："师傅，我在这里下车。"

前面的司机愣了愣："不去骊景苑啦？"

简卿看一眼计价表，手忙脚乱地从钱包里抽出一百块钱递给他："嗯，不用找了。"说完，她打开车门跳下车，一路跑向医院的方向。

司机从车窗里探出头来："姑娘——"

"行李还没拿。"他提醒道。

简卿这才想起后备厢里的行李，重新跑回来拿了行李。

凛冽寒风灌进她的鼻腔，五脏六腑都被浸在寒意里。

等简卿到医院正门的时候，闹事的人已经被警车带走，医院解除了警戒，重新接待来看诊的患者，一切看起来好像依旧井然有序，除了门口站着比往常更多的安保人员，每个人的脸上皆是严肃和冷峻的神色。

简卿径直往医院口腔科的大楼方向走去，拿出手机给陆淮予打了好几个电话，偏偏这个时候没有人接听，她只能不停地安慰自己，医院里那么多人，应该不会那么巧吧。

简卿低着头，走得又急又快，路上不小心撞到一个人的肩膀。

"抱歉。"她条件反射地说，也来不及看撞到的人就要继续往前走。

"简卿？"夏诀出声叫住她。

简卿愣了愣，回过头，才发现自己撞到的人是夏诀。

他旁边站着一个女人，精致的裙装外面套着干净整洁的白大褂，双手插着兜，是林觅。

林觅认出了简卿："你来找陆医生的吗？"

简卿看向她，知道她是颌面外科的医生，难掩瞳孔里的焦急之色，慌忙地问："他现在在哪儿？"

林觅以为她是知道了消息才这么问的，赶紧安慰她："陆医生在急诊呢，你别着急啊，就是胳膊被砍了一刀，没什么大事。"

简卿的脑子里"嗡"了一下，什么叫被砍了一刀？

她顾不得再和他们说什么，转身就往急诊跑去。

经过之前的混乱场面，急诊室里已经渐渐恢复了秩序。

陆淮予伤得不算严重，所以主动等其他受伤更严重的医护人员被处理完伤口，才去找人处理。

他坐在椅子上，一只胳膊伸出去，护士给他仔细地包扎，一条七八厘米米的划伤，在靠近左侧肩膀的位置，血肉翻开，被缝了几针。

包扎的护士盯着他的伤口，神色复杂，感激地说："陆医生，谢谢你啊，刚才帮我挡了一下。"

"没事。"陆淮予淡淡地应道，脸上没什么表情，除了唇色有些苍白。

他用没受伤的手摸出西服裤袋里的手机，动作间牵扯到了左边的胳膊，嗓子眼儿里发出了低哑的闷哼声。

这个点儿简卿应该到家了吧。

陆淮予解锁了手机，屏幕上显示着几条简卿打来的未接电话，之前工作的时候他把手机调成了静音，都没接到。

他皱了皱眉，正准备打电话去问的时候，眼前倏地覆下一片阴影。

头顶女人低低的喘息声清晰可闻，来人好像是剧烈运动后呼吸不畅。

"陆淮予。"熟悉的声音响起，她软软地喊着他的名字。

陆淮予愣了一瞬，缓缓抬起头，正对上简卿干净澄澈的眼睛。

她直直地盯着他，眼里红红的。

简卿看见他的白大褂和衬衫上沾的都是血，左手胳膊上缠着绷带，绷带上也渗出了血，十分刺眼。

她一下就慌了神，眼泪不受控制地一滴一滴往下落。

陆淮予看她这副样子，无奈地扯了扯嘴角，赶紧从椅子上站起来，手上都是血，没有办法，只能扯过领带给她擦眼泪。

"你怎么来了？"他问。

简卿又难过又生气，瞪了他一眼："不来接我是因为这个？"

陆淮予没说话。

简卿更气了，嗔怒道："你怎么能这样，为什么不告诉我？"

陆淮予知道她是真的生气了，揉着她的发顶赶紧安慰："我不是怕你会担心嘛，想着回家以后再和你说的。"至少等他换一身衣服，不是像现在这样浑身是血地吓着她。

简卿看他还能动弹能说话，知道确实没什么大事，悬着的心才算放下来，不敢动他上面，抬腿不轻不重地踹了他一脚，当作发泄。

两个人说话间，护士领了消炎药，用小袋子装好，走了过来："陆医生，这是你的药。"

陆淮予伸手拿了药，客气地道谢，然后拉着简卿离开了急诊中心。

简卿的情绪还不是很好。

陆淮予要帮她推行李箱的时候，被她冷冷地看了一眼。

没办法，陆淮予只能老老实实地当一个伤患。

简卿虽然脸上表情不好，对他倒是小心翼翼，把他扶上了副驾驶座，一会儿怕安全带压着他的伤口，一会儿怕车太颠簸，全程以最慢的速度开车载他回了家。

回到家简卿做饭，两个人吃过以后，她自顾自地开始收拾行李，也不怎么理他。

陆淮予坐在沙发上，默默地看着她，一时有些不知道该怎么哄她，最后只能轻轻叹了一口气，然后起身去了浴室。

简卿在房间里听见外面的动静，立刻放下手里的东西出来："你干什么？"语气还是有些别扭。

"我想洗澡。"陆淮予答。

他顶着一身血腥味儿，实在是忍不了，声音比平时低了几度，好像是挺虚弱的样子。

简卿盯着他漆黑的眼眸，他的眼神明亮而无辜，她的心软了下来。

"别洗了，一会儿沾上水就不好了。"她跟着走到浴室，"我帮你擦一下吧。"

以前大多数时候是陆淮予在照顾她，难得他们的角色转换，变成了简卿照顾他。

简卿小心翼翼地帮他解开衬衫的扣子，带血的衬衫被丢进脏衣篓里，露出里面紧致结实的肌肉。

"手表。"陆淮予提醒道。

简卿没让他抬胳膊，半蹲着帮他摘手表。

精致的手表表盘上，时针指到了早上九点，可这会儿明明都晚上八点多了。

"你的表是不是坏了？"她问。

陆淮予解释道："没有，我之前调成了纽约时间。"

简卿眨了眨眼睛，没再说什么，默默帮他把时间调回来。

昏黄的顶灯灯光打下来，将两个人的影子印在墙上。

收拾完了以后，为了他的伤口恢复，简卿催着他早早上床休息。

房间里关了灯，一片漆黑。

简卿时差没倒过来，现在还不困，睡不着，躺着想事情。

在飞机上的时候，她本来决定到家以后，试着宽慰他关于生孩子的事情，让他不要那么谨慎，可是白天在医院里没有见到陆淮予的时候，未知的恐惧感几乎将她填满。

她突然就理解了陆淮予的害怕心情，如果躺在手术台上的人是她，他会是什么心情？

说服的话她再也说不出口。

"别担心。"

"没事的。"

"周围那么多生孩子的人，现在不都好好的吗？"

这样轻描淡写的话，起不了任何作用。

简卿在沉默中意见和他达成了一致——应该是不会要孩子了。

伸手不见五指的房间里，谁也没有睡，两个人的呼吸此起彼伏。

陆淮予声音低低地喊她："简卿。"

简卿拖着懒散的尾音"嗯"了一声。

"你还没有亲我。"他突然说，"说好回来还我的。"

白天的事情发生得太突然，她都忘记他们已经一个星期没有见面了。

简卿在纽约的每一天都很想他。

她翻身起来，怕压着他的伤口，跪在他的枕边，借着月光，对上他漆黑如墨的眼睛，然后弯下腰主动亲吻他，柔软冰凉的黑发垂落在他的脸上，空气中弥漫着淡淡的甜橘香。

柔软的小舌头在他的嘴角轻舔，不是很熟练，但她很努力地在讨好他。

暧昧的黑暗屋子里，两个人的呼吸声清晰可闻。

陆淮予抬起没有受伤的手，按住她的脑袋，撬开她的唇齿，加深了亲吻。

"我很想你。"他低哑的声音带着诱人的性感。

简卿知道他什么意思："不行，你还有伤。"

陆淮予平躺在床上，揉着她的后颈。

"没关系。"他声音低低地说，"这次换你来。"

后颈被他揉得很舒服，他仿佛在蛊惑她，简卿耳根发烫，鬼使神差地同意了。

简卿照着他的指引，摸黑撕开了塑料包装。

"知道怎么用吗？"

她忍不住害羞起来："知道，你不要说了。"

陆淮予受伤以后，医院给他放了一周的假，因为没办法做手术，在伤彻底痊愈的这段时间里，除了门诊和查房，他倒是难得一见地清闲，加上临近年末，医院里接诊的病人也比往常要少。

反而是简卿比平时更忙，放假的日子，正是游戏公司挣钱的时候，所以公司好几个项目都要赶在年前上一个大型资料片，对美术的需求量很大。

今年怀宇游戏一下立项了十个项目，有意扩大游戏领域的版图，所以美术支持部也扩招了很多新人，简卿现在算是美术支持部角色原画的主要负责人。

《风华录》这一次的资料片，计划上线一个新职业，武器用的是骨鞭，角色原画需求提过来以后，简卿提前半个月让手底下的新人试着都出了几版原画，前后改了几次，周五原画返回来的时候，她还是怎么看都感觉不对。

执鞭的手势要么是把鞭子圈成几圈拿在手里，要么是拿着手柄，鞭子长长地垂在地上，简卿总觉得少了一些美感。

下周三就要出原画的正式稿了，时间紧迫，简卿从《风华录》项目运营组借了实体的软皮鞭，带回家准备周末研究一下拿武器的手势和站姿。

因为运营组常常请 coser（指进行角色扮演的人）来扮演游戏里的角色，所以备了不少道具，这次也提前备上了新职业可能会用到的鞭子道具。

简卿到家的时候，厨房里传来了切菜的声音。

陆淮予因为没手术，下班比较早，以前他们工作忙，都是各自在单位和公司食堂吃饭居多。

最近简卿觉得公司食堂的饭做得有些腻，吃完总有反胃的感觉。

陆淮予知道以后，干脆每天晚上都在家里做饭吃，然后晚上饭菜多做一些，第二天让她带到公司中午吃。

经过一段时间的自我培训，陆淮予已经从一个五谷不分的少爷，蜕变成了在厨房里拥有绝对话语权的男主人，甚至比简卿做的饭菜还要好吃一些。

每次简卿在公司茶水间热饭的时候，微波炉里飘出来的香味儿，总是让路过的同事忍不住问两句，然后露出羡慕的目光，搞得她都有些不好意思。

简卿在玄关处换了鞋，把包随意地放在客厅沙发上，踏着小碎步去厨房找他。

夕阳从厨房的百叶窗倾泻进来，一条一条地映在他好看的侧脸上。应该是下班以后没来得及换衣服就进了厨房，陆淮予还穿着上班时的衬衫和西裤。

白衬衫的袖子被卷起，露出白皙修长的手臂，肌肉线条紧致结实，还沾着细密的水珠，在阳光的照射下微光闪烁。

料理台的水龙头开着，水流声盖住了她的脚步声，陆淮予低着头，认真仔细地清洗着蔬菜，没有注意背后的人。

简卿盯着他，明明是很普通的画面，却让人觉得温暖而安心。她忍不住从背后抱住他，揽住他的腰，脸贴在他宽厚的背上。

空气中飘散着淡淡的薄荷香。

陆淮予的动作顿了顿，嘴角不自觉地勾起："今天下班怎么这么早？"往常都是他做好饭了，简卿才到家，有时候工作忙了还会更晚。

简卿吸了吸鼻子，闻着他身上淡淡的薄荷味道："周末还要在家加班，今天就早些回来了。"

他们两个人的工作，专业性都很强，陆淮予一向不会多问，没再说什么，把洗好的蔬菜放进了沥水篮里，用毛巾擦干手，转过身正对她。

他弯下腰在她的嘴角亲了亲，又很快离开，好像是他们习以为常的亲昵动作，然后推着她出了厨房。

"出去等着吧，一会儿炒菜有油烟。"

简卿乖乖应声，踮起脚，勾着他的脖子，在他的嘴角回亲了一下。

陆淮予挑了挑眉。

"奖励你的。"简卿笑眯眯地说，当作是对他做饭的奖赏。

陆淮予看着她，抿了抿唇，一本正经地说："光是这样的奖励可能不够。"

"我胳膊的伤好了。"他补充。

最近一个月因为他受伤，她不肯陆淮予做得太过分，所以一直都很克制。

简卿羞恼地白了他一眼，跑出了厨房，陷在沙发里不想动弹。

不知道是不是因为冬天了，最近她总是没什么精神，很是怠懒。

吃过晚饭，简卿洗完澡，继续恹恹地躺在沙发上，打开 PS4 玩起了游戏。

原本她是不爱玩游戏的，但在同事的影响下，渐渐也开始玩了，来回换了好几把武器，杀了几次灭烬龙以后，也没找到关于新职业的鞭子的灵感。

工期紧迫，新职业的制作工作卡在了美术支持部这里的原画上。

简卿烦躁地抓了抓头发，翻身把包里软皮制成的长鞭拿出来，绕了几圈拿在手里，站在客厅的地毯上，试着找一下战斗的感觉。

陆淮予从浴室里出来的时候，正好看见她朝地上甩鞭子，黑色漆面的鞭子落在地上，软绵绵的没一点儿力道。

"你在干什么？"他问。

简卿脑子里想的都是新职业的设计，随口答道："玩鞭子啊。"

陆淮予挑了挑眉，颇有深意地看她一眼，没想到她还有这种爱好。

他走到客厅里，在沙发上坐下，算了一下日子，似不经意地问："晚上要给你煮红糖水吗？"

"不用吧，这个月有点儿不准。"简卿摇摇头，她的例假周期一般比较准时，偶尔工作太忙或者熬夜了，也会晚几天。

陆淮予没再讲话，默默地盯着她玩鞭子。

简卿抬手的时候，裙摆向上收，薄薄的睡衣布料勾勒出曲线玲珑的身姿。

陆淮予喉结上下滚了滚，终于缓缓开了腔："鞭子不是这么玩的。"

简卿皱起眉，看着手里的软鞭，嘟囔道："我也觉得，这怎么看也不帅啊。"她搞不懂为什么要设计拿鞭子当武器的职业，难以理解《风华录》的策划是怎么想的。

她漫不经心地一点点重新把鞭子卷起，低着头，如瀑的黑发散落开来，露出曲线好看的后颈。

陆淮予站起来，扣着她的手腕。

简卿愣了愣，身体前倾，被他带着往卧室走去。

男人的步子很快，她两步才能跟上他一步。

"你干什么啊？"

陆淮予的声音沉沉的："教你怎么用鞭子。"

后来周末整整两天，简卿到底没有拿起笔去画新职业原画的勇气。

那天晚上关于鞭子的使用方式给她带来的冲击实在太大，简卿再也没有办法用一种不带颜色的眼光去看待它。

从来不应付工作的她，决定直接挑部门里的新人画得比较好的原画给过去得了。

至于找运营组借的鞭子道具，她是没脸再还回去了，只能周一上班的时候，找了个借口说自己不小心弄丢了。

管道具的小姐姐看她脸涨得通红，反过来安慰她："没事的，没事的，你不用这么愧疚，也就几十块钱的东西。"

简卿不知道该怎么解释，只能默默把买道具的钱补给了她，然后顺便在心里把陆淮予又骂了一遍。

周一下午，还没等她把原画发给裴浩，裴浩就提着一袋子奶茶过来了，脸上带着讨好的笑容。

"之前我提的新职业原画需求你们画了吗？"

简卿想到颇为应付的原画，还有些不好意思，没有直说，反问道："怎么了？"

裴浩"嘿嘿"笑了两声，摸了摸鼻子，吞吞吐吐地说："其实是这样的，我们上午开了个策划会，觉得还是想换种武器。"

"你觉得峨眉刺怎么样？"他问。

"……"

你在说什么？

简卿的脸色瞬间变得很难看。

裴浩以为是因为他们临时改需求，惹她不高兴了，赶紧把手里买好的奶茶推过去，连连道歉："唉，真是不好意思啊，对不住，对不住，请你喝奶茶。"

一杯奶茶就能弥补她受过的伤害吗？

过了一个星期，陆淮予恢复了忙碌状态。

简卿也为了筹备新职业而加班加点地工作。

等新职业角色原画交稿，回过劲儿来的时候，她才发觉自己好像这个月一直没有来例假，而且有一些轻微出血，但又不是平时正常的出血量。

左右下午没有事情，她便挂了一个附近医院的妇科号去看一下，倒不是特意避开协和，而是协和的号太难挂，不提前一个星期根本挂不到。

工作日下午的医院没有太多人，很快就排到简卿，她坐在小小的就诊室里，说明了来就诊的原因。

五十来岁的女医生低着头，脸上没什么表情，例行公事地问："多大了？"

"二十三岁。"简卿老老实实地答。

妇科医生语气冷淡地继续问："有性生活吗？"

简卿愣了愣，也没什么不好意思的："有。"

"排除怀孕了吗？"

要不是医生提及，简卿压根儿没往这方面想。

她沉默半响，答道："没有。"

妇科医生抬起头看她一眼，没再多说话，利索地在电脑上点了两下，开了检查单。

"先去交费，然后去三楼抽血。"

简卿接过化验单，虽然觉得不太可能，但还是老老实实地去抽了血。

化验结果要等三个小时。

简卿嫌来回跑麻烦，而且排除怀孕的可能，说不定还得检查别的项目，所以硬是在医院里等了三个小时。

拿到化验报告以后,还没到医院下班的时间,她重新排队等候就诊,很快叫到了她的名字。

医生接过化验报告,只看了一眼就说:"是怀孕了,第四周。"

简卿有些没反应过来,怔怔地盯着大夫。

她张了张嘴,说道:"但是我们好好做了安全措施的。"声音越说越低,她不知道为什么没来由地心虚。

医生对着电脑敲病历:"安全措施也不是百分百安全的。"

敲击键盘的声音顿了顿,她问:"要还是不要?"

要她就继续开单检查,排除宫外孕等意外情况,确认胎儿的健康状况,不要就准备手术。

简卿将手放在肚子上,一瞬间有些恍惚,没有想到孩子会来得这么突然,一时不知道该怎么办。

妇科医生见她半天没有反应,打印出病历给她:"你回去和老公商量一下再说吧。"

简卿一路上还处在恍惚的状态里,完全不敢相信自己现在已经在孕育一个小生命。

更多的是惶恐与害怕的感觉,她也不知道自己是怎么到家的,到家的时候,陆淮予还没下班。

简卿就干坐在沙发上,眼睛一眨不眨地盯着某个点,瞳孔失焦,仿佛游离于场景之外,直到玄关处传来微弱的开门声。

简卿眼睫微颤,扭头看过去,看见陆淮予从门口走进来。他工作了一天好像有些疲惫,脸上的表情淡淡的,他进门第一件事是伸手扯松了领带。

陆淮予的视线不经意地移到客厅,才发现简卿悄无声息地坐在沙发上,他微微愣了一瞬,没想到她今天下班这么早。

视线对上她的眼眸,见她眼里满是迷茫和呆滞之色,陆淮予皱了皱眉,立刻看出她情绪不对劲儿,下意识地问:"怎么了?"

简卿盯着他。

"我怀孕了。"她说。

陆淮予弯腰脱鞋的动作顿了顿,然后他直起身子,问:"你说什么?"

"我怀孕了。"简卿重复道,"医生说已经四周了。"

简卿发现不只是她在知道这个消息以后会很失态,就连陆淮予这样平时一直冷静淡定的人,这会儿也仿佛被按下了暂停键,就那么怔怔地站在原地一动不动。

时间仿佛静止。

简卿看着他,有些拿不准他是什么态度,毕竟本来他们是不准备要孩子的。

良久,陆淮予才回过神儿来,鞋也顾不上脱,直接绕过玄关,三步并作两步地蹲在她的面前。

然后他以一种低于她的姿势,手臂揽住她的腰,把脸埋在她的小肚子上,动作异常轻柔,好像她是玻璃,生怕一碰就碎了。

简卿低着头,只能看见他的发顶。

五大三粗的大老爷们儿就这么弓着背,缩在她的脚边,肩膀在微微颤抖。隔着薄薄的衣服布料,简卿感觉到小腹处传来些许湿热感。

她眨了眨眼睛,难以置信地问:"你在哭吗?"

陆淮予就这么抱着她,没有说话。

简卿扳着他的脑袋,想看他的脸,确认他是不是真的哭了。她还从来没有见过陆淮予哭,有些不敢相信。

"让我看看嘛。"

陆淮予收紧了双臂,将她抱得更紧了,脸埋得更深。

"不要。"他说。

衣服下摆传来的湿热感更明显了,即使不看他的脸,她也知道他是真的哭了。

简卿不知道为什么,觉得又好笑又难过,情绪也跟着控制不住了,眼泪说来就来,一滴一滴地往下掉。

本来她没想哭,都是被他带的。

简卿吸了吸鼻子,很努力地忍住了眼泪,拖着软软的尾音"哎呀"了一声,嗔怪道:"你哭什么啊?"

陆淮予的声音低哑,从嗓子眼儿里一个字一个字地吐出,字和字之间似乎粘在了一起。

"我怕你会很辛苦。"

他的宝贝明明自己还是个小姑娘,却要当妈妈了。

简卿听到他这样的声音,有些受不了,眼睛红红的,眼泪掉得更厉害了,心却没来由地安定下来。

虽然他们过去没有勇气,但当一个小生命在意料之外来临时,他们又在默契和无言里,接受了这个小生命的存在。

夕阳从落地窗倾泻进来，天际线被染成粉红的渐变色，闪烁着迷人的微光。客厅里的两个人还保持着之前的姿势。

简卿将双手插进他的黑发里，一点点摩挲着，好像是在轻柔地安抚他。

陆淮予一直抱着她，不知道过了多久，直到他逐渐平复自己的情绪。

倏地，脸埋在她的小腹上的人动了动，发出轻微的声音，然后不及她反应，他抬起手盖住了她的眼睛。

眼前忽然一黑，好像是不想让她看见他现在的样子，陆淮予靠在沙发上，轻而易举地将她掉转方向，抱进了他的怀里。

简卿整个人压在他的身上，背对着他的胸膛，想要扭过头去看他，被男人扳了回去，他将下巴抵在她的头上，不准她乱动。

她伸手想去扒开盖在眼睛上的大手，有些不满地嘟囔道："让我看一下嘛。"他怎么还不给看的？

头顶传来男人有些低哑而湿润的声音："不行。"

"为什么？我又不会笑话你。"不知道为什么，他越是不肯，简卿就越是想看。

陆淮予将手向下移，食指指腹在她的嘴角附近摸索，她的嘴角露出了一个浅浅的笑窝。

"你已经笑了。"他声音凉凉地说。

简卿被拆穿以后，索性也没再遮掩，嘴角咧得更开了："因为真的很好笑啊。"

怀里的人小小一团，笑得直打战，明明体重很轻，未来却要承担很重很重的分量。

陆淮予没计较她的嘲笑行为，一下一下顺着她的头发，视线投向远方，房子外面的世界好像成了无关紧要的，而他抱着的才是他的世界。

他们就这么惫懒地陷在沙发里，谁也不想动，只想好好地享受此刻的时光。

自从怀孕以后，简卿过得好像和平常没什么区别，也没怎么操过心。

乱七八糟的产检，定期的健康筛查，什么时候要做什么检查，孕期要注意什么事项，都不过脑子，倒是陆淮予记得很清楚，到时间了就提醒她。

医院的号也是他提前挂好的，简卿只要去就行了。

即使陆淮予工作再忙，他也会抽出时间跑到妇产科来陪她一起检查，时不时还要单独留下来问医生问题，认真而虚心求教的样子，搞得有时候他的妇产科同事诚惶诚恐。

以前简卿一直就知道他是很仔细的人，结果她怀孕了，才发现他可以那么仔细，就连她每一次的检查报告都要一次次记录下来，然后做成表格和曲线图。

简卿除了孕早期孕吐有些严重，没有别的反应，所以依然是该上班上班，也没有说要全程请假在家养胎。

陆淮予一向尊重她的决定，虽然不放心，倒也没拦着，就是在饮食上比平时管得更严格了，公司食堂和外面的饭菜都不让她吃，加上孕妇有很多忌口的问题，他生怕她一不小心就吃错了东西。

原本以前是头天晚上陆淮予会提前做好饭让她第二天中午带去公司吃，现在又担心隔夜饭吃了不好，于是中午只要没手术，他工作完后会马不停蹄地开车回家给简卿做饭，然后送到公司去。

只是这可苦了工具人裴浩。

怀宇游戏公司，中午12：00，大家结束上午的工作，陆陆续续地开始休息。

裴浩在工位上，外卖吃到一半儿，电话就打来了。

嘴里的炸鸡块还没咽下去，他看也不看来电显示，翻了个白眼，习以为常地接起电话，嘟嘟囔囔道："下来了，下来了。"他推开椅子站起来，搭了电梯去楼下。

这会儿正是吃饭时间，公司里的人一窝蜂地往隔壁食堂走去，电梯里挤满了人，几乎令人窒息，裴浩的白球鞋上被踩了好几脚，他好不容易才挤出电梯。

他到公司门口的时候，陆淮予的车已经停在路边。陆淮予斜斜地倚靠在车门上，单手拿着手机，好像在和谁发信息，嘴角不自觉地轻轻勾起，另一只手拎着一个包装很仔细的白色帆布袋，里面垒着三层便当盒。

裴浩看见他，小跑过去，接过他手里的袋子。

"谢了。"陆淮予说。

饭吃到一半儿被叫下来，裴浩有些没好气："你这一天天的也太准时了吧。"

察觉裴浩不情不愿的样子，陆淮予看一眼他手里的袋子："多装了一份水果，你看着吃了吧。"

裴浩咂了咂嘴，正好吃炸鸡吃得有点儿腻，一点点的小怨气立刻消散，笑嘻嘻地说："这还差不多。"

他拿着饭到美术支持部，搁在简卿的桌上："喏，陆医生给你的爱心便当。"

简卿正盯着显示屏画图，裴浩的声音不算小，尤其"爱心便当"四个字加了重音，惹得不少同事看过来。

她的脸有些热。

肖易胳膊架在椅背上，看过来，"啧啧"地调侃道："真好啊，家属天天送饭来。"

他看着简卿，心情颇为复杂，还是忍不住地再次感慨，妹妹明明是他们部门年纪最小的人，但这人生阶段的变化速度已经远远赶超了部门里所有的人。

简卿颇为不好意思地看向裴浩："怎么今天又让你下去拿了？我刚才都和他说了我自己去拿。"

陆淮予舍不得她跑上跑下，挤午高峰的公司电梯，每天都是打电话让裴浩下去拿饭。

裴浩摆了摆手："嘿，客气啥？这会儿电梯里人挤人的，多危险哪，可别伤着我的干女儿了。"再说他每天都能蹭上免费的水果当酬劳，有便宜不占白不占。

就坐个电梯，倒也不至于危险，简卿都觉得陆淮予把她想得太娇气了。

肖易瞥一眼简卿还不怎么显怀的肚子，疑惑道："现在这么早就能知道性别了？"

裴浩想也不想地说："是吧，陆淮予和我说的。"他习惯性地把陆大医生的话当作权威。

简卿瞧他一脸信任的表情，"呵呵"干笑，没有多解释。

陆淮予觉得简卿怀的是女儿，纯粹是因为她怀孕以后比起吃酸的东西，更喜欢吃辣的。

据说，酸儿辣女，陆淮予本来就更想要个女儿，最好是像简卿多一些，就像是爱屋及乌，于是自动地把她肚子里的小宝宝想成了女孩。

五月立夏一过，天气渐渐就热了起来，隔着厚厚的深色窗帘，也挡不住阳光炙烤的高温。

怀孕的时候本身体温就比正常人要高，简卿睡得迷糊，半梦半醒间热得不舒服，皱了皱眉，把身上盖着的被子掀掉了。

没一会儿，被子被重新盖了回来。

陆淮予昨晚手术做到半夜才回来，人也还没清醒，只是下意识地感觉到旁边的人睡觉不老实，帮她把被子盖好，顺便压上了一只胳膊。

简卿最后是被热醒的，额头上热出一层薄薄的汗，看到身上严严实实的被子，她睡的那一半儿被子上还加了一床羊毛毯子，他好像生怕她冻着了。

简卿被热得一身燥意，生出了起床气，气呼呼地翻身坐起来，盯着旁边还在睡觉的男人。

阳光从窗帘缝里照进来，形成一条细细的光线。

光线映在他的脸上，勾勒出高挺的鼻梁、线条明晰深刻的下颌，鸦羽似的眼睫敛下，仿佛小扇子一样又密又长。

陆淮予好像是累极了，睡觉的时候眉心还是不自觉地蹙着，眼底有淡淡的青色。她记起昨天晚上她睡觉的时候，他还没回来。

简卿刚生出的气，因为他这一张好看的脸消减了三分，食指指尖触上他的眉心，轻轻地打着转儿，想要帮他舒展。

陆淮予感觉到她的小动作，睁开蒙眬迷茫的眼眸，抬手抓住她不安分的手，嘟囔道："醒了。"声音低沉沙哑。

两指在太阳穴上按了按，陆淮予躺在床上挪了挪位置，双臂环住她的腰，脸蹭着她的小肚子，隔着薄薄的睡裙亲了一下，动作缱绻而温柔。

简卿靠在床头，眼神柔软下来。自从她怀孕以后，陆淮予变得特别喜欢贴着她的肚子亲她，早晚一次算少的。

保持着这样的姿势一段时间，陆淮予逐渐清醒，鼻尖最后蹭了蹭她，然后掀开被子起床，去厨房做早餐。

牛奶和鸡蛋是早餐的必备品，补充足够的营养和蛋白质，他又怕她吃腻了，每天这两种食材换着花样地做。

今天是草莓奶昔和香葱鸡蛋饼。

吃过早饭，简卿绕着客厅走路，当作运动。

陆淮予半躺在沙发椅上，翻着《新华字典》，目光时不时地往她身上看，柔软的睡裙垂坠下来，纤细的吊带挂在雪白的肩上，滑过紧致明晰的蝴蝶骨。

肚子已经鼓起，在她瘦弱的骨架衬托下，格外突兀。

他抿了抿嘴唇，有些烦恼，喂了那么多，怎么就喂不胖她呢？

"你给宝宝想好名字了吗？"简卿绕着头走回来，问他。

陆淮予收回视线，敛下眼眸，食指和拇指拈着薄薄的书页，翻至下一页："还没有。"

"要不别跟我姓了,跟你姓吧。"他突然说。

简卿不明所以:"为什么?"

"'陆'的发音是第四声,感觉音太重,不适合女孩子。"

"那男孩子呢?"

"男孩子就让他爷爷给起吧。"起名太麻烦了,陆淮予想了没上百个也有几十个名字了,还是怎么都不满意。

简卿弯腰从沙发上拿起一个抱枕,往陆淮予身上丢过去,娇嗔地"哎呀"了一声:"你别那么偏心,万一是儿子,他听见了会伤心的。"

陆淮予敏捷地接过她丢来的抱枕,压在手臂下面垫着,继续翻《新华字典》:"那儿子就叫陆爱卿吧。"

简卿无语地白了他一眼:"你是想让他以后被人占便宜吗?"

他起的什么破名字?

他是不是还要再加一句爱卿免礼?

这人还能不能再敷衍一点儿?

越靠近中午,温度越高,简卿瞬间有种夏天到了的错觉。

她走累了,恹恹地坐在沙发上,突然很想吃冰的东西。

"我想吃冰激凌。"她说,声音软软的,好像是在撒娇。

本来简卿就喜欢吃甜食,因为怀孕,已经四五个月没吃过冰激凌了。

陆淮予看她一眼:"不行。"

"我上次都问过医生了,医生说孕中期可以吃一点点。"她伸出手,两指比了个一点点的手势,卖萌地讨好。

陆淮予倒是一点儿让步的打算也没有:"你上次的血糖检查虽然没有超过正常值,但还是偏高,要控制一下摄糖量。"

窗外微弱的蝉鸣惹人烦躁,简卿有些不高兴,自己去到餐厅。上次眠眠来家里玩,买了一板冰激凌,应该还剩下一盒。

只是她还没拉开冰箱门,一只手臂伸过来重新合上了冰箱门。

"里面没有冰激凌了。"

"……"

"我丢掉了。"陆淮予淡淡地说。

简卿难以置信。她馋冰箱里的冰激凌馋了很久,好不容易等到可以吃冰激凌的时候,结果被他丢了?

她自从怀孕以后受激素的影响,脾气有些不好,起伏很明显,结果这一

501

下情绪瞬间就崩溃了，越想越觉得自己委屈，怎么想吃个冰激凌也不能吃？

简卿抬起头，瞪着眼睛怒视着他，越看陆淮予那张油盐不进的脸越讨厌。

"你好烦哪！"她伸手推他，嗓音里含着软软的哭腔。

"我就想吃冰激凌，一点点也不让我吃。"简卿鼻子一酸，也不知道为什么，竟然因为吃不到冰激凌哭了出来，眼睛红红的，金豆子往下掉。

"这也不让吃，那也不让吃，什么都不能吃，你饿死我算了。"她赌气地抱怨。

陆淮予没想到她怎么说哭就哭了，除了在床上，他以前还从没惹哭过她。

他顿时慌了神，赶紧揉着她的头，把人往怀里抱，轻声细语地哄，一声一声地喊她宝宝："别生气了好不好？你真的不能吃。"

"谁是你的宝宝？"简卿不肯让他抱，推开他大步走回客厅，坐在沙发上，双手抱着自己鼓起的肚子，低着头掉眼泪，时不时发出低低的抽噎声，一副可怜而弱小的模样，好像他对她做了什么抛妻弃子的事情一样。

陆淮予一时哭笑不得，只能做出让步，无奈地轻叹："你要吃什么冰激凌？我去给你买。"

简卿听他这么说，揉了揉眼睛，情绪才算好一点儿了，哼哼唧唧地说："可爱多。我要吃巧克力味和草莓味的。"

陆淮予盯着她，抿了抿嘴唇，怎么觉得她像是在得寸进尺，还不忘乘机要两个口味的？

但这会儿他是不敢再招惹她了，只能摸出车钥匙出门去给她买。

玄关处传来轻轻的关门声，房间里一下恢复了安静。

简卿好半天才反应过来，然后小跑到客厅阳台的窗户边，扒着往外张望，看见陆淮予的车缓缓地驶出停车场，开了出去。

情绪渐渐稳定下来，她站在窗边等他回来，也不知道是舍不得陆淮予，还是在等她的冰激凌。

好在没过多久，陆淮予就回来了。

简卿重新在沙发上坐好。

玄关处响起细碎的声响，陆淮予换了鞋，拎着个白色袋子递给她。

简卿还有些磨不开面子，偷偷看他一眼就收回视线，自顾自地吃起了冰激凌。

她一手一个，甜丝丝的冰激凌入喉，糖分的补充让人身心愉悦。

陆淮予盯着她小口小口地舔冰激凌："高兴了？"

简卿脸上有些红，觉得自己刚才着实像个无理取闹的小孩子。

两种口味的冰激凌，她各吃了两口，解了馋，就不敢再吃了，乖乖地还给他。

"我不要了。"她说，声音软绵。

陆淮予看着没吃多少的冰激凌，挑了挑眉，小姑娘还算懂事。

他轻笑一声，抽了两张纸巾帮她擦眼角的泪痕："为了个冰激凌哭成这样。"

简卿轻轻哼了一声，知道自己不占理，没有再讲话。

下午简卿例行去医院产检，因为陆淮予这天下午有门诊，所以一开始是简卿一个人去的。

排队做B超的人特别多，简卿排到时快六点了，在铺着白色床单的单人病床上躺下。

"衣服掀起来，露出肚子。"拍B超的年轻女医生说，声音温柔和善，"你老公没来吗？可以一起叫进来的。"

简卿躺在床上，将衣服掀起来，摇了摇头："他还在上班。"

感受到医生在她肚子上涂了一层黏黏的冰凉液体，然后将超声探头压上去，电脑显示屏上出现了层层的波纹。

这时，B超室的门被人敲响，为了保护隐私，做B超的房间里，门和床之间隔着一条淡紫色的帘子。

拍B超的女医生掀开帘子的一条小缝，看见门口侧身站着的人。

男人身形挺拔修长，长相出众，B超室光线昏暗，也掩盖不了他身上矜贵的气质。

B超医生微微愣神。她刚来协和没多久，除了妇产科的医生，其他的人都不太熟悉，见他身上也穿着白大褂，忍不住心里的好奇，想知道他是哪个科室的医生。

她笑了笑，主动问道："什么事啊？"

陆淮予斯文有礼地解释："不好意思，我是家属。"他刚刚结束门诊，身上的手术服还没来得及换，匆匆在外面套了件白大褂就赶来了。

简卿躺在里面，听见他的声音，轻轻地说："你来啦。"

陆淮予隔着帘子应声，然后看向B超医生："我能进去吗？"

B超医生反应过来，收回了落在他身上的视线，有些不好意思："可以，可以。"

检查室的门被重新关上，帘子被掀开一角，陆淮予走了进来。

B超医生重新在位子上坐好，超声探头在简卿的肚子上缓慢地移动，认真仔细地检查起来。

　　显示屏里是黑白的影像，小小一团，虽然看不太明白，但就是仿佛带着魔力一般，吸引着爸爸妈妈的注意力。

　　简卿眨了眨眼睛，悄悄仰起头看向陆淮予。

　　他正直直地盯着显示屏，黑发垂落至额前，遮住了漆黑的眼眸，让人看不太清他的表情。

　　仿佛是感应到了她的目光，陆淮予低下头，与她四目相对。

　　他神色柔和，眼里含着明显的笑意。

　　简卿伸出一只手去拉他。

　　陆淮予自然地把她的手握进手里，拇指在她的手背上轻轻摩挲，好像通过手拉着手的方式，联结了三个人。

　　简卿还有几个月就要生产了，肚子圆鼓鼓的，已经很大，于是也就不再去上班，请了产假在家休息。她本身就不是爱热闹的人，所以在家的时候也不觉得有什么不适应的。

　　她早上醒来的时候，床空了一半儿，陆淮予已经不在了。

　　医院八点上班，他基本上每天七点就要起床，给她做好早饭出门。

　　简卿怀孕以后嗜睡，不睡到十点基本上不会醒，所以工作日的早晨，只能迷迷糊糊地感觉到陆淮予上班前轻轻揉了揉她的头发，以及在她的额头上短暂地亲吻一下。

　　吃过早饭，她就在画架前画画，什么都画，纯当打发时间。

　　快中午的时候，玄关处传来钥匙转动锁眼的声音，简卿手里拿着调色盘，循着声音往回看去。

　　"你怎么回来了？"她皱了皱眉，"不是微信和你说了我中午自己做饭吃吗？"

　　陆淮予把车钥匙放在柜子上，换了鞋就径直往厨房走去，慢条斯理地卷起衬衫的袖口："做饭有油烟，吸多了不好。"

　　"我不炒菜，水煮就好了。"简卿解释。

　　陆淮予的工作依然繁忙，只能尽量抽出时间来陪她，一天里医院和家跑几个来回，有时候在家也就只能待上十几分钟。

　　"你每天来回跑太辛苦了，我又不是没有自理能力。"她小声嘟囔道。

　　陆淮予从冰箱里挑拣出做饭要用的食材，抱在手里，看着站在客厅里的小姑娘。

她身上穿着淡蓝色的针织长裙，两条胳膊又白又细，手不自觉地托在肚子上，脚上因为水肿，只能穿比平时大一码的拖鞋，后腰被肚子压迫，凹下一道弧度，难以想象她瘦小的身板儿是怎么承受住多出来的重量的。

不管怎么看，他都觉得心疼。

陆淮予敛下眼眸，掩去了瞳孔里的情绪，将刚拿出来的食材放在餐桌上，走到客厅，指腹在她的脸颊上蹭了蹭，蹭掉刚才画画不小心粘上去的颜料。

"我觉得比起你的辛苦来说，我一点儿也不辛苦。"他低声说道。

简卿眨了眨眼睛，对上他漆黑的眼眸，脸上有些红。

以前她不知道，也没人告诉她，等自己怀孕了才知道怀孕真的是一件很辛苦很辛苦的事情，索性心安理得起来，任由他忙前忙后，自己懒懒地靠在沙发上。

陆淮予做好饭，陪她吃完，洗了碗筷，就匆匆忙忙地赶去医院继续上班了，好像回来就是为了给她做饭，临走前不忘提醒："今天约了下午五点的复查，一会儿我来接你。"

简卿捧着玻璃杯，小口小口地喝着榨打好的果汁，有些恹恹的，乖乖巧巧地应声："知道了。"

陆淮予一走，房子里恢复了安静，简卿没一会儿就困了，回卧室里睡午觉。

身体陷进柔软的被子里，闭上眼睛时，她忍不住想，她这一天天被陆淮予养着，吃了睡睡了吃，衣来伸手饭来张口，可真和某种动物没什么区别。

睡觉的时候她贪凉，开了空调，但还是被热醒了，醒来才发现原本空调被调到24摄氏度，不知道什么时候被调到了28摄氏度。

不用想她也知道是陆淮予调的，家里的电器都是物联网家具，他那边用手机就能远程控制。

因为怕她吹空调着凉，陆淮予总是严格控制空调的温度。简卿不满地嘟囔，一看他就没有好好上班，还能有空看她空调开了几摄氏度。

她看了一眼手机，时间还早，想了想决定自己出门去医院。反正家离医院不远，她走一走当作运动，也省得陆淮予来回跑。

正午最热的时候已经过去，路上还残留着太阳炙烤的余温，她沿着葱郁的行道树走，被挡去了大部分热量，偶尔有风吹过，倒也舒适惬意。

到医院的时候离预约时间还有半个小时，简卿径直去了口腔科大楼，准备先找陆淮予和他说一声。

颌面外科在五楼，她等电梯的时候没什么人，前面就站着一个穿白大裆的男医生。

电梯在一楼停下，程嘉叹了一口气，余光瞥见一旁站着的孕妇，主动侧身让她先进。

简卿笑了笑，抬起头礼貌友善地道谢。

程嘉看到她的脸时，愣了愣，瞳孔微微放大，好像很讶异，忍不住地偷偷上下打量着她。

他自从毕业以后，就在协和医院其他科室轮岗，最近才刚刚回到颌面外科。

虽然他之前无意中知道了陆教授和简卿的男女朋友关系，当时吃惊归吃惊，但也以为两个人是图新鲜，着实没想到她毕业没两年，孩子都怀上了。

电梯在二楼停下，走进来一个年轻的女护士，女护士耷拉着脑袋，好像没什么精神。

她只看见了站在门口的程嘉，没注意到被他挡在后面的简卿，撇了撇嘴，哭丧着脸，对着程嘉抱怨："啊，我又被陆主任骂了，好烦哪。"

程嘉甚至来不及阻止她，她一股脑儿地发泄了出来。

"也不知道最近是怎么了，我感觉他的脾气比以前差多了。"护士愤愤地说。

简卿低着头，眨了眨眼睛，口腔科里姓陆的主任医师好像只有陆淮予一个人。

程嘉轻咳了一声："你做什么了，陆主任不至于无缘无故骂你吧？"

护士沉默了半晌，支支吾吾地说："我就是上台的时候消毒不规范。"

"但是陆主任也不至于手术都不让我上了吧。"她皱着眉说。

"那你确实是做得不规范嘛。"程嘉盯着电梯上方的楼层显示，有些尴尬地抖腿，不是很想和她继续这个话题。

然而她没有得到想要的安慰，他轻飘飘的话仿佛让护士更难受了，她继续为自己辩护："我不是说的这个问题，你昨天不也被骂过吗？"

"以前一年到头也没见陆医生训斥人，这几个月，还有谁没被他骂过的吗？"

"倒也不算骂吧。"程嘉赶紧找补，"就是要求更严格了。"

简卿越听越觉得难以置信，有些怀疑可能是她误会了，他们嘴里说的人应该不是陆淮予。

以陆淮予的脾气，他怎么可能会这么暴躁？她还从没见过他训斥人的样子，就连以前生气他也是好好和她说话的。

电梯在五楼停下，程嘉松了一口气。

护士走出电梯，远远地朝走廊尽头看去，用手肘碰了碰他，下巴往那个方向轻点："你看看，又是哪个倒霉蛋被陆医生骂了？"

程嘉感觉芒刺在背，扯了扯她的衣角，赶紧把人拉走。

姐姐您可别说了。

简卿顺着她的视线看过去，一眼看见了穿着白大褂的陆淮予。

他双手插兜，低着头，看向站在他对面的实习医生，眼里有些许不耐烦之色，不知道在说些什么。

实习医生垂头丧气的，被训斥得一副不敢讲话的样子。

行吧，还真是他，他看起来是有点儿凶。

简卿慢慢走过去，好像是感受到她的目光，陆淮予看过去，望见她时，微微一愣，脸上紧锁的眉瞬间舒展开来。

实习医生感觉到头顶的声音停止，赶紧认错："老师我知道错了。"

"行了，下次注意。"肩膀上被人拍了两下当作安慰，挡在面前的人已经越过他往外走去。

这下反倒是实习医生反应不过来了，记得上次他认错说自己下次注意，陆淮予说的是"要是病人死了你哪里来的下次？"。

今天这么快就完了？

他深深地松了一口气，小心翼翼地扭头向外看，只见平时冷若冰霜、面无表情的陆医生正弯着腰，替一个小姑娘擦额角的汗，神色异常柔和。

实习医生眨了眨眼睛，不敢相信自己看到的一幕。

小姑娘长相干净漂亮，脸上红扑扑的，好像是刚在室外走了一圈，笑着朝他说了两句话，就揽上陆医生的手臂，往电梯口走去，转身的时候实习医生注意到她的腹部醒目地隆起。

他扯了扯一旁经过的程嘉："你看，你看。"

程嘉顺着他的视线看到了同样的一幕，早已经波澜不惊。

"那个妹子是谁啊？"

程嘉云淡风轻地说："这你还看不出来？下次记得喊师娘。"

虽然他喊不出口，明明是一届的同学，明明是他想追的妹妹，程嘉一时五味杂陈，百感交集。

电梯在一楼停了很久，然后才慢吞吞地上来。

"不是说了我一会儿去接你吗？"陆淮予将她被汗湿了的碎发往耳后拨。

"反正我也没事情，就自己来了。"简卿盯着电梯显示的数字，没怎么在意地说。再说他每天来回地往家跑，她都替他累，能少折腾他一趟也是好的。

陆淮予抿了抿嘴角，无奈地叹了一口气，手在她的耳后停留，指腹轻轻地摩挲，沿着她的耳骨一直到耳垂，然后轻轻捏了一下。

"下次不要单独出门了，"他说，"万一路上有什么事情我都不知道。"

简卿眨了眨眼睛，对上他漆黑的眼眸，见他的眼里满是担忧之色，知道他是不希望她自己出门。

不知道为什么，自从她怀孕以后，陆淮予就变得非常小心，仿佛对日常所有的事物都恐惧，生怕有什么东西会伤害到她。

随着她的肚子越来越大，他的这种焦虑感也越来越重。

简卿伸手在他的后背上顺着脊柱往下抚摩，仿佛希望通过这样的动作让他放松，然后乖乖地应声："知道了。"

产检结束，一切都很正常，他们顺便取了上次白天做的血糖报告，因为陆淮予对她的饮食控制得严格，也没有孕晚期很容易得的妊娠期糖尿病。

他们给妇产科医生看报告的时候，全程是陆淮予和医生交流，很多情况，他甚至比简卿自己还清楚一些。

妇产科医生问她孕前孕后的体重，简卿歪着脑袋还在想，陆淮予就已经想也不想地说出来了。

医生都忍不住稀奇地看了他一眼，倒是少见这样上心仔细的准爸爸。她拿着B超报告，两指在上面比画："现在看起来胎儿的体重控制得比较好，可以试试顺产。"

简卿之前一直没有去查过顺产和剖腹产的区别，倒不是不上心，而是陆淮予把能操心的事都替她操了，她也就不愿意去网上查这些资料。之前她闲得无聊看过微博上一些孕妈的生娃记录，其中的痛苦难以言表，心里不适了许久，索性再也不看。

现在既然医生都这么建议了，她也就点点头，没什么太大的反应。

反倒是陆淮予皱了皱眉，对顺产还是剖腹产有些疑虑，问起了医生关于生产的问题。

他问的都是很专业的问题，有许多医学名词，已经超过了简卿的理解范围,问到后面,好像是怕简卿听了产生压力,陆淮予轻声细语地让她先出去。

简卿坐在候诊室的椅子上,有些无奈,没见过孕妇在门口等,丈夫在里面半天不出来的。

她等了好久,陆淮予才从里面出来,虽然很努力地在控制自己的表情,但她从他紧抿的嘴唇还是能看出他情绪不太好。

当医生就是这点不好,看得太多,知道得太清楚,关心则乱,反而没有办法理性判断事情。

顺产和剖腹产,各有各的风险,那么多的意外,他总怕她会挨上其中一个。

简卿怀孕这么久,早就察觉出他一直处于紧绷的状态,又不知道该怎么宽慰他,只能主动揽上他的手臂:"哎呀,你问那么多干什么?医生说了顺产就顺产嘛。"

陆淮予张了张嘴,想说什么,最后又合上,仿佛不想把焦虑和担忧的情绪传递给她,抬手揉了揉她的发顶。

然而到了晚上,简卿洗完澡半躺在床上,等着陆淮予洗澡的时候,发现了另一半儿床上放着的笔记本电脑没有锁屏,显示屏里密密麻麻的关于剖腹产和顺产的优劣势对比信息。

简卿看了一眼,"吧嗒"一下把电脑合上了。

睡觉前的准备一如往常,陆淮予帮她抹了妊娠油,按摩了一下水肿的小腿,然后拿过笔记本电脑:"你先睡吧,我还有些工作。"

简卿沉默地看着他,什么工作,他根本就是又要去纠结剖腹产还是顺产好了。

她的脚还搁在他的腿上,抵着他的腹部,她轻轻踢了踢他:"不行。"

"宝宝想你陪他睡觉。"她说。

陆淮予抓着她的脚,挑了挑眉:"真的吗?是宝宝想还是你想?"

简卿哼了一声,不肯说实话:"宝宝想。"

陆淮予看她这副傲娇的模样,轻笑一声,放下手里的电脑,搁在床尾的凳上,然后在床上躺好。

房间里关了灯,一片漆黑。

简卿因为肚子大,只能侧卧着,他从背后抱住她,掌心按在她隆起的腹部上,隔着薄薄的睡裙,触感温热而踏实。

周围很安静,窗外蝉鸣声此起彼伏。

谁也没有讲话。

陆淮予将脸埋在她的后颈处蹭了蹭，像是一只小心翼翼，做错事的大狗。

简卿在沉默中感受到他无缘无故的自责情绪，他好像把她吃的这些苦、这些罪责都算在了自己头上。

长夜漫漫，简卿晚上睡得不是很安稳。

半夜里她做了一个梦，梦见了陈媛和阿阡。

梦里是一个冬日，她躺在摇椅上，阿阡蹲在椅子旁边，还是小时候的模样，睁着圆溜溜的大眼睛，好奇地摸着她隆起的肚子。

陈媛站在她的身后，握着半透明的羊角梳，一下一下帮她梳着头发，轻声细语地说："我的女儿也要当妈妈了。"

冬日暖融融的阳光洒在她们身上，微风吹过，携带着淡淡的薄荷香味。

梦境里的一切太过美好，美好到让她意识到这是一个梦，意识逐渐清醒。

眼泪好像不自主地流了出来，她忍不住低低地梦呓，迷迷糊糊间感觉到有什么东西触碰上她的眼角，帮她擦掉了泪。

简卿缓慢地睁开眼睛，眼前依旧是一片黑暗，不禁有些恍惚。

一只不属于她的手，在她的脸上轻轻地拂过，指腹上有薄茧，他好像怕吵醒她，动作异常轻柔。

她抬起手，攥住那只手。

陆淮予的手突然被她攥着，他好像有些吃惊，又以为她还在梦里，没有讲话，就任由她抓着自己的手，另一只手插进她柔软的乌发里，一下一下地顺着，好像是在安抚她的情绪。

简卿眨了眨湿润的眼，感受着他温柔而缱绻的动作，仿佛她是易碎的珍宝。

余光瞥见床头柜上的数字闹钟，闹钟发出淡淡的白光，时间显示是凌晨两点。

现在明明已经很晚了，他却还是没有睡。

简卿感觉鼻子有些酸酸的。

黑暗的房间里，连窗外的蝉鸣也静默了，没有一点儿声音，她只听得见他有节奏的呼吸声从背后传来。

"陆淮予。"她开口，声音很轻，嗓子有些干，捏着他的手紧了紧。

陆淮予愣了愣，回握住她的手，将她的手包裹进掌心："我弄醒你了吗？"

"没有，"简卿说，"你能帮我翻个身吗？"

因为肚子已经大得很明显，她睡觉的时候只能以侧卧的姿势睡着，翻身也很不方便，现在的姿势她背对着陆淮予，看不见他的脸。

陆淮予起身，手扶在她的腰上，帮着她翻了个身，然后掖好被子，才重新躺下。

简卿睁着眼睛，看向躺在她对面的人。

凉凉的月光透过窗帘的缝隙泄进来，映在他的脸上，他的半张脸隐在阴影里，她看不太清他的表情。

"做噩梦了吗？"他问。

简卿摇了摇头："我梦见妈妈了，她很开心我也要当妈妈了。"

陆淮予没有说话，挪了挪位置，离她更近，然后亲吻她的嘴角。

简卿笑了笑，摸上他的脸，四处摸索着，他的眉心处果然皱成一团。

"妈妈还说，我一定会平平安安地生下小宝宝的。"她食指轻轻揉着他的眉心，"所以你也不要那么担心了，好不好？"

"我一定会没事的。"简卿说着说着，不知道为什么，眼角又有些热。

察觉到她语气不对劲儿，陆淮予伸出手，指尖在她的脸上摸，摸到一片湿，怎么擦也擦不干净。

陆淮予只能翻身从床头抽了两张纸巾帮她擦眼泪，将她揽进怀里，低声哄道："让我别担心，自己怎么还哭了？"

"小哭包。"他捏着她的鼻子，语气故作轻松，气氛却一点儿没轻松起来。

也许是更深露重，人的感情也变得敏感而充沛。

简卿突然很难过，一下一下地啜泣着，脸埋进他的胸口，哽咽地说："我舍不得你。"

她的运气一向不怎么好，唯一的好运可能都用在了遇见陆淮予上。

说不害怕、不担心是假的，她很害怕过不了这一关，更害怕他成了之前那个故事里的父亲，永远活在悲恸里。

小姑娘可怜的嗓音，仿佛一下让他破防，陆淮予仰起头，忍着如潮水翻涌上来的情绪。

漆黑的夜色笼罩着他们，只剩下两个彼此依偎的灵魂。

良久，他揽住她，把人往怀里拥得更深，下巴抵在她的脑袋上。

"你一定会好好的。"他说,声音坚定不移,眼眸凝视着前方,瞳孔里闪烁着微光,仿佛可以刺破黑暗。

怀孕四十周的时候,简卿的肚子一直没什么动静。

陆淮予不放心,加上医生也建议过了预产期还没生的话,先住院观察,于是简卿就在孕期第四十周末尾的时候住进了医院。

陆淮予基本上一有空就往妇产科跑,搞得口腔科的护士和医生找他有事,病房和办公室里见不到人,就知道直接打妇产科住院部的电话,准能找到人。

这一天中午午休的时候,陆淮予门诊结束,来陪简卿一起吃午饭。

简卿吃的饭是医院专门为产妇准备的营养餐,会比医院食堂里的东西清淡,不那么油腻,但是营养更全面。

陆淮予吃的东西就比较对付,是在食堂匆匆打包的简餐。

吃过午饭,替简卿收拾干净病床上的小桌板,他恹恹地靠在一边的沙发里,黑发随意地散落至额前,眼皮低垂,眼下泛着淡淡的青色,一副没什么精神的样子。

因为简卿住院的关系,陆淮予这几天也没有回家,直接睡在了病房里的沙发上。

简卿好几次叫他回家睡他都不肯,就连让他回口腔科的医生休息室睡他也不肯。

手长脚长的一个人,天天缩在沙发上,怎么可能休息得好。

加上昨天半夜,高速出了连环车祸,送来了好几个患者,颌面外科人手不够,把陆淮予叫了回去。

简卿晚上睡得沉,压根儿不知道他走了,第二天醒来听产科护士提起才知道。

晚上的手术陆淮予一直做到了清晨,白天又继续出门诊,基本上没有合眼的时间。

简卿靠在病床上,看见他困倦的脸,之前在家的时候不觉得,住进了医院,才算是更近距离地感受到他工作有多忙碌,甚至想象不出他过去是怎么挤出时间陪在她身边的。

明明工作那么忙,他还要照顾她,简卿有些心疼,伸手推了推他:"你要不要上来睡一会儿?"

陆淮予抬起头看她一眼,好像真的是困极了,没有拒绝:"好。"

单人病房里的床不算大，勉勉强强能睡下两个人，有些挤。

中午的时候，病人和护士都在休息，病房的门关着，走廊里很安静，外面只有偶尔轻微的脚步声传来。

陆淮予沾着枕头就睡了，虽然换到床上，腿能伸直了，但因为身边还躺着个简卿，怕挤着她和肚子里的小宝宝，他只占了床的一角，翻个身就能掉下去的程度。

简卿侧卧着，没有睡觉，而是盯着他，百无聊赖地数他根根分明的睫毛。

这一段时间他似乎瘦了许多，脸部的轮廓更加立体，下颌线条深刻。

窗外的阳光洒在他的脸上，照映出鬓角处多了一根银白色的头发。

简卿怔怔地盯着他的鬓角，一瞬间以为自己看错了，心里有些发涩，记得以前他是没有白头发的。

整个孕期虽然她吃了许多苦，陆淮予也总说她很辛苦，而他又何尝不辛苦？

她想到这里，肚子里的小家伙好像也表示同意似的抬脚踢了她一下，一阵刺痛的感觉传来，比往常要剧烈，简卿下意识地皱起眉，忍不住倒吸了一口凉气。

虽然声音很轻，却还是把陆淮予弄醒了，他仿佛条件反射一样，敏锐地察觉到她的细微动静，倏地睁开了眼睛。

"怎么了？"他问，语气里透着担忧之意。

简卿好半天才缓过劲儿来："没事，他刚刚踢了我一下。"

闻言，陆淮予才稍稍放下心来，掌心抚摩上她的肚子，感受着里面的小家伙的存在。

"宝宝你要听话，不要踢妈妈。"他温声细语地凑近她的肚子说。

简卿看他一副认真的样子，好像还没出生的小家伙听得懂似的，忍不住觉得好笑。

不过他的话说完，小家伙真的就不再动弹了，重新乖乖地在肚子里待着，安安静静的，没再闹她。

简卿眨了眨眼，觉得很神奇，连说话的声音都变轻了，好像怕吵着安静的宝宝。

"你说他怎么还不肯出来呀？"

预产期已经过了，如果这一周还没有动静，就必须打催产素了，简卿想到这里有些沮丧，总觉得有个东西吊在心里，怪难受的。

513

陆淮予胳膊撑在床上，伸手理了理她脸上的碎发，轻轻地笑道："可能是因为他在里面住得太舒服了，不舍得出来吧。"

妇产科医生来查房的时候，例行公事地做了些检查，问了几个问题："这几天还是没反应吗？"

简卿点了点头，一点儿要生的征兆也没有。

妇产科医生抿了抿嘴唇说道："后天若还没有动静，就上催产素吧。"

简卿愣了愣，问道："不是明天吗？"她记得上次医生检查完建议的日子是明天。

妇产科医生笑了笑："陆医生说明天是你们的结婚纪念日，不想宝宝在那天出生。"

"也是啊，"她想了想，"要是宝宝在那天出生，以后就只能给孩子过生日，过不了纪念日了，还是岔开来比较好。"

听妇产科医生提及，简卿才恍然记起，这段时间她的注意力全放在了肚子里的宝宝上，倒是忽略了明天是什么日子。

妇产科医生年近五十，家里的女儿和简卿差不多大，还在读研究生，看到简卿，不由得联想起自己的女儿，脸上露出慈爱的表情，说着说着，忍不住感慨起来："我接生过那么多产妇，没见过比陆医生还上心的丈夫。"

"要是我女儿以后能遇到有他一半儿好的人，我就知足了。"妇产科医生玩笑道。

简卿听到别人当着她的面这么夸奖陆淮予，脸有些红，虽然不好意思，但她还是坦率而直接地承认："他真的很好。"

也许他是世界上对她最好的人。

妇产科医生走了以后，单人病房里安静了下来。

下午的阳光很好，从窗户眺望出去，就是医院里供病人透气散步的小花园，绿意盎然。

简卿一下一下轻点着病床上的小桌板，思考着该给陆淮予准备什么结婚纪念日的礼物好。

因为时间很紧迫，她又在医院里待着，哪里也去不了，唯一能想到的礼物就是回归老本行，给他画一幅画。

她记得上次画他，已经是很久很久以前的事情了。

好在她住院的这几天，陆淮予怕她无聊，特意把家里的画架给她带了过来，颜料和画笔一应俱全。

简卿脑子里想着他的脸，一点点地描摹，好像不怎么需要刻意去想，他的样子早就已经刻进了骨血，自然而然地顺着素描笔浮现出来。

只是她怀着孕，没办法久站，也没办法久坐，画半个小时就得休息很久，而且等陆淮予下班来找她，她也不能继续画了。

陆淮予进来的时候，简卿刚好把画板翻了个面，挡住了上面的画。他看过去，倒是什么也没看见。

"画什么呢？"他伸手扯松了领带，漫不经心地问。

简卿低着头，故作不经意地蹭着手上沾着的颜料："没画什么，就打发打发时间。"

陆淮予淡淡地说："挺好，让宝宝提前接受一下艺术熏陶，说不定未来他可以当个艺术家。"

简卿嗤笑一声："你怎么不让他和你一样当个医生？"

陆淮予懒懒地陷进沙发里，两指捏了捏太阳穴："当医生不好，还是算了。"忙起来的时候他连陪她的时间都没有，就连想请个陪产假，也是很难的事情。

之前秦蕴生孩子，直接上班到快分娩，坐月子到一半儿就回来继续上班，更别说他的陪产假了，到现在也没批下来。

倒不是领导不给批，而是没办法。他手里还有几个口腔癌患者，都在排队等着手术，拖不起。

他只能勉强后天和同事换班，空出一天，守着简卿生产。

简卿见他一脸的疲惫与无奈样子，走到他旁边坐下，脑袋搁在他的肩膀上蹭了蹭："当医生很好，我就喜欢医生。"

见过他穿着一身白大褂认真工作的样子，她就再也忘不掉了。

陆淮予侧过脸看她，神色柔和下来，抬起胳膊把她揽进怀里，自顾自地轻笑。

第二天，陆淮予轻手轻脚地离开病房去上班，走了没多久，简卿定的闹钟也响了。

她迷迷糊糊地睁眼，揉着惺忪睡眼，然后慢吞吞地爬起来，继续昨天没画完的画。

只是画着画着，小腹有些不适，一开始她没怎么在意，以为是站久了，重新躺回床上，结果阵痛并没有缓解，疼痛的感觉反而越来越强烈，甚至牵扯到了呼吸。

之前陆淮予带她去参加过医院组织的分娩培训课，所以她知道大概是要生了。

简卿按了呼叫铃,叫来护士。

护士一检查,惊呼道:"哎呀,是要生了。"

她环顾四周,发现病房里没有其他人:"你老公呢?快给他打电话叫回来吧。"

简卿忍着频率越来越快的宫缩反应,给陆淮予打电话,没人接,打开微信才看见他一个小时前发的消息。

"早上有手术,大概晚饭前结束。"

每次陆淮予要做手术时,都会提前打电话告诉她,那会儿应该是以为她还在睡觉,怕打扰她,所以他只发了微信。

简卿压抑着心里的害怕情绪,只能给他发了条消息,也不知道他什么时候能看见。

肚子里的小宝宝像是和他们开玩笑似的,之前一点儿动静也没有,这会儿倒像是在肚子里一会儿也待不住了,闹腾着要出来,没过多久宫口就开到了四指。

就连护士也没想到会这么快,简卿直接被推进了产房,产前责任书是她自己签的字,签字的时候,她的手心已经渗出细细密密的汗,名字的每一笔,都写得格外艰难。

明明知道陆淮予也不是故意的,明明理解他的工作,但是在她特别无助的时候,她还是不受控制地难过,希望有他陪在自己身边。

但这样的想法也就只有一瞬间,剧烈的疼痛感让她没有办法再去顾及其他的事情。

生孩子的过程混乱而无序,简卿不知道她是怎么度过的,脸上的头发被汗浸湿,粘在脸上,狼狈不堪,身体像是要被撕裂开。

她耳边只有助产护士和医生不断引导和鼓励的声音,时间显得格外漫长。

直到不知是谁说了一句"孩子出来了——"仿佛在瞬间失去了力气,简卿整个人这才瘫软在产床上。

妇产科医生抱着浑身红通通的小家伙到简卿的身边,面容慈爱,轻声细语地对她说:"恭喜,你现在是个妈妈了。"

简卿有些恍惚,迷茫地眨了眨眼,盯着褓襁里的婴儿皱成一团的小脸儿。宝宝眯着眼睛,小小的手握成拳,在小幅度地挥舞,没牙的嘴张着,好像是在笑,流出了晶莹的口水,一副无忧无虑的样子。

没来由地，她鼻子一酸，心上最柔软的角落被击中，某一处的感官被激活，她再也忍不住般哭了出来。

简卿被推回病房以后，因为实在太累了，于是闭着眼睛休息，虽然全身像是散架一样疼痛，却觉得无比轻松，毕竟卸掉了十几斤的重量。

倏地，病房的门猛地被打开，陆淮予喘着粗气站在门口，胸口上下起伏，衬衫最上面的扣子和领带被扯松，不复平时一丝不苟的严谨样子。

他眼眸猩红，目光直直地盯着躺在床上的简卿，看见她脸上惨白一片，憔悴而虚弱，仿佛破碎的洋娃娃，他的心脏像是被狠狠地揪住一样难受。

陆淮予设想过很多种生产的情况，唯独没有想到在简卿生产的时候他会不在。

他浑身发凉，控制不住地颤抖着，只剩下无尽的后怕感，不敢去想象他的小姑娘是怎么一个人闯过的鬼门关。

罪恶感将他深深地攫住，他不敢往前迈一步。

简卿听见门口的响动，皱了皱眉，睁开眼睛，艰难地扯了扯嘴角："手术做完了？"

她的声音嘶哑无力，她每说一个字，都好像花了所有的力气。

陆淮予怔怔地朝她走过去，蹲在床边握着她的手，把脸埋进她的手里，不停地说着"对不起"。

对不起。

她生产时他没能陪在她身边，成了他这一辈子都没有办法去弥补的遗憾。

简卿扭过头，只能看见他的发顶，几不可闻的啜泣声响起，被他攥着的手，掌心里沾上了不明水渍。

她原本想着等他来了要骂他，现在却一个字也想不起来。

她轻轻地动了动手指，摸上他的脸，低声揶揄："老哭包。"

十月的风吹过，窗外槐树的叶子仿佛雪花般落下。

明明是该陆淮予来哄她的，不知道为什么，反倒是他一个人闷闷地情绪低落了很久，脸埋进她的手里，鼻尖蹭着她的掌心，不肯抬起头看她。

简卿另一只手绕过来，五指插进他浓密柔软的头发里，指腹打着转儿地摩挲，亲昵地安抚着他。

生产后的身体异常疲惫，她一动也不想动，却仿佛在这样的触碰里重新恢复了力量。

谁也没有讲话，他们又都懂得对方此时的感情。

良久，等陆淮予终于抬起头的时候，情绪已经稳定，只是漆黑的眼眸有些红红的，黑发垂落至额前，湿润的眼睫扑闪，像是一头受伤的巨兽。

他的手依旧紧紧攥住她的，不肯撒手，他乖乖地站在床边，低着头，目不转睛地盯着她，好像做错事了一般，满脸写着愧疚之意。

她感觉在她怀孕的这段时间里，陆淮予可能把他这辈子的眼泪都流光了，五大三粗的大老爷们儿居然说流泪就流泪，换作是谁也不会相信眼前的这一幕。

简卿躺在床上，一言不发地看着他，忍不住有些想笑。

陆淮予理了理她额前散落的碎发，声音低哑，似还带着湿润的水汽。

"痛不痛？"他问。

简卿摇了摇头，不想再看到他脸上愧疚的表情。

陆淮予皱着眉，凝视着她干净澄澈的眼眸，然后倾身在她的唇瓣上亲吻。

她的唇惨白得没有血色，温度冰凉。

"骗人。"他轻声说道，声音有些颤抖。

他的头发掠过她的侧脸，有些痒。

空气中散发着一股淡淡的薄荷香，夹杂着海洋的咸味，清冽好闻。

简卿吸了吸鼻子，心里的委屈情绪没来由地一股脑儿涌了上来。

其实很痛的，她痛得要死了。

他不在的时候，她可以一个人忍过剧烈的宫缩阵痛，一个人咬着牙签产前责任书，比谁都坚强。

可是当他出现的时候，她才发现自己其实一点儿也不坚强。

明明知道她应该大度一点儿，体谅他工作不易，她却还是觉得很委屈，心里生出怨气。

没有力气打他，她张开嘴，在他的嘴唇上咬了下去。

陆淮予不躲不闪，由着她宣泄似的咬他，下唇被咬破，渗出血珠，腥甜的味道在两个人的唇齿间弥漫。

简卿咬够了，气也消了一半儿，别过脸想要向后撤。

然而陆淮予将她的脑袋扳正，禁锢着不准她离开，手捏住她的下巴，迫使她向上仰头，重新压了下来。

嘴角上的伤口随着挤压流出更多的血，把他们的唇齿都染上了一层妖冶的红。

他的亲吻比以往任何时候都要猛烈，仿佛是绝地逢生之后爆发的情感，他必须依靠这样的发泄方式才能够缓解内心深处的恐惧。

简卿愣了一瞬,很快也比往常任何时候都要主动地回应他,不无恶意地吮吸着被她咬破的地方,好像想让他也感受疼痛。

虽然这样的疼痛不及她受过的一分。

直到病房外传来敲门声,他们才被拉回至现实中。

突如其来的声音显然让简卿吓了一跳,她慌张地伸出手推他。

护士推门进来。

简卿的视线瞬间粘在了护士怀里抱着的小婴儿身上。

生产完以后,护士就把宝宝带去了育婴室,进行简单护理。洗完澡的小婴儿被包在柔软的白色小毯子里,在护士的怀里安安静静地闭着眼,小嘴无意识地嗫嚅着。

"爸爸来抱抱孩子吧。"护士笑着把襁褓里的小婴儿递过去。

陆淮予怔怔地盯着她怀里的小婴儿,一时有些无措。

他小心翼翼地伸过手,小家伙像是感觉到什么一样,倏地睁开了眼睛,圆溜溜的水润眼睛瞪着陆淮予。

陆淮予成了他来到这个世界上以后,看到的第一个人。

父子俩就这么干瞪着眼。

半晌,小家伙率先露出了傻傻的笑容,嘴里还有透明的液体。

护士也觉得稀奇:"哎呀,这孩子真聪明,刚才在育婴室里怎么哄也不肯睁眼睛,感觉到爸爸了就睁眼睛了。"

简卿躺在床上,看见陆淮予笨拙地把孩子往怀里抱。

明明以前他养过眠眠,应该很有经验才对,这会儿却像个新手爸爸,连怎么抱孩子也不知道了。

不知道为什么,她觉得这一幕温馨而感动,眼角不自觉有些湿润。

护士把孩子交给爸爸以后,交代了几句:"妈妈可以试试能不能母乳喂养。"

生产之后的一小时内是开始母乳喂养的最佳时期,这个时候的婴儿会很想吃奶。

护士帮他们关上了门,病房里只剩下他们两个人以及新生的家庭成员。

这下换成简卿有些不知所措了,她迷茫地看着陆淮予,好像下意识地觉得他能给她指导似的。

陆淮予将小家伙抱在怀里以后,闻着他身上的奶香味儿,总算回过了神儿,记起过往的经验,将小家伙调整了一个更舒适的姿势抱在自己的臂弯里。

他走到窗户边，拉上窗帘，房间里变得昏暗。

简卿从陆淮予手里小心翼翼地接过孩子，他那么小，那么软，将他抱在胸前的瞬间，仿佛一下激活了她作为母亲的慈爱和保护欲。

小家伙将视线从陆淮予的脸上移开，盯着简卿，小手挥舞着要去抓她。

简卿试探地伸过食指，他立马就抓住了她的食指，力气小小的，却攥得很紧。

好像是闻到了奶香，他咂了咂嘴，看起来是饿了。

她抱孩子的动作还很生疏，腾不出手，陆淮予帮她解开衣服的扣子，然后坐在床边，教她怎么给孩子喂奶。

当小家伙顺利吃上奶的时候，简卿的脸有些红红的，她不太适应异样的感觉。

尤其是陆淮予还坐在旁边，以一种指导者的身份教她，也不知道他一个大男人是从哪里学的要怎么喂奶。

小家伙也许是饿坏了，力道有些没轻没重，她忍着传来的疼痛感，注意力全被怀里小小的团子吸引，只希望他能好好汲取营养，好好长大。

倒是陆淮予皱了皱眉，指尖在小家伙的眉心处点了点："轻一点儿，弄疼你妈妈了。"他的声音低沉缓慢，也不管刚出生的宝宝听不听得懂。

小家伙转了转眼珠子，循着声音的方向懒懒地看过去，然后又收回视线，继续吃他的奶。

她也不知道是不是心理作用，好像力度没有刚才的大，也没有那么疼了，简卿笑了笑："他好像听得懂你说话。"

陆淮予很满意小家伙的表现，和他握着的小拳头碰了碰，像是两个男人碰拳。

在陆淮予非常严格的饮食控制下，小家伙的体重控制得很好，所以简卿的生产过程比起大部分产妇来说算是比较顺利的，第二天她就可以出院了。

陆淮予下楼帮简卿办出院手续的时候，妇产科医生来病房里做最后的检查，历时一年的孕程，她也很替他们感到开心。

"挺好的，四十二天之后记得来复查产后恢复的情况。"医生笑了笑说。

简卿怀里抱着的小家伙刚刚喝了奶，精神特别好，眨着眼睛要去抓医生。

妇产科医生用手指逗了逗他:"这孩子真乖,不哭不闹的,生的时候也快,知道不让妈妈吃苦。"

简卿低头也盯着他的小脸,神色柔和,轻轻晃着胳膊哄他。

妇产科医生看着这一幕,像是想到了什么好笑的事情:"你生之前,陆医生还特别严肃地拜托我,万一生不下来,出了什么意外,一定要先救大人。"

简卿愣了一瞬,倒是不知道还有这么回事。

妇产科医生轻笑着感叹了一句:"现在他总该放心了。"

陆淮予回来的时候,医生已经离开,简卿抱着小家伙靠在沙发上等他。小家伙明明刚吃过奶,还是不停地往她的胸口上蹭,时不时发出小小的声音。

"走吧。"他自然而然地接过孩子抱在怀里,怕她抱太久累了。

周围的气息突然变化,小家伙有些不适应,撇了撇嘴,皱起眉好像立刻就要哭了。

陆淮予察觉到他的变化,目光对上他的,平静而无澜,好像是在警告他。

小家伙愣了一瞬,就那么盯着男人漆黑的眼睛,然后默默地动了动身子,调整了一个更舒服的位置,老老实实地待在他结实的臂弯里。

简卿脑子里还在想刚才产科医生说的话,她看着陆淮予,好像这么久以来,今天是他最放松的一天,不再整个人紧绷着。

忍不住有些心疼他,简卿从后面抱住他的腰,侧脸抵在他宽厚的背上,隔着薄薄的衬衫布料,传来温热的触感,让人感觉宽厚而踏实。

陆淮予站在原地,瞳孔微微放大,有些许吃惊,而后敛下眼眸,轻笑起来。

番外四
深 爱

简卿出院这天，陆淮予的陪产假终于批了下来，一共是十天，不算长，但有总比没有强。

他们回家以后，家里的客厅里已经坐满了人，小家伙的爷爷奶奶，岑虞和沈镌白带着眠眠也一起来了。

岑舒青一看见简卿，眼泪就掉下来了，拉着她在沙发上坐下："手怎么这么凉呢？"

说着岑舒青就开始指示还没搬完行李的陆淮予去烧水，不忘数落他："一天天的就知道工作，让媳妇儿一个人生孩子，你也好意思。"

简卿笑了笑，这会儿反倒帮他说起了话："他也不知道我会突然生，本来都准备好了的。"她表现得温柔体贴。

陆淮予看简卿一眼，舔了舔被她咬破的下唇，默默地去烧热水。

岑舒青也是母亲，将心比心，就是替儿媳妇儿觉得委屈，但也知道她儿子职业的特殊性，数落了两句也就没再说什么，乐呵呵地抱着大胖孙子逗着玩。

眠眠一直是家里年纪最小的孩子，被人照顾谦让惯了，难得多出一个小宝宝，突然一下好像感受到了作为姐姐的责任感。

她围在小弟弟旁边，睁着圆溜溜的大眼睛，好奇地打量着，看见他流口水了，赶紧去找岑虞要柔纸巾帮他擦。

岑虞觉得好笑，立刻对她的行为表示夸赞："眠眠真棒，是个大姐姐了，知道照顾人了。"

眠眠得了夸奖，更是一板一眼地看护着小家伙。

"他叫什么名字啊？"眠眠问。

"弟弟叫陆昱珩。"简卿一字一顿地说，刻意放慢了语速，好让眠眠理解。

名字是陆淮予起的，虽然他嘴上说着不喜欢男孩子，但也没随随便便应付。

"昱"是日光、光明，"珩"是稀少而珍贵的美玉。

简卿一开始听到这个名字的时候，有些担心名字起得太大了。

陆淮予倒是没感觉哪里不好，觉得名字不往大了起，难不成往小了起？

简卿被他说服了，觉得有道理，于是名字就这么被定下来了。

躺在奶奶的臂弯里的小家伙眨了眨眼睛，还不知道他从一出生就被爸爸妈妈抱以非常高的希冀。

眠眠皱了皱眉，盯着岑舒青怀里像小奶猫一样小的宝宝，不理解他的名字为什么那么复杂。

小宝宝好像不习惯奶奶陌生的气息，不老实地蹬着腿，虽然没有哭闹，但是时不时地发出哼唧的声音。

眠眠记不住刚才简卿说的名字，就记着了最后一个"珩"的发音，产生了联想，傻乎乎地以为自己顿悟了，竖起一根手指："我知道了，叫这个名字是因为他老是哼哼吗？"

"哼哼，小哼哼。"眠眠"咯咯"地笑，对着小宝宝这样喊他。

小宝宝眨了眨眼睛，伸出手握住了眠眠的手指，咧着没牙的嘴笑，好像很喜欢这个名字。

简卿看着两个小朋友互动，觉得眠眠无意中起的名字很好，挑了挑眉："不然他的小名就叫哼哼吧。"

"可以啊，很可爱的名字。"岑虞附和表示赞成。

沈镌白斜斜地靠在沙发上，张了张嘴，又闭上，没有发表意见。

岑舒青和陆有山两个老的，不爱插手小一辈给孩子起名的事，反正起啥他们都喜欢。

于是很快，陆昱珩小朋友的小名就这么被定了下来。

家里的其他人在客厅里闲聊的时候，陆淮予在厨房里忙活，帮简卿准备了一个热水袋，顺便切了水果和准备茶水，倒是不知道他儿子的小名就在这么平常的闲聊中被定下了。

岑虞下午还有工作，所以没坐多久就要走了，眠眠依依不舍地和小弟弟告别。

岑舒青怕累着简卿，坐了一会儿以后也离开了，临走前不停地嘱咐她，产后月子该怎么坐。

"产褥期一定要好好休养，不然以后很容易落下病根的。"岑舒青不放心，"要不还是我来帮忙吧。"

陆淮予帮岑女士开门，好像巴不得他们赶快走似的："别了，你想来帮忙，我爸可舍不得。放心吧，不会让她累着的。"

岑舒青明显不信："你工作那么忙，哪里照顾得过来？"

陆有山才不想岑舒青来帮忙，扯着她走了："没事的，咱们以前两个孩子不一样自己照顾吗？他照顾不过来也得照顾，你就别瞎操心了。"

岑舒青想了想也是，索性不再多说什么，跟着陆有山回家了。

等几个人陆陆续续一走，家里重新恢复了安静。

小家伙好像是有些累了，恹恹地没什么精神。简卿把他放在沙发上，让他睡着，又怕他翻身摔了，在沙发脚边的地上铺了软软的靠枕当作防护。

陆淮予收拾完茶几上的瓜果皮屑，总算得空，下楼把车子后备厢里简卿之前住院的行李搬上来。

最后一趟是她的画架，他把画架放回原来的客厅落地窗边的位置，翻转画板，看见了被钉在画板上的画纸。

"这是什么？"

沙发上的小家伙睡了一会儿，皱了皱眉，好像是饿了，开始哼哼唧唧一副要哭的架势。刚出生的宝宝胃特别小，两三个小时就要喂一次。

简卿把他重新抱在怀里，解开衣服，不太熟练地给他喂奶，然后视线才移回远处的画板上，想起来因为小家伙意料之外地出生而被打乱的计划。

她有些不好意思地笑了笑："昨天不是我们的结婚纪念日吗？本来我想画一幅画送给你当礼物的。"

闻言，陆淮予放下画板，直直地盯着她。

简卿低着头，柔软的黑发垂落至侧脸上，轻轻地晃荡，衣服有些松散，露出精致的锁骨。小家伙埋在她的胸前，闭着眼睛，一下一下安静地喝着奶。

因为还是不太适应身份的转换，她的脸上泛着淡淡的红晕，眼里满是温柔的爱意。

陆淮予漆黑的眼眸渐沉，哪里还需要什么礼物，她已经为他带来了最好的礼物。

午后的暖阳从落地窗洒进来，映在她和孩子身上，仿佛为他们笼罩上一层薄薄的金纱。

金色的阳光宛若一道屏障，隔绝了一个世界，一个他终其一生都将为其臣服的世界。

陆淮予迈着步子，朝他们走去。

简卿给他腾了个位置，陆淮予将她揽进怀里，手臂搭在她的肩膀上，看她给孩子喂奶。

"哼哼他好乖啊。"简卿忍不住感慨，孩子像个天使一样。

陆淮予愣了一瞬："什么？"

简卿想起陆淮予还不知道他们给小家伙新起的名字："哼哼。"她解释说，"眠眠给他起的小名。"

陆淮予闻言，陷入了沉默之中。

简卿见他没反应，抬起头看向他："怎么了？"

陆淮予抿了抿唇，半天憋出一句："猪才哼哼。"

简卿："……"

虽然陆淮予表达了对儿子小名的意见，但简卿予以驳回，继续开开心心地喊他哼哼。每次小家伙听见简卿这么喊他，就会开心地哼唧，非常配合，好像很喜欢这个名字。

陆淮予的意见也就不重要了。

因为他们两个都是新手爸妈，陆淮予之前带眠眠也是中途接手的，还没带过刚出生的婴儿，而且简卿生完孩子身体还很虚弱，哺乳期也有很多注意事项，陆淮予怕对简卿照顾不全，疏忽了哪些东西。

多了个孩子，很多事情不像他们以前两个人的时候，怎么随便怎么来，到底还是需要一个帮手，所以陆淮予干脆把以前照顾眠眠的秦阿姨请了回来。

秦阿姨隔了很久重新回到老主顾的家里时，简卿和宝宝还在睡觉，是陆淮予给她开的门。

一进门，秦阿姨就熟门熟路地开始打扫卫生，一点儿没生疏。

能重新回到陆家做工，她心里还挺开心的，毕竟谁不喜欢这样工资开得高，事情又不多的主顾呢？

秦阿姨一边擦着客厅的桌子，一边和陆淮予寒暄："眠眠现在快上小学了吧？"

她手里正拿起电视柜上的相框擦拭，待看清相框里的照片时，愣了愣，有些没反应过来，到嘴边的话突然顿住。

相框里放着的是一张婚纱照。

男人身形挺拔修长，西装笔挺，背部挺得笔直，一向不爱拍照的陆淮予对着相机难得给了面子，嘴角轻轻勾起，眉眼间多了几分柔和的神色。

他的手臂里挽着一个女人，女人长得很漂亮，身披白纱，笑得含蓄，干净的眼眸仿佛海水一样澄澈。

温馨与浪漫的气息仿佛满得要从照片里溢出。

秦阿姨一眼认出了上面的人，瞳孔微微放大，从照片里看到简卿，着实让她有些吃惊，没想到他们会走到一起。

然而，她的脑子里还没来得及飞速联想，陆淮予已经在特别认真地和她解释之前眠眠的事情，以及他和简卿合法的夫妻关系。

听完以后，秦阿姨尴尬地搓了搓手："原来是这样啊，那是我之前误会了。"

她重新打量照片，越看越觉得两个人除了年纪差得有些大，其他的都很般配，也没忘记简卿之前帮过她许多忙，忍不住感慨道："真好啊，陆先生和太太都是人好心善。"

因为秦阿姨早几年的时候在月子中心做过月嫂，所以对产后护理知识懂得不少，帮了他们许多的忙。

而且她一直也知道陆淮予是比较注重个人空间的，所以在不需要她的时候，就自己待在她的保姆房里，也乐得自在。

简卿原本产后第三天胀奶很严重，也是秦阿姨帮她按摩疏通，度过了胀奶期。

哼哼小朋友头一个月大的时候，每天晚上都需要喂两到三次奶，而且前期母乳喂养会更好，所以简卿基本上就没好好睡过一个安稳觉。

每次半夜她摸黑起来的时候，明明很小心地不吵着陆淮予了，但他好像条件反射一样，她稍微动一下，他就自动醒了，然后睁着困倦的眼眸去开床头的夜灯，开灯的时候还不忘挡着她的眼睛，免得晃着她。

陆淮予休陪产假的时候还好，白天可以和她一起补觉，但等他重新开始上班恢复忙碌状态就有些累了。

简卿的眼睛被他的手捂着,他的掌心温热而干燥,等她适应了光线以后才撤离。

婴儿床旁边的小家伙被饿醒了,在"哇哇"地哭。

陆淮予翻身下床,把孩子抱给她,简卿揉了揉眼睛,日益熟练地开始喂奶,余光瞥了一眼床头柜上的闹钟,凌晨三点。

不出意外,一会儿五六点的时候,小家伙又得闹腾一次。

简卿皱起眉,看向半靠在床头醒神的陆淮予,房间里光线昏暗,她看不太清他的脸。

她压着嗓子低声说:"你不用起来的,我自己就可以喂。"

"要不你去书房睡吧,你明天早上还要上班呢。"

陆淮予含含糊糊地应了一声,好像大脑还在接收听到的信息,然后才很果断地回道:"不要。"

他动了动,身子往下赖,抱着她的腰,隔着衣服布料蹭了蹭,闻到一股淡淡的奶香。

简卿盯着他,抿了抿唇,他明明困得眼睛都要睁不开了,还陪着她一起折腾。

陆淮予半眯着眼睛就这么等简卿喂饱小家伙,也没让她下床,重新抱着孩子放回了婴儿床上。

关上夜灯,他揉着简卿的发顶,好像哄她睡觉一样,两个人也顾不得别的,在强大的困倦侵扰下沉沉睡去。

在爸爸妈妈辛苦照顾下,陆昱珩小朋友以非常快的速度在长大,也变得越来越捣蛋。

三个月的时候他已经可以自己翻身了,最喜欢抓着小玩具摇晃,手到处乱摸,摸完以后又把脏兮兮的手塞进嘴里。

因为他的这个行为,他时不时地会被他的亲爸嫌弃。

陆淮予也不管他听不听得懂,每次看见都是认真地说教。

"陆昱珩,说了多少遍了,摸过地板和脚的手,不可以放进嘴里。"

陆淮予坐在沙发上,两只手架着小家伙的胳肢窝,把他竖着拎起来,让他的目光和自己的对视,一本正经地说着。

陆昱珩小朋友眨巴眨巴水汪汪的大眼睛,盯着眼前的男人,读不懂陆淮予脸上严肃的表情,还以为是在逗他,蹬着两条小短腿,咧起嘴"咿咿呀呀"地笑。

简卿用纸巾擦着玩具上的口水，觉得有些好笑："你现在和他讲道理，他又听不懂。"

"他可以的。"陆淮予盯着小家伙的眼睛，"是不是？"

小家伙歪着小脑袋，然后试探地把手塞进了嘴里。

简卿没忍住，"扑哧"一下笑出声，孩子真是一点儿面子不给他爹。

茶几上的手机适时振动起来，陆淮予把手上不听管教的小家伙在沙发上放好，倾身去拿手机。

"陆医生——"裴浩吊儿郎当的声音从电话里传出来，穿透力十足，就连简卿都听见了。

"出不出来打球啊？"他问。

陆淮予看一眼正在拿玩具逗孩子的简卿，难得的周日，他一点儿也不想动弹。

"不去。"

裴浩撇了撇嘴，有些不满："你这结了婚以后，是不是都叫不出来了？叫你喝酒你不来就算了，打个球不至于吧？你算算你都多久没和咱们一起打球了？嫂子不至于管那么严吧？"

陆淮予懒懒地说："和你们打球你们又打不过我，没什么劲。"

裴浩险些一口血吐出来："那可说不准，你都一年多没碰篮球了，再说了，情场得意，球场失意。"

他说着说着感觉跑远了，"啧"了一声："你到底来不来啊？"

简卿坐得离陆淮予很近，声音自然而然地就穿进了她的耳朵里，她敛下眼眸，思索着好像自从她怀孕以后，陆淮予确实已经很久没有和以前的朋友聚过了。

本来他工作就忙，所剩不多的休息时间又都被她和宝宝占据，一点儿自己的时间也没有。

简卿扯了扯他的衣角，小声地说："你去吧。"

陆淮予移开耳边的手机，挑眉看着她。

"偶尔也出去玩一玩嘛。"

"在家陪你不好吗？为什么想我出去玩？"陆淮予胳膊揽过她，别人家的媳妇儿不是都嫌丈夫陪得不够多吗？哪儿有把人往外面赶的？

简卿却觉得他可能是想出去打球的，只是碍于她才拒绝了裴浩的邀请。

虽然他们结婚了，但她也不希望陆淮予因此和以前的朋友疏远了，每个人都是独立的个体，然后才是家庭成员，应该有自己的生活和放松的地方。

"下午周琳琳和林亿要来家里看哼哼，我怕你会不自在。"简卿解释说，"正好你也可以和你的朋友们聚一聚。"

陆淮予盯着她，许久，发现她是真的想让他出去，无奈地勾了勾嘴角："行吧。"

他和裴浩约了时间和地点，换了一身比较休闲的衣服出门，临走前问了好几句。

"秦阿姨的亲戚结婚，今天不来，你一个人可以吗？"

"可以的，你放心吧。"简卿当了几个月的妈妈，就算再不熟练，现在也能应付哼哼的各种需求了。

"锅里炖了汤，你下午记得喝。"

"知道了。"

陆淮予见她一点儿没有挽留他的意思，抿了抿唇："那我走了？"

"走吧，走吧。"简卿逗着怀里的小家伙，"快和爸爸说再见。"

小家伙刚喝了奶有些困倦，恹恹地转了转眼珠子，没走心地乱挥了挥手，"咿咿呀呀"说着大人听不懂的话。

陆淮予站在玄关处，不情不愿地把车钥匙放进裤兜里，看着客厅地毯上坐着的一大一小两个人。

简卿将注意力全部放在哼哼身上。

陆淮予忍不住皱了皱眉，真是小没良心的，一点儿没不舍得他走。

冬日午后的阳光暖和，室内的暖气也给得很足，让人感受不到一丝寒意。

陆淮予走了没多久，周琳琳和林亿就来了。

一进门她们就奔着小宝宝去了，林亿见他只有那么丁点儿大，死活不肯抱，好像怕伤着他似的，半天才肯小心翼翼地把哼哼抱起来，软软的小家伙就这么趴在她的胸口。

林亿闻着他身上的奶香，"嘿嘿"地笑，放开了逗他，晃着他的小身子："哼哼乖，叫姐姐。"

哼哼被她晃得不舒服，撇了撇嘴，表情停顿了一瞬，然后适时地拉了。

空气中顿时弥漫着一股难以言表的味道。

林亿离他最近，猛地一吸气，差点儿没呕出来，一时无所适从，赶紧把他抱得离自己的脸远远的。

简卿笑了笑，哄小孩地说："哎呀，哼哼拉臭臭了。"

她从林亿那里把小家伙抱回来，熟练地给他换着尿不湿，惹得周琳琳和林亿在旁边目瞪口呆，仿佛能看见她身上散发的母性光辉。

"我们的人生阶段真是拉得越来越远了。"周琳琳不由得感慨。她还在一个男朋友一个男朋友换的时候，没想到简卿已经早婚早育了。

"你不会觉得可惜吗？"她问。

"可惜什么？"

"你还这么年轻，本来还可以多玩几年的。"周琳琳简直没办法想象自己要每天带孩子的日子。

简卿把换下来的尿不湿卷成一团，抬起眼望向她："玩什么？"

周琳琳想了想，一时回答不上来。

简卿玩什么？像她一样，换衣服似的换男朋友吗？

将尿不湿装进黑色的垃圾袋，封好，简卿继续问："玩过了，然后呢？"

周琳琳继续沉默，玩过之后的大多数人，最终会回归到同一条路上。

周琳琳怔怔地盯着简卿，简卿的眼眸依旧干净澄澈，被人保护得很好的同时，她又没有被腻在蜜糖里惯坏，而是在不断地成长，有了自己看待世界的方式。

话题到这里结束，她们没有再说下去的必要了。

换上干净尿布湿的小家伙撅着屁股笑嘻嘻的，林亿却说什么也不肯抱他了。

周琳琳朝林亿翻了个白眼，把小家伙抱在怀里逗着玩，盯着他粉雕玉琢的小脸儿："不是我吹'彩虹屁'啊，你们家宝宝长得是我见过的最好看的，这眼睛，这鼻子，这小嘴儿，"她"啧啧"地补充，"哪儿哪儿都生得好。"

简卿倒真觉得她是在吹"彩虹屁"，笑道："这都还没长开呢，哪里看得出来？"

"怎么看不出来？你看这眼睛，和你的多像？"

林亿虽然不敢抱孩子，但也凑得很近，像是看可爱的小动物一般看着他。

"别说，眼睛是真的好看，跟会说话似的。"

简卿看向小家伙的眼睛。

哼哼小朋友好像感受到大人在夸他，配合地转了转眼珠子，"咯咯"

地笑。

简卿不觉得哼哼和她有多像,反而在哼哼的脸上看见了陆淮予的影子。

尤其是不高兴的时候,哼哼不哭不闹,就是抿着嘴,那副神态和他爸爸简直是一个模子里刻出来的。

某露天篮球场上,被赶出家门玩的哼哼他爸爸抿着嘴角,表情认真地打着篮球,没给对手留一丝情面,非常快速地结束了战局。

裴浩脖子上挂着毛巾,大冬天的,还是出了一身汗。

"要不要打这么凶?"他喘着粗气,不满地嘟囔,"不打了,不打了,休息一下。"

陆淮予淡淡地看他一眼,手里接过从篮筐里落下又弹起的篮球,气息有些不稳,胸口上下起伏,但也没像裴浩那样喘。

隔壁篮球场坐着两个年轻的女孩子,视线很快就不盯着自己的朋友了,一个劲儿地朝他们这边瞟。

两个人推推搡搡,其中一个长相漂亮的女孩子站了起来,到自动售货机上买了瓶水,走到陆淮予身边,双手捧着水瓶递过去:"那个……请你喝水。"

裴浩挑了挑眉,吹了声口哨,看戏似的看着他们。

陆淮予没理会裴浩挤眉弄眼的表情,也没接她的水,而是漫不经心地转身,拿过置物架最上面放着的一枚银色戒指重新戴好,两指在无名指的地方刻意地转了转。

"不好意思,我自己带了水。"他声音冷淡,态度客气而疏离。

送水的女孩自然看到了他的动作以及无名指上的戒指,脸色变得有些僵硬,装傻充愣地补了一句:"啊,我认错人了。"然后她尴尬地转身就走。

裴浩盯着漂亮妹妹离开的背影,揶揄道:"可以啊,陆医生,结了婚风采还是不减当年。你说就你这张招蜂引蝶的脸,嫂子是怎么放心让你出来的?"

陆淮予抬起眼,额上一滴汗珠落下,顺着后颈滑出一道痕迹。

谁知道她是怎么放心的?他都出来一下午了,她也不知道打个电话问问。

裴浩休息够了,道:"继续啊,再打一场。"

陆淮予把手里的球朝他扔过去:"不打了。你们打吧。"

裴浩愣了愣,看了一眼时间:"这不还早吗?你怎么就不打了?"

"回家给宝宝做饭。"陆淮予单手插兜,不再理他,径直往球场外走去。

裴浩托着手里的球,迷茫地思索,三个月的宝宝不是不能吃辅食的吗?他要做什么饭?

夕阳的余晖笼罩大地,周琳琳和林亿离开以后,哼哼小朋友不知道为什么有些恹恹的,简卿给他喂奶的时候,小家伙本来已经很少吐奶了,这次又吐了一些。

简卿猜测可能是玩累了的缘故,于是把他放回自己的小床上睡觉,想起厨房里陆淮予温的汤还没喝,趁着小家伙睡觉,偷了一会儿闲把汤喝了。

等她收拾完碗筷和厨房,去卧室里看哼哼的时候,发现他变得有些不对劲儿。

小家伙的脸泛着不正常的红晕,简卿摸了摸他,小身体滚烫滚烫的,后背热出了一身汗。

好像是感受到了妈妈的触碰,原本就皱成一团的小脸皱得更紧了,小家伙"哇哇"地哭出了声,以此来表达他的难受与不舒服的感觉。

简卿顿时慌了神,不知道为什么哼哼就发起了烧,短暂无措之后,赶紧把小家伙抱进怀里哄。

她大步走到客厅,翻出家里的温度计给他测体温。怀里的小家伙闹腾得厉害,怎么也不肯配合她,体温计总是测不准。

简卿试了几次都不行,之前哼哼一直很健康,也没生过病,突然发高热让她无所适从,她只知道下意识地给陆淮予打电话。

陆淮予正在从篮球场开车回家的路上,刚刚运动过后出了一身汗,僵硬的肌肉也得到放松,整个人懒懒的,干净修长的食指有一下没一下地在方向盘上轻敲着。

置物架里的手机振动声音响起。

陆淮予随意地扫了一眼手机,待看清来电显示之后,挑了挑眉,嘴角轻轻勾起。

小没良心的总算知道找他了吗?

等红灯的工夫,他接起电话:"怎么了?"

小路不远处的铁轨上极速地驶过一辆动车,搅动风声发出噪声,几乎盖住了电话那端简卿的声音,陆淮予有些听不清她说什么。

她语速急促而慌张:"哼哼好像发烧了,我不知道该怎么办。"

动车"嗖"的一下开走,没什么车的小路上重新恢复寂静。

陆淮予花了几秒钟的工夫消化了一下信息，刚出生没几个月的小宝宝本身就比较脆弱，生病也不是什么稀奇的事情。

倒是简卿的声音一副要哭了的样子，让陆淮予不由得跟着紧张起来，他赶紧先安慰她："你先别着急，我马上回去了。"

"你快一点儿啊，"简卿握着手机，好像一秒钟也等不了，"我要不先带他去医院吧？"

陆淮予踩了一脚油门，车提了速："简卿，"他声音低沉地说，"等我五分钟。急救箱里有退烧贴，你先给哼哼贴上。"

简卿眨了眨眼睛，手虽然在抖，心里慌得不行，但听到他喊她的名字时，好像记起了她是谁，该去做什么，然后重新镇定下来，按照他的指示去做了。

儿童用的退烧贴贴在小家伙的额头上，他闭着眼睛，眼角有眼泪渗出来，沾湿了又长又密的睫毛，小脸儿红通通的，一副可怜兮兮的模样。

当妈妈以后，简卿变得非常柔软，难过极了，一点儿看不得哼哼生病，恨不得自己替他生病，摸着他的小脸儿轻轻地哄着："哼哼，不哭了，爸爸马上就回来了。"

小家伙不会说话，但也感觉得到妈妈焦虑的情绪，不知道是身体难受，还是和妈妈产生了共情，他还是一直哭，简卿怎么哄也哄不好，心一阵阵揪着疼。

陆淮予回到家的时候，隔着门就听见了小孩子微弱的哭声。

简卿听见玄关处的响动，回过头去，看见陆淮予的瞬间，情绪控制不住了。

一打开门，陆淮予就看见沙发上一大一小两个宝宝，一个默默地掉眼泪，一个"嗷嗷"地哭。

陆淮予一时哭笑不得，回家以后，没急着看孩子，而是先去卫生间洗手消毒。

他洗了手，从茶几上抽了两张纸巾给简卿擦了擦眼泪："别哭了，我先看看。"然后他接过小家伙，摸了摸小家伙的手脚，简单做了检查。

"应该没什么事，估计是因为打了疫苗引起发热。"

简卿吸了吸鼻子："可是那不是上周打的吗？都过去好多天了，要发热不是早发热了吗？"

陆淮予给哼哼换了一张新的退烧贴，耐心地和她解释："临床上这个疫苗常见的不良反应就是在六到八天内表现出来的。"

简卿抿了抿唇，头一次没有无条件地相信他的话："那万一不是呢？"毕竟他也不是儿科专业的医生。

"我还是想带他去医院再看看。"她坚持。

陆淮予盯着她红红的眼眸，看出了她眼里藏着的不信任之色。她戒备而谨慎，浑身绷着一股劲儿，仿佛隔绝出了一道墙，就连他也没办法靠近。

沉默了一瞬，他淡淡地说："那走吧。"

简卿抱着哼哼，给他身上盖了厚厚的毯子，生怕去到室外吹了风冻着他，自己倒是连外套都忘了穿。

陆淮予什么也没说，默默回房间替她拿了外套披上。

两个人到医院以后，儿科楼正常门诊已经结束，只能挂儿科急诊。

哼哼被放在检查的小病床上，儿科医生仔细地检查后，询问了几个问题，得出了和陆淮予一致的结论。

"没什么大问题，应该就是疫苗引起的发热反应。"儿科医生开始写病历，"回去给宝宝多喂一些温水，促进代谢，妈妈母乳喂养的话，注意清淡饮食，三天左右发热的症状就会减轻。如果体温超过38.5摄氏度再进行用药，没有的话，接着用退烧贴就可以了。"

简卿听到儿科医生的话，盯着哼哼红扑扑的小脸儿，他好像是哭累了，这会儿倒是撇着嘴睡得香甜，她悬着的一颗心才算放下来。

他们回去的路上，哼哼在她怀里睡着，陆淮予怕晃着他们，车开得很慢。

在医院折腾一番之后，天已经黑透了，车里开着暖气，玻璃窗上升起淡淡的薄雾，挡住了窗外流光溢彩的城市夜景。

周末的晚上七点，路上逐渐堵起了车，车子停停走走的。

简卿刚刚一门心思全扑在孩子身上，几乎没有工夫去看陆淮予一眼，等她分出精力的时候，她发觉他的情绪有些不对劲儿。

车里的气氛似乎也比平时凝重。

简卿偷偷看他，陆淮予握着方向盘，看起来漫不经心的，只是眼皮低垂，嘴角轻抿着，好像是有一点点不高兴。

她张了张嘴，刚想问他，怀里睡着的小家伙伸了伸胳膊，醒了要吃奶。简卿没办法，只能先照顾小的。

到家的时候，正好碰上参加完亲戚的婚礼回来的秦阿姨，秦阿姨知道哼哼发烧了，问了大概情况，知道没什么大事，安慰简卿道："是这样的，有的疫苗打完确实会发烧，怪我之前忘记提醒你了。"

简卿扯了扯嘴角，也觉得自己之前的反应太大了。

陆淮予默不作声地重新给哼哼量体温,烧已经在慢慢地退下去。

因为秦阿姨在,简卿知道他情绪不好,也没有找到机会去问,吃晚饭的时候也是一片沉默。

虽然平时他们也是习惯食不言,但她总觉得气氛比以往沉重一些,就连秦阿姨也感觉到了。

她收拾好厨房,在围裙上擦了擦手里的水渍:"今天哼哼还是跟你们睡吗?"

简卿还没应声,陆淮予直接说:"不了,麻烦您带吧。"

因为简卿舍不得孩子,虽然家里有秦阿姨,但晚上哼哼一直还是跟着他们睡的,除了偶尔陆淮予做手术要加班,怕晚上回来吵着孩子,简卿才会把哼哼交给秦阿姨带一晚上。

简卿坐在沙发上,欲言又止,最后缩了回去,没有提反对意见。

当秦阿姨抱着哼哼回房间以后,客厅里瞬间安静了下来。

陆淮予懒懒地靠在沙发上,手里拿着遥控器,漫无目的地换着台,一轮又一轮,好像就是单纯地打发时间。

简卿坐的地方和他隔着一个人的距离,换作平时,陆淮予早就不知不觉地贴过来了。

就这样两个人视线聚焦在电视屏幕上,谁也没有率先讲话。

半晌,简卿先忍不住,挪了挪位置,挽着他的手臂,试探地问:"你生气了?"

陆淮予低下头看她,对上她干净懵懂的眼睛,心里憋着的气仿佛一下就被冲淡了不少,胳膊揽过她的肩膀,手掌在她的发顶漫不经心地揉,像是揉宠物似的。

他没有回避她的问题,淡淡地"嗯"了一声,坦率地承认自己在生气。

简卿大概能明白他在生什么气,讨好地蹭了蹭他:"对不起嘛。"她的声音软软的,道歉道得特别快。

陆淮予轻飘飘地看她一眼,手指插进她乌黑浓密的长发里,一下一下地顺着。

"对不起什么?"他问。

简卿想了想,回道:"我不该不信任你的。"

陆淮予盯着她一本正经的脸,忍不住轻笑:"你还挺有自知之明。"他顿了顿,又说,"但只说对了一半儿。"

简卿愣了愣,不明白除了因为这个,还能因为什么。

他的手顺着她的后脑勺儿往下，掌心捏着她的后颈，打着转儿地按摩，好像是在帮她放松和舒缓神经。
　　"我生气是因为你有些过分关注哼哼的需求，以至于忽视了你自己的需要。"
　　简卿迷茫地睁着眼睛，有些不理解他说的话。
　　陆淮予无奈地轻叹，找了个直接的切入点："你算算自己多久没画画了？画架都落灰了。"以前她一画就能画大半天，现在恨不得二十四个小时围着儿子转。
　　简卿看着自己的手，有些心虚地抠着指甲，想起她确实很久没有画画了。
　　之前陆淮予一直没有提，是觉得时间太早了，也理解她刚刚当上妈妈的心情，但今天看到她这么紧张焦虑的样子，忍不住有些担心她会在照顾孩子的过程中，忘记自己作为个体的存在。
　　"你可以不用那么紧张的，偶尔偷个懒，试着让其他人帮你。"
　　耳畔男人的声音低沉缓慢，简卿怔怔地看着他，感受到他的手顺着后颈一路向下，沿着脊柱上下抚摸着，莫名其妙地觉得很委屈，作为被压抑的个体而感到委屈。
　　她对上陆淮予漆黑的眼眸，嗳嗫了两声，最后轻轻地说："你还不是一样？"语气里有一丝丝倔强和不服气的意味。
　　"一样什么？"陆淮予没想到她还能还嘴。
　　简卿有模有样地学着他的话："一样过分关注我的需求，以至于忽略了你自己的需要。"
　　陆淮予盯着她，沉默半晌，好像明白了什么："所以你下午把我赶出去和裴浩打球，是觉得这是我的需要？"
　　简卿点了点头。
　　陆淮予不知道该气还是该笑，心却还是柔软了下来，眼神渐沉："可我的需要不是这个。"他的声音也低了两度。
　　"那是什么？"简卿不解。
　　陆淮予没有回答，攥着她的手腕把人拉起来，径直往卧室走去。
　　男人的掌心滚烫而炙热，紧紧地禁锢着她，简卿愣了愣，温顺地跟上他。

　　九月的早晨温度刚刚好，不冷也不热。
　　这一天是幼儿园的开学日，哼哼小朋友比以往任何时候醒得都早。太阳刚升起，他就睁开了眼睛。

小家伙揉着困倦的眼睛，在自己的小床上坐起来，盯着墙壁上妈妈给他画的宇宙飞船发呆。

圆溜溜的大眼睛一眨一眨的，睫毛像小扇子似的扑扇，透着些许迷茫之色，右脸不知道压着了什么，睡出一道浅浅的红印子，一副可爱又天真的模样。

好像是有些不适应，昨天是他第一次一个人睡觉，他第一次醒来的时候妈妈不在身边。

哼哼慢慢地从小床上爬下去，穿着蓝色的小拖鞋往外跑。秦阿姨抱着晒好的衣服从阳台上走进来，一眼看见了踮脚扒拉主卧室门的小家伙。

秦阿姨轻手轻脚地拉住他，小声说："哼哼，爸爸妈妈还在睡觉，先不要吵他们。"

哼哼很想早上一起来就看到妈妈，告诉她自己很勇敢地一个人睡觉，是个男子汉了，不再需要别人陪他睡觉了，然后妈妈应该就会很高兴地夸奖他，再亲亲他的脸颊，把他抱进她软软的怀里。

因为秦阿姨的话，哼哼有一些失望，但还是听话地放下了鼓捣门把手的小手，跟着秦阿姨回了房间。

在秦阿姨的帮助下，他换好了入园的校服。

三岁的小家伙已经可以自己活动，很多事情喜欢自己来，胖嘟嘟的小肉手笨拙地系着白衬衫的扣子，速度很慢，秦阿姨忍着笑帮他系了两颗扣子。

"谢谢秦阿姨。"哼哼穿戴整齐，乖巧地道谢。

幼儿园的制服是衬衫加蓝色的背带裤，穿在他身上，他小身板挺得直直的，比平时多了几分正式的可爱感。

小家伙现在长开了，五官长得越发精致，把爸爸妈妈的优点全继承了。

因为陆淮予本身就很高，有他的基因加持，哼哼的身高在同龄的小朋友里算是高的。

小家伙长相白净，又被家长教养得很好，懂事礼貌，不会乱摸乱碰、大声吵闹，见到友善的叔叔阿姨也会主动问好，所以只要一被带出门，去到哪里都会吸引一帮大人的目光。

帮哼哼换好衣服以后，秦阿姨看了一眼时间，去厨房准备早餐了，留哼哼在客厅里玩玩具。

哼哼百无聊赖地推着小火车，滚轮摩擦地板发出"呼哧呼哧"的声音，没玩一会儿他就觉得没意思了，转了转眼珠子，悄悄地重新跑到主卧室门口，伸长了手臂去够门把手。

主卧里光线昏暗，阳光经过两层的窗帘透进来，只剩下一点点光。

以前哼哼大都是跟着他们一起睡觉。

陆淮予一直不情不愿的，中间永远隔着一个碍事的灯泡，睡着他的床，占着他的媳妇儿，他就很不舒坦。

陆淮予好不容易熬到了陆昱珩三岁上幼儿园，作为一个合适的分房睡觉的节点，他用一番育儿理论说服了简卿，连哄带骗地把小家伙赶回了自己的小房间睡觉。

早上简卿睡得浑浑噩噩的，脑子里倒还残存着一点点意识。

门外传来微弱的声音，她动了动眼皮，身体上的疲惫感让她睁不开眼，她推了推旁边的男人，含含糊糊地说了什么。

陆淮予从背后抱住她，脸埋进她的颈窝里，吸着她身上淡淡的甜橘香气，混合着瀑布般的乌发里残留的洗发水味道。

他声音低沉，也说了一句什么话，然后就这么禁锢着她不许她动。

简卿真的太困了，一点点意识也在这样缱绻昏暗的清晨被打散，也没听清陆淮予说的是什么，继续闭着眼，身体和意识作斗争。

半响，有窸窣的声音传来，她感觉有什么软软的东西亲上了她的脸颊。

简卿弯了弯嘴角，哼唧了两声，扭过头，亲上那一团软软的东西。

她皱了皱眉，来不及多想，耳畔响起沉沉的声音："你们在干什么？"

简卿瞬间清醒，睁开了眼睛，正对上哼哼一双单纯天真的大眼睛，他眨巴眨巴眼，舔着嘴巴"咯咯"地笑。

陆淮予的脸色几乎和锅底差不多黑了，视线直直地盯着她，漆黑的眼眸里看不清情绪，但这样更是让简卿背后发凉，她在陆淮予身上吃够了按而不发，秋后算账的苦头。

简卿张了张嘴，嗫嚅两声，赶紧解释："我认错人了。"

陆淮予凝视着她莹润的眼眸，视线下移，在她红润的唇瓣上停留，她的嘴唇还有些肿，当然这不是小家伙随随便便亲一下就能亲出来的。

他伸出手，拇指指腹在她的唇瓣上来回蹭了蹭，触感温热而粗糙，好像是想要擦干净其他人在上面留的痕迹，脸上的表情淡淡的，看得出来他还是有些不高兴，但又只能忍着。

当着陆昱珩的面，他虽然吃醋了，也还是尽力掩藏着情绪，不会表现出来，给予小朋友在家里足够的安全感和归属感。

而那个占了便宜的人，陆昱珩小朋友显然没有感受到他老子的低气压。

"妈妈是大懒虫。"他一边笑嘻嘻地说，一边就要伸着小短腿往床上爬。

哼哼的目光落在简卿没盖住被子的肩膀上，小小的眉心突然皱起，他指着锁骨上方一小块红红的印子，语气担忧地问："妈妈，你这里怎么红了，是被蚊子咬了吗？"

陆淮予抿了抿唇，脸色又沉了几分，扯过被子把简卿身上露出来的肌肤盖住，提溜着小家伙丢下了床。

"你先换衣服。"他看向简卿，淡淡地说，然后带着陆昱珩去洗手间刷牙洗漱。

陆昱珩小朋友自己刷牙的时候总是刷不干净，每次都是陆淮予亲自给他刷了才算放心。

简卿小心翼翼地瞄陆淮予一眼，不敢去惹他，默不作声地乖乖关上门换衣服。

吃早饭的时候，小家伙特别兴奋，说个不停："爸爸，我能不能把奥特曼玩具带去幼儿园玩啊？"

"不行。"陆淮予说，"幼儿园规定不能带玩具。"

哼哼撇了撇嘴，手里动着奥特曼的胳膊，很舍不得的样子。

简卿忙安慰他："没关系的，虽然没有奥特曼，但幼儿园里会提供很多公共的玩具玩，你可以和小朋友们一起玩。"

临出门上学的时候，哼哼一个人在房间里收拾小书包，磨蹭了许久，直到陆淮予去催，才背着黄色的小书包出来了。

小家伙眼神有些飘忽，小小的书包里明显有一角凸出来。陆淮予走在前面没注意，让他躲了过去。

之后陆淮予开车，简卿坐在副驾驶座上，哼哼坐在后排的安全座椅里，晃着两条小短腿，看着窗外的景色。

明明一开始他还很兴奋，临近幼儿园，小家伙的情绪低落下来。

幼儿园门口已经站满了第一天送孩子上幼儿园的家长，此起彼伏的哭声不停。

哼哼好像也被这样的气氛影响了。

陆淮予察觉到他的情绪变化，没像其他家长一样把他抱在怀里安慰，而是蹲下来，视线和他平视。

"陆昱珩，"他喊儿子的大名，仿佛没有把儿子当作小孩子，"还记得我昨天晚上和你说的话吗？"

哼哼小朋友歪着脑袋，眨了眨眼睛，用力地点头，小手握成拳头。

"我是个男子汉了，我很勇敢，不会哭的。"

· 539 ·

嗓音明明还是软软的，他却说着故作成熟的话，让人觉得好笑。

陆淮予满意地揉了揉他的头发："去吧。"

小家伙向后稍稍退了一小步，挥着手和爸爸妈妈告别，明明不舍，又忍住不哭。

简卿盯着哼哼背着小书包进幼儿园的背影，然后看着他走进教室。

老师弯腰和他笑着说了什么，哼哼挺着背，不敢眨眼睛，很努力地克服着自己怕生的恐惧情绪，仰着头和老师讲了几句话以后，找了个位子坐下。

他谁也不认识，就那么坐着，小小的身体，一板一眼，很认真地在努力适应幼儿园的新环境。

简卿忍不住有些想哭，又心疼又感动，心疼他要一个人去克服困难，离开爸爸妈妈的保护，融入一个新的环境，感动她的小宝贝在不知不觉间慢慢长大了。

送完小的上幼儿园，陆淮予还要继续送大的去上班，视线从幼儿园小班的玻璃窗上收回："走吧？"

简卿闷闷地"嗯"了一声。

陆淮予看向她，着实没想到小的没哭，大的倒是哭起来了。

他轻笑着把人揽进怀里："哭什么啊，嗯？"

他帮她拨去脸上沾湿的碎发，趁没人注意的时候，在她的嘴角亲吻，温柔地安抚着她。

简卿对上他漆黑的眼眸，他的眼里似缀着细碎的星子，望向她时，永远闪耀着微光。

她吸了吸鼻子，把脸埋进他的怀里。

空气中散发出淡淡的薄荷香。

"时间过得好快啊。"她突然说。

时间过得很快，以他们的孩子为见证。

时间过得又不快，不然为什么他们一如既往地彼此深爱？

爱意没有在这条永不停息的长河里消减一分。

番外五
哼哼日记

8月30日 星期七
晚上睡觉的时候,我想让妈妈陪我睡觉。
爸爸回来了。
听到妈妈说今天要和我睡,爸爸好像有些不开心。
他告诉我,我是个男子汉了,睡觉不可以要人陪,然后爸爸就拉着妈妈走了。
好吧。
我已经是个要上幼儿园的大朋友了。
我是个男子汉了。
我可以一个人睡觉。
但是房间里关灯以后黑漆漆的有点儿吓人,我还是开着灯睡觉吧。

8月31日 星期一
今天早上我起床的时候,爸爸妈妈还没醒。
他们是大懒虫。
我听见妈妈说起床了。
爸爸说再陪他睡一会儿。
我觉得有些不对,明明爸爸也是个男子汉,为什么还要妈妈陪他睡觉?

今天还是上幼儿园的第一天。

我认识了好多新朋友，就是他们都好喜欢哭鼻子，尤其是我的同桌，沈诺慈。

她的名字好难写啊，我看了好久才记住。

就连我把奥特曼玩具借给她玩，她都不看一眼，还是一直哭。

爸爸说女孩子是水做的，好像是真的。

因为我坐在教室里往外看的时候，看见妈妈也偷偷哭了。

后来爸爸亲了一下妈妈的嘴，妈妈就好了。

但我应该是不能亲沈诺慈的。

早上爸爸帮我刷牙的时候，很认真地告诉我，以后不可以再亲妈妈的嘴了，可以亲额头，可以亲脸颊，可以亲下巴，但是不可以亲嘴。

我不明白，额头、脸颊、下巴和嘴有什么区别？

爸爸说因为那个地方要留给最爱的人。

必须相互喜欢的人，才可以亲对方。

我还不知道她喜不喜欢我。

9月18日　星期五

今天是妈妈送我去上的学。

路上遇见了沈诺慈和她的妈妈。

妈妈和她的妈妈聊得很开心，我还知道了原来沈诺慈的小名叫糯米糍。

我不太喜欢吃糯米糍，太甜了还会粘牙。

但是沈诺慈的脸白白的，圆嘟嘟的，还真的有点儿像糯米糍。

下次奶奶再做糯米糍的时候，我可以试着多吃一颗。

我告诉她说我的小名叫哼哼。

然后她就捂着嘴笑了很久。

我也不知道为什么，可能她也很喜欢我的小名吧。

因为她那一天叫我的小名叫了好久。

虽然我觉得当着其他小朋友的面这么喊，有一些不好意思，但我又很喜欢听她喊我的小名。

10月24日　星期六

今天是我的生日。

早上醒来我就吃了生日蛋糕。

感觉有点儿腻，我还是想在早上吃一点儿清淡的东西。

吃完蛋糕，爸爸说我的生日过完了，让我爱上哪儿去上哪儿去。

于是我就出门找朋友骑自行车了。

回家的时候，我看见家里有好多好多的玫瑰花，还有一个更好看的蛋糕，客厅墙上的油画也换了一张新的。

画里两个大人中间的小婴儿换成了一个小朋友，和我差不多高。

妈妈说这是她和爸爸在过结婚纪念日。

我也想过结婚纪念日，这样就有更大的蛋糕吃了。

爸爸笑了，说我连想要结婚的人都还没有。

哼，谁说我没有？

我以后要和沈诺慈结婚。

下午在公园过家家的时候，我们都约好了。

晚上妈妈给我放了她和爸爸结婚时候的录像。

然后我就哭了。

因为他们出去玩不带我，妈妈还穿了那么好看的白裙子，我也没有看到。

12月15日　星期二

今天爸爸和妈妈吵架了。

因为妈妈觉得老师布置的作业太多，害我都不能在八点的时候睡觉，所以就帮我做了手工作业。

爸爸知道以后，把我从床上拎了起来，让我自己重新做作业。

我太困了，所以打了个哈欠，流出一滴眼泪，被妈妈看见了。

妈妈以为是爸爸把我惹哭了，很生气地骂了他。

爸爸一声没吭，就由着妈妈说他，好像有些不高兴。

我觉得他有点儿可怜，于是好心帮他解释了一下。

妈妈有些抱歉，然后亲了爸爸一下。

爸爸就又高兴了，他心情好，也不让我继续做作业啦，反而很急地让我回房间继续睡觉，爸爸妈妈也早早地回了房间睡觉。

2月11日　因为幼儿园放假了所以不知道星期几

今天过年啦。

我和爸爸妈妈一起去了爷爷奶奶家。

眠眠姐姐送了我一盒巧克力,我很开心。

但我希望她下次最好还是偷偷送我比较好,不然又会被爸爸没收,一天只让我吃一颗。

可惜幼儿园没有开学,不然我就省下来给沈诺慈吃,她吃东西的样子特别可爱。

3月1日　星期一

幼儿园开学了。

我又可以和小朋友一起玩啦。

我听沈诺慈说,她妈妈的肚子里有她的一个小妹妹,以后每天都有人陪她玩了。

我也想有人每天可以陪我玩。

晚上回家,我和爸爸说了以后,爸爸让我多睡觉,说梦里什么都有。

所以我今天早早地就睡觉了,希望我一觉醒来,就能有小妹妹了。

番外六
青　梅

　　南临大学旁边有一所附属小学，还有一所附属高中。两所学校中间就隔着一堵墙，宛若一道三八线，隔绝了两所学校。

　　化学实验楼离小学最近，每次上实验课的时候，大家都能听见隔壁小学生嬉戏打闹的声音。

　　后来因为各种各样的问题，隔着的那堵墙被凿开了，两所学校合并成了一所，分为小学部和高中部。

　　简卿很不喜欢凿开的这堵墙，这样的变化让他们三年级（7）班的包干区面积明显变大了。

　　以前他们只需要打扫那堵墙周围的一小片区域，那时候就已经很麻烦了。

　　因为墙的另一边是实验楼后面的小树林，长得高高的树伸出的枝丫越过了高墙，树叶枯枝会落进他们的包干区，他们每天早晚都要扫一次，不然新的树叶就会落下来，然后他们班就会被六年级的值日生扣分。

　　被扣分，评不上优秀班级，班主任黄老师就会拿不到五十块钱的班主任津贴，拿不到五十块钱，她就会不高兴。她一不高兴，就会布置更多作业。

　　简卿不喜欢写作业，尤其是数学作业，情愿在作业本上用铅笔偷偷画画，然后再用橡皮擦掉。

　　然而自从这堵墙被人用大车推倒以后，他们连墙另一边的小树林也要打扫了。

　　这周轮到简卿值日，下午两节课上完以后，她拿着簸箕和扫帚，慢吞吞地开始打扫。

　　小学部远处早就是吵吵闹闹的，校门口站满了来接孩子放学的家长，双手抱臂张望着。

　　而高中部依旧没有一点儿声音，也没有人走动。

　　南大附属高中是南临最好的高中，一本升学率达百分之九十五，从高一到高三，下午全部学生要上四节课，一直到六点才放学。这会儿是上课时间，大家都在老老实实地学习。

　　但也有怎么样也不学好的，一个高高瘦瘦的高中生从化学实验室里逃课出来，在小树林里放风，一副吊儿郎当的样子，嘴里嚼着口香糖。

　　简卿歪着脑袋打量他，欲言又止。

　　她的目光不知遮掩，高中生瞥她一眼，语气不耐烦："看我干什么？"

　　简卿缩了缩脖子，面对比她高出许多的高中生，有一些怯懦。

　　她眨了眨圆溜溜的大眼睛，鼓起勇气提醒说："哥哥，你口香糖吃完了不要吐在这里啊。"如果他吐在地上，被检查的值日生看见，他们班又要被扣分了。

　　高中生轻嗤，轻慢地说："小鬼，你还管得着我了？"

　　见他不听，简卿撇撇嘴，拿着扫把走到一边，漫无目的地扫灰尘，决定等他走了，她再回去。

　　简卿低着头，盯着地上的蚂蚁看着玩，忽然听见了又一道脚步声，皱皱眉头，心想怎么来了一个又一个。

　　背后传来一道清淡好听的声音。

　　"五分钟后教导主任要来小树林抓逃课的学生。"

　　"现在走我可以当没看见。"波澜不惊的声音里却透着一股压迫感。

　　刚才还一副嚣张样子的高中生瞬间收敛了气势，老鼠见了猫似的，悻悻走开。

　　简卿扭过头，看见了比她高出许多的哥哥。

　　对方明明和其他人一样，穿的是高中部的校服，可是校服在他身上，没有那么松垮的感觉，他腰背挺得笔直，微微垂坠的校服裤将他的两条腿衬得修长。

　　校服干净整洁，拉链拉到锁骨的位置，露出细长的脖颈，给人一种很清爽的气质。婆娑树影里阳光倾泻，洒在他的脸上，他肌肤白皙，她甚至能看见细腻的纹理。

尤其少年的那一双眼眸，仿佛无垠的夜空一样漆黑，摄人心魄。

简卿眨了眨眼睛，以她短短的有生之年，还没见过比他还好看的人。

虽然刚才的哥哥长得也很帅，但她就是觉得这个哥哥更符合她的审美一些。

陆淮予目光向下，落在矮他许多的小孩身上。她愣愣地盯着他傻看，眼睛一眨一眨的，像是两颗黑葡萄，因为扫了很久的地，小小的鼻头上渗出细密的汗。

虽然高中部和小学部在一个校园里，但是基本上划分得很开，两边互不打扰，平时他们除了在实验楼听得见小鬼头们的声音，倒是很难打照面。

他弓着背，凑近她，让自己和眼前的小学生的视线齐平，不至于简卿费劲地仰头。

他不自觉地放低了音量，语气也比刚才轻柔，像是大人哄小孩地问："你在这里做什么啊？"

简卿只知道下意识地回答："扫地。"

然后她似想起什么，扯了扯他的衣角："哥哥，我们是不是也得走了？我不想被教导主任抓到。"

虽然教导主任将主要精力放在了管高中部上，但也会管着小学部，每周升国旗的时候，就是他在讲台上宣布每个年级的优秀班级的时间，他时不时还会点名批评一些逃课的学生。

陆淮予好笑地看着她："你又没逃课，又没早恋的，主任抓你做什么？"

简卿歪着小脑袋想了想，好像也是。

陆淮予捡起掉在地上的扫帚，掂了掂："这么沉你拿得住吗？"

本来陆淮予也不是多管闲事的人，但还是尊老爱幼的，没等小孩回答，直接拎起装满枯树叶的簸箕，往学校的垃圾场走去。

简卿背着手，迈着小步子跟在他后面，不忘礼貌地道谢："谢谢哥哥。"

倒完垃圾，陆淮予把空的簸箕和扫帚还给她："行了，快回家吧。"

简卿握着扫帚，望着他离去的背影，眨了眨眼睛。

今天她遇到了一个很温柔的大哥哥啊。

简卿背着小书包回家以后，不想写作业，打开电视就调到了动画频道。

《灌篮高手》已经播了一半儿。

她从中间开始看,即使不知道前面发生了什么,也还是看得津津有味。

等到穿着球衣的流川枫登场,啦啦队开始尖叫,简卿坐在沙发上晃了晃两条腿,看着流川枫白净的脸,黑发随意地垂至额前,神色冷淡,薄唇轻抿,莫名其妙地代入了下午遇见的哥哥,不知道他会不会打篮球,打篮球的样子好不好看。

当然这件事情在简卿小小的脑袋里没有停留多久,很快就被她抛至脑后。

高中部的期中考试结束以后,紧接着的就是小学部的期中考试。

简卿最讨厌的就是考试,尤其是数学考试。

明明一张一百分的卷子,六十分是及格,八十分是良好,九十分是优秀,为什么换到小学生身上,六十分是笨蛋,八十分是不好,九十分是普通,一百分才是优秀呢?

她的同桌考了九十七分还觉得没考好,因为一道错题郁闷很久。换作简卿,她都要高兴得跳起来了,还要夸夸自己是个小天才。

"你考了多少啊?"小同桌撇着嘴看向她,眼泪就要掉下来了。

简卿把卷子揉成一团,没等她回话,班主任兼数学老师发完最后一张卷子,目光凉凉地落在她的身上。

"简卿,"她说,"出来一下。"

简卿觉得头皮有些麻,不情不愿地出了教室。

她很不喜欢黄老师,黄老师总是占用美术课来上数学课,她没考好黄老师就会用冷冷的眼神瞟她,好像她犯了天大的错误一样。

"期中考试这么简单的卷子,你看看你才考了多少分?"黄老师双手抱臂,"我们班的数学平均分就是被你拉下去的,你知道吗?"

黄老师看着垂着脑袋的小女孩,又没办法,无奈地长长叹了一口气:"你回去把错题,每道题罚抄五遍。讲了多少遍的题目,回回都错,不抄几遍你不长记性。"

简卿被训斥一顿,回到教室,她的同桌因为只考了九十七分已经趴在桌子上哭起来了,周围都是安慰同桌的同学。

卷子被藏在了抽屉里,简卿偷偷地在桌子底下看她六十分的卷子,处处是红叉,她得抄到什么时候啊?

她叹了口气,打开铅笔盒,摸出里面的铅笔,开始在作业本上认命地抄错题,反正抄题比做题简单多了。

简卿奋笔疾书,连语文课上也在抄,语文课本被竖了起来,挡着作业本,好像这样老师就看不见了。

大家一起读课文的时候,她"咿咿呀呀"地对着口形,没有注意到语文老师拿着课本在教室里来回走。视线落在她的书桌上,语文老师皱了皱眉,把手里卷成圆筒的课本,直接往她的脑袋上敲。

简卿吓得激灵了一下,被敲蒙了。

"下课以后去我的办公室。"语文老师说。

她可真是屋漏偏逢连夜雨。

简卿被语文老师训斥一顿以后,耷拉着脑袋从办公室里出来,其他同学已经背着书包,有说有笑地放学了。

上学真是一点儿都不快乐,为什么他们还笑得出来?

简卿还要去包干区打扫卫生,回家以后,肯定是看不成《灌篮高手》了,昨天预告里流川枫明明会打一个很厉害的球。

她越想越难过,垂头丧气地扫着地。

偏偏什么都和她过不去似的,风一阵一阵地吹,她刚扫成堆的落叶就被吹散了,树上还"哗哗"地掉叶子。

"你别掉啦!"简卿生气地抬脚去踢老槐树。

槐树树干粗壮而坚硬,树纹丝不动,简卿倒是踢得脚尖可疼可疼了,一直压抑的委屈和难过情绪借着疼痛,一下涌了上来。

她一屁股蹲坐在地上,手里捏着被她搓成一团的考试卷子,用力地往外丢,卷子被弹到了一棵树上,又"骨碌骨碌"滚了回来。

简卿盯着那张试卷,也不知道气自己还是气它,滚烫的眼泪"吧嗒吧嗒"地往泥土里掉,哭得可怜兮兮的。

最近学校在评优秀学校,特别注重校风,所以严抓逃课早恋的现象,陆淮予作为学生会主席,一天至少要来两次实验楼后面的小树林。

一般他不怎么抓人,那些学生看见他就会识相地走了,偶尔遇上想在女生面前逞能,要和他抬杠的人,才会被他送到教导主任面前。

最近几天好像大家学乖了,老老实实地不往小树林里钻了。

陆淮予本来想着来看一眼就走,谁知道看见个蹲在角落里掉眼泪的小姑娘。对方乌黑的发顶对着他,他看不清脸,也不知道小姑娘是怎么了,小声地呜咽着。

倒不是他多愿意管闲事，但小姑娘缩成一团，跟个小奶猫似的，突然勾起了他对小动物的关爱之心。

陆淮予走过去，在她面前站定。

"你怎么了？"他问。

简卿没想到这个时候小树林里还有人，肩膀抽动了一下，把眼泪鼻涕蹭在小学校服的袖子上，不肯抬起头，语气有些冲："不要你管。"

陆淮予没想到小动物还带着脾气，有些好笑，看见了被丢在地上的卷子，弯腰捡起来，一点点地展开。

看着小学生稚嫩的铅笔字，以及皱巴巴的卷子里画满的红叉，他顿时明白了原因。

他蹲下来，两条长腿屈起，手里拿着试卷："一根绳子，被剪了两刀，会有几根绳子？"

小姑娘的答案上认认真真地写着"2根"。

陆淮予很贴心地没有用他自己的智商去衡量一个三年级小朋友的智商，试着去理解她："你这两根是怎么得出来的？"

结果简卿一听这话，以为他是在讽刺她，顿时怒气冲冲地抬起头，伸手要去抢卷子。

试卷被陆淮予捏着，他没想到她突然来扯自己，没松手，本来就被揉软的试卷被扯成了两半。

简卿手里攥着剩下的一半儿卷子，对上陆淮予有些吃惊的眼神，看清他的脸以后，她立刻想起是之前的哥哥。

没想到连他也和黄老师一样嫌弃她笨，简卿顿时哭得比刚才更厉害了，眼泪稀里哗啦地流。

陆淮予虽然家里还有个上小学的妹妹，但大多数时候是岑虞把别人惹哭，他来善后的，他还没哄过小姑娘，一时也有些无措。

"你们在干什么？"一道浑厚的中年男声响起。

教导主任穿着西装，出现在他们的视线里。

简卿看了一眼陆淮予，没讲话，就自顾自伤心地哭。

陆淮予手里拿着另一半儿卷子，不知道怎么解释。

所以教导主任根据目前的情境，以及卷子上"60"分的醒目红字，得出了自己的结论。

他一直知道陆淮予有个妹妹在小学部读书，虽然没见过，但看着简卿就以为是哥哥不满意妹妹的考试成绩，所以在教育她。

"陆淮予,你干什么撕了她的卷子?"教导主任严肃地问,"她年纪还小,你要好好教,一次考试失败说明不了什么,你对她要有些耐心,怎么还把人训哭了呢?"

陆淮予艰难地扯了扯嘴角,试图解释:"我没有训她。"

"你有!"简卿吸着鼻子瞪他。

陆淮予对上小姑娘像黑珍珠一样明亮湿润,此时却红红的眼睛,陷入了沉默之中,好像和小孩子真是讲不了道理。

教导主任看了看两个人的状态,无奈地叹了一口气,这兄妹俩真是。

他平时对陆淮予这个学生的印象很好,可以说是他教了那么多届学生里最喜欢的一个,只是着实没想到陆淮予对妹妹会这么没耐心。

教导主任作为一个优秀的教育工作者,决定好好修复一下他们的感情。

"你们跟我来一下办公室。"他说。

陆淮予的心情瞬间变得复杂。

在他的学生生涯里,都是把别人送进教导主任的办公室,他还没有进去接受过思想教育,今天倒是因为一个小学生得去主任办公室。

高中部第三节课的下课铃声响起,他们往教导主任的办公室走的路上,走廊里站满了学生。

简卿看见人多了,很努力地把眼泪憋了回去,但仍一抽一抽的,发出哽咽的声音。

她以前从来没有到过高中部,新鲜的环境吸引了她的注意力,她歪着脑袋四处乱看,发现高中部的教室比小学部的大很多,就连桌椅板凳也更大一些。

走廊里的大哥哥、大姐姐都在有意无意地往他们身上看。

"快看,快看,那不是我陆哥吗?"裴浩双手挂在走廊的栏杆上,没个正形儿地赖着,吃惊地盯着跟在教导主任后面的陆淮予。

他们高三实验班的教室就在教导主任的办公室旁边,每天他们都能看见主任领着犯事的学生进办公室。大伙儿都知道,进去的学生准没好事。

"他怎么也有被教导主任领去办公室训话的一天哪?"

"跟在后面的小鬼头是谁?咋还在哭呢?"

"难不成是陆哥欺负了小学生?"裴浩转了转眼珠子猜测道,虽然难以置信,但好像只有这一种解释。

陆淮予也不知道为什么,这帮人偷偷议论的声音能这么大,尤其是裴浩，自己想不听见都难。

怎么一个个都以为是他欺负了这个小孩？明明是小孩在欺负他好不好。

他将视线向下移，看见简卿耷拉着脑袋，粉雕玉琢的小脸儿哭花了，脸上满是泪痕，一副可怜兮兮的模样。

仿佛感受到他的视线，小孩抬起头，朝他做了一个自认为很凶的鬼脸。

"……"

陆淮予默默地收回视线，脸上没什么表情，但在心里轻轻叹了一口气。

这小孩……

教导主任的办公室里装饰朴素，有一张木质的办公桌，桌上压着厚厚的玻璃板，还有简易的双人沙发和茶几，用于会客。

因为犯的不是什么大错，教导主任没像往常一样自己坐到办公桌后，让他们站着，而是指了指沙发："你们坐那儿吧。"

简卿一向不喜欢老师的办公室，有些拘束，仿佛回到了刚刚在办公室里被老师训斥的时候，乖乖地并腿在沙发上坐好。

没等教导主任开口讲话，办公室的门就被人敲响，一个老师探头进来："刘主任，还没好啊？会议要开始了。"

教导主任拍了拍脑门儿，这才想起来今天下午有一个教研会议："马上，马上。"

他从饮水机处接了两杯水搁在茶几上："我还有点儿事，你们先坐一坐。"

他看了陆淮予一眼，点了点桌子上的破卷子："你好好教她，把卷子上的错题都改正了，一会儿我回来检查。"

教导主任关门的时候，窗户处吹来一阵风，在风力的作用下，使得关门的声音比预料的大。

"砰"的一声，门被关上。

简卿被巨大的声音震得打了一个哆嗦。

而后，房间里陷入沉默。

陆淮予靠在沙发上，两指在太阳穴上轻按，余光瞥向旁边的小姑娘。

沙发的座椅很高，一半儿的沙发，她只坐了小小一块地方，两条短腿够不着地，圆溜溜的眼睛一眨不敢眨，湿润的眼睫微颤，看起来又乖巧又无辜。

他真是不知道怎么说她，生怕他一句话不注意，就又把人惹哭了。

陆淮予无奈地扯了扯嘴角,从茶几的抽纸盒里抽出两张纸巾递给她:"擦擦鼻涕。"

简卿哭够了,这会儿也没了脾气,乖乖地接过纸巾。

左右教导主任布置了任务,没办法,陆淮予在置物架里找出透明胶带,帮她把撕破的卷子一点点地粘好。

简卿盯着他的动作,后知后觉地生出了愧疚的情绪,明明是她自己去抢,才撕破了卷子。

她张了张嘴,讷讷地说:"谢谢哥哥。"

陆淮予扯断透明胶带,抬起眼,语气淡淡地回道:"不客气。"

他重新压了压皱巴巴的卷子,铺平,然后从笔筒里挑了一支红色圆珠笔,干净修长的手指在笔头处轻按,拿着笔在卷子上圈出简卿的第一道错题。

"来吧,"他说,"我教你改错。"他反正闲着也是闲着。

简卿其实很不喜欢这样一对一的辅导方式,以前黄老师也这样辅导过她,她答不出问题来的时候,都没办法躲,还会显得她特别笨。

"我已经写上正确答案了。"她小声地说。

因为黄老师要罚抄,所以她借了同桌的试卷,把对的答案先抄了一遍。

陆淮予食指在卷子上有一下没一下地轻敲,目光落在一道应用题上面,中间明显漏了一步运算过程,最后还能得出正确答案。

估计小姑娘是抄了谁的答案,真是抄都没抄对。

他挑了挑眉,把卷子移过去:"那你和我讲一遍,这是怎么算出来的?"

"三袋面粉重七十五斤,八袋面粉重多少斤?"陆淮予重复一遍题目。

陆淮予想这么简单的数学题,她扳着手指头也能算出来吧。

简卿揪着手里刚才陆淮予塞给她的纸巾,半天说不出解题思路。

陆淮予等了半天不见她有反应,抬眼,看她满脸写着痛苦之色,沉默半晌,最后认命地从桌上拿了一张白纸,一点点地教。

由于三年级的题目过于简单,作为高中数学竞赛满分的人,陆淮予都不知道该从哪里教起。

一个方法讲了她听不懂,他就换另一个,就这样一遍一遍,不厌其烦地教。

终于他发现,画出图形来,对着画讲,小姑娘理解得最快。

"你看,纸上有四只鸭子、五只兔子,你数数有多少条腿?"

简卿趴在矮矮的茶几上，盯着白纸上的简笔画小鸭子和兔子，皱了皱眉，不满地嘟囔道："你的小兔子画得不好看。"

陆淮予额上青筋凸起，头一次觉得他的耐心不够用了："那你画。"他倒转笔，递给她。

简卿埋着头，小手攥着圆珠笔，一笔一画，认认真真地画兔子，比听他讲题时认真多了。

虽然线条还很稚嫩，她的小兔子倒是活灵活现的。

第四节课下课铃响过后，教导主任才从外面回来，打开办公室的门，映入眼帘的就是一大一小两个人对着一张卷子解题的模样，两个人脑袋凑得很近，好一派"兄友妹恭"的景象。

他拿起卷子，照着题型重新出了一道题目考简卿。

简卿虽然记不会数学公式，但在草稿纸上画着图，扳着手指头数，倒也给出了正确答案。

"这样才对嘛。"教导主任很满意地说，"以后都要这样好好教她，期末考试争取考个一百分。"

简卿撇了撇嘴，在学习上她从来没什么信心："我考不到一百分的。"

陆淮予轻扫她一眼，小孩对自己的认知还挺清楚。

"你不试试怎么知道？"教导主任属于那种鼓励型教育者，最看不得手里的学生失去自信和冲劲儿，尤其还是个小孩子，要是不好好纠正心态，以后就得长歪了。

他看向小丫头的"哥哥"："你以后没事多教教她，期末考试我检查成果。"

教导主任的一句话，让陆淮予莫名其妙地多了一个教小学生学习的活儿。

陆淮予走出办公室的时候，脸色有些难看，后面还跟着一个哭累了哭不动，揉着眼睛的小孩。

走廊角落里，裴浩贼眉鼠眼地朝陆淮予招手，嘴里发出"扑哧扑哧"的怪声。

他跑过来，阴阳怪气地揶揄道："陆哥，稀奇啊，你也有进教导主任办公室的时候。"

裴浩悄悄打量着跟在他后头的小鬼："你打小孩了？"

陆淮予没搭理裴浩，而是低下头："你自己说，我打你了吗？"

554

简卿手里攥着被粘好的卷子,摇了摇头。

"那我欺负你了吗?"他继续问。

简卿回想小树林里发生的事情,已经忘记他哪里欺负她了,继续摇头。

她幼小的心里生出一丝愧疚感,她伸手扯了扯陆淮予的校服衣角,声音怯弱软绵,小声地喊他:"哥哥,对不起。"

陆淮予俯视着眼前的小姑娘,她做错了事就知道乖乖地喊他哥哥来讨好他,有气他都不知道怎么冲她撒。

"对不起就完了?"不知道为什么,他忍不住去逗她。

简卿仰头对上他漆黑的眼眸,歪着脑袋想了想,思考该怎么补偿。

最后她犹犹豫豫地说:"不然我请你吃冰激凌?"简卿把手插进校服兜里,摸着里面已经被焐热的硬币,口袋里有她攒了很久很久的一笔六块钱"巨款"。

陆淮予盯着她干净澄澈的眼睛,挑了挑眉,笑道:"可以。"

站在旁边的裴浩瞪大了眼睛,望着那两个人离开的背影,忍不住想:陆哥他也好意思让小学生请他吃冰激凌?

小学生能有几个钱?就这他还说没欺负人家?

在麦当劳排队买完冰激凌,他们在对着街道的玻璃窗边找了位子。

简卿吃冰激凌的时候屁股不老实,在转椅上转来转去,时不时还要盯着其他桌的小朋友吃东西,视线直白,一点儿没躲着。

陆淮予转着她的脑袋扳回来,提醒道:"不要盯着别人。"

他像极了教育小孩的大人,教育她盯着别人不礼貌。

简卿乖乖地收回视线,继续舔着手里的甜筒。

这一家麦当劳离学校很近,所以到了饭点儿到处坐满了小学生和学生家长。

陆淮予似想起什么,他和教导主任都习惯了高中部下午上课的时间,忽略了小学部其实下午三四点就该放学了,这会儿都已经六点了。

"你放学这么久了,爸爸妈妈不来接你吗?"他问。

简卿小口小口地舔着冰激凌,因为摄入甜食,心情好了一些:"不来的,他们每天要到很晚才下班,我都是自己回家的。"

闻言,陆淮予望向玻璃橱窗外面,此时已经没有小学生的身影了,偶尔零星走过的,也是被家长牵着手的,岑虞六年级了,陆有山还是每天来接她。

小姑娘看起来小小的，没想到还挺独立，只是现在天色已经渐黑，要是让她一个人回去，他总觉得有些不放心。

他轻轻叹了一口气，决定好人做到底，看简卿吃冰激凌吃得差不多了："走吧，我送你回家。"

简卿眨了眨眼睛，隐隐约约不知道该不该拒绝，毕竟她还是个三年级的小学生，不懂人情世故，也不懂得什么叫给人添麻烦。

她只想得到回家有一条小路，到了晚上人又少又黑，每次她走都觉得害怕，要是有哥哥陪她，她就不会害怕了。

回去的路上，要过一条马路，简卿很不喜欢这条马路，总是有川流不息的车辆，让人莫名其妙地恐惧。

每次她都会站在马路边等一会儿，等到有大人要过马路了，悄悄跟在人家后面，让人带着过马路，但是这条马路很僻静，行人很少，每次她都要等很久才有人。

陆淮予送她回家，他们很快过了马路，简卿仰着头，看见他牵着自己的手，觉得很安全。

他们走着走着，走进了一条青石板路的小巷。

石板路上长满了青苔，排水沟里的水随着高度差缓缓地流动，发出潺潺的声音。

闷热的夏天，冰激凌化得快，简卿换了一只手拿甜筒，舔干净了流到小指头上的冰激凌。

陆淮予看见，催她："吃快点，别吃得到处都是。"

简卿不满地嘟起嘴："我又不是小孩子，才没有吃得到处都是。"明年她就上四年级了。

陆淮予低头瞥她一眼，小姑娘的鼻尖上还沾着一点儿白色冰激凌，像只小花猫，还说不是小孩子。他无奈地轻笑，弯下腰，食指指腹在她的鼻尖上蹭了蹭。

"嗯。"他附和，声音低缓，"你很快就会长大。"

三年级（7）班周四下午的第二节课是体育课，所以周四是大家最喜欢的一天，男生和女生在一起玩，跳皮筋、丢沙包、老鹰捉小鸡。小学部的操场上到处都是叽叽喳喳的吵闹声，除了简卿。

她也不知道为什么，明明太阳那么晒，那么热，同学们满身是汗，也还要在大太阳底下运动。

穿着宽松的沙滩裤的体育老师背着手，在操场上来回巡视，时不时催促不动弹的学生融入进去。

简卿作为第一只被抓的小鸡，在太阳底下晒了十分钟就受不住了，小脸儿红通通的，整个人恹恹的。

她趁着体育老师不注意，偷偷溜回了教室。

教室偶尔也会有巡视的老师，她背上小书包，小心翼翼地弯腰躲开其他上课班级，决定找个地方猫着，等到下课就可以回家看《灌篮高手》了。

她一边夸奖自己机智，一边往小树林走去。之前她打扫包干区的时候，高中部总是没有人，而且高中部的老师一般也不怎么管小学部的人。

她丝毫没有意识到自己这样的行为算逃课。

上一次简卿来高中部，是跟着陆淮予走的，有人带着的时候不觉得，等她自己一个人来的时候，感觉偌大的高中部仿佛是弯弯绕绕的大迷宫。

南大附属高中选址用的是很早以前一个地主的老宅子，为了不破坏里面的建筑结构，教学楼之间排得很开，加上假山园景层层叠叠，不熟悉的人的确很容易在里面迷路。

她走着走着，不知不觉就走到了高中部的篮球场边。

篮球场隐匿在一片葱葱郁郁的林子里，倒是凉爽舒适，看台上坐着三三两两的大姐姐。

简卿转了转眼珠子，觉得她如果躲在人群里，就更不容易被发现了，于是迈着艰难的步子，爬上高高的看台台阶，找了一个阴凉的位置。

她坐在台阶上，把上一层台阶当作小桌子，背对着篮球场，开始自顾自地画画。

旁边的大姐姐们的目光在她身上停留了一瞬，又很快挪开，她们对突然出现的小学生显然没什么兴趣，继续聊天儿。

"实验班和重点班的比赛约的什么时候啊？怎么还没见着人？"

"好像是三点吧，来了，来了。"

没一会儿，远处有篮球拍地的声音传来，大姐姐们的声音变得压抑而激动。

简卿听见她们说得最多的名字，好像是叫陆淮予，她撇了撇嘴，没在意，也没有回头看，任何运动都引不起她的兴趣。

台阶用来当桌子，还是有些矮，她从书包里翻出课本垫高，调整了一个舒服的位置,继续画她的画。

重点班的人打球太脏,把平时处处被实验班压一头的愤怒情绪发泄到了球场上。

裴浩气不过,和重点班一个故意犯规的男生打了起来,两个人双双被罚下场。

好在他们实验班有陆淮予,他打球一向厉害,而且也知道怎么和队友配合,所以重点班的学生想着法子追,比分也还是越拉越远。

裴浩看班里赢定了,嘲讽了重点班打架的男生几句以后,迈着步子往看台上走去。

他对看台上的女生粘在陆淮予身上的视线习以为常,倒是看台上背对他们蹲坐着的一个小学生吸引了他的注意力。

"小鬼头。"裴浩不知什么时候坐在了上层的看台上,懒懒地喝了口矿泉水,睨着矮他一个台阶的简卿。

简卿迷茫地抬起头。

裴浩盯着她的脸,小女孩长得很可爱,大眼睛、樱桃嘴,不难看出以后长大了肯定是个美人坯子。他一下就想起来这是之前和陆淮予一起进教导主任办公室的小学生。

"你是来等陆哥的吗?"他挑了挑眉。

简卿愣了愣,还没等她回答,篮球场上的哨声响起,上半场比赛结束。

裴浩站起来远远地朝球场招手:"陆哥——你家小孩来找你了。"

他的声音很大,穿透力十足,几乎整个篮球场的人都能听见。

起跳压哨投完最后一个三分球的陆淮予稳稳地落地,视线移过去,一眼看见蹲在裴浩脚边的小孩。

看台上的女生循着声音,也齐刷刷地看向裴浩的方向,探究的目光落在简卿身上,交头接耳地议论起来。

"这个小学生是谁啊?"

"陆淮予的妹妹?"

"不是吧,我之前见过他妹妹,看着没这么小啊。"

讨论没有得出结论,离他们最近的女生弯腰凑到简卿面前,好奇地问:"小妹妹,陆淮予和你是什么关系啊?"

简卿疑惑地眨了眨眼睛,小孩子忘性大,每天都有新鲜的东西吸引她的注意力,这会儿她已经反应不过来陆淮予是谁了。

"我不认识呀。"她歪着脑袋想了想说。

陆淮予两级台阶并作一级地上到看台上，就听见小姑娘懵懵懂懂地说不认识他。

他皱了皱眉，真是小没良心的，几天不见就翻脸不认人。

简卿正准备低头继续画画，脑袋上就被人从后面弹了一下。

不痛就是有点儿突然，她赶紧双手捂着脑袋往后看。

夕阳西下，有些刺目，她不适应地眯了眯眼睛，而后看见了倾身离她很近的陆淮予。

他逆光站着，身姿挺拔修长，阴影将她整个人罩住。

这次他没有穿蓝色的校服校裤，白色的T恤外面是一件红黑色的篮球衣，露出皮肤白皙、线条匀称的手臂肌肉，更添了几分少年感的帅气。

因为运动，他呼吸微喘，胸口上下起伏，额前散落的黑发有些湿，汗滑过凸起的喉结，顺着脖子流出一道痕迹，漆黑的眼眸对上她的，仿佛黑曜石一般闪烁着微光。

简卿仰着头，有些看呆了，好像看见了从动漫里走出来的人。

陆淮予看她又是一副傻愣愣的模样，似笑非笑地问："不认识哥哥了？"

大脑里的记忆瞬间被激活，简卿讷讷地答："认识。"

陆淮予在台阶上坐下，胳膊肘懒懒地撑在上层台阶上，视线瞟到一旁小姑娘画的简笔画，纸下面露出语文课本的一角。

他轻轻地嗤笑："小学部还没放学吧，你不好好上课，跑这里来干什么？"

"我们在上体育课。"简卿小声地解释，好像是有些心虚。

许是天热，简卿刚刚在大太阳底下跑了步以后，两颊的红晕久久没有散去，细碎的头发湿湿地贴在额头上。

陆淮予扯过挂在脖子上的毛巾，帮她擦了擦脸，也不知道为什么那么自然而然，不自觉地去照顾她。

简卿眼前一瞬间有些黑，毛巾触感柔软，携带着淡淡的薄荷香。

恰逢此时，高中部和小学部第二节课的下课铃同时响起。

陆淮予伸手把她垫在台阶上的一沓课本理了理，然后把小姑娘从地上提溜起来："走吧，教你写作业去。"

简卿"啊"了一声："为什么啊？"

"教导主任不是说了吗？让我好好教你，期末考一百分。"省得她不长记性，这么快就把他忘了。

闻言，简卿瞬间耷拉下脑袋，变得无精打采，现在还不是写作业的时候啊。

明天早上才是，她抄她的小同桌的，又快又方便，还不用动脑子。

同时垮下脸的还有裴浩："别啊陆哥，这球还没打完呢。"

"不打了。"陆淮予随意地扯了扯T恤的领口，好像是在透气，动作间细白脖颈下，紧致立体的锁骨若隐若现。

打球哪儿有逗小孩好玩？

蔷薇园里开满了绚烂的夏花，其中以各色的蔷薇最为夺目。园子的中心是一个活水池塘，池塘中心有一个亭子，叫作湖心亭。

这一处原本是地主家的后花园，如今依旧被保存得很好，地处偏僻，这会儿又正是高中部上课的时候，很少有人会来这里。

简卿坐在石凳上，趴在桌子上咬笔头，写作业。

有风从远处吹来，经过湖水洗涤，敛去了燥热感，变得凉爽而舒适。

陆淮予斜斜地靠在红漆亭柱上，食指指尖有一下没一下地在雕花的石桌上轻敲。

简卿一走神他就弹她的脑门儿。

小学生的作业不多，她抄完英语作业的英文字母，做完数学作业的练习册，就剩下语文作业的一篇作文。

作文的题目是"我的梦想"。

简卿把铅笔抵在脑袋上，想了一会儿，就开始写了，好像对她的梦想很明晰。

她一边写，一边还要低低地念出声，以此来组织语言。

"我的梦想是成为一名画家，天天不干别的，就只要画画，画小鸟，画蝴——"

她顿了顿，扭过头问陆淮予："哥哥，'蝴蝶'的'蝶'字怎么写啊？"

陆淮予抽出她的笔，在草稿纸上写了个"蝶"字，怕她看不懂，没用习惯的连笔，而是端端正正的正楷。

简卿照着草稿纸上的"蝶"字，有样学样地抄到作文本上："画蝴蝶，画大树，画大自然里所有好看的东西。"

她写着写着，目光偷偷看了一眼旁边的陆淮予。

他低着头，正在批改她刚刚写好的数学作业，鸦羽似的眼睫低垂，盖住了漆黑的眼眸，鼻梁又高又挺，下颌线紧致明晰。

简卿忍不住想,他应该是大自然里最好看的东西,比她见过的所有人、所有东西都好看。

陆淮予感受到她的视线,侧过脸看她:"作文写完了?"

他余光瞥见作文本上的"梦想""画家"两个词,轻笑一声:"挺好的梦想。"

小姑娘在文化课上确实没什么前途了,十道数学计算题错了九道。

简卿听见他的表扬,有些来劲儿,手舞足蹈起来:"我以后想要当一个像莫奈一样的大艺术家。"

"你还知道莫奈?"陆淮予有些吃惊,没想到小孩懂不少东西。

简卿得意地仰起头:"我知道的东西可多了。"她扳着手指头数,"我还知道凡·高、达·芬奇和伦勃朗,但我最喜欢的还是莫奈。"

说着说着,简卿想了想,突然有些好奇地问:"哥哥,那你的梦想是什么啊?"

突然被她这么一问,陆淮予恍然发现,自己好像并没有明确的梦想。

所有的东西不用怎么努力就可以轻易得到,以至于他没有什么特别想要做的事情。

他盯着小姑娘黑珍珠一样圆溜溜的大眼睛,有些好笑,就连三年级的小学生都有自己明确的梦想,他却还不知道未来要去做什么。

简卿等了很久,也没等到他的回答,又问了一遍:"你的梦想是什么啊?"

陆淮予垂下眼皮,语气淡淡地说:"我还没想好。"

简卿咬着笔杆,默不作声地开始改数学题,过了五分钟,问:"哥哥你想好了吗?"

"……"陆淮予看她一眼,"没有。今天想不好了。"

简卿撇了撇嘴:"哥哥你想得好慢哪。"不就是一个梦想吗?他这都想不出来。

陆淮予扯了扯嘴角,没想到他还有被一个小学生嫌弃的时候。

简卿好不容易等作业全部写完,已经过去了一个小时,《灌篮高手》的动画片早就播完了,今天又没看成,简卿有些提不起劲儿,慢吞吞地把课本装回书包。

"谢谢哥哥,哥哥再见。"她朝陆淮予挥了挥小手,一副终于解脱的表情。

陆淮予扫她一眼,轻飘飘地说:"明天放学我还在这里等你。"

简卿年纪还小,不懂得藏住自己的情绪,粉雕玉琢的小脸儿立刻皱成一团。

她张了张嘴,嘟囔道:"哥哥你不用上课吗?"

高中部不是每天都要上四节课的吗?尤其是高三,明明马上就要高考了,怎么陆淮予天天那么闲呢?

陆淮予轻描淡写地说:"嗯,我被保送了,不用高考。"这件事虽然还在走流程的阶段,但已经没有太大的悬念,只是具体专业他还迟迟没有想好。

其实他连学校都可以不用来,教简卿学习,一方面是教导主任给的任务,另一方面也确实是闲的。

第二天,小学部下午第二节课下课铃响起,小学生们快速地收拾好书包,撒了欢儿地往外跑。

"简卿,放学一起走吗?"小同桌把铅笔盒放进书包,盖上书包盖子问。

简卿磨磨蹭蹭地背上书包,不情不愿地说:"不了,你先走吧。"

小同桌点了点头:"那我走了,今天《灌篮高手》湘北打山王,我要赶紧回去。"

简卿吃了一惊:"什么,这么快就打到这里了啊?"昨天她漏看了一集,没想到错过了那么多剧情。

"是啊,是啊,哎呀,我不和你说啦,拜拜。"小同桌看一眼黑板上挂着的时钟,怕赶不上动漫,不再和简卿闲聊,小跑着出了教室。

简卿皱起眉,视线望着高中部的方向,内心展开了激烈挣扎。

小天使和小恶魔轮番争斗。

最后小天使败北,在小恶魔的驱使下,她跺了跺脚,闷头往学校外面走去。

放学回去的路上,简卿为了早一点儿到家,抄了一条平时不怎么走的小路。小路两边杂草丛生,路上有很多碎石子,道儿也很窄,人不管是骑车还是走路都不太好走。

她低着头走路,不知道为什么情绪有些低落,随着离学校越来越远,《灌篮高手》也没有刚刚那么吸引人了。

简卿光顾着走神了,一辆摩托车疾驰而过,车头撞到她,害她摔倒在地上。

摩托车主不知道在赶什么，头也没回就着急忙慌地走了。

简卿坐在地上，没反应过来，呆了几秒，最后慢腾腾地站起来，拍了拍身上的土，继续往家走。

忽然，身后传来一阵清脆的车铃声。

简卿这回学乖了，立马跳到一边让路。

自行车却在她跟前停下。

简卿抬起头，才看见来的人是陆淮予。

他骑在黑色的自行车上，一条长腿踩在地上，挑了挑眉。

陆淮予原本在湖心亭里等了很久，也没看见小孩来，猜到不是她又忘了就是被"放鸽子"了，没想到在回家的路上将她逮了个正着。

陆淮予弯腰卡着她的胳肢窝把人抱起来，让她侧坐在自行车前面的横梁上。

"干什么去？"他问。

"回家。"

简卿说着，陆淮予掉转车头往回骑去。

"哎呀，反了，反了，我家在那边。"简卿提醒说。

"你是不是忘了什么？"陆淮予凉凉地问。

这小孩，都被他逮着了还想着回家。

简卿小脑瓜子猛然反应过来，自己被禁锢在自行车上，想跑也跑不掉了，只能老老实实地说："作业还没写。"

她坐在自行车上，两条短腿在空中晃荡，心里害怕得颤了颤。

但很快陆淮予的伸手扶住车把，把她整个人圈在了怀里，下巴抵在她的脑袋上。

"放心，不会让你掉下去的。"

声音从头顶传来，清朗干净，让人莫名其妙地安心。

简卿眨了眨眼睛，目视前方，感觉到有风吹过，一路上的风景有些模糊。

自行车在学校门口停下。

简卿跳下车的时候，才发觉膝盖有些痛，下意识地倒吸了一口凉气。

陆淮予敏锐地察觉到她表情上的变化："怎么了？"

简卿蹲下身子，小手笨拙地卷起校服的裤脚，白皙圆润的膝盖上被蹭破了皮，有细密的血痕。

陆淮予皱了皱眉:"什么时候摔的?"

"刚刚回去的路上,摔了一跤。"

简卿伸手要去摸伤口,被陆淮予及时抓住:"手脏,不要碰。"

陆淮予弯下腰,盯着她的膝盖上的伤,抿了抿唇:"我带你去医务室处理一下。"

刚才她坐着的时候不觉得,等到站起来,每走一步都觉得疼,简卿一瘸一拐,走得很慢,却也不哭不闹的,乖巧极了。

陆淮予将她的反应看在眼里:"痛吗?"

简卿摇了摇头:"还好。"

也不知道是小孩忍痛能力比较强还是什么,换作是岑虞,划破一条小口子都要哼唧半天。

总之陆淮予是没信她的话,顿住脚步,蹲下身子,把背对着她:"上来,我背你。"

简卿怔怔地盯着他的背,然后趴了上去。

少年的背部精瘦而结实,隔着校服的布料有些滑溜溜的,她的细胳膊紧紧箍着他的脖子。

陆淮予把她背起来,倒是不算沉,然后一步一步往医务室走去。

校医务室里的老师不在,只有门开着。

陆淮予把简卿放在一张白色的单人病床上,等了五分钟也不见老师回来。

简卿年纪小,没耐心,摇头晃脑有些不耐烦了:"哥哥,老师怎么还没回来啊?"

陆淮予靠在椅子上坐着,视线扫视桌面,桌面上放着一些治疗跌打损伤的药品。

他慢条斯理地从里面挑出碘伏和棉签:"把裤子撩起来。"

简卿乖乖地把脚搁在床尾的铁架上,露出膝盖。

棉签蘸上碘酒,在她的伤口上轻点。

"会有点儿痛,你忍一下。"

木质的窗户外,有风吹槐树发出的"沙沙"声。

简卿眨了眨眼睛,盯着陆淮予的侧脸,他低垂着眼,认真而专注地处理着她的伤口,眉眼柔和,比以往任何时候都要温柔。

小学生乱蹦乱跳,摔伤蹭破皮的情况很常见,以前她也来过医务室。

医务室的老师虽然也会认真处理伤口,但总是板着脸,擦药的时候也很用力地往肉里按，不像陆淮予动作轻缓，一点儿也没弄疼她。

伤口被小心翼翼地贴上了创可贴。

"好了。"陆淮予站起来，将用过的药品放回原处。

恰逢此时，医务室老师走了进来，看见他们吃了一惊，挑了挑眉，目光落在简卿的膝盖上："摔到了？"

陆淮予礼貌地回道："嗯，刚刚老师您不在，我就自己帮她消毒处理了。"

医务室老师双手插在白大褂的兜里，走近病床，简单查看了一下简卿的伤口："可以，处理得挺好，回去以后记得不要沾水。"

因为简卿受了伤，陆淮予也没揪着她写作业了，就那么背着她，把小孩送回了家。

简卿抱着他的脖子，脑子里想着刚才医务室老师身上的白大褂，不知道为什么，想象起如果陆淮予穿白大褂会是什么样子。

"哥哥。"简卿凑到他的耳边叫他。

"嗯。"

"你想好你的梦想了吗？"她突然问。

"没有。"

"那我帮你想一个吧。"

陆淮予挑了挑眉。

"我觉得哥哥你以后可以当医生。像语文课本里写的鱼医生，它会游进生病的鱼的嘴里，帮它们治疗生病的地方。"

简卿说得来劲儿，在陆淮予的背上动来动去，他将小姑娘往上掂了掂。

少年凝视着前方的路，蜿蜒曲折，好像看不见尽头。

医生是吗？

他轻笑一声，哄小孩似的说："我考虑考虑。"

夕阳的余晖洒向大地，照在他们身后，投射出的一大一小两个阴影交叠在一起。

时间在此刻过得很慢，白云缓缓流动。

空气中弥漫着青草、阳光和薄荷的气息，好像从此以后记忆里的夏天就该是这样的味道。

番外七
最后一颗甜智齿

距离简卿前三颗智齿拔完已经过了许久,中间因为各种各样的事耽误,终于拔除最后一颗智齿的事被提上了日程。

陆淮予原本要约秦蕴的时间,依然是找她帮忙拔牙,但简卿觉得实在是有点儿麻烦人家,明明就是拔个阻生齿,哪里需要秦副主任操刀,根本就是在浪费有限的医疗资源。

好说歹说劝陆淮予同意以后,简卿直接在医院的挂号平台上挂了一个外科普通号。

正好这一天陆淮予没有出门诊,于是陪简卿一起去。

程嘉看到进入诊疗室的陆淮予,愣了愣,赶紧站起来毕恭毕敬地喊人:"陆老师。"

陆淮予朝他点了点头:"我太太来拔阻生齿,麻烦你了。"

闻言,程嘉这才注意到跟在他身后的简卿。

简卿朝他笑了笑,只是脸色有些僵硬和发白,换作谁,拔牙前的脸色都不会太好。

还没等程嘉发问,陆淮予就已经把简卿的阻生齿的情况交代了一遍,甚至教上了该怎么拔牙,有哪些注意事项。

这些都是程嘉还在医学院的时候听过的,明明陆教授讲课从来不会一个知识点讲两遍,这会儿倒是不厌其烦。

早就是主治医师的程嘉像个乖学生一样,小鸡啄米似的点头。

程嘉没听烦，简卿却烦了："差不多得了，有本事你来。"

陆淮予深深地看她一眼，听出了她的讽刺之意，抬起手在小姑娘的脑袋上按了按，乖乖闭了嘴。

程嘉给简卿拔牙的时候，陆淮予就站在操作椅旁边，目不转睛地看着。程嘉术用手套里双手都是汗，止不住地干咳。

中间有护士长进来，先看到了里面站着的陆淮予。见陆淮予一身白大褂，双手抱臂，她挑了挑眉，打招呼道："陆医生，带学生呢？"

陆淮予客气地笑了笑，视线移到简卿身上："没，陪太太来拔牙。"

护士长这才注意到躺在蓝色椅子里的简卿，还有拿着麻醉针磨磨叽叽的程嘉，调侃道："那小程医生可得好好拔啊，这要没拔好，可以不用干了。"

虽然程嘉知道她是开玩笑，此时却笑不出来，勉强地扯了扯嘴角。

陆淮予看出他的僵硬状态，拍了拍他的肩膀，淡淡安慰道："别紧张。"

程嘉"呵呵"干笑，忍不住在心里嘟囔：老师您别在这里我就不紧张了。

简卿拔完牙，吃了好几天的白粥，嘴馋得不行，好不容易感觉伤口不疼，就开始想吃些别的东西。

"我想吃冰激凌。"简卿懒懒地躺在沙发里，蹬着两条又细又白的腿晃荡。

"不行。"陆淮予靠在另一边的沙发椅上，鼻梁上架着银边细框的眼镜，慢条斯理地翻着哼哼的数学作业本，想也不想地拒绝。

冰激凌是奶制品，含了很多糖分，本身她拔牙侧现在有伤口，刷牙不可能刷干净，加上奶制品吃完以后，在口腔里极容易滋生细菌，造成炎症，不利于伤口恢复。

一个抱枕从不远处被丢了过来，砸在他的手背上又弹开。

陆淮予放下检查完的作业，捡起掉在地毯上的抱枕："不然我给你倒杯冰水？都一样。"

简卿一脚踢在他的膝盖上，牙龈还有些肿，说话没那么利索，但依然语气不满，小孩子似的发脾气："不一样！"

陆淮予看她这副样子觉得好笑，她次次都要跟他闹冰激凌吃，他一点儿也不让步，轻声细语地哄她："等下周拆了线就能吃了。"

"我现在就想吃。"简卿嘟嘟囔囔，有些不高兴。

以前她吃冰激凌都是想吃就吃，自从跟陆淮予在一起以后，怀孕的时候不让吃，来"姨妈"的时候也不让吃，因为她有龋齿吃多了也要说。她现在拔了牙，什么也不能吃，就想吃不费牙的冰激凌解解馋他也不让。

当然她也就只敢说说，没忘记之前怀孕的时候闹着吃冰激凌被陆淮予秋后算账的后果。

走廊上传来小家伙"嗒嗒嗒"的走路声。

哼哼从儿童房里跑了出来。小家伙今年五岁了，九月份刚刚上学前班。

"妈妈，田字格本用完了。"哼哼手里拿着一本薄薄的本子，里面已经写满了字。

"这么快啊，前几天不是刚给你买了一摞吗？"简卿在儿子面前，瞬间收敛了对着陆淮予撒娇似的表情。

哼哼在学习方面一向不用简卿操心，她自己作为一个九年义务教育不算太成功的例子，教小朋友学习这一方面，全权交给了陆淮予。

小家伙被陆淮予教导得很好，特别爱学习，不过这几天尤为认真，一板一眼地练字。

哼哼点了点头："都写完啦。"

闻言，陆淮予站起来："我去给你买。"

简卿歪着脑袋，也不知道想到什么，眨了眨眼睛："我去吧，你不是一会儿还有个远程会诊吗？"

陆淮予看了一眼手表，确实快到会诊的时间了，于是微微颔首："也行。"

小区里就有一个小卖部，简卿穿着宽松的T恤、大裤衩和洞洞鞋就出了门。

九月末的天气依然炎热，尤其是两三点钟的太阳毒得很，她走了一小段路就热得不行。

到了小卖部，简卿熟门熟路地拿了两包田字格本，然后眼睛不眨地打开冷柜，从里面摸出了一支可爱多。

买完东西，简卿坐在小区花园里的木质长凳上，美滋滋地吃着冰激凌，高兴地晃起了腿。奶香和甜味在口腔里蔓延开，她眯着眼睛，就连阳光也不那么热了，头顶吹来了一阵风，有"嗡嗡"的声音。

哼哼在家里等妈妈买本子的工夫，闲得无聊，跑到阳台上玩起了陆淮予的航拍机。

小家伙虽然年纪小，但操作起这些电子产品有模有样的，无人机在小区里畅通无阻，在花园顶上停下。

哼哼看着屏幕里无人机拍到的画面，愣了愣，像是发现了什么有意思的东西，一蹦一跳地回到客厅。

"爸爸,你看我拍到妈妈啦。"

陆淮予刚刚结束了电话会诊,放下手机,目光落在屏幕上。

航拍机的图像传输信号极好,屏幕里的画面特别清晰,将简卿笑眯眯地舔冰激凌的样子都拍了下来。

陆淮予哭笑不得。

小姑娘真是长本事了,都敢偷吃了。

简卿吃干抹净擦了擦嘴,手里提溜着哼哼的田字格本,心满意足地晃悠悠回了家。

哼哼接过田字格本,就又跑回房间学习去了。

厨房里传来淅淅沥沥的水流声,陆淮予在里面不知道干什么。

简卿对着玄关处的镜子,最后一次确认自己嘴边没有沾到冰激凌,颇为自信地进了厨房。

陆淮予站在料理台前,极有耐心地清洗着一会儿做饭要用到的蔬菜。

阳光洒进来,在水流激起的水雾里折射出七彩的光。

简卿自然而然地走过去,抱住他的腰,鼻尖在他的后背上蹭了蹭。

陆淮予由着她抱,漫不经心地开腔:"怎么出去了这么久?"

简卿也不知道是心虚还是怎么,明明他是随口一问,她却觉得像是在查岗,轻咳了一声:"和超市的阿姨多聊了两句。"

"这样啊。"陆淮予拖着慵懒的尾音,伸手关了水龙头,水流声戛然而止,然后他转过身,捏着她的下巴抬起。

猝不及防地,他倾身压了下来。

简卿睁着眼,没想到他会突然亲吻她,不像之前照顾她拔牙时浅尝辄止,而是直接撬开了她的唇齿,好像在搜索什么。

唇瓣柔软而温热,力道不算轻,吮吸走了她口腔里最后的空气。

陆淮予的手掌抵在她的腰上,不让她向后撤,掌心滚烫。

简卿浑身发软,脸颊涨得通红,有些站不稳地靠在他身上。

不知道过了多久,比以往亲吻的时间都要长,陆淮予终于放开了她。

简卿眼睫微颤,盈润的眼眸里染上了娇羞之色,她一巴掌拍在了他的胸口上,不轻不重,娇嗔道:"你干什么啊?突然这样。"

陆淮予盯着她的唇瓣上沾着的润泽水渍,漆黑的眼眸微沉,指腹按在她的唇上仔细地摩挲。

他的声音低沉沙哑:"吃了草莓味的冰激凌?"

简卿闻言,脸色瞬间僵住。

· 569 ·